Gepokert und geblufft

Karin Franke

Gepokert und geblufft

Impressum

Copyright: Karin Franke 2020

Lektorat: Tobias Franke

Covergestaltung: Ralf B. Franke
Foto: 123rf.com/Yurii Hnidets

Herstellung und Verlag:
BoD - Books on Demand, Norderstedt

ISBN: 9 783752 606324

Prolog

Er blickte schweigend in die Kamera, wartete, bis sie von seinem Gesicht wieder zurück auf die Totale gezoomt hatte, bevor er begann.

„Ja, Leute, heute sollte eigentlich mein letzter Beitrag zu dem Thema sein. Nur wie ihr seht, gibt es einige, die meinen, mich durch Gewalt beeinflussen zu können. He! Habt ihr es nicht verstanden oder was? Ich wollte überhaupt nicht weitermachen! Das heute wäre die allerletzte Sendung gewesen. Eure Attacke hat mich vom Gegenteil überzeugt. Jetzt erst recht!"

Er hatte sich während seiner Worte vorgebeugt und direkt in die Kamera gestarrt. Nun lehnte er sich zurück und grinste breit, wohl wissend, dass dadurch die vielen Verletzungen, sein fast zugeschwollenes Auge, die Abschürfungen auf den Wangen und am Kinn und die aufgeplatzte Lippe, die mit drei Stichen hatte genäht werden müssen, noch eindrucksvoller wirkten. Er ließ mehrere Sekunden verstreichen, bevor er seine Sonnenbrille aufsetzte und die Kappe tiefer über den gefärbten Pony zog und ohne weiter auf seine Blessuren einzugehen, sein angedachtes Programm abspulte.

„Ich habe mir gedacht, ich mache heute mal was Positives. Wusstet ihr, dass die Chance, die ersten Kinderjahre zu überleben, nie größer war als heute? Dass viele Infektions-krankheiten, an denen man früher verstarb, heute kein Thema mehr sind? Dass sich der Hunger in der Welt auf einem absolut niedrigen Niveau befindet? Dass sich die

Lebenserwartung nicht zuletzt auch dank neuer Medikamente signifikant erhöht hat? Dass die Gewalt, egal ob bei Mord oder bezogen auf Kriegsopfer, zurückgegangen ist? Dass weniger Menschen bei Naturkatastrophen sterben und genauso im Straßenverkehr?

Sollte man gar nicht glauben, wenn man die Nachrichten in den Medien verfolgt. Tja, das liegt wohl eher daran, dass sich die Medien hauptsächlich auf alles stürzen, was schlagzeilenträchtig ist – und mit der Angst der Menschen sind schon immer die besten Geschäfte gemacht worden."

Er grinste in die Kamera. „Und ich habe gleich noch eine positive Nachricht für euch. Der NASA-Glaziologe Jay Zwally hat im Jahr 2018 eine Studie vorgestellt, die aussagt, dass der Eiszuwachs in der Antarktis zwischen 50 und 200 Gigatonnen pro Jahr liegt. Dies bestätigen auch die früheren Erkenntnisse aus einer Studie von 2015. Er leugnet nicht den Eisverlust in der Westantarktis, ist sich aber beim Eiszuwachs in der Ostantarktis sicher. Nach seiner Berechnung wären die Verluste im Westen damit mehr als ausgeglichen. Wie er zu einer ganz anderen Einschätzung der Lage kommt? Ganz einfach, er sagt, die Modelle, anhand deren die Wissenschaftler ihre Berechnungen anstellen, sind fehlerhaft. Tja, was sollen wir nun davon halten? Können wir denn dann anderen Berechnungen, zum Beispiel denen, die behaupten, der Klimawandel sei menschgemacht überhaupt vertrauen?

Das ist eine gute Überleitung zu meinem eigentlichen Vortrag heute. Wusstet ihr, dass in der *Welt* im Jahr 2011 ein Artikel erschien, der genau das vorhersagte, was im Moment abläuft? Ich zitiere: „Auf die Idee des menschengemachten Klimawandels baut die Politik eine preistreibende Energiepolitik auf … Alle Parteien der Industriestaaten, ob rechts oder links, werden die CO_2- Erderwärmungstheorie übernehmen. Dies ist eine einmalige Chance, die Luft zum Atmen zu besteuern. Weil sie damit angeblich die Welt vor dem Hitzetod bewahren, erhalten die Politiker dafür auch noch Beifall. Keine Partei wird dieser Versuchung widerstehen."

Günter Ederer, aus dessen Feder der Artikel stammt, sagte damals, dies habe ihm schon 1998 Nigel Calder, ein vielfach ausgezeichneter britischer Wissenschaftsjournalist, jahrelanger Herausgeber vom „New Scientist" und BBC-Autor prophezeit. Der Beitrag ist immer noch im Netz verfügbar und trägt den Titel: Die CO_2-Theorie ist nur geniale Propaganda. Bitte, überzeugt euch selbst!"

Wie immer, wenn er eine seiner provokanten Thesen vorstellte, breitete er weiteres Material vor seinen Zuschauern aus. Es gab ja genügend davon, man musste sich nur die Mühe machen, vernünftig zu recherchieren und die Arbeiten der Befürworter und der Gegner zu vergleichen und anschließend ein Resümee zu ziehen.

„Das war's fürs Erste", schloss er. „Aber wir sehen uns wieder. Ich werde es mir nicht nehmen lassen, euch auch weiterhin meine Meinung zu verkünden. Vergesst nicht, meinen Kanal zu abonnieren und beim nächsten Video wieder reinzuschauen, ich werde bald noch einiges zu diesem Thema ausgraben, was euch die Sprache verschlägt. Bis dann, euer Flipp."

Sein Freund und Mitstreiter senkte die Kamera und schüttelte zweifelnd den Kopf. „Bist du dir sicher, dass du das so senden willst?"

Er dehnte und streckte sich, bevor er antwortete. Trotz des Hammermittels tat ihm jeder einzelne Muskel weh. „Meinst du, ich lass mich durch so was stoppen? Nee, das stachelt mich eher noch an. Ich hab das genauso gemeint, wie ich es gesagt habe: Jetzt erst recht."

1

Donnerstag, 28. November 2019

Ich hatte die Nacht durchgezockt und wollte gerade ins Bad gehen, als mich ein lautes Krachen aufschreckte. Das hatte sich angehört, als wäre es direkt vor meiner Tür!

Ich huschte lautlos durch die Diele und linste durch den Spion. Alles schwarz! Was war das denn?

Bevor ich meinem Impuls folgen und die Wohnungstür öffnen konnte, verschwand der Fleck und ich erkannte mehrere schwarz gekleidete Männer, die in das Appartement, das direkt meinem gegenüber lag, rannten. Der Aufpasser vor meiner Tür veränderte seine Position erneut und verdeckte mir die Sicht. Doch das, was ich mitgekriegt hatte, war völlig ausreichend: Das SEK stürmte gerade die Wohnung!

Soweit mir bekannt lebten dort zwei Studenten, Erstsemester, vor kurzem eingezogen, zwei junge, völlig unauffällige Männer. Was sollten die denn ausgefressen haben?

Ich blieb auf meinem Beobachtungsposten, gespannt, wie es weitergehen würde. An Schlaf war im Moment nicht zu denken. Von nebenan hörte ich Stimmengemurmel, mein Nachbar hatte anscheinend seine Tür geöffnet und diskutierte jetzt mit dem Aufpasser davor, ein kurzer Disput nur, zu sehen bekam ich keinen von beiden.

Dafür tat sich gegenüber was. Drei schwarz Vermummte kamen zurück ins Treppenhaus und sprachen mit einem anderen, der außerhalb meines Blickfeldes gewartet haben musste. Er und ein weiterer begaben sich nun ebenfalls in die Wohnung.

Tja, und ich stand mir die Beine in den Bauch. Mehr passierte nämlich nicht. Die Männer vom SEK zogen ab, dafür erschienen andere, normal gekleidete, die Tür schloss sich, das war's.

Ich beschloss, zu Bett zu gehen, immerhin hatte ich am Nachmittag noch einen Kurs an der Uni. Dann würde sich im Haus garantiert schon rumgesprochen haben, was diesen früh morgendlichen Einsatz veranlasst hatte. Ich stellte vorsichtshalber die Klingel ab und verzog mich ins Schlafzimmer.

Kaum hatte ich mich meines Sweatshirts entledigt, rumste es an der Tür, dieses Mal an meiner und immerhin so stark, dass ich es rasch wieder überzog und zurück spurtete. Ohne darüber nachzudenken, riss ich die Wohnungstür auf und Herr Bendel taumelte mir entgegen. Geistesgegenwärtig griff ich zu und stützte ihn.

„Alles in Ordnung", versuchte mich ein Beamter in Zivil zu beruhigen. „Der Herr hat nur einen kleinen Schwächeanfall. Gehen Sie wieder in Ihre Wohnung. Ich rufe einen Krankenwagen."

Ich musterte den Alten in meinem Arm. Nein, der sah aus, als würde er gleich den Löffel abgeben, kalkweiß im Gesicht und sein Atem ging unregelmäßig.

„Nicht ins Krankenhaus", stieß er mühsam hervor. „Bitte, telefonieren Sie nach meinem Hausarzt."

„Er kann sich so lange auf meine Couch legen", sagte ich zu dem Beamten. „Ich kümmere mich um den Arzt." Ohne seine Antwort abzuwarten, griff ich fester zu und bugsierte den alten Herrn in meine Wohnung.

„Hier", Herr Bendel nestelte eine Visitenkarte aus der Tasche seines, wie ich erst jetzt bemerkte, Bademantels. „Er kommt garantiert."

Ich drückte den alten Mann auf die Couch und legte ihm in Ermangelung eines Sofakissens meine zusammengeknüllte

Decke unter den Kopf, damit er, wie ich hoffte, besser Luft bekam. Seine Gesichtsfarbe hatte zu einem besorgniserregenden Grau gewechselt und wenn mich nicht alles täuschte, war seine Atmung noch unregelmäßiger geworden. Hoffentlich starb er mir nicht weg.

Mein Handy lag auf dem Tisch. Mittlerweile zitterten auch meine Finger, sodass ich Mühe hatte, die Nummer einzugeben.

Schon nach dem dritten Klingeln meldete sich eine energische Stimme, die sich nicht anhörte, als hätte ich ihren Besitzer aus dem Schlaf gerissen. Ich haspelte die offensichtlichen Fakten herunter und er versprach, sich sofort auf dem Weg zu machen.

„Er kommt sofort", versuchte ich Herrn Bendel zu beruhigen.

„Das ... es ... muss ... ein Irrtum ...", japste er.

„Wir reden gleich darüber, sobald Ihr Arzt Sie stabilisiert hat." Anscheinend meinte er die Sache mit dem SEK. Ja, klar, er war der Vermieter. Hatte er sich über die Demolierung der Wohnungstür oder über den Umstand, dass er offensichtlich Kriminelle beherbergte, dermaßen aufgeregt? So kannte ich ihn gar nicht. Normalerweise war er eher der unnahbare Typ, der sich gerade mal einen Gruß abrang und einen ansonsten großflächig ignorierte.

Ich schielte zu ihm hinüber. Er musste sich in aller Eile den Bademantel übergeworfen haben und hinausgestürmt sein, die stets akkurat zur Seite gekämmten Haare standen wirr ab, grauweiße Bartstoppeln bedeckten den unteren Teil seines Gesichts - mehr, als bei mir nach drei Tagen ohne Rasur. Er schien meinen prüfenden Blick missdeutet zu haben. „Mein ... Enkel", keuchte er, „... wohnt ... da."

Oh, Gott! Kein Wunder, dass er sich dermaßen aufregte! „Versuchen Sie trotzdem ruhig zu bleiben", bat ich, wenn ich ehrlich sein soll, auch aus Selbstschutz. Meine Erste-Hilfe-Kenntnisse waren nicht gerade das Gelbe vom Ei.

Um ihm gleich die Möglichkeit einer Antwort zu nehmen, marschierte ich Richtung Fenster, um einen Blick hinauszuwerfen. Der Eingang zum Haus befand sich hier im Hinterhof, ich musste den Arzt eigentlich ankommen sehen.

Mist! Ich hatte vergessen, ihm zu sagen, dass sich Herr Bendel bei mir befand! Dann erkannte ich, dass es sowieso kein Durchkommen gab. Die Einfahrt war komplett gesperrt, im Hof standen haufenweise Polizeiwagen. Ein größerer Bulli fuhr gerade ab. Ich glaubte, meinen Augen nicht zu trauen: Das war ein Bombenräumkommando! Eine Bombe, diese Geschichte wurde immer seltsamer.

„Ich gehe eben zur Tür und sage den Polizisten, dass Ihr Arzt gleich kommt. Damit die ihn durchlassen", fügte ich hinzu.

Herr Bendel nickte nur. Zum Sprechen fehlte ihm eindeutig die Luft.

Der Flur lag verlassen vor mir, in der Nachbarwohnung waren jedoch einige Beamte im Einsatz, ein Spurensuchteam, vermutete ich anhand der Ganzkörperschutzanzüge. Ich trat näher heran und räusperte mich laut. „Gleich kommt ein Arzt für den Wohnungsbesitzer", rief ich aufs Geratewohl hinein, da mich keiner beachtete. „Kann jemand von Ihnen dafür sorgen, dass er durchgelassen wird?"

Der Mann, der neben dem Alten gestanden hatte, tauchte im Durchgang zum Wohnzimmer auf. „Ist bereits geklärt. Er wird direkt zu Ihnen geführt."

Ich murmelte einen Dank und trat den Rückzug an. Hoffentlich traf er bald ein, mir wurde angst und bange, wenn ich an den Zustand des Patienten dachte. Lange hielt der nicht mehr durch.

Wie zur Antwort drangen eilige Schritte durchs Treppenhaus. Ein gut gekleideter Herr in den Siebzigern betrat in Begleitung eines Polizeibeamten den Flur.

„Dr. Runge? Bitte hier herein", fuhr ich auf sein Nicken fort.

Er streifte mich kurz mit einem neugierigen Blick und schob sich an mir vorbei.

„Im Wohnzimmer", wies ich ihm unnötigerweise den Weg, denn er war schon in die richtige Richtung unterwegs.

Statt mich ihm anzuschließen, begab ich mich in die Küche und kochte mir einen Kaffee. An Schlaf war nicht mehr zu denken, der Adrenalinschub würde mich daran hindern, zur Ruhe zu kommen. Da konnte ich genauso gut eine weitere, große Portion Koffein zu mir nehmen.

Drei Tassen später, also nach ungefähr zwanzig Minuten, rief mich der Arzt ins Wohnzimmer. Herr Bendel sah etwas besser aus, auch sein Atem ging ruhiger, trotzdem wirkte er irgendwie kleiner und hinfälliger.

„Er will unter keinen Umständen ins Krankenhaus", klärte mich Dr. Runge auf.

Und was hatte ich damit zu tun? „Aha", erwiderte ich deshalb nur abwartend.

„Obwohl es dringend erforderlich wäre", fügte dieser hinzu und warf seinem Freund einen finsteren Blick zu.

„Nein", flüsterte der. „Ich muss mich kümmern. Es gibt ja sonst keinen."

„Quatsch!", fuhr der Arzt auf. „Das hilft Tom auch nicht, wenn du vor Aufregung stirbst."

„Es geht mir wieder gut. Noch ein bisschen Ausruhen und ich bin wieder der Alte."

„Träum weiter!" Er wandte sich an mich. „Der Schock war für sein schwaches Herz zu viel. Er müsste dringend stationär behandelt werden."

„Auf mich hört er nicht", beeilte ich mich zu sagen. „Ich bin nur ein Nachbar, wir beide kennen uns kaum."

Im selben Moment klingelte es an der Tür.

„Können wir jetzt mit Herrn Bendel sprechen?" Derselbe Mann von eben stand mit einem Kollegen vor mir.

Unbemerkt von mir war Dr. Runge hinter mich getreten.

„Unmöglich", legte er gleich los. „Bei dem Patienten besteht

Lebensgefahr. Eine Vernehmung ist bis auf Weiteres aus ärztlicher Sicht nicht gestattet."

2

Um siebzehn Uhr klingelte mein Wecker und ich fuhr aus tiefstem Schlaf hoch. Mit einem Satz war ich aus dem Bett und machte mich mit einem mulmigen Gefühl auf in Richtung Wohnzimmer. Nicht das leiseste Geräusch verriet, ob mein Gast mittlerweile sein Leben ausgehaucht hatte.

Hatte er nicht, wie ich kurz darauf aufatmend feststellen konnte. Vielmehr sah er tatsächlich deutlich besser aus. Auf seinen Wangen lag ein leichter rosiger Hauch und sein Atem ging ruhig und gleichmäßig.

Herr Bendel öffnete die Augen und lächelte mich an. „Sehen Sie, ich brauchte nur ein wenig Ruhe. Ich bin schon fast wieder der Alte."

Nun ja, davon war er garantiert noch meilenweit entfernt. Immerhin war er es, der den Spruch abgelassen hatte, ich solle ruhig schlafen. Entweder er schaffe es oder nicht. Es wäre schon mehr als genug, dass ich ihn aufnehmen würde. Trotzdem hatte ich an seinem Bett wachen wollen. Doch sein Kumpel, der Doktor, wies mich scharf zurecht. „Wenn Lebensgefahr bestünde, würde ich ihn gegen seinen Willen einweisen lassen. Er muss ruhig liegen bleiben und benötigt ausreichend Ruhe. Er soll nur nicht allein sein, sodass er im Notfall um Hilfe rufen kann. Ich komme heute Abend wieder rein. Dann sehen wir weiter."

Mittlerweile echt geschlaucht durch die schlaflose Nacht und die darauffolgenden Ereignisse hatte ich nicht großartig widersprochen, ihn zur Tür gebracht und das Gespräch mit den Beamten über mich ergehen lassen. Anschließend war ich, nachdem ich mich davon überzeugen konnte, dass Herr Bendel tief und fest schlief, ins Bett gegangen.

Nur gut, dass ich den Wecker gestellt hatte. Trotz der Aufregung war ich im Nu weg. Dafür fühlte ich mich jetzt fit genug, mir meine brennende Neugier einzugestehen. Ich wollte unbedingt wissen, was genau hier gelaufen war.

„Was wollte die Polizei von Ihnen?" Herr Bendel war schneller als ich.

„Das Übliche halt: Wie gut ich meine Nachbarn kenne, ob sie oft Besuch bekamen, ob mir irgendwas Besonderes aufgefallen ist und Ähnliches." Ich griff nach der Sprudelflasche und seinem leeren Glas, füllte es auf und hielt es ihm hin.

Er trank in langen, durstigen Zügen. „Und was haben Sie gesagt?"

„Dass ich die beiden nicht mehr als drei-, viermal gesehen habe. Dass ich nicht mehr als einen Gruß mit ihnen wechselte. Dass ich nie Besucher sah und auch keine seltsamen Geräusche hörte." Ich zuckte die Schultern. „Sie wissen selbst, wie es ist. Man hat mit seinem eigenen Kram zu tun. Außerdem waren die beiden wirklich unauffällig. Nicht mal laute Musik kam aus der Wohnung."

Herr Bendel rutschte vorsichtig höher, bis er eine halbsitzende Position erreicht hatte. „Das habe ich ihnen von Anfang an klargemacht: kein Lärm. Das ist ein ruhiges Haus, in dem fast ausschließlich ältere Menschen wohnen. Sie sind die Ausnahme, aber Sie hört und sieht man nicht." Er versteifte sich und bekam vor Aufregung rote Flecken im Gesicht.

War nicht auch sein Atem schon wieder hastiger geworden? Bitte keine Wiederholung des morgendlichen Schockers! Da ich ahnte, dass er gleich wieder auf den SEK-Einsatz überlenken wollte, schüttelte ich mit einem strafenden Blick den Kopf. „Sie wissen, was Ihr Freund gesagt hat. Erst wenn er überzeugt ist, dass es Ihnen einigermaßen gut geht, dürfen wir über das Vorgefallene sprechen. Sonst sind Sie gleich wieder da, wo Sie heute in der Früh waren."

Er murrte zwar, aber ich stellte ihm einfach eine Frage nach der anderen, nichts Besonderes, einfache Anmerkungen zum Tagesgeschehen und seiner Meinung zu diversen Projekten hier in der Stadt.

Gerade als ich dann doch anfangen wollte, persönlicher zu werden, klingelte es. „Das holen wir gleich noch nach", bestimmte Herr Bendel und seine Augen funkelten. Er hatte sichtlich Spaß an unserem Austausch gefunden.

„Erstaunlich", sagte denn auch Dr. Runge. „Ganz erstaunlich, wie du dich gemacht hast."

„Ich habe eben einen eisernen Willen", strahlte sein Patient sichtlich erleichtert. „So schlecht, wie du denkst, ist mein Herz nicht."

„Oh, doch." Sein Freund legte sein Gesicht in strenge Falten. „Du musst dich weiterhin schonen. Keine Aufregung in den nächsten Tagen, hörst du?"

„Kann ich wieder zurück in meine Wohnung?"

Ja, das würde mich auch interessieren!

„Wenn dein Nachbar mir hilft?" Dr. Runge sah mich auffordernd an.

„Natürlich." Mir fiel ein riesiger Klotz vom Herzen. Zum Krankenpfleger war ich definitiv nicht geeignet.

Links und rechts gestützt bugsierten wir Herrn Bendel in den Hausflur. Die Wohnungstür gegenüber war provisorisch verschlossen, wie ich registrierte, ein Polizeisiegel prangte auf dem Schloss. Der alte Mann schluckte hart, wandte den Kopf ab und konzentrierte sich verbissen darauf, die paar Schritte bis zum Fahrstuhl zurückzulegen. Glücklicherweise stand er auf meiner Etage, wir traten ein und Dr. Runge drückte den Knopf für die Drei.

Herrn Bendels Appartement lag direkt über dem seines Enkels. Kaum hatten wir ihn im Wohnzimmer auf die Couch gelegt, nickte der Arzt mir zu. „Vielen Dank, für Ihre Hilfe. Den Rest schaffe ich allein."

„Ich muss dringend mit Herrn Grahl reden!", protestierte sein Freund.

Dr. Runge schüttelte energisch den Kopf. „Heute nicht mehr."

Erleichtert wandte ich mich ab und hüpfte die Treppen wieder hinunter. Mein Bedarf an Aufregung war für heute gedeckt, dagegen kam auch die Neugierde nicht an, die mich antreiben wollte, die Wahrheit sofort herauszukriegen.

Freitag, 29. November

Ich hatte ein volles Programm, zuerst zur Uni und anschließend auf zur Mayerschen, wo ich heute meinen gerade erschienenen Krimi vorstellen sollte. Das Erste war Routine, das Zweite lag mir überhaupt nicht. Schon bei meinem Erstling, dem Fantasyroman, mit dem ich relativ bekannt geworden war, hatte ich diesen Veranstaltungen immer mit Grausen entgegengesehen. Ich war nun mal nicht der Typ, der locker vom Hocker dasitzen und sich seinem Publikum widmen konnte. Garantiert kam ich genauso steif rüber, wie ich mich fühlte.

Leider sah mein Lektor das anders. „Klappern gehört zum Handwerk", pflegte er zu sagen. Und da ich mich insgesamt von dem Verlag gut vertreten fühlte, musste ich eben gute Miene zum bösen Spiel machen.

Obwohl ich jedes Mal Angst hatte, dass sowieso niemand kam, um mich lesen zu hören, wurde ich eines Besseren belehrt. Ungefähr zwanzig Personen warteten bereits auf mich, alles Fremde, denn ich ging mit diesen Terminen nie hausieren. Ich empfand es eher als peinlich, vor Freunden und Bekannten agieren zu müssen.

Die Veranstaltung lief gut, ein Großteil der Anwesenden erstand eines der Exemplare, das ich signieren musste. Kaum war ich fertig, zog Lars, mein Lektor, mich in einen kleinen Nebenraum. „Du musst noch ein Interview für die Ortszeitung geben."

Innerlich stöhnte ich auf. Den Mann kannte ich bereits. Es war derselbe, der damals über meinen Überraschungserfolg als Newcomer berichtet hatte. Im Gegensatz zu meinen vielen begeisterten Fans war er augenscheinlich nicht überzeugt, sondern verriss mein Werk, sagte sogar ganz offen, dass er nicht verstehen könne, wie es dieses Machwerk in die Bestenliste geschafft hatte. Ich gestehe, ich war tödlich beleidigt. Und jetzt sollte ich mich mit dem Kerl wieder auseinandersetzen?

„Auch eine schlechte Besprechung ist Werbung", flüsterte mir Lars zu, der merkte, dass ich mich sträubte und am liebsten umgekehrt wäre. „Bleib locker!"

Ich nickte dem Reporter zu und nahm ihm gegenüber Platz, darauf hoffend, dass er mir meinen Widerwillen nicht ansah.

„Nun haben Sie es also mit einem Krimi versucht, Herr Grahl", begann Herr Stankowski. „Wie kam es zu diesem Genrewechsel?"

Anscheinend hatte er an der Lesung nicht teilgenommen. Eine ähnliche Frage, allerdings wesentlich netter gestellt, war aus dem Publikum gekommen. „Mein bester Freund wurde ermordet. Ich begann mich an den Ermittlungen zu beteiligen und half, den Mörder zu fassen. Dabei trugen meine Aufzeichnungen wesentlich zu der Wahrheitsfindung teil. Mein Verlag", ich nickte zu Lars hinüber, „wollte die Geschichte gern veröffentlichen."

Die nächsten Fragen übernahm netterweise mein Lektor - während es in mir zu gären begann. Der Reporter – ich hatte nicht einmal mehr seinen Namen gewusst, bis Lars ihn netterweise mit diesem begrüßte - war mir eindeutig nicht gewogen. Er stellte es so dar, als sei ich ein Möchtegernschriftsteller, der keine Ahnung von dem, was er da tat, hatte. Dass mein Fantasyroman trotz seiner Ablehnung damals derartigen Erfolg hatte, nagte sichtlich an ihm.

„Wollen Sie sich jetzt in diesem Genre weiter betätigen?", wandte er sich schließlich an mich.

Ich zuckte die Schultern. „Wenn ich auf eine ebenso gute Story stoße." Dass ich endlich meine Schreibblockade überwunden hatte und schon seit zwei Monaten an einem neuen Fantasyroman arbeitete, würde ich ihm garantiert nicht auf die Nase binden.

„Das ist wohl eher unwahrscheinlich", grinste er herablassend. „Als Normalbürger wird man nicht regelmäßig in irgendwelche Mordfälle verwickelt."

Jetzt stach mich der Hafer. „Ach, nein? Erst gestern hat das SEK die Wohnung meines Nachbarn gestürmt. Es war sogar ein Bombenräumkommando vor Ort. Das gibt bestimmt eine interessante Story."

3

Es war fast zwanzig Uhr, als ich endlich heimkehrte. Kaum fiel mein Blick auf die gegenüberliegende Wohnung, musste ich schmunzeln. Von dem, was sich hier ereignet hatte, hatte der Reporter offensichtlich nichts gewusst. Er bombardierte mich geradezu mit Fragen, die ich ihm alle nicht beantwortete. Stattdessen schützte ich Ahnungslosigkeit vor und empfahl ihm, sich an den Polizeisprecher zu wenden, der, wenn mich nicht alles täuschte, ein ehemaliger Kollege von ihm war.

Danach musste ich mich mit meinem Lektor auseinandersetzen, der regelrecht über mich herfiel, dass ich ihm diese wichtige Neuigkeit nicht eher mitgeteilt hatte. Das wäre die ideale Schlagzeile und würde noch mehr Aufmerksamkeit auf mich und mein Buch lenken, meinte er. Er wollte oder konnte nicht verstehen, dass ich auf derartige Publicity keinen Wert legte, und hielt mir einen langen Vortrag, wie wichtig gezielte Werbung sei und dass man einen dermaßen Glücksfall - ja, das waren tatsächlich seine Worte - ausnützen müsse.

Selbst mein Hinweis, ich bräuchte dringend etwas zu essen, rettete mich nicht. Er lud mich sogar auf eine Pizza ein, nur um mir weitere Vorwürfe zu machen und in allen Zügen seine neue Strategie zu erklären.

„Hallo, Herr Grahl."

Tief in meinen Gedanken versunken hatte ich den Mann gar nicht kommen gehört. „Herr Bendel! Dürfen Sie denn schon wieder rumlaufen?" Eher wohl nicht, er wirkte, obwohl vernünftig bekleidet, ziemlich hinfällig.

„Ich muss dringend mit Ihnen reden." Er wies auf die Tür. „Darf ich reinkommen?"

„Sicher." Ich beeilte mich aufzuschließen und nickte in Richtung Wohnzimmer. „Den Weg kennen Sie ja."

Mit einer Flasche Wasser und zwei Gläsern bewaffnet trat ich kurz darauf selbst ein. Er hatte sich in meinen super bequemen Chefsessel gesetzt und wirkte, als halte nur dieser ihn noch aufrecht. „Sie können sich gern wieder auf die Couch legen."

„Ist nicht nötig. Mir geht es viel besser."

Ich zog die Augenbrauen hoch, kommentierte diese Aussage jedoch nicht, sondern setzte mich ihm gegenüber.

„Sie sind Student, richtig? Hätten Sie Lust sich einen oder zwei Hunderter nebenher zu verdienen?"

Ich wäre beinahe laut herausgeplatzt. Mein Gesicht lief hochrot an vor lauter Mühe, das Lachen zurückzuhalten.

„Studenten können immer Geld gebrauchen, dachte ich." Sein unsicherer Tonfall verriet mir, dass ihm meine Reaktion nicht entgangen war.

„Ich habe vor einigen Jahren ein Buch geschrieben, dass sich sehr gut verkauft hat", klärte ich ihn auf. „Von den Rücklagen habe ich diese Wohnung gekauft und lebe ich, bis ich mein Studium beendet habe."

Etwas wie Interesse blitzte in seinen Augen auf, dann gewann die Enttäuschung die Oberhand. „Ach, so."

Jetzt tat er mir schon wieder leid. „Worum geht es denn?"

„Ich hatte gehofft, Sie könnten mich nach Hildesheim fahren. Dort lebt meine Tochter - und mein anderer Enkel. Ich muss unbedingt mit ihnen sprechen."

„Und was sagt Ihr Freund dazu?"

„Der hat keine Ahnung, was man meinem Enkel zur Last legt."

Jetzt hatte er mich! „Was ist denn los? Wissen Sie Näheres?" Mit allem hatte ich gerechnet, aber nicht mit dieser Antwort. Von der Wohnung seines Enkels aus war eine Bombendrohung an die Stadt gesendet worden, vermutlich von einem der zwei Computer der Bewohner, die allerdings genauso wie ihre Besitzer spurlos verschwunden waren.

„Die Polizei nimmt die Sache sehr ernst. Tom und sein Freund sind zur Fahndung ausgeschrieben."

„Haben die Ihnen das freiwillig erzählt?", war alles, was mir in diesem Moment einfiel zu fragen.

Er sah mich strafend an. „Ich selbst habe bisher nicht mit den zuständigen Ermittlern gesprochen, Dr. Runge hat mir bis Montag eine Verschonung wegen Krankheit bescheinigt. Ein anderer Freund von mir ist Rechtsanwalt und hat einen guten Draht sowohl zur Polizei als auch zur Staatsanwaltschaft. Er nimmt meine und Toms Interessen wahr."

Ich bemühte mich, ihn unauffällig zu mustern. Er trug zu einer schwarzen Stoffhose einen beigefarbenen Pullover, darunter ein etwas dunkleres Hemd - und die Kleidungsstücke waren garantiert nicht aus dem Warenhaus. Sein silberfarbenes Haar verriet einen guten Friseur, die Brille stammte vermutlich von einem Designer. Ja, er war eindeutig von den Armen weg, seine gesamte Art deutete darauf hin, dass er mal was Besseres gewesen war. Das erklärte auch seine wohl noch immer guten Beziehungen.

Ich rief mir die spärlichen Informationen über ihn ins Gedächtnis: Er besaß vier der insgesamt dreißig Eigentumswohnungen – sechs auf jeder Etage - und legte bei der Eigentümerversammlung immer sehr viel Wert auf regelmäßige Instandhaltungen, auch jenen, die nur fürs Auge waren, womit er sich nicht nur Freunde geschaffen hatte. Es gab einige, die ihn hinter seinem Rücken als Pedant bezeichneten. Trotzdem gelang es ihm regelmäßig, sich durchzusetzen, da er und seinesgleichen in der Überzahl waren.

Ich enthielt mich meist eines Kommentars, Hauptsache, es gab jemand, der sich kümmerte und die nötigen Arbeiten veranlasste. Solange man mit dem auskam, was an Rücklagen vorhanden war, sah ich keinen Grund zu intervenieren. Immerhin behielt das Haus so seinen Wert beziehungsweise würde ich bei einem Verkauf meiner Wohnung einen guten Preis erzielen.

„Also, wären Sie bereit, mich gegen einen gewissen Obolus zu fahren?", brachte er sich wieder in Erinnerung. „Falls die Zeit zu knapp wird und wir dort übernachten müssten, komme ich selbstverständlich für die Unkosten auf."

„Sind Sie nicht viel zu krank für eine Reise?", gab ich zurück. Das fehlte noch, dass er unterwegs eine neue Herzattacke bekam. Andererseits - mittlerweile war ich ziemlich neugierig geworden und hätte gern mehr über die Hintergründe erfahren.

„Das lassen Sie bitte meine Sorge sein", winkte er ab.

Ja, er hatte eindeutig Chefallüren!

„Eher werde ich dadurch krank, dass ich nicht weiß, was hier gespielt wird. Niemals ist Tom ein Erpresser - und schon gar nicht ein Bombenbauer. Dafür … das passt nicht zu ihm."

Hatte er sagen wollen: Ist der zu doof? Oder zu anständig? Oder was? Zu blöd, dass ich mit den neuen Nachbarn kaum Kontakt hatte. Sein Enkel, ein mittelgroßer Rotschopf, das Gesicht gesprenkelt mit Sommersprossen, war mir kurz nach seinem Einzug über den Weg gelaufen und hatte sich schlicht als Tom vorgestellt. Danach nickten wir uns bei den wenigen Malen, die wir uns über den Weg liefen, kurz zu, weil entweder er oder ich offensichtlich in Eile war. Seinen Freund, der mit ihm dort wohnte, groß, dick, braune, schulterlange Haare, hatte ich genau zweimal getroffen. Den konnte ich noch schlechter einschätzen. Einerseits war er extrem schüchtern, andererseits kam er, wenn ich ihn ansprach, aus dem Erzählen nicht mehr heraus. Er war der typische Nerd, kannte jedes Computerspiel und studierte IT, wie er mir stolz erzählte. Aber viel Ahnung von diesem Thema hatte er meiner Meinung nach nicht, zumindest kannte ich mehr Tricks als er. Aber er war ja auch gerade mal im ersten Semester.

„Wenn ich Sie fahre, müssen Sie mir unterwegs tiefere Einblicke geben", sagte ich aus diesen Gedanken heraus. Warum sollte ich ihm den Gefallen nicht tun? Am Wochenende stand nichts Besonderes an. Außerdem war mein detektivischer Instinkt geweckt. Sollte sich der nächste Kriminalfall tatsächlich direkt vor meiner Haustür abspielen?

Herr Bendel atmete erleichtert aus. „Das hatte ich sowieso vor." Er räusperte sich. „Meine Tochter und ihr Mann sind etwas speziell, das ist auch der Grund, warum ich ihnen lieber persönlich gegenübertreten möchte. Genaueres erkläre ich Ihnen morgen während der Fahrt." Er erhob sich umständlich, ganz sicher war er noch nicht auf den Beinen. „Ist Ihnen neun Uhr zu früh oder wäre das in Ordnung?"

„Kein Problem." Dank des Schlafdefizits der vorherigen Nacht – bei mir eher die Regel als die Ausnahme - hatte ich eh früh schlafen gehen wollen. „Ich habe kein Auto", erinnerte ich ihn.

„Ich dachte, wir nehmen meins." Er musterte mich prüfend. „Schließlich können Sie schlecht Ihre Mutter um ihres bitten."

Anscheinend wusste er mehr über mich als umgekehrt. Mir war nicht mal bekannt, dass er eins besaß. Wobei, sinnierte ich, nachdem ich die Wohnungstür hinter ihm geschlossen hatte, so alt war er auch wieder nicht, irgendwas zwischen siebzig und achtzig, mit genaueren Schätzungen hatte ich es nicht so. Fast alle in dem Alter fuhren noch selbst.

Egal, Hauptsache sein Gefährt war einigermaßen verkehrssicher!

4

Samstag, 30. November

Eigentlich hätte ich es mir anhand meiner Beobachtungen denken können. Herr Bendel steuerte auf einen direkt neben dem Haus geparkten Mercedes der S-Klasse zu. Während er auf der Beifahrerseite einstieg, musterte ich ihn. Heute Morgen wirkte er wesentlich dynamischer als gestern, die Aufregung hatte seine Wangen leicht rosig gefärbt, nur die langsame und vorsichtige Art seiner Bewegungen ließ erkennen, dass er noch nicht wieder vollständig auf dem Damm war.

Eigenhändig tippte er die Adresse ins Navi ein. Knappe zweieinhalb Stunden Fahrt - wenn wir denn gut durchkamen.

Er schwieg, bis wir die Autobahn erreicht hatten. „Meine Tochter ist jemand, der seine Bestätigung aus der Beziehung zieht", begann er ohne große Vorrede. „Leider gerät sie dabei immer an den Falschen. Der Vater der Jungen war süchtig und hat sich umgebracht, als diese acht und vier waren. Sein Nachfolger trieb den Familienbetrieb in den Konkurs, ihr jetziger Mann ist Finanzverwalter, sehr erfolgreich, jedoch privat ein Arschloch - bitte verzeihen Sie mir den Ausdruck." Er seufzte. „Für Marion standen die Kerle an erster Stelle, die Kinder waren allerhöchstens nettes Beiwerk. Die Eltern, tja, für die blieb keine Zeit."

Er hatte ihr nie verzeihen können, dass sie sich während der langen Phase der Krankheit seiner Frau kaum sehen ließ. „Drei Besuche in zwei Jahren, selbst als feststand, dass es zu

Ende ging, hat sie sich nicht aufraffen können, sie ein letztes Mal zu besuchen."

Seine Frau litt mehr darunter als er, wie ich meinte, aus seinen Worten heraushören zu können. Er wiederum liebte seine Frau und nahm der Tochter ihr Benehmen übel. Dazu kam die in seinen Augen Hörigkeit in Bezug auf die Ehemänner und die damit einhergehende Vernachlässigung der Kinder. Der jetzige schien die Jungen aus dem Haus getrieben zu haben. Sowohl der Große namens Tim als auch der Kleine waren direkt nach dem Abitur ausgezogen.

„Tim studiert in Hannover und wohnt in einer WG. Wie Tom auf die Idee kam, an die Dortmunder Uni zu gehen, weiß ich ehrlich gesagt nicht. Eines Tages rief er an und fragte, ob ich ihm vielleicht eine günstige Unterkunft besorgen könne. Sein Freund und er hätten beide eine Zusage erhalten und seien jetzt auf der Suche nach einer Wohnung."

„Was studiert Ihr Enkel denn?"

„Journalistik, sein Freund Informatik."

„Er will Journalist werden?" Blöde Frage! Sonst würde er es bestimmt nicht studieren! Es war auch eher meiner Überraschung geschuldet, darauf hätte ich garantiert nicht getippt.

„Ich war ziemlich erstaunt", gestand Herr Bendel. „Sein Bruder schlägt sich mehr schlecht als recht mit einem Betriebswirtschaftsstudium herum. Tom ist einmal sitzengeblieben, kurz vor der Oberstufe. Ich dachte, er würde eher eine Ausbildung anstreben."

Na, so toll konnte das Verhältnis zwischen ihm und seinen Enkeln nicht gewesen sein, besonders viel schien er nicht von ihnen zu wissen.

Auf meine vorsichtigen Nachfragen gab er diesen Fakt unumwunden zu. Durch das Verhalten seiner Tochter hatte er in den letzten sechs Jahren nur zu Weihnachten und den Geburtstagen telefonischen Kontakt zu den Enkeln gehabt, immerhin meldeten sie sich zu seinem ebenfalls regelmäßig. Umso erstaunter und erfreuter war er über Toms Bitte. Dass genau zu dem Zeitpunkt eine seiner Wohnungen frei wurde, sei ein ausgesprochener Glücksfall gewesen. Er ließ aber keinen Zweifel daran, dass er sich sonst um etwas anderes bemüht hätte.

„Tim und Tom." Blöder ging es wirklich nicht mehr!

„Meine Tochter und ihr Mann fanden es damals lustig. Wir, also meine Frau und ich, weniger." Er lehnte den Kopf an die Kopfstütze und blickte aus dem Seitenfenster. „Unsere Vorschläge wurden leider abgelehnt."

Das klang wie eine Trotzreaktion. Ich wurde immer gespannter auf die Tochter!

Den Rest der Fahrt legten wir schweigend zurück. Herrn Bendel hatte die Unterhaltung deutlich angegriffen. Keine Ahnung, wie er das Treffen mit Tochter und Schwiegersohn überstehen wollte.

Die Wohngegend, in der das Haus lag, war eindeutig eine bessere. Ich parkte in der leeren Garageneinfahrt und jumpte zur Beifahrerseite, um dem alten Herrn aus dem Auto zu helfen. Zum Reisen eignete sich der Sitz hervorragend, zum Aussteigen weniger. Ich griff zu und zog ihn behutsam in die Senkrechte. „Kommen Sie allein zurecht?", fiel es mir erst jetzt ein zu fragen. „Soll ich hier in der Nähe warten?"

Er wirkte irritiert. „Ich gedachte, Sie mit hineinzunehmen - als moralische Unterstützung. Es sei denn …"

„Nein, nein", beeilte ich mich zu versichern. Nichts lieber als das!

„Weiß Ihre Tochter, dass wir kommen?" Dabei standen wir schon vor der Tür, einem modernen Gebilde aus Stahl und Glas, passend zum Rest des Hauses, das für mich einen Tick zu sehr auf stylish getrimmt war. Dazu Strahler, Bewegungsmelder, eine Alarmanlage, die Paranoia kannte keine Grenzen.

„Selbstverständlich", gab er sich entrüstet, wirkte jedoch trotzdem reichlich kleinlaut.

Bevor ich nachfragen konnte, wurde die Tür aufgerissen. „Ich habe dir gesagt, ein Gespräch ist völlig unnötig", fauchte die Frau im Eingang. „Wir wissen gar nichts."

„Finde ich nicht. Dürfen wir bitte eintreten?"

Ich bewunderte seine Ruhe. Seine Tochter, um die es sich offensichtlich handelte, funkelte ihn wütend an, er trat unbeeindruckt auf sie zu, bis sie einen Schritt zurückwich.

„Es handelt sich nicht um Peanuts, dein Sohn, mein Enkel, ist zur Fahndung ausgeschrieben und wird verdächtigt, ein Bombenattentat zu planen."

Sie griff haltsuchend nach der Klinke. „Woher weißt du das?"

„Beziehungen", brummte er.

Die Auskunft schien sie eher zu erzürnen, sie straffte sich und verwehrte uns weiterhin den Eintritt. „Trotzdem habe ich keine Ahnung, wie dieser Besuch ihm helfen soll. Er erzählt mir schon seit Jahren nicht mehr, was er treibt."

„Marion?", schallte es aus den Tiefen des Hauses.

Endlich gab sie sich einen Ruck und trat zurück. „Folgt mir, bitte!"

Durch eine geräumige Diele gelangten wir in ein riesiges Wohnzimmer, das von einer Sitzlandschaft dominiert wurde. Bei unserem Eintritt erhob sich der darauf liegende Mann und verzog unwillig das Gesicht.

„Es ist ernster, als wir dachten", erklärte seine Frau, wich dabei aber seinem Blick aus.

„Und wer sind Sie?", wandte er sich an mich, den alten Herrn missachtend.

„Das ist mein persönlicher Assistent, Herr Grahl", antwortete dieser.

Ich nickte ihm zu und führte meinen ‚Arbeitgeber' zu einem etwas abseitsstehenden Sessel. Anschließend zog ich mir einen Stuhl der Essgruppe heran und setzte mich neben ihn.

„Möchtet ihr was trinken?" Die Tochter war mit der Situation überfordert. Ihr Mann zeigte seinen Unwillen so deutlich, dass es direkt schon unhöflich war.

„Nein, nur kurz mit euch reden." Herr Bendel beugte sich vor. „Gab es im Vorfeld, also als Tom noch hier wohnte, irgendetwas Seltsames, oder etwas, das euch erst im Nachhinein seltsam vorkommt?"

„Schwer zu sagen …"

„Der Bengel hat sich mit seiner vorlauten Art oft genug in Schwierigkeiten gebracht", fuhr ihr Mann dazwischen. „Der hat nie mit seiner Meinung zurückgehalten, egal ob es passte oder nicht."

„Kurz bevor er umzog, haben ihn ehemalige Klassenkameraden schlimm verprügelt", ergänzte seine Frau. „Er …"

„… war selbst schuld", unterbrach ihr Mann sie wieder. „Man stellt sich nicht gegen den Mainstream - und schon gar nicht öffentlich."

„Worum ging es denn?", fragte Herr Bendel, weil seine Tochter nur stumm die Hände rang.

Ihr Mann schnaubte mit angewidertem Gesichtsausdruck. „Er hat bei YouTube irgendeinen Kram hochgeladen, natürlich ohne vorher mit uns darüber zu sprechen. Er provoziert eben gern."

„Und was war das Thema?", wagte ich nachzusetzen.

Er schoss einen grimmigen Blick in meine Richtung ab.

„Irgendwas mit Klima und Umwelt", haspelte die Frau schnell herunter.

„Der Junge ist und war ein Tunichtgut." Die Worte wurden mit Überzeugung und Nachdruck gesagt. „Mir war klar, dass der sich irgendwann in Schwierigkeiten bringen würde. An allem und jedem meckerte der herum."

„Traust du ihm eine derartige Tat zu?", stellte Herr Bendel die Kardinalfrage.

„Der?" Sein Schwiegersohn lachte abfällig. „Nein, dafür fehlt ihm der Mumm. Dem hat einer einen Streich gespielt, jede Wette."

Das war ein äußerst kurzer Besuch, mehr hatten die beiden nämlich nicht zu sagen. Außer Kilian, mit dem zusammen er das Appartement gemietet hatte, kannten sie keinen seiner Freunde. Sein Zimmer war längst ausgeräumt, alles Wichtige habe er mitgenommen, wie seine Mutter erklärte oder zumindest versuchte. Jedes Mal, wenn sie einen Satz begann, brachte ihr Mann diesen zu Ende, und zwar mit einer eigenen Wertung, die stets negativ ausfiel. Der Junge sei ein Schlunz, habe sich nie an Regeln gehalten, sei geistig meist abwesend, setze die falschen Prioritäten.

Mitten in seiner Litanei hatte ich Herrn Bendel angestoßen und ihm zu verstehen gegeben, dass wir uns besser verdünnisierten. Mehr gab es wohl nicht zu holen.

Seine Tochter brachte uns zur Tür. „Bitte verschone uns mit einem ähnlichen Überfall. Wenn es Neuigkeiten gibt, können wir gern telefonieren", sagte sie laut und hauchte so leise, dass ich Mühe hatte, sie zu verstehen: „Fragt Tim!"

Verdutzt starrten wir auf die sich abrupt schließende Tür. Ich fing mich als Erster wieder. „Kommen Sie, wir fahren nach Hause." Ich bot ihm meinen Arm als Stütze, was er dankbar annahm. Nach diesem Gespräch wirkte er um Jahre gealtert.

5

„Haben Sie die Telefonnummer von Tim dabei?" Wenn ich ihn richtig einschätzte, wollte er diesen bestimmt direkt aufsuchen.

Er strahlte mich dankbar an. „Fahren Sie erst einmal eine Straße weiter. Der Haustyrann muss nicht sehen, dass ich telefoniere."

Schlimm, wenn die nächste Verwandtschaft von so einem Typen regiert wurde!

Tim, der tatsächlich Zeit für uns hatte, gab mir noch tiefere Einblicke. „Meine Mum hat's mit den Süchtigen. Unser Vater war drogensüchtig, der erste Stiefvater spielsüchtig, der jetzige ist herrschsüchtig." Er grinste und schob sich einen Riesenbissen Steak zwischen die Zähne. „Tom und ich sind von einer Hölle in der nächsten gelandet."

Seine Worte waren kaum zu verstehen, trotzdem beließ ich es lieber dabei. Herr Bendel hatte für diesen Tag bereits genug ertragen.

Wir hatten uns in einem Steakhouse am Rande von Hannover verabredet und erreichten es fast zeitgleich. Bis wir bestellt hatten und das Essen kam, zu dem der alte Herr uns wie selbstverständlich einlud, betrieben wir nur Small Talk, das hieß, Tim erzählte von der Uni, gab sogar offen zu, dass sein Antrieb, endlich zu Potte zu kommen, wie er es ausdrückte, nicht gerade groß sei.

„Mir fehlt jemand, der mich liebevoll in den Arsch tritt." Er grinste seinen Opa an. „Vielleicht sollte ich auch nach Dortmund wechseln und mich unter deine Fittiche begeben."

Seine lockeren Sprüche verbargen nicht die Wut, die in ihm loderte. Nach seinem Auszug habe der Bruder fast ständig bei seinem Freund abgehangen, teilte er uns mit. Die zwei seien ein Herz und eine Seele und würden sich gegenseitig motivieren. Und weil Kilian sein Informatikstudium unbedingt in Dortmund machen wollte, habe er sich ihm eben angeschlossen und sich ebenfalls dort beworben. Außerdem gab es da ja noch den Opa, der eventuell mit einer Wohnung helfen konnte.

„Hätte ich das mal auch gemacht", seufzte Tim und stopfte sich den letzten Rest Fleisch in die Backen.

„Du bist willkommen, jederzeit." Herr Bendel hatte Tränen der Rührung in den Augen. Er griff zu seinem Löffel und begann, die mittlerweile bestimmt schon kalte Suppe zu essen. Mehr Hunger habe er nicht, hatte er bei der Bestellung behauptet, uns jedoch ermuntert, tüchtig zuzugreifen.

Ich durchbrach das Einvernehmen nur ungern. „Was hat dein Bruder denn nun bei YouTube hochgeladen?", fragte ich ganz direkt.

„Dem ging dieser ganze Fridays for Future - Scheiß auf den Senkel. Und da kam er auf die Idee, mal selbst zu recherchieren. Er fühlte sich manipuliert. Der hat immer schon aufbegehrt, wenn er das Gefühl hatte, man wolle ihn ohne eine vernünftige Erklärung in eine bestimmte Richtung drängen", fügte er hinzu und zog eine Grimasse. „Deshalb hatte er es mindestens doppelt so schwer wie ich bei unserem geliebten Stiefvater. Ich bin da anders, ich dreh mein Fähnchen nach dem Wind. Ist besser fürs Seelenheil."

Äußerlich glichen sich die beiden Brüder wie ein Ei dem anderen, Tim war insgesamt etwas schlanker und ein paar Zentimeter größer, innerlich hätte der Unterschied nicht stärker sein können. Der junge Mann gab freiwillig zu, dass Tom der Zielbewusstere war. „Der hat schon früh angefangen mit seinen Recherchen, und der ist echt gut darin."

Auslöser war der ungeliebte Stiefvater. Irgendwann hatte Tom den Verdacht, dass dessen Geschäfte gar nicht so grandios waren wie von diesem dargestellt. Er begann ihm hinterherzuspionieren, tauchte dafür tief in die Finanzwelt ein - und schien das meiste, was er sich anlas, auch zu verstehen. „Der hat ein unheimliches Wissen. Außerdem ist er verdammt hartnäckig, der hat jede freie Minute vor dem Computer verbracht."

Nachdem er zur Genugtuung der beiden Brüder festgestellt hatte, dass der Stiefvater mit einer Blase operierte, die jederzeit platzen konnte, wandte er sich anderen Dingen zu - ohne seine Schnüffeleien zuzugeben oder den verhassten Mann oder seine Mutter damit zu konfrontieren. „Das war für uns halt ein inneres Wellenbad. Das reichte ihm. Danach hatte er Blut geleckt, er fand immer neue Themen, die ihn interessierten." Tim zwinkerte seinem Opa zu. „Deshalb hat er sich von dir den Laptop zum Geburtstag gewünscht. Den konnte er überallhin mitnehmen. Er saß nämlich lieber bei Kilian als zu Hause."

„Wann begann er mit seinen Filmen bei YouTube?", fragte ich.

„Ach, erst im April oder so, nach den schriftlichen Abitur-Prüfungen."

„War er gut in der Schule?", warf Herr Bendel ein.

Tim verzog das Gesicht. „Nur da, wo er sich für interessierte. Da konnte der sich richtig drin verbeißen, hat sich alles an Wissen angelesen, an das er drankam. Und er konnte sich schon von klein auf tolle Geschichten ausdenken, also sprachlich ist er top. In der Schule hat er erst angefangen Gas zu geben, als er dieses Ziel mit dem Studium hatte. Das mit den Beiträgen zu dem Fridays for Future - Hype war ihm ein echtes Bedürfnis: Wie können die das glauben, was man ihnen vorsetzt, ohne sich selbst ein Bild zu machen."

Herr Bendel schmunzelte. Die Informationen über seinen Enkel hatten ihn ein wenig aufleben lassen. „Ja, er war immer schon ein kleiner Widerspruchsgeist."

„Es ist mit Sicherheit nicht ungefährlich, was er da gemacht hat." Tim trank den letzten Schluck seiner Cola. „Schaut

33

euch die Filme an und ihr wisst, was ich meine. Die Kommentare sind extrem. Dort nennt er sich Flipp und trägt eine Art Verkleidung." Er sah auf sein Handy. „Tut mir leid, aber ich muss gleich arbeiten. Hättest dich eher melden sollen", sagte er an seinen Opa gewandt.

„Kannst du mir deine Nummer geben, falls uns noch Fragen einfallen?" Wir hatten uns gleich geduzt wie unter Studenten üblich.

„Klar, gib mir deine auch."

Ich schaltete mein Handy ein und erschrak. Fünfzehn Nachrichten seit heute Morgen! Mein Vater hatte mir sogar auf den Anrufbeantworter gesprochen, ebenso wie Herr, ich stutzte, Janzen. Was konnte denn der von mir wollen?

Ohne mir meine Neugier anmerken zu lassen, tippte ich Tims Nummer ein und rief ihn an, damit er meine speichern konnte.

„Ich melde mich, sobald es Neuigkeiten von deinem Bruder gibt." Herr Bendel verabschiedete sich mit einer langen Umarmung von seinem Enkel.

„Das wird sich als Irrtum herausstellen." Tim sah die ganze Geschichte äußerst gelassen. „Wetten, dass ihm einer einen Streich gespielt hat? Der taucht spätestens in ein, zwei Tagen wieder auf und klärt das."

„Wenn die Bombendrohung tatsächlich ein Streich sein sollte, wäre das allerdings ein äußerst heftiger", sagte ich zu Herrn Bendel, während wir zum Parkplatz gingen. Wieder hatte er sich bei mir untergehakt, dieses Mal stützte er sich deutlich auf mich.

„Meiner Meinung nach sieht Tim das Geschehene viel zu locker." Herr Bendel seufzte. „So war er schon immer: zurücklehnen und abwarten." Obwohl er sich bemühte, tough rüberzukommen, merkte ich, dass er total neben sich stand. „Nach Hause?"

„Wenn Sie sich die Strecke jetzt noch zutrauen?"

„Klar." Es war gerade mal zwei. Wir würden vor dem Dunkelwerden ankommen.

Kaum eingestiegen gestand der alte Herr, dass er sehr müde sei. Ob es mir etwas ausmachen würde, wenn er die Fahrt verschliefe. Nein, machte es mir nicht, so konnte ich in Ruhe über das, was wir erfahren hatten, nachdenken. Ich half ihm, den Sitz in eine Fast-Liegeposition zu bringen und sich anzuschnallen.

Bevor ich losfuhr, hörte ich wenigstens noch die beiden Nachrichten vom Anrufbeantworter ab. Meine Mutter hatte fünfmal versucht mich zu erreichen, mein Vater dagegen war gleich zur Sache gekommen: „Was ist los? Geht es dir gut? Deine Mutter und ich machen uns große Sorgen. Melde dich, bitte!"

Ich antwortete über WhatsApp, dass ich unterwegs sei, aber spätestens am Abend anrufen würde. Wieso auf einmal diese übertriebene Sorge? Wir hörten oft tagelang nichts voneinander!

Die Erklärung lieferte mir die nächste Nachricht, die von Hauptkommissar Janzen, mit dem ich bei meinem ersten Fall zu tun gehabt hatte. „Sind Sie denn von allen guten Geistern verlassen? Wie kommen Sie dazu, die Presse auf unseren Einsatz bei Ihnen im Haus anzusetzen?"

Im ersten Moment fühlte ich mich zu Unrecht angegangen - bis mir das gestrige Interview einfiel. Der Reporter musste wahnsinnig schnell gearbeitet haben, wenn er das Thema direkt in der Samstagszeitung brachte. Allerdings war doch sowieso damit zu rechnen gewesen, dass eine derartige Aktion nicht an den Medien vorbeiging.

Meine Gedanken schweiften zu dieser seltsamen Familie ab. In der Mutter, zierlich, schwarzhaarig, Porzellangesicht, hätte ich niemals Tom erkannt. Ob er und sein Bruder wohl nach dem Vater kamen? Immerhin konnten selbst Herr Bendel und seine Tochter eine gewisse Familienähnlichkeit in ihren Zügen nicht verstecken - auch wenn die Frau nach meiner Meinung viel zu sehr gestylt und geschminkt war.

Zu ihrem Mann passte sie dadurch hingegen hervorragend. Dessen Kleidung sah aus, als sei er einem Modejournal entsprungen. Und die Bräune stammte bestimmt aus einem Solarium.

Von ihrer Art her hatten beide wenig mit Herrn Bendel gemein. Der Mann gab eindeutig den Ton an und seine Frau kuschte, anders konnte man es echt nicht ausdrücken. Wie lebte es sich wohl, wenn man sich ständig zurücknehmen und vor allem, sich gegen seine Kinder stellen musste?

Nein, ich konnte ihr Verhalten nicht nachvollziehen, auch nicht nach dem, was ihr Vater mir in groben Zügen mitgeteilt hatte. Seine Tochter sei irgendwann zu der irrigen Ansicht gekommen, ihre Eltern würden sie nicht lieben, und habe daraufhin begonnen, sich woanders Aufmerksamkeit zu holen. Dabei sei sie nicht sonderlich wählerisch gewesen. Und dann ging man selbst so mit den eigenen Kindern um? Mich wurmte ihr Verhalten kolossal. Nicht nur, dass unser Besuch ihr offensichtlich hochnotpeinlich war, offenbar schien sie überhaupt keine Angst um Tom zu haben. Also meine Mutter hätte vollkommen anders reagiert.

Als ich von der Autobahn abbog, wurde mir eine weitere unerfreuliche Tatsache bewusst. Für den armen Herrn Bendel, der tatsächlich fest schlief, würde es ein böses Erwachen. Sein Enkel im Fokus der Polizei war schon schlimm, dass nun durch den Zeitungsartikel alle Welt davon erfuhr, garantiert noch einen Tacken schlimmer. Gerade die ältere Generation legte Wert auf einen tadellosen Ruf.

Er erwachte, kurz bevor wir in unsere Straße einbogen. Ich versuchte, ihm den vermutlichen Zeitungsartikel behutsam beizubringen. Zu meinem Erstaunen reagierte er begeistert. „Auf die Idee hätte ich auch kommen müssen. Dadurch wird sich die ganze Geschichte bestimmt viel schneller aufklären.“

6

Obwohl Herr Bendel arg angeschlagen wirkte, bestand er darauf, mit in meine Wohnung zu kommen, um wenigsten den ersten Teil der Videos zu sehen, die sein Enkel verzapft hatte.

Ich konnte ihm die Bitte schlecht abschlagen. Noch während ich die Tür öffnete, hatte er mir zweihundert Euro in die Hand gedrückt, viel zu viel, wie ich fand, aber er weigerte sich vehement, wenigstens einen Hunderter wieder zurückzunehmen.

Daher gab ich ihm gleich eine kurze Einführung, wie er vorgehen musste, um sich die anderen Filme anzusehen. Denn Tom hatte einiges zusammengetragen und in kurzen Beiträgen von gerade mal fünfzehn Minuten veröffentlich. Kurz, aber knackig, wie sich herausstellte.

„Ey, Leute, seid ihr eigentlich völlig verrückt?", begann sein Auftritt. „Glaubt ihr denn alles, was euch da präsentiert wird? Statt euch dieser dämlichen Bewegung anzuschließen und die Schule zu schwänzen, hättet ihr lieber mal eure Lehrer bitten sollen, gemeinsam mit euch das Thema durchzuackern. Das wäre garantiert interessanter gewesen, als sich auf diesen Demos die Beine in den Bauch zu stehen und sich zum Gespött all jener zu machen, die einen tieferen Durchblick haben als ihr."

Ich riskierte einen kurzen Seitenblick zu Herrn Bendel, der in meinem bequemen Schreibtischstuhl, die komfortabelste Sitzgelegenheit, über die ich verfügte, neben mir saß. Tom war mit diesem Auftritt ein großes Risiko eingegangen. Zwar hatte er sich die Haare gelb gefärbt - mit Sprühfarbe vermutete ich -, eine grüne Kappe tief ins Gesicht gezogen und eine riesige Sonnenbrille aufgesetzt, trotzdem war er für diejenigen, die ihm näherstanden, bestimmt zu erkennen. Doch das Gesicht seines Großvaters zeigte keine Regung, er sah starr auf den Monitor.

„Stellt euch bitte mal vor, so jemand wie Greta wäre bei euch in der Klasse, ein Mädchen, das für sich bleibt, die keine eurer Interessen teilt, die irgendwie seltsam ist und sich komisch benimmt." Er beugte sich vor und sah direkt in die Kamera. „Wie hättet ihr reagiert, wenn dieses Mädchen plötzlich freitags nicht mehr in der Schule aufgetaucht wäre und sich stattdessen vors Rathaus gesetzt hätte, um für das Klima zu demonstrieren?"

Ich musste unwillkürlich grinsen. Das war ein ganz neuer Ansatz.

„Ja, genau, ihr hättet sie für verrückt erklärt und eure bisherige Ansicht über sie bestätigt gefunden. Keiner von euch hätte sich ihr freiwillig angeschlossen. So ähnlich ist es übrigens in Schweden abgelaufen, wenn man den Berichten glauben kann." Er lehnte sich wieder zurück und fuhr wesentlich gemäßigter fort: „Nein, der Hype ist durch eine wahnsinnig gute PR, die Berichterstattung der Medien und die Reaktion der Politik ausgelöst worden. Und nicht zu vergessen durch die Umweltverbände, die sich gleich, als sie das zunehmende Interesse bemerkten, ebenfalls dranhängten.

Hinter Gretas Bekanntheit steckt eine gewaltige Medienkampagne, die gezielt gesteuert wurde. Nicht dass ihr denkt, die wäre aus reinem Enthusiasmus erfolgt beziehungsweise weil dem Hauptinitiator das Thema so wichtig ist. Nein, es geht wie immer ums Geld. Mit dieser Art von Protesten lassen sich Millionen scheffeln.

Ihr glaubt mir nicht? Bevor ich mich entschloss, meine Meinung öffentlich zu machen, habe ich ausgiebig recherchiert. Natürlich nicht nur auf den Seiten, die diesen Hype mittragen, es gibt eine riesige Menge anderer, darunter auch viele von ernsthaften Wissenschaftlern und Journalisten, die sich der Wahrheit verpflichtet fühlen und hinter die Kulissen blicken.

Okay, ich bin kein Fachmann, aber Wissen anlesen und anhören kann sich jeder. Zu welchem abschließenden Urteil man dann gelangt, ist davon abhängig, wem man glaubt und wem nicht. Sind es diejenigen, die am lautesten schreien und sich in Szene setzen oder die, die reine Fakten vertreten und zugeben, dass trotz aller wissenschaftlichen Erkenntnisse vieles noch gar nicht beweisbar beziehungsweise vorherzusagen ist?

Wenn ihr intensiv recherchiert, werdet ihr feststellen, dass man sich als Laie absolut schwertut, ein Urteil zu bilden. Einfach, weil man viel zu wenig Wissen über die Zusammenhänge hat. Die eine Koryphäe erklärt die Dinge so, eine andere genau andersherum. Und jeder ist fest davon überzeugt, dass seine Ansicht die richtige ist. Aber Greta, eine Jugendliche, die genau wie ihr zur Schule geht und nicht mal nebenher irgendwelche Kurse an der Uni zu dem Thema belegt, um sich weiterzubilden, hat den ultimativen Durchblick?

Was mich an der ganzen Geschichte stört, ist die Art und Weise der Berichterstattung. Dieser Hype um Greta, als wäre sie der Messias, der die reine Wahrheit verkündet. Gefühlt kommen immer nur die Experten zu Wort, die sich ihrer Meinung anschließen und somit dem Mainstream folgen. Alle, die nicht an den menschgemachten Klimawandel glauben, werden fertiggemacht und beschimpft. Als wenn es eine unumstößliche Tatsache wäre!

Dabei wurden schon oft Katastrophen verkündet, Ozonloch, Ölkrise, das Umkippen der Weltmeere, das Waldsterben, um nur ein paar Beispiele aufzuzeigen. Könnt ihr euch erinnern, dass es kurz zuvor noch einen Hype um Stickoxide gegeben hat? Nee, bestimmt nicht, unser Gedächtnis in diesem Bereich ist kurz. Die Bundesregierung gab 2018 eine Studie in Auftrag und herauskam: Feinstaub und CO_2

Belastung sind viel gefährlicher. Und das war's mit der Aufregung.

Heute steht das CO_2 im Fokus - nein, stimmt ja gar nicht, das tut es schon sehr, sehr lange, bloß hat vorher fast keiner darauf gezuckt. Die Regierungen jedenfalls haben sich schon vor Jahren auf Einsparungen geeinigt, von wegen Klimaziel und so. Leider klappte das bisher nicht so wie vorgesehen.

Ja, ihr habt richtig gehört. Die erste Weltklimakonferenz fand schon 1979 statt. Das Klimarahmenabkommen wurde bereits 1992 getroffen und trat zwei Jahre später in Kraft. Seitdem gibt es regelmäßig Klimagipfel mit immer neuen Zielen." Er grinste. „Wobei die Kluft zwischen dem, was versprochen, und dem, was tatsächlich umgesetzt wird, über die Jahre eher größer als kleiner zu werden scheint."

Er beugte sich vor und schaute eindringlich in die Kamera: „In der Zwischenzeit ist eine riesige Klimakatastrophenindustrie entstanden. Nicht nur Wissenschaftler und deren Institute profitieren weltweit von Millionensubventionen, auch der normale Bürger versucht, sein schlechtes Gewissen durch Spenden an entsprechende Organisationen zu entlasten. Und unsere Regierung? Die plant seltsamerweise nur Aktionen, die dem Bürger noch mehr Geld aus der Tasche ziehen. Wir alle müssen halt dazu beitragen, die Erde zu retten! Auf einmal, ohne dass es vorher richtig bekannt wurde, ist es kurz vor zwölf!

Was soll dieser Wahn mit den Elektroautos! Sind die blöd da oben oder ist das eine gut überlegte Kampagne für die Wirtschaft, um neue Absatzmärkte zu schaffen? Wir sollen also alle auf Elektroautos umsteigen, obwohl es bereits etliche Experten gibt, die nachweisen können, dies sei nur effektiv, wenn der Strom dafür aus Wind-, Wasser- oder Solaranlagen kommt. Dazu ist die Produktion der Batterien besonders umweltschädlich, allein dabei verursacht ein E-Auto schon mehr Feinstaub als ein Verbrenner. Und trotzdem ist der Umstieg auf Elektromobilität so gut wie beschlossen. Seltsam nur, dass ein Kreuzfahrtschiff nach dem anderen gebaut wird, der Verkauf der beliebten SUVs in die Höhe schießt und die Grünen erst letztens zu den Vielfliegern des Bundestages gekürt wurden."

Er lehnte sich zurück und atmete langsam ein und aus, als müsse er sich beruhigen, bevor er fortfuhr: „Noch so ein Witz: Googelt mal Flugverkehr und CO_2. Auf den ersten Blick sieht es aus, als mache dieser nur ein knappes Prozent der Treibhausgasemissionen in Deutschland von insgesamt achtzehn im Bereich des Verkehrs aus. Guckt man genauer hin, erfährt man, dass für die Statistik nur die innerdeutschen Flüge zählen, da fallen ungefähr zwei Millionen Tonnen an. Die restlichen dreißig Millionen Tonnen stammen von den Flugzeugen, die ins Ausland starten oder von dort aus einfliegen und werden netterweise nicht mitgerechnet. Normal, oder?"

Wieder holte er tief Luft und stieß sie laut aus. „Ja, ich schmeiß hier mit jeder Menge Fakten um mich, ich weiß. Deshalb blende ich im Abspann die entsprechenden Links ein, damit ihr seht, dass ich euch keinen Quatsch erzähle. Ihr könnt alles selbst nachlesen."

Er machte eine kleine Pause, bevor er fortfuhr: „Habt ihr euch mal gefragt, wie viel CO_2 eigentlich durch einen Vulkanausbruch oder die jährlich wiederkehrenden Brände in den australischen Wäldern entstehen - nicht zu vergessen die weiter ausgeübte Brandrodung im brasilianischen Amazonasgebiet? Wie ist es mit den Emissionen aus Kriegen, die Bombardierungen und Raketenangriffe, sind die vernachlässigbar? Und ebenso das Abschießen der vielen Satelliten und Raketen ins Weltall? Zählen da die achthundertsechzig Millionen Tonnen Treibhausemissionen, für die wir Deutschen im Jahr 2018 verantwortlich waren, wirklich so enorm?"

Wieder legte Tom eine kurze Pause ein, bevor er fortfuhr: „Oder die Umstellung auf erneuerbare Energien hat ganz andere Gründe. Vielleicht stimmen ja dieses Mal die

Berechnungen der Experten und die natürlichen Energielieferanten wie Erdöl und Gas reichen nicht mehr lange. Angeblich sind die Kohlevorräte in etwas über hundert Jahren erschöpft, Erdöl und Erdgas sogar deutlich darunter. Nur - warum erklärt man es dann nicht anhand dieser Zahlen? So nach dem Motto: Wir müssen unbedingt umstellen, weil ..."
Er tippte sich gegen die Stirn. „Wie gesagt, wenn man anfängt, sich mit dem Thema intensiver zu beschäftigen, findet man jede Menge Ungereimtheiten. Dazu gehören auch die Erklärungen über die schon immer wechselnden Klimaperioden auf der Erde, die es nachgewiesenermaßen gab, mit wärmeren Zeiträumen und kälteren, ohne dass der Mensch daran beteiligt war.

Versteht mich nicht falsch, ich bestreite keineswegs, dass sich das Klima ändert. Ich hinterfrage nur, ob es tatsächlich allein am CO_2 liegt - oder überhaupt und inwieweit der Mensch der Verursacher ist. Und ich bezweifle, dass andere Einflüsse wie zum Beispiel die Schwankungen der Sonnenaktivität und die Achsenverschiebung der Erde nicht ebenso mit reinspielen, genauso wie die kleine Eiszeit, die wir gerade hinter uns gelassen haben.

Allein zu diesen Punkten gibt es jede Menge anzumerken, und ich habe noch wesentlich mehr Ungereimtheiten ausgegraben. In meinen folgenden Beiträgen werde ich auf jeden einzelnen Punkt eingehen.

Für heute habe ich euch wohl genug Stoff zum Nachdenken gegeben. In einer Woche melde ich mich wieder. Bis dahin: Schaltet euer Hirn ein und nehmt nicht alles als wahr hin, was man euch erzählt! Tschüss, euer Flipp."

7

Wider Erwarten lehnte Herr Bendel es ab, sich einen weiteren Beitrag anzuschauen. Er wirkte ziemlich entsetzt von der Aktion seines Enkels, wollte sich aber offensichtlich nicht dazu äußern. Zudem merkte man ihm die Anstrengung des Tages nun extrem an. Seine ersten Schritte auf dem Weg zur Tür waren derart mühsam, dass ich ihm wieder meinen Arm anbot und ihn bis vor seine Wohnung brachte. „Wenn irgendwas ist, klingeln Sie durch, egal wann", schärfte ich ihm ein.

Der Ausflug war viel zu anstrengend, dachte ich mit schlechtem Gewissen. Hoffentlich gibt es keine Nachwirkungen.

Ich kehrte an den Computer zurück, um mir die Kommentare unter dem Beitrag anzuschauen, was ich wohlweislich mit dem Großvater an meiner Seite unterlassen hatte. Dann staunte ich allerdings nicht schlecht, Tom hatte mehr Zustimmung erhalten als gedacht. Natürlich gab es auch weniger nette Bemerkungen, der Ausdruck Spinner war in dem Bereich noch der harmloseste. Trotzdem hatte ich mit dieser Menge an Zuspruch nicht gerechnet. Es sah fast so aus, als hätte er mit diesem Statement all die erreicht, die ebenfalls dem ganzen Szenario skeptisch gegenüberstanden. Er erhielt jede Menge ‚Daumen hoch' und ‚weiter so'.

Die nächsten Folgen rief ich nur kurz auf und skippte im Schnelldurchlauf durch die Videos. Tom hatte seine Ankündigung wahr gemacht und zu jedem der angekündigten Punkte einen umfassenden Bericht verfasst, wobei er sich bemühte, jede Seite zu Wort kommen zu lassen. „Euer Fazit müsst ihr selbst ziehen", hatte er jeweils am Ende erklärt und natürlich wieder auf die Linkliste im Abspann verwiesen.

Dann klickte ich den erst vor kurzem gesendeten Filmbeitrag an. War hier irgendetwas zu finden, was einen Angriff auf ihn ausgelöst haben konnte? Nicht dass wir uns falsch verstehen, noch war ich nicht davon überzeugt, dass Tom und sein Freund die Opfer waren. Dafür kannte ich die beiden viel zu wenig. Eines war mir nach seinen Statements allerdings klar: Er liebte es zu provozieren, sonst hätte er sich niemals dazu verleiten lassen, diese Videos zu drehen. Wenn es darum ging, beträchtliches Aufsehen zu erregen, eine Vielzahl von Menschen erreichen zu wollen, traute ich ihm durchaus zu, auch nach extremeren Mitteln zu greifen. Aber wie er schon sagte: Man muss immer offenbleiben, nach allen Seiten.

In dieser Folge bezog er sich auf die letzte Klimakonferenz und die Milchmädchenrechnung der Medien und der Politik, wie er es ausdrückte, Deutschland stehe auf den Listen der größten CO_2-Sünder auf dem sechsten Platz. Davor befänden sich nur noch China, die USA, Indien, Russland und Japan. Wenn man aber den Pro-Kopf-Ausstoß betrachte, wäre Deutschland noch vor China, würde argumentiert. Genau deshalb müssten gerade wir die größten Anstrengungen unternehmen, CO_2 einzusparen.

Milchmädchenrechnung deshalb, weil ein völlig falsches Bild entstünde. Erst einmal müsse man sich die reinen Zahlen anschauen. Chinas CO_2-Ausstoß betrage über elftausend Millionen Tonnen und mache fast dreißig Prozent des weltweiten Ausstoßes aus, und während in Deutschland - circa siebenhundertfünfzig Millionen Tonnen in 2018 - der Ausstoß jedes Jahr zurückgefahren würde, stiegen Chinas Werte weiter an. Allein die ersten drei Staaten auf der Liste seien für mehr als die Hälfte des CO_2-Ausstoßes verantwortlich.

Mit der Behauptung, Deutschland stünde bei der Pro-Kopf-Emission noch vor China, würde seiner Meinung nach impliziert, dass wir die Umweltsünder schlechthin seien. Schaue man sich aber die echten Zahlen an, läge Deutschland auf Platz achtundzwanzig, noch hinter Belgien.

Anschließend nahm er sich die Behauptung vor, dass siebenundneunzig Prozent der Wissenschaftler der Meinung seien, der Klimawandel sei menschgemacht. Ich muss gestehen, ich hörte nur noch mit halbem Ohr zu, weil, auch wenn das interessant war, fand ich es nicht so bedeutend, dass es diesen plötzlichen Angriff ausgelöst haben könnte. Außerdem hatte er wieder akribisch Beispiel an Beispiel gereiht, um das Ganze zu verdeutlichen. Das Einzige, was bei mir hängen blieb: Es sind deutlich unter fünfzig Prozent und die Zahl der Klimaskeptiker unter den Wissenschaftlern ist enorm, sie erhalten bloß keinen Raum, sich zu äußern.

Es sei denn, es ist die Summe des Ganzen, dachte ich bei mir, während ich die Liste mit Toms weiteren Beiträgen entlang scrollte. Für einen Klimaaktivisten musste sein Tun geradezu ein rotes Tuch sein. Und auch wenn sein Bekanntheitsgrad nicht sonderlich groß war, die Angst davor, dass er einmal ähnlich viel Zustimmung wie Greta bekommen könnte, war nicht von der Hand zu weisen. Es musste nur ein Prominenter oder ein in seine Richtung tendierender PR-Manager auf ihn aufmerksam werden, dann waren seine Beiträge bald in aller Munde.

Apropos Greta, irgendwo hatte ich doch … ah, ja, da war es. Schon der Titel war provokant: Greta - eine von der Klimakatastrophe Besessene? Ich drücke auf Start.

„Wer Greta zujubelt, sollte sich zuerst einmal über ihre Krankheit informieren", begann Tom in seiner üblichen Verkleidung. „Das ist nichts Heilbringendes, sondern eine ernst zu nehmende, tiefgreifende Entwicklungsstörung." Er gab einen kurzen Abriss über das eigentlich Autismus-Spektrum-Störung genannte Krankheitsbild, zu dem man auch Asperger zählte.

„Ich habe das Buch der Mutter nicht gelesen", fuhr er fort, „allerdings jede Menge Rezensionen darüber und mit einigen Personen, die es sich angetan haben, gesprochen. Demnach sind beide Mädchen eindeutig psychisch krank. Die eine, also Greta, hat Asperger, wozu auch ihre Panikattacken, Essstörungen, Zwangsstörungen und Depressionen passen, wie ein Psychologe mir erklärte. Ihre Schwester leidet an ADHS, hat Züge von Asperger, ebenfalls eine Zwangsstörung und eine Trotzstörung. Die Mutter hat oder hatte auch heftige psychische Probleme." Er holte tief Luft: „Und missbraucht ihre ältere Tochter, um sich zu profilieren - oder warum auch immer. Das ist echt krank! Dass man Greta nicht mit normalen Maßstäben messen kann, ist mir schon länger bewusst. Allein der Satz: Ich will, dass ihr in Panik geratet, dass ihr die Angst spürt, die ich jeden Tag spüre, hat mich verstört. Das war kein PR-Gag, das war pure Not. Greta ist felsenfest davon überzeugt, dass die Welt demnächst untergeht, wenn man sich nicht um das Klima kümmert. Wer hat ihr das bloß eingeredet?

Ihre Krankheit, und als solche muss man diese Störung sehen, ist bis jetzt nicht heilbar. Man kann nur versuchen die Symptome, also die Schwierigkeiten in der sozialen Interaktion und in der Kommunikation mit den normalen, gesunden Personen zu verbessern und die psychischen Begleiterkrankungen zu behandeln. Trotzdem ist und bleibt Greta ihr Leben lang ein gehandicapter Mensch.

Angeblich ist Greta irgendwann in der Schule bewusst geworden, dass es mit unserer Umwelt nicht zum Besten steht und darüber krank geworden, so erzählt es zumindest ihre Mutter. Tatsache ist, die autistische Störung besteht von Geburt an. Bei Greta war es im Alter von elf Jahren so schlimm, dass sie an einer schweren Depression litt, hat sie in einem Interview selbst erzählt. Sie habe nur noch mit ihren Familienmitgliedern gesprochen, sei nicht mehr zur Schule gegangen und habe aufgehört zu essen. Ein Kinderarzt habe damals gesagt, dass sie bald in ein Krankenhaus eingeliefert werden müsse, so unterernährt sei sie damals gewesen.

Statt ihre Tochter zu beruhigen, wurde sie anscheinend in ihrem Wahn noch von den Eltern darin unterstützt, wobei, so wie es aussieht, der Mutter dabei eine treibende Rolle zukommt. Wusstet ihr, dass das Buch der Mutter über den Leidensweg der Familie, für den sie natürlich das Klimaproblem verantwortlich macht, genau zu dem Zeitpunkt rauskam, als Greta mit ihrem Schulstreik begann? Und dass der Reporter, der dann relativ schnell den ersten Artikel über die demonstrierende Greta verfasste, mit ihrer Mutter gut bekannt ist?

Übrigens stieß sie in ihrem eigenen Land anfangs auf wenig Resonanz - und das Buch ebenso wenig. Da bedurfte es erst einer riesigen Kampagne, um die Sache voranzutreiben. Der Unternehmer Rentzhog, zufälligerweise ebenfalls ein Bekannter ihrer Mutter und zufälligerweise ein PR-Profi, nahm die Sache professionell in die Hand.

Rentzhog ist ein Börsenspezialist, er hat die Aktiengesellschaft ‚We don't have time' 2017 gegründet. Die wollte er so pushen, dass es das Facebook für den Klimawandel wird. Angeblich soll er gesagt haben: Es gibt keinen Interessenkonflikt zwischen Klimaschutz und Geldmachen. Und wiederum angeblich hat er bereits dreiundzwanzig Millionen schwedische Kronen eingenommen - und das noch vor Gretas medial groß angekündigter Atlantik-Fahrt - ein weiterer Punkt, der mich stutzig macht.

Er gibt sogar ganz offen zu, wichtige Klimawandel-Initiativen und junge Klima-Helden wie Greta Thunberg in Szene zu setzen. Greta hat dort sogar mal offiziell mitgemischt, dann aber aufgrund von aufkommender Kritik die Beziehung beendet. Für mich bleibt leider nur ein Resümee: Greta wurde und wird von der Wirtschaft und den Umweltverbänden instrumentalisiert.

Ich betone noch mal, ihre Angst ist schon authentisch. Sie glaubt wirklich, dass ihr Leben vom Klimawandel bedroht wird. Ich vermute mal, dass ihre Behinderung ihr da im Weg steht. Sie kann nur schwarz-weiß sehen. Alle gegenteiligen Fakten werden einfach ausgeblendet. Zusätzlich ist sie von Experten umgeben, die derselben Ansicht sind und sie bestärken. Das arme Mädchen wird missbraucht, um mit ihr als Ikone so viel Geld zu scheffeln wie möglich - oder um selbst bekannter zu werden", setzte er nach kurzem Zögern hinzu. „Wer in ihrem Fahrwasser schwimmt, kriegt automatisch Medienbeifall, so eben auch ihre Familie."

Er räusperte sich und sah auf das vor ihm liegende Blatt: „Genug von Greta, schauen wir uns lieber mal an, wie sich die hiesige Protestwelle entwickelte. Wusstet ihr zum Beispiel, dass die Idee zu weltweiten Schülerstreiks mit Klimaaktionen im Endeffekt schon 2015 entstanden ist? Und ratet mal, wer da mit drinhing? Eine Organisation, an die jetzt Fridays for Future angebunden ist. Selbst das Spendenkonto wird von den anderen geführt", er grinste, „und damit auch kontrolliert. Und ich wette, die haben auch dafür gesorgt, dass die Bewegung so schnell so groß geworden ist. Ihr braucht nur meinen Links zu folgen, dann erfahrt ihr alles über die mächtigen Organisationen im Hintergrund, deren Geschäft die Angst vor dem Klimawandel ist. Es geht in erster Linie ums Geld. Was meint ihr, was sich mit dem Handel von CO_2-Zertifikaten verdienen lässt?"

Anschließend nahm er sich das Aushängeschild der deutschen Fridays for Future – Bewegung vor, die selbst ernannte Weltenretterin, die allerdings den Beinamen Langstrecken-Luisa trug, weil sie früher bei Facebook ausführlich über ihre vielen Fernreisen berichtet hatte.

Nach diesem Beitrag war ich mir eigentlich schon vollkommen sicher, dass man Tom und seinem Freund eine hässliche Falle gestellt hatte. Wer die heilige Greta und ihre treue Gefolgschaft derart angriff, hatte sich genug Feinde für ein ganzes Leben gemacht.

8

Sonntag, 1. Dezember

Meine Vorahnung Herrn Bendel betreffend erwies sich als richtig. Nachts um halb drei, ich fuhr gerade den Computer herunter, erhellte ein bläulich blitzendes Licht mein Wohnzimmer. Ein Krankenwagen, wie ich gleich darauf erkannte, dem nur zwei Minuten später ein Notarzt folgte. Hinter der Glasscheibe stehend wartete ich auf den Moment, in dem die Sanitäter die Trage, die sie zwischenzeitlich geholt hatten, wieder herausrollten. Gefühlte Stunden später - eigentlich war nicht mehr als eine halbe Stunde vergangen - erhielt ich die Gewissheit. Das zuckende Blaulicht ließ mich sein Gesicht deutlich erkennen.

Kaum lag ich im Bett, überfielen mich die Gewissensbisse. Hätte, wäre, wenn … alles völliger Quatsch, er hätte die Reise vermutlich auch ohne mich unternommen. Ob die Verschlechterung seines Gesundheitszustandes nicht sowieso eingetreten wäre, konnte ich nicht ausschließen. Vielleicht hatte die Anstrengung den Zusammenbruch nur beschleunigt.

„Das ist bestimmt das Broken-Heart-Syndrom", war sich meine Mutter sicher, die ich zum sonntäglichen Mittagessen besuchte. „Das kann durch großen Stress ausgelöst werden. Sagtest du nicht, er sei bereits herzkrank gewesen?"

Davon hatte ich letztens erst gehört, dabei handelte es sich um eine meist akute, schwerwiegende Funktionsstörung des Herzmuskels. „Betrifft das nicht hauptsächlich Frauen?"

„Hauptsächlich", betonte sie. „Was nicht heißt, dass ein Mann nicht daran erkranken kann."

Früh genug erkannt, war es gut in den Griff zu kriegen, wie ich mich erinnerte - und atmete erleichtert auf. Trotz aller Gegenargumente hatte sich mein Gewissen noch nicht beruhigt.

„Nach dem, was passiert ist, kein Wunder", nickte mein Vater.

Unser gestriges Telefonat hatten wir kurzgehalten, da sie zu einem Geburtstag eingeladen waren und ich sie hinsichtlich meines Gesundheitszustandes beruhigen konnte. Wer hätte denn auch ahnen können, dass der Reporter den Artikel gleich am nächsten Tag auf der ersten Seite des Lokalteils brachte!

„Hier, lies selbst!" Kaum hatte ich aufgegessen, legte mir meine Mutter die Zeitung vor.

Die Anwohner seien gegen sechs Uhr in der Früh durch einen lauten Knall geweckt worden, weil das SEK eine Wohnung stürmte. Die Mieter waren nicht vor Ort und seien zur Fahndung ausgeschrieben. Den genauen Grund für die Erstürmung der Wohnung wolle die Polizei nicht mitteilen, schrieb der Reporter. Ein Anwohner habe berichtet, es sei sogar ein Bombenräumkommando vor Ort gewesen. Diesen Fakt wollte die Polizei allerdings nicht bestätigen.

Immerhin wurde ich namentlich nicht genannt, ein Pluspunkt. Negativ war das Foto von meinem Wohnhaus, sehr deutlich zu erkennen, und die Überschrift: Geplanter Bombenanschlag in letzter Sekunde vereitelt? Danach erging sich der Autor noch in gewagten Mutmaßungen, aus welcher Ecke denn die Gesuchten wohl stammten, links- oder rechtsradikal, vielleicht islamistisch - er hielt sich alle Optionen offen und verwies auf einen Folgeartikel am Montag. Kein Wunder, dass meine Eltern das Schlimmste angenommen hatten, zumal ich sie über die stattfindende Lesung am nächsten Tag nicht informierte.

„Stimmt das mit dem Bombenräumkommando?", wollte mein Vater wissen.

„Den Tipp hat er von mir. Ich Blödi bin einfach damit rausgeplatzt", gab ich zu.

„Woran hast du die denn erkannt?"

„Ich hab mal eine Doku über deren Arbeit gesehen. Die Schutzanzüge sind nicht zu verwechseln. Aber die waren relativ schnell wieder draußen und weg."

„Der Bericht über dein neues Buch ist auch schon raus, er steht in den Stadtteilnachrichten. Nachdem ich ihn gelesen hatte, war ich schon beruhigt. Du lebtest offensichtlich und warst gesund", erklärte meine Mutter verlegen lächelnd darüber, dass sie so oft versucht hatten mich zu erreichen.

Sie schob das obere Blatt zur Seite und zeigte auf einen winzigen Artikel, natürlich ohne Foto. *Der Fantasyautor Alexander Grahl versucht es jetzt nach einer langen Pause mit einem gänzlich anderen Genre. Gestern stellte er in der Mayerschen seinen ersten Krimi vor, der in Dortmund spielt. Im Fokus der Geschichte steht er selbst, angetrieben durch die Ermordung seines Freundes, versucht er den Fall aufzuklären. Die etwa zwanzigköpfige Leserschar schien von der Darbietung relativ begeistert.* Darunter standen tatsächlich der Titel und der Verlag.

„Immerhin kein Verriss." Ich hatte Schlimmeres erwartet.

„Für den war das doch ein Highlight. Du hast ihn schließlich erst auf die andere, viel spannendere Geschichte aufmerksam gemacht", warf mein Vater ein.

„Und? Kümmerst du dich darum?", fragte meine Mutter neugierig.

„Seltsam genug ist sie ja", gab ich zu.

Während wir den Nachtisch, eine riesige Portion Eis für jeden, löffelten, begann ich zu erzählen - und anscheinend so fesselnd, dass selbst mein Vater seinen obligatorischen Sport sausen ließ und am Tisch sitzen blieb.

„Bleib dran, unbedingt." Der Spruch kam natürlich von meiner Mutter.

„Nein, überlass das lieber der Polizei", widersprach mein Vater. „Du hast keine Ahnung, was dahintersteckt."

„Ich habe gar keine Anhaltspunkte, um mitzumischen", beruhigte ich ihn. „Aber natürlich bleibe ich mit Herrn Bendel in Kontakt und hoffe, so Neuigkeiten aus erster Hand zu erfahren. Wissen, wie alles zusammenhängt, will ich schon."

„Genau, das, was die Medien erfahren, ist oft nicht das, was wirklich abläuft", bekundete meine Mutter.

Der ideale Übergang, um meine Eltern abzulenken. „Tom spielt auf jeden Fall ein gewagtes Spiel. Er zerreißt nahezu alles, was offiziell zum Thema Klimawandel gesagt wird, und stellt die Maßnahmen, die getroffen werden, als Mittel zum Geldverdienen dar." Nun, ja. Sehr viele Folgen hatte ich nicht angeschaut, doch dieser Punkt wurde einem schnell klar.

Bisher hatten wir das Thema mehr oder weniger als gegeben hingenommen, großartige Diskussionen kamen nie auf. Zwar ließ mein Vater öfter durchblicken, dass er dem Maßnahmenpaket der Bundesregierung skeptisch gegenüberstand und an deren Stelle anders handeln würde, tiefer eingetaucht waren wir nicht. Bei mir war das Interesse an dem drohenden Klimawandel eher mäßig, ich vertrat den Standpunkt, die Regierung tue aus ihrer Sicht das, was sie für nötig hielt, und mein persönlicher Einfluss darauf tendiere eh gegen null. Und es gab so viel anderes, für mich Wichtigeres! Mit meiner Mutter gab es genügend andere Dinge zu besprechen. Es war ja nicht so, dass ich ständig bei ihnen ein und aus ging. Wenn nichts Besonderes anlag, sahen wir uns circa ein-, bis zweimal im Monat und telefonierten zwischendurch ab und zu. Selbst wenn ich mir das Auto lieh, war das ein Austausch zwischen Tür und Angel.

„Komisch, ich habe bisher nichts von ihm gehört", sagte sie prompt. „Sehr bekannt scheint er wohl nicht zu sein."

„Er hat schon einige tausend Klicks." Was natürlich nichts war in Bezug auf Gretas Bekanntheitsgrad.

Mein Vater grinste. „Die Medien werden ihn wohl kaum unterstützen. Die wollen es sich nicht mit der Regierung verscherzen."

Beide zeigten großes Interesse an den Filmen, sodass ich ihnen gleich den ersten öffnete und dann ohne große Verabschiedung das Haus verließ. Vielleicht gelang es mir jetzt endlich, Tim zu erreichen. Heute Morgen hatte ich die restlichen Beiträge seines Bruders kurz überflogen und war dabei auf einen gestoßen, der mit ‚Jetzt erst recht' betitelt war. Wer hatte ihn dermaßen verprügelt? Und hingen die Verletzungen tatsächlich mit seinen YouTube-Filmen zusammen? Kaum zu Hause angekommen, wählte ich erneut Tims Nummer.

„Ich wollte dich grade zurückrufen", tönte es mir entgegen. „Hatte vergessen, mein Handy zu laden. Gibt's was Neues?" Er gähnte laut. „Bin erst vor zehn Minuten aufgestanden. War 'ne lange Nacht."

„Weißt du, wer ihn damals so schlimm zugerichtet hat?", kam ich gleich zur Sache.

„Ehemalige Schulkameraden." Er machte eine Pause, dafür konnte ich hören, wie er mehrmals hintereinander schluckte. „Brauch den Kaffee, um richtig wach zu werden", erklärte er. „Also der Tom durfte die Abschlussrede bei der offiziellen Abi-Feier halten. Ich glaube, weil die Lehrer sich insgeheim über seine Filmchen freuten. Laut gesagt hat das natürlich keiner, aber die haben ihm freie Hand gelassen. Also hielt er einen Vortrag über Umweltschutz beziehungsweise wie gerade die Jugendlichen dazu beitragen können." Wieder hörte ich ihn trinken.

„Warst du dabei?"

„Klar, was denkst du denn? Das gehört sich schließlich so. Darauf legt meine Mutter besonderen Wert, dass man nach außen einen auf tolle Familie macht." Er lachte höhnisch. „Würde mich echt interessieren, wie sie jetzt damit umgeht, dass ihr Sohn als Verdächtiger gesucht wird."

„Was hat Tom denn nun gesagt?"

„Das war eine lange Liste. So ungefähr, die sollten mal ihr Konsumverhalten überdenken, das würde auch zum Umweltschutz gehören. Handys und Tablets, die man austauscht, sobald es bessere gibt, andauernd die angesagtesten Klamotten kaufen und nur ein paarmal tragen, ihren Müll überall verteilen, die Eltern ständig als Chauffeur nutzen. Das ging wie alles, was er macht, richtig in die Tiefe. Woran ich mich noch gut erinnere, wie er ausführte, mit wie wenig Zeugs die Leute früher ausgekommen sind und dass Obst und Gemüse Saisonware waren und nicht das ganze Jahr über verfügbar. Er sagte so ungefähr, dass die Jugendlichen eine große Macht besäßen und sehr wohl Einfluss auf die Wirtschaft nehmen könnten – wenn sie denn wollten. Wenn zum Beispiel keiner mehr ein Handy kauft, bei dem sich nicht mal der Akku wechseln lässt, könnte man die Hersteller zwingen umzudenken. Hm, was noch?"

„Danke, das reicht mir schon." So etwas Ähnliches hatte Tom anschließend als YouTube-Beitrag gebracht. „Und deshalb waren die Klassenkameraden so sauer auf ihn, dass sie ihn verprügelten?"

„Nee, der hatte noch ein paar Anregungen, die man direkt an der Schule umsetzen kann: Vernünftige Mülltrennung und darauf achten, dass nichts mehr in den Büschen landet, zu Fuß kommen oder den Bus nehmen, das Mensa-Essen umstellen auf heimische Produkte." Er hielt inne. „Ach, ja, und man sollte überlegen, ob man die Klassenfahrten nicht auf nahe Ziele begrenzt. Ich glaub, das war der Auslöser überhaupt. Oder weil er die vielen Scherben auf dem Schulhof ansprach? Oder wegen der dreckigen Schultoiletten?"

„Gut, ich habe verstanden." Das Ganze brachte mich nicht weiter. „Es war eher was Persönliches. Gehörten die Schläger denn zu einer der Umweltorganisationen?"

„Nee, das waren die üblichen Chaoten, wie es sie an jeder Schule gibt."

„Aber Tom …"

„… nutzte das für seine Sendereihe", unterbrach er mich.
„Ja, und? Das machen andere schließlich auch."

9

Montag, 2. Dezember

Im Gegensatz zu dem, was ich meinen Eltern gesagt hatte, wollte ich sehr wohl am Ball bleiben. Deshalb stand ich am nächsten Tag früh auf und begab mich zur Uni. Dort hoffte ich auf Kommilitonen von Tom und Kilian zu treffen, die mir irgendwelche Anhaltspunkte geben konnten.

Ich nahm die S-Bahn zum Campus-Nord und setzte meinen Weg zu Fuß fort. Um diese Zeit war mir die H-Bahn zu voll. Das ist die Hängebahn, die den Campus-Nord mit dem Campus-Süd bis zum Technologiezentrum verbindet. Es gibt sie schon seit 1984, ein echtes Schmuckstück, vollautomatisch und nicht nur bei den Studenten beliebt. Wie so viele andere hatten auch meine Eltern, als wir klein waren, zusammen mit uns die erste Fahrt unternommen. Mittlerweile ist es für mich eher normal, sie zu benutzen, auf jeden Fall bequemer als die Strecke von einem zum anderen Campus zu laufen.

Der Unibereich ist wie eine kleine Stadt, die Vielzahl von Gebäuden erschlägt die Erstis regelmäßig - und natürlich das Gewimmel, das hier herrscht. Mittlerweile waren fast vierzigtausend Studenten eingeschrieben, eine beeindruckende Zahl, wie ich fand.

Als Erstes traf ich mich mit Mirko, meinem Kommilitonen und besten Freund, dem ich am Sonntag schon die Links zu Toms Seiten geschickt hatte, um mich mit ihm zu besprechen. Mein Glück, dass er heute mal nicht arbeiten musste, wie er es sonst an fast jedem Vormittag tat. Er brannte darauf, mich zu unterstützen, dieses Mal wollte er bei meinen Ermittlungen nicht außen vor bleiben.

„Ein Racheakt", war er sich sicher. „Er benimmt sich wie der Anti-Christ. Seine Beiträge strotzen vor Verachtung all derer, die sich für Maßnahmen gegen den drohenden Klimawandel einsetzen. Das ist wie eine Ohrfeige für jeden Fridays for Future – Anhänger."

Sicher, wie er selbst dazu stand, war ich mir nicht. Das Thema kam bei uns bisher nie zur Sprache. „Und, wie siehst du es?", fragte ich daher.

Er zuckte die Schulter. „Du kennst das, wenn du kurz vor dem Abschluss bist, setzt du andere Prioritäten. Trotzdem stehe ich eigentlich voll hinter dem, was die Klimaaktivisten veranstalten. Gut, Greta ist ein anderer Punkt. Der spreche ich das nötige Wissen ab. Außerdem ist sie mir zu … zu … Also die Sprüche, die sie ablässt, die sind mir zu heftig", bog er den Satz um.

„Wie könnt ihr es wagen, meine Träume und meine Kindheit zu stehlen mit euren leeren Worten", kam mir der Satz in den Sinn, den sie auf dem Klimatreffen in New York gesagt hatte. Aber ich hielt mich lieber zurück. Schließlich wollte ich seine Meinung hören.

„Alles andere …", er wiegte zweifelnd den Kopf. „Man müsste das genauer nachrecherchieren. Im Moment tendiere ich dazu, Tom für einen dieser Verschwörungstheoretiker zu halten, die unbedingt auffallen wollen. Nee, keine Ahnung, der ist mir zu extrem."

Wir hatten uns in eine Cafeteria zu einem Kaffee gesetzt, die um diese Uhrzeit gut gefüllt war. Ich vergewisserte mich mit einem schnellen Rundumblick, dass unser Gespräch, obwohl sehr leise gesprochen, von niemandem mit angehört wurde. Unter den Studenten gab es sicherlich viele, die ihre ganz eigene Meinung dazu hatten.

„Andererseits", er hob seine Tasse, führte sie zum Mund und nahm einen kräftigen Schluck. „Ich konnte nicht anders, ich musste gleich mal einiges nachrecherchieren.

Dieses Ding mit den Kindern, also dass diese auf den drohenden Klimawandel hinweisen, hat es tatsächlich schon früher gegeben. Findest du alles im Netz, daran ist nicht zu rütteln."

Er sah wohl an meinem fragenden Blick, dass ich darüber nichts wusste. „Die sind nie richtig bekannt geworden."

„Hast dich richtig in das Thema verbissen, ja?", war alles, was ich dazu anmerkte. Auf eine Diskussion darüber wollte ich mich eher nicht einlassen.

„Kann man wohl sagen. Ich habe gestern bis tief in die Nacht recherchiert."

Was man ihm ansah, wie mir auffiel. Die Augen waren rot gerändert und er blinzelte ständig. „Also du denkst, irgendeiner der Befürworter des menschgemachten Klimawandels hat Tom in eine Falle gelockt?", schlug ich eine Brücke zu meinem Fall, bevor er sich weiter in Einzelheiten ergehen konnte.

Er blinzelte aus dem Konzept gebracht irritiert. „Könnte durchaus möglich sein. Hast du dir die Kommentare unter seinem Beitrag durchgelesen? Mindestens jeder dritte ist ablehnend bis hasserfüllt. Die wimmeln nur so von Fäkalsprüchen. Und es sind einige dabei, die gehen noch weiter und drohen ihm direkt."

„Aber ihm gleich ein bevorstehendes Bombenattentat beziehungsweise eine Erpressung unterschieben?" Na ja, nicht nur unterschieben. Tom und Kilian waren schließlich spurlos verschwunden. Würde eine Racheaktion so weit gehen? Klar, anfangs hatte ich ähnlich gedacht wie er. Mittlerweile sah ich es differenzierter beziehungsweise wusste eigentlich im Moment überhaupt nicht, was ich davon halten sollte.

„Es gibt auf jeder Seite Freaks, heute, wo sich jeder im Internet äußern kann, schlimmer als früher. Ich weiß auch nicht, warum sich so viele plötzlich berufen fühlen, sich mitzuteilen. Mein Ding ist das nicht. Ich kann mit meiner Freizeit was Besseres anfangen."

„Die beschränken sich jedoch meist auf anonyme Beschimpfungen", widersprach ich.

„Dann guck dir mal die härteren Kaliber an. Die Chaoten rund um den Hambacher Forst sind dir ja bestimmt ein Begriff."

„Ich kenne nicht einen Aktivisten, nicht mal an der Uni", gestand ich. „Und wenn, muss es von hier ausgegangen sein. Ich habe gestern noch mit Tim gesprochen." Ich berichtete ihm von dessen Antwort. „Auch gab es nie eine direkte Drohung, als er noch in Hildesheim wohnte."

„Das sehe ich ähnlich", nickte er. „Da hat jemand kurzfristig reagiert, vielleicht aufgrund des einen Videos, als er sich ohne Sonnenbrille zeigte. Selbst mit den ganzen Verletzungen ist er gut genug zu erkennen. Es muss ihn nur irgendeiner, dem seine Beiträge aufstießen, als diesen Flipp identifiziert haben." Er hielt inne und überlegte. „Ich guck mal, was sich machen lässt. Vielleicht schaffe ich es, dir ein oder zwei Ansprechpartner zu besorgen."

Wir verließen die Cafeteria und trennten uns vor dem Eingang.

Das Gebäude der Informatiker, das ich als Erstes aufsuchte, kannte ich noch aus meiner Zeit als IT-Student. Der Raum für die Lernenden, in dem auch Spieleabende und andere Events durchgeführt wurden, war um diese Zeit verwaist. Entweder saßen die Studis in der Vorlesung oder gingen den Tag gemächlich an. Aber Maurice befand sich wie erwartet hinten in dem kleinen Zimmer, in dem er an seiner Doktorarbeit schrieb oder Kram für den Fakultätsleiter erledigte. Da der Vierhundertfünfzig-Euro-Uni-Job nicht mehr ausreichte, arbeitete er ab mittags in einem IT-Unternehmen, ihm blieb also nur der Vormittag.

Er blickte von seinem Monitor auf, als ich eintrat. „Hi, Alex! Lange nicht mehr gesehen."

Das stimmte, ich hatte mich in den letzten Wochen kaum blicken lassen. „Viel Arbeit, wenig Freizeit", sagte ich deshalb.

„Sitzt du an der Masterarbeit?"

„Die fange ich erst nach diesem Semester an. Es lag eher …"

„An deinem Buch", grinste er, „das gerade erschienen ist."

„Woher …"

Sein Grinsen wurde breiter. „Ich habe heute Morgen die Zeitung gelesen." Er wandte sich zu seiner Tastatur und tippte etwas ein. Dann drehte er den Monitor so, dass ich den geöffneten Artikel deutlicher erkennen konnte.

Ich trat neugierig näher: Autor erlebt Erstürmung live mit. Gerade ist Alexander Grahls erster Dortmund-Krimi erschienen, der auf selbst erlebten Tatsachen beruht, schon wird er in das nächste Verbrechen hineingezogen. Am frühen Donnerstagmorgen stürmte ein Sondereinsatzkommando der Polizei die Wohnung seiner Nachbarn. Er stürzte durch den Krach alarmiert zur Tür und sah mit eigenen Augen die Männer eines Bombenräumkommandos eintreten. Was genau geschah, ist leider nicht bekannt. Die Polizei spricht von einem schwerwiegenden Verdacht gegen die Bewohner. Nach den beiden jungen Männern wird gefahndet. „Ich bin sicher, dass Alex nicht ruht, bis er die Hintergründe aufgeklärt hat", sagte uns sein Lektor. Er selbst war leider nicht für eine Stellungnahme zu erreichen.

Das waren die Anrufe auf dem Handy gewesen, die ich nicht hatte zuordnen können, weshalb ich die Nummer auch nicht zurückrief. Da war Lars ganz schön rührig, wenn er gleich am Samstag das Interview mit dem Reporter durchgezogen hatte. Ja, kostenlose Werbung für mein Buch und den Verlag!

Danach folgte eine genaue Beschreibung der zwei, mit der Aufforderung, sich umgehend bei der Polizei zu melden, falls man wisse, wo sie sich aufhielten, beziehungsweise man zur Aufklärung beitragen könne.

„Kennst du die beiden näher?" Maurice schien beeindruckt.

„Nein, aber es stimmt, dass ich mich in den Fall reinhänge. Der Opa ist ein langjähriger Nachbar von mir, hat einen

Schock erlitten und liegt jetzt auf der Intensivstation. Für ihn ist eine Verstrickung der beiden in eine Straftat unvorstellbar."

„Was genau wirft man ihnen denn vor?" Klar, dass Maurice neugierig war.

„Im Detail äußern die sich nicht. Der Rechtsanwalt vom Opa sagt, die ermitteln wirklich wegen einer eingegangenen Bombendrohung beziehungsweise einer Erpressung: Entweder die Stadt zahlt oder es knallt heftig."

Maurice pfiff durch die Zähne. „Krass! Was denkst du denn? Stecken die beiden dahinter?"

Ich zuckte die Schultern. „Entweder das oder es ist ein Racheakt. Könntest du mir einen großen Gefallen tun und dir die Seite der beiden mal anschauen?" Ich gab ihm den Link. Sein Gesicht war ein einziges Fragezeichen. „Das ist von denen?" Ungläubig starrte er auf den ersten Teil.

„Kennst du die Beiträge?"

„Nee, bisher nicht." Er scrollte tiefer und warf einen Blick auf die danebenstehenden Hinweise zu den weiteren Sendungen. „Ist der Klimawandel denn tatsächlich menschgemacht? Die Aufschlüsselung der Treibhausemissionen weltweit und warum sich Deutschland gar nicht schämen muss. Kinder retten die Welt - das Gleiche gab es schon öfter. Fridays for Future - wer steckt dahinter? Wenn schon die Umwelt schützen, wie wär's dann mal mit Mäßigung? Kernenergie - hat denn keiner aus Fukushima gelernt? Wie kommt mein Plastikmüll ins Meer? Der Einfluss der Medien auf den Hype! - Ist ja heftig. Das muss ich mir unbedingt reinziehen."

„Kennst du den Typ?", versuchte ich ihn zu bremsen.

Er klickte auf den Pfeil, um die erste Sendung zu starten. Sobald Tom gut sichtbar auf dem Monitor erschien, nickte er heftig. „Das ist der Kumpel von einem der Erstis. Keine Ahnung, wie der heißt. Der Typ hängt viel mit den Älteren ab und versucht sie mit seinem immensen Wissen zu beeindrucken." Er lachte laut. „Kommt natürlich nicht gut an.

Sein Freund hat ihn ein paarmal abgeholt. Und der macht diese Beiträge? Hätt ich dem gar nicht zugetraut."

„Wieso?", hakte ich nach.

„Das ist ein Ruhiger, der kriegt kaum den Mund auf." Mit einem Ohr hörte er weiter der Rede von Tom zu.

Ich griff an ihm vorbei nach der Maus und hielt den Film an. „Maurice, das ist wichtig!"

„Mehr weiß ich nicht. Und ich glaub nicht, dass einer der anderen mal mit ihm gesprochen hat. Der kam rein, schnappte sich seinen Kumpel und war wieder weg. Außerdem, wenn einer von diesen Videos gewusst hätte, hätte ich die längst gesehen."

„Kennst du keinen, der vielleicht ..."

„Mein Bruder ist im dritten Semester, der hängt viel hier rum. Ich frag ihn und ruf dich an. Ist die Nummer noch dieselbe?" Er wartete meine Antwort gar nicht ab, sondern wandte sich wieder dem Monitor zu.

„Schau mal auf die Klickzahlen", bat ich, bevor er das Video erneut starten konnte. Als er meiner Bitte folgte, erlebte ich eine Überraschung. Die Zahlen waren enorm nach oben geschossen. „Die haben sich in den letzten ein, zwei Tagen verhundertfacht!"

Maurice kontrollierte weitere Videos, überall dasselbe. „Das ist PR", erklärte er im Brustton der Überzeugung. „Moment!" Er öffnete ein neues Fenster und gab einen Suchbegriff ein. „Voilà. Die erste Zeitung hat bereits den Zusammenhang zwischen der Polizeisuchmeldung und den Beiträgen hergestellt. Wart's ab, sobald die anderen folgen, schießen die Zahlen richtig hoch. Bald kennt jeder die Seite."

Meine Gehirnzellen arbeiteten langsamer als seine. „Was …"

„Durch die Berichterstattung kriegt der für sein Ding enorme Aufmerksamkeit." Er feixte. „Könnte auch eine Art sein, an kostenlose Werbung zu kommen."

Hatte ich ihn richtig verstanden? „Du meinst also …"

„Warum nicht? Ich schreib' eine Bombendrohung und schick die an die Polizei. Meine IP hab ich verschlüsselt, aber nicht so, dass die die nicht knacken. Ich tauch unter und wart ab, was sich daraus entwickelt. Mit ein bisschen Glück komm ich groß raus. Hab ich meinen neuen Status, nehm ich mir einen guten Rechtsverdreher und geb mich reumütig. Viel passieren wird mir nicht. Dafür bin ich in Nullkommanichts ein Star."

10

Maurice betrachtete mich amüsiert. „Was denkst du denn, wie Greta hochgekommen ist? Da steckt harte PR-Arbeit hinter. Erinnerst du dich an Rezo?", fuhr er ansatzlos fort. Vermutlich bezog er sich auf das CDU-kritische Video des YouTubers kurz vor der Europawahl.

„Was meinst du, wie der mit seinem Beitrag so schnell so bekanntgeworden ist? Der wurde gepusht, und zwar vom Feinsten. Hinter dem steht eine große Agentur mit immenser Reichweite. Die sorgten dafür, dass sein Video schnell überall bekannt wurde. Warum dein Typ das nicht auch gemacht hat?", kam er meiner Frage zuvor. „Weil er ein Nobody war, den hätten alle abblitzen lassen. Nee, wenn du bekannt werden willst, brauchst du entweder professionelle Unterstützung oder du sorgst selbst für Aufregung."

Als ich Maurice verließ, schwirrte mir der Kopf. Konnte es wirklich sein, dass Tom entnervt diesen Weg gewählt hatte, um seinen Bekanntheitsgrad zu erhöhen? Immerhin steckte eine wahnsinnige Recherchearbeit in den Beiträgen. Gut, die Zahl der bisherigen Klicks war nicht zu verachten, für einen Newcomer zumindest. Allerdings war er mit seiner Aktion trotzdem nicht über das Internet hinausgekommen. Keine Bitte um ein Zeitungsinterview, keine Einladung zu einer Talkshow, nicht mal in Hildesheim, seiner Heimatstadt, hatte ein Reporter Kontakt mit ihm aufgenommen.

Dabei hatte es unter den Kommentaren jede Menge Einträge gegeben, die ihn lobten. Für diese gehörte er zu den Helden, für die anderen, die natürlich ebenso ihr Statement hinterließen, gehörte er aufgeknüpft. Es ist wirklich erstaunlich, zu welchen Beleidigungen die Menschen fähig sind, wenn jemand nicht ihrer Meinung ist - vor allem über das anonyme Internet, wo man nicht mal mit richtigem Namen und Adresse agieren muss. Wäre vielleicht eine Idee, um gegen den immer mehr ausufernden Hass vorzugehen: Jeder, der sich mitteilen will, hat seine genauen Daten zu hinterlegen. Bestimmt würden sich viele eines anderen Umgangstons befleißigen.

Trotzdem begann ich langsam zu zweifeln. War es nicht wahrscheinlicher, dass sich das Ganze tatsächlich als PR-Gag herausstellte, als dass militante Klimaaktivisten dahintersteckten? Selbst wenn diese nicht vor einer Entführung zurückschreckten, was hatten sie davon? Durch die mediale Aufmerksamkeit bekamen Toms Beiträge einen gewaltigen Schub. Er würde fast an Gretas Bekanntheitsgrad anknüpfen können. Das war bestimmt nicht in deren Sinne.

„Muss ganz schön frustrierend sein, wenn du dich dermaßen engagierst und dich all diesen Freaks aussetzt und du es trotzdem nicht schaffst, richtig bekannt zu werden", hatte Maurice gemeint und gleichzeitig entschuldigend die Hände gehoben. „Ich kenne weder Tom noch Kilian gut genug, um diese Vermutung auszuschließen. Immerhin sind die Klicks zu seinen Beiträgen, wie du sagst, enorm angestiegen, seitdem die Verbindung offengelegt ist."

Oder irgendjemand hatte ihn als Sündenbock vorgeschoben, diese Möglichkeit konnte ich ebenfalls noch nicht ausschließen. Vielleicht jemand, der ähnlich dachte wie er und auf die Beiträge aufmerksam machen wollte? Nein, das wahrscheinlich eher nicht. Aber ich durfte mich nicht zu früh auf eine Ermittlungsrichtung festlegen. Ich seufzte tief. Ich stand immer noch am Anfang.

Den restlichen Vormittag verbrachte ich in der Fakultät der Journalisten und griff mir die Studenten ab, die in die oder aus den Vorlesungen strömten. Es gab einige wenige, die Tom vom Sehen kannten, Kontakt hatte er anscheinend mit keinem näher. Selbst die, die ihn auf meine Beschreibung hin einzuordnen wussten, konnten mir niemanden nennen, mit dem er offensichtlich öfter zusammen war.

Ein echter Schuss in den Ofen, dachte ich bei mir, während ich zu meiner Verabredung mit Mirko schlenderte, einem späten Mittagessen in der Mensa. Auf dem Weg dorthin zückte ich mein Handy, um den Zeitungsbericht zu lesen, auf den Maurice mich aufmerksam gemacht hatte. Richtig schlau daraus geworden, war ich nämlich nicht, dafür hatte er diesen viel zu schnell wieder geschlossen.

Der Reporter, dem ich am Donnerstag das Interview gab, hatte sich richtig reingehängt. Durch ihn erfuhr die staunende Leserschaft von der Verquickung, dass die Gesuchten bekannte YouTuber waren, die in ihren Beiträgen gegen Greta Thunberg und die Fridays for Future - Bewegung wetterten und überhaupt zu der Minderheit der Verweigerer des menschgemachten Klimawandels zählten. Im Gegensatz zu mir schien er jeden einzelnen Film gesehen zu haben, zumindest nach der Vielzahl seiner Anmerkungen zu dem Thema. Dass er die beiden nicht in Grund und Boden verdammte, war alles.

Zu der Erstürmung der Wohnung erging er sich nur in Mutmaßungen. Anscheinend war die Polizei nicht bereit, irgendwelche Auskünfte zu geben. Er wiederholte im Prinzip das, was bereits in der Samstagsausgabe stand, verbunden mit der dringenden Bitte an alle Zeugen, sich zu melden.

Kein Wunder, dass die Klicks rapide angestiegen waren. Und den Effekt hatte ein einziger Artikel ausgelöst. Wenn die anderen Medien diesen Fakt aufgriffen, würden sie wahrscheinlich bald die Millionengrenze überwinden.

„Ich habe eben Toms Namen gegoogelt. Er ist in aller Munde", bestätigte Mirko meine Gedankengänge. „Die Hassbeiträge haben sich verdoppelt, auch bei Facebook, Instagram und Twitter taucht er auf." Er grinste. „Er ist jetzt neben Greta der bekannteste Jugendliche im Bereich Klima."

Mirko widmete sich seinen Baguettes und ich begann zu erzählen, wobei sein Stirnrunzeln sich verstärkte, je weiter ich kam. „Dass er selbst dahintersteckt, glaube ich nicht", erklärte er mit einem vehementen Kopfschütteln. „Dann wäre er längst wieder aufgetaucht."

„Es wird gerade erst von den Medien aufgegriffen", wandte ich ein und begann nun ebenfalls zu essen.

„Trotzdem, irgendwie kann ich mir das nicht vorstellen", beharrte er. „Du weißt, ich habe mir bereits mehrere seiner Filme angesehen. Der Typ ist absolut extrem, provokativ und von seiner Sicht der Dinge genauso überzeugt wie Greta von ihrer. Trotzdem traue ich ihm rein vom Gefühl her so eine Aktion einfach nicht zu", schloss er ziemlich lahm.

Auf seine Gefühle kann man sich nicht unbedingt verlassen, hatte ich vorbringen wollen, beschloss jedoch, lieber den Mund zu halten.

„Ich meine, der ist schon krass in seinen Aussagen. Ein Beispiel gefällig?" Ohne meine Antwort abzuwarten, legte er los: „Unsere Politiker spenden keinem Experten, sondern einer gestörten Jugendlichen Beifall, die angetrieben durch ihre krankheitsbedingten Ängste ein Endzeitszenario vor uns ausbreitet."

Ich musste unwillkürlich lachen. Doch weiterbringen würden uns die Analysen seiner Aussagen mit Sicherheit nicht.

„Was ist, hast du irgendeinen Kontakt zu einem Klimaaktivisten herstellen können?"

Er nickte. „Soweit ich weiß, gibt es zwei verschiedene Gruppierungen an der Uni. Der eine Kontakt, den ich auftun konnte, wäre bereit, mit dir zu sprechen, allerdings erst morgen und zu seinen Bedingungen. Bei dem anderen habe ich nur eine Uhrzeit und den entsprechenden Hörsaal. Da musst du dich selbst reinhängen."

„Danke, ich rede auf jeden Fall mit denen."

„Wie könnten die denn auf Tom aufmerksam geworden sein?" Er schob seinen leeren Teller zurück.

„Maurice hat ihn sofort als den Freund eines Studenten aus dem IT-Bereich erkannt, trotz Sonnenbrille, gefärbter Haare und Cap. In dem Video, wo er sein zerschlagenes Gesicht zeigt, ist er noch leichter zu identifizieren, wie du selbst schon bemerkt hast."

Er überlegte so lange, dass ich es ebenfalls schaffte aufzuessen. „Hätten die nicht eher direkt einen Angriff gegen ihn gestartet. Keine Ahnung, Eier oder Farbbeutel auf ihn geworfen oder was in der Art?"

Obwohl ich denselben Gedanken gehabt hatte, wiegte ich zweifelnd den Kopf. „Wie gesagt, wir wissen viel zu wenig, als dass wir uns festlegen und in eine bestimmte Richtung nachforschen könnten."

„Keiner, mit dem ich gesprochen habe, wusste angeblich vorher von Toms Aktivitäten. Jetzt ist er natürlich in aller Munde. Das ging wie ein Lauffeuer rum." Mirko trank seinen Becher leer und erhob sich seufzend. „Wir müssen langsam los. Du kommst doch mit zur Vorlesung, oder?"

„Vielleicht hat Kilian sich mit seinen technischen Fertigkeiten gebrüstet", sagte ich, während wir die Tabletts zurückbrachten und die Trinkbecher entsorgten. „Tom scheint sich bedeckt gehalten zu haben, keiner kannte ihn näher." Ich würde nicht umhinkommen, mich noch einmal bei den Informatikern umzuhören.

Eher aus Frust als aus Pflichtbewusstsein ging ich gemeinsam mit Mirko zur Vorlesung. Was Besseres gab es im Moment nicht zu tun. Maurice hatte sich bisher nicht gemeldet, für die ITler war es zu früh. Die richtigen Typen erreichte ich eher im Abendbereich. Also wie sonst die Zeit totschlagen?

Trotzdem konnte ich mich nur mit Mühe auf die Vorlesung konzentrieren, meine Gedanken schweiften immer wieder ab, bis Mirko mich anstieß und fast unmerklich in Richtung unserer Dozentin, Frau Kesper, nickte. Erst da bemerkte ich es auch, sie wirkte irgendwie nicht richtig bei der Sache, ihr Blick strichen unablässig über die Studenten, als suche sie jemand. Dann entdeckte sie mich im hinteren Drittel des Hörsaals und ihr Verhalten änderte sie sich. Jetzt war sie wieder die kühl Vortragende wie gewohnt.

Deshalb reagierte ich eher neugierig, als sie direkt nach ihrem Schlusswort schnellen Schrittes auf mich zukam. „Herr Grahl, ich würde mich gern kurz mit Ihnen unterhalten."

„Wir telefonieren." Mirko nahm seinen Rucksack und quetschte sich an ihr vorbei.

„Kommen Sie bitte!"

Sie führte mich in ein kleines, unbesetztes Büro. Währenddessen machten meine Gedanken Bocksprünge. Was konnte sie von mir wollen?

„Stimmt es, dass Sie helfen, den Fall der beiden verschwundenen Studenten aufzuklären?"

„Äh." Völlig aus dem Konzept gebracht gab ich stotternd zur Antwort, dass ich mich darum bemühen würde, allerdings kaum Ansatzpunkte sähe. „Keiner scheint mit den beiden in den paar Wochen gut genug in Kontakt gekommen zu sein", schloss ich.

„Ich wüsste vielleicht einen."

11

Wie sich herausstellte, bot Frau Kesper einen Kurs für kreatives Schreiben an. Daran hatte Tom teilgenommen beziehungsweise fühlte sich wohl verpflichtet, diesen zu belegen, weil Frau Kesper einer seiner Fürsprecher gewesen war.

Der Numerus clausus des Journalistik-Studiums lag knapp unter zwei. Ich hatte mich schon gefragt, wie er, der laut seinem Bruder nicht gerade schulisch interessiert war, diesen Schnitt geschafft hatte. Hatte er gar nicht, er war über die Plätze reingekommen, die die Uni selbst vergeben konnte, für besondere Leistungen zum Beispiel.

Wie Frau Kesper mir verriet, hatte er sich tatsächlich mit seinen YouTube-Filmen beworben und die Jury war zu dem Entschluss gekommen, ihm einen Platz anzubieten.

„Aha." Mein „wer hätte das gedacht", verkniff ich mir lieber. Obwohl - vielleicht lag ich mit meiner bisherigen Einschätzung völlig falsch. Immerhin hatte die Unileitung auch den umstrittenen Glaskasten des Statistikprofessors, in dem unter anderem seine satirischen Beiträge zu Adolf Hitler und Greta hingen, bestehen lassen.

„Es ging uns einzig um das journalistische Gespür." Frau Kesper schien meinen Gedankengängen folgen zu können. „Er hat beachtliches Talent bewiesen und gründlich recherchiert. Ja, wir waren alle der Meinung, aus ihm könne ein guter Journalist werden."

„Also waren seine YouTube-Beiträge allgemein bekannt?"

Sie zögerte. „Unter den entsprechenden Dozenten schon. Ansonsten … nein, er hielt sich bedeckt, selbst in meinem Kurs nahm er niemals Bezug darauf."

„Hat er da Freundschaften geschlossen?", kam ich zum Ausgangspunkt zurück.

„Nicht direkt. Es ist eine Gruppe von achtzehn Studenten aus verschiedenen Studienrichtungen. Die meisten kannten sich vorab. Er und ein anderer junger Mann waren die Einzigen, die allein kamen. Ich habe ein Projekt angestoßen, in dem zu zweit gearbeitet werden sollte. Diese beiden schlossen sich zusammen. Die Chemie zwischen ihnen schien zu stimmen."

„Was war das für ein Projekt?"

Sie lächelte. „Die Teams sollten eine Weihnachtsgeschichte schreiben. Egal was, es gab nur die eine Vorgabe: Es musste irgendetwas Schönes, Schlimmes, Aufregendes zur Weihnachtszeit passieren. Der Fantasie waren dabei keine Grenzen gesetzt."

Hm, das klang nicht, als wenn es mich weiterbringen würde. „Wissen Sie, was für eine Geschichte sich die beiden ausgedacht hatten?", fragte ich trotzdem nach.

Sie schüttelte den Kopf. „Die Ergebnisse sollten bei den letzten zwei Veranstaltungen vor den Uniferien verlesen werden."

Ich hatte nie einen dieser Kurse besucht. „Wann schreiben die? In Ihrer Stunde, in der Freizeit oder wie muss ich mir das vorstellen?"

„Teils, teils. Ich bin für jede Frage offen und gebe Ratschläge, wenn gewünscht. Man kann auch einzelne Passagen vortragen und von den anderen bewerten lassen. Viele nehmen dieses Angebot wahr, die beiden hielten sich bedeckt."

„Trafen sie sich auch privat?"

Wieder zögerte sie. „Da bin ich überfragt. Am besten begleiten sie mich und ich stelle Ihnen den jungen Mann vor."

„Das wäre toll." Womit hatte ich so viel Entgegenkommen verdient?

„Die Polizei hat ihn natürlich schon vernommen. Nur brachte seine Aussage sie wohl nicht weiter."

Klar, dass die jeden, der mit Tom und Kilian zu tun hatte, genauestens unter die Lupe nahmen. Unter den Journalistik-Studenten war bereits am Freitag eine Befragung erfolgt, wie diese mir berichteten. „Sie hoffen, ich kriege mehr raus?"

Sie rang sich ein Lächeln ab, eine enorme Leistung, normalerweise gab sie sich kühl und unnahbar. Nicht ein Scherz lockerte ihre ehrlich gesagt trockenen und höchst langweiligen Vorträge auf. Hätte ich die Scheine nicht unbedingt benötigt, ich wäre längst ausgestiegen. Außerdem war sie eine der wenigen, die ihre Vorlesungen nicht ins Netz stellten - sonst wäre vermutlich der Saal ziemlich leer gewesen.

„Ich habe Ihren Krimi gelesen und war beeindruckt von Ihrer Vorgehensweise. Sagen wir es so: Ich wäre erfreut, wenn sich neben der Polizei noch jemand bemüht."

„Wie schätzen Sie Tom ein?"

„Er war es nicht", kam es wie aus der Pistole geschossen.

„Auch nicht aus PR-Gründen?"

Ihr Gesicht wurde puterrot. „Wer erzählt denn so einen Quatsch!" Sie warf einen Blick auf ihre Armbanduhr, um sich zu beruhigen. „Nein, ausgeschlossen. Sie können gern die anderen aus der Schreibgruppe fragen."

Das Angebot nahm ich natürlich an. Würde ich halt später bei den Informatikern aufschlagen.

Während sie gleich in dem entsprechenden Raum verschwand, rief ich im von uns aus nächstgelegenen Krankenhaus an, um zu hören, wie es Herrn Bendel ging. Dort war jedoch niemand seines Namens gemeldet. Erst beim dritten Krankenhaus hatte ich Glück, er befand sich noch auf der Intensivstation und sollte morgen, wenn sich sein Zustand weiter stabilisiert hatte, auf die Vorintensiv verlegt werden. Aber als Enkel könne ich natürlich auch auf die Intensiv. Ich bedankte mich für die Auskunft und ließ mir die Öffnungszeiten beider Stationen geben. Besser, ich tauchte erst morgen bei ihm auf.

In der Zwischenzeit waren die ersten Studenten an mir vorbeigegangen. Ich schloss mich einem Pärchen an, das Hand in Hand durch die Tür trat und nebeneinander Platz nahm. Frau Kesper saß vor Kopf in einer kreisförmig angeordneten Runde, ich zählte außer ihr neun Anwesende.

Ich setzte mich an ihre linke Seite. „Ist er schon da?"

„Bis jetzt nicht. Ich verstehe das nicht, sonst ist er immer überpünktlich." Sie blickte auf ihre Uhr. „Fünf Minuten warten wir noch."

Wie zur Antwort erklangen draußen Schritte und ein schmächtiger Jüngling schob sich herein. Dass er nicht der Richtige war, merkte ich sofort, denn er eilte nach einem schnellen Blick auf die Dozentin zu dem mit mir eingetretenen Pärchen und rutschte auf den Stuhl neben sie, bevor er leise auf sie einzureden begann.

„Ich lasse die Tür auf", sagte Frau Kesper und klopfte mit dem Kuli auf den Tisch.

Sofort verstummten die Gespräche und alle Augen richteten sich auf sie.

„Der junge Mann an meiner Seite möchte Ihnen, bevor wir beginnen, ein paar Fragen stellen. Wahrscheinlich haben Sie alle gehört, dass zwei unserer Studenten vermisst werden. Einer von Ihnen ist Tom Ackermann."

„Sind Sie von der Polizei?", fragte der Zuspätkömmling, nachdem klar wurde, dass Frau Kesper keine Informationen mehr geben würde.

„Quatsch", das Mädchen neben ihm schüttelte wild den Kopf. „Das ist Alexander Grahl, der, der den Dortmund-Krimi geschrieben hat. Wollen Sie auch diesen Fall aufklären?", wandte sie sich an mich.

„Zumindest den vorhandenen Spuren nachgehen", gab ich vorsichtig zurück.

„Denken Sie, Sie kriegen mehr raus als die Polizei?" Der Typ, der diese Frage stellte, sah mich abschätzig an.

„Vielleicht erhalte ich zumindest andere, zusätzliche Informationen, die das Bild ergänzen", schoss ich zurück. „Noch weiß keiner, was wirklich geschehen ist."

Es bedurfte noch einiger Ermunterungen durch Frau Kesper, bis sich die Gruppe in wilde Spekulationen erging. Interessanterweise hatte vorher niemand von Toms YouTube-Auftritten gewusst. Jetzt natürlich schon, auf diesem Punkt wurde am längsten herumgeritten. Ihn näher gekannt, überhaupt mit ihm außer ein paar belanglose Worten gesprochen, hatte keiner. Er kam nie aus sich heraus, hielt sich mit seinen Ansichten bedeckt, steuerte kaum Kritik an den Arbeiten der anderen bei - allerdings auch kein Lob. Was er und sein Partner Max für eine Geschichte in Arbeit hatten, wusste niemand.

Zu seinem Kumpel fiel ihnen ebenfalls nichts ein. Doch alle blickten wie auf Kommando zu dem Zuspätkömmling. Der hob die Hände. „Leute, ich hab mich ein paarmal mit ihm unterhalten, über Unikram und über Fußball. Das war alles."

„Bäh, Borussia-Fans." Das Mädchen neben ihm rümpfte die Nase.

„Kann ja nicht jeder so abgehoben sein wie du", gab er ungerührt zurück.

„Scherz beiseite." Ich sah ihn eindringlich an. „Weißt du, was er für Kurse hat, mit wem er abhängt?" Ich war unwillkürlich ins Du verfallen, wie es unter Studenten üblich war. Wieso die Kursteilnehmer auf die Idee gekommen waren, mich zu Siezen, war mir schleierhaft.

„Äh", er zuckte die Schultern. Dann, als ich schon nicht mehr damit gerechnet hatte, sagte er: „Im letzten Semester war er in einem meiner Seminare. Da gab es zwei Wei…, äh, Studentinnen, mit denen er abhing."

Eine neue Spur! „Würdest du sie wiedererkennen?"

„Wozu? Max ist bestimmt morgen anwesend. Der Kurs hier ist freiwillig."

Nein, ich hatte plötzlich ein sehr komisches Gefühl, was mich dazu brachte nachzuhaken: „Falls er nicht auftaucht, würdest du mit mir zu den Vorlesungen gehen und mir die beiden zeigen?"

Begeistert schien er nicht, aber da Frau Kesper ihm auffordernd zu nickte, traute er sich nicht, mir diese Bitte abzuschlagen. Wir verabredeten uns für morgen früh um zehn vor den Hörsälen der Sonderpädagogik.

Als ich aus dem Raum trat, brummte mein Handy, eine Nachricht von Maurice: *Marcel trifft sich morgen Mittag in der Mensa mit dir, okay?"*

Ich bestätigte den Termin und beschloss, die Befragung der ITler zu verschieben. Besser zuerst mit jemandem sprechen, der mir garantiert Rede und Antwort stand.

12

Dienstag, 3. Dezember

Dank der Mithilfe von Frau Kesper erfuhr ich, dass Max natürlich nicht erschienen war. Er hätte um acht ein Seminar gehabt. Zudem hatte er auch die Termine am Vortag nicht wahrgenommen, wie sie mir besorgt erklärte. „Vielleicht ist er krank geworden. Immerhin war er am Freitag anwesend", versuchte sie sich selbst zu beruhigen.

Ich versprach, ihr Bescheid zu geben, sobald ich mehr wusste.

„Los, komm!", forderte ich meinen neuen Bekannten auf, von dem ich immer noch nicht den Namen wusste. Er war gegen fünf vor zehn gähnend und deutlich unmotiviert angeschlurft gekommen und ich setzte mich sofort in Bewegung. „Er hätte heute bis zehn ein Seminar."

„Also ist er nicht da."

Das war eher eine Feststellung als eine Frage gewesen, trotzdem antwortete ich: „Nein, mein Verdacht, dass er in dieser Geschichte mit drinsteckt, hat sich dadurch noch mehr verhärtet."

Meine Worte wirkten, er zog sein Tempo an und blieb dicht neben mir, sodass wir in genau dem Moment, in dem sich die Türen des Raums öffneten, heran waren. Stumm betrachtete mein Zeuge die Heraustretenden. Gleich bei dem zweiten Grüppchen stieß er mich an. „Die Braunhaarige und die Blonde", flüsterte er.

Er blieb an der Fensterfront stehen, während ich auf die Vierergruppe zutrat. „Entschuldigt bitte, ich suche Max. Ist er heute nicht da?"

Das Mädchen mit den braunen, schulterlangen Haaren blickte mich aus großen goldfarbenen Augen an. „Und du bist?"

„Alex, ein Freund von Tom. Max war mit ihm zusammen im Literaturkurs von Frau Kesper."

„Und?"

Wusste sie wirklich nicht Bescheid oder wollte sie mich für dumm verkaufen? „Tom und ein anderer Freund von ihm werden von der Polizei gesucht und sind spurlos verschwunden", setzte ich nach. „Ich hatte gehofft, Max könnte mir weiterhelfen."

Die beiden sahen sich stumm an. „Wir haben ihn seit Freitag nicht mehr gesehen", sagte die Braunhaarige schließlich.

„Was ausgesprochen seltsam ist", fügte ihre Freundin mit Nachdruck hinzu. „Er taucht normalerweise immer pünktlich zum Montag wieder auf."

„Wisst ihr zufällig, wo er wohnt?"

Wieder ein langer Blickwechsel. Die anderen beiden jungen Frauen zuckten mit den Schultern und gingen weiter.

„Wir sind in derselben WG", erklärte die Blonde. „Ab und zu übernachtet er woanders, aber wie gesagt, bisher war er spätestens am Montag wieder in den Vorlesungen und ist anschließend wieder auf sein Zimmer."

„Normalerweise ist auf ihn echt Verlass", ergänzte die Braunhaarige.

„Kennt ihr seine Freundin?" Vermutlich war er deswegen am Wochenende nicht in der WG.

Wieder tauschten sie sich stumm aus, bevor die Blonde sagte: „Wir glauben, er hat einen Freund." Sie errötete. „Genau wissen wir es nicht. Er kriegte mal einen Anruf, als wir unsere WG-Sitzung hatten. Mia", sie nickte zu ihrer Freundin hinüber, „saß neben ihm und meint, es sei eine männliche Stimme gewesen. Vom Tonfall her und wie die redeten, hörte es sich nach einer Liebesbeziehung an."

Interessant. „Einen Namen hat er nicht genannt?"

Das Rot vertiefte sich. „Natürlich haben wir versucht, was rauszukriegen. Aber Max macht bei Fragen nach was Persönlichem sofort dicht. Er ist ein guter Kumpel, kennt viele Leute, weiß, was wo läuft. Ansonsten hält er sich bedeckt."

„Seine Mutter wohnt irgendwo in der Nähe", platzte Mia heraus. „Ich war dabei, als sie ihn anrief. Sie wollte, dass er gleich vorbeikommt, aber er wand sich raus, behauptete, er hätte was Dringendes vor."

„Wie steht's mit euren WG-Kollegen. Kennt einer von denen ihn näher?"

Sie schüttelten synchron den Kopf. „Wie gesagt, das war und blieb oberflächlich", verdeutlichte die Blonde.

„Wie ist er als Student?", hakte ich nach. Von Frau Kesper wusste ich, dass er im fünften Semester war.

Wieder eines dieser stummen Zwiegespräche.

„Er gibt sich Mühe", sagte Mia.

„Er hängt mit den Prüfungen hinterher", antwortete ihre Freundin fast gleichzeitig.

Ich sah abwechselnd von einer zur anderen und hoffte, dass sie deutlicher wurden.

Stattdessen kramte Mia in einer ihrer Taschen herum. „Willst du ein Bild von ihm sehen?" Sie holte ein Handy hervor und drückte ein paar Tasten. „Hier!", sie hielt es mir vor die Nase.

Es war eine Gruppenaufnahme von sieben Personen. Trotzdem musste ich nicht nachfragen, wer Max war. Ich erkannte ihn sofort.

„Der mit dem roten Hemd ist es", erhielt ich von Mia die Bestätigung.

Auf einmal hatte ich es sehr eilig. „Eine letzte Frage noch: Dieser Schreibkurs bei Frau Kesper, macht er so was in der Art öfter?"

Dieses Mal mussten sie nicht nachdenken oder sich austauschen. „Nein, wir waren überrascht, dass er sich da einschrieb. Ich dachte eher, er hat mit seinem normalen Kram genug zu tun."

„Danke, ihr habt mir sehr geholfen."

Die Blonde kicherte. „Kriegen wir später dann ein signiertes Buchexemplar von dir, wenn du die Geschichte aufgeschrieben hast?"

Nicht nur Tom war durch das Medieninteresse bekannt geworden, sinnierte ich, während ich eine ruhige Ecke zum Telefonieren suchte. Auch mein Bekanntheitsgrad hatte sich schlagartig gesteigert. Ob das von Vorteil war oder sich eher nachteilig auf meine Ermittlungen auswirkte, würde sich zeigen.

Die Polizisten, die jeden einzelnen Hausbewohner befragten, hatten sich zwar vorgestellt, doch es war kein Name bei mir hängen geblieben. Daher wandte ich mich an Herrn Janzen, der irgendwie auch involviert zu sein schien. Sonst hätte er mir mit Sicherheit keine Nachricht auf dem Anrufbeantworter hinterlassen.

Seltsam eigentlich! Der Kripobeamte arbeitete in der Mordkommission, war schon jemand zu Tode gekommen? Mal sehen, ob ich ihm irgendwelche Aussagen entlocken konnte.

„Grahl, könnte ich bitte Herrn Janzen sprechen", sagte ich, weil sein Partner den Anruf entgegennahm.

„Guten Tag, Herr Grahl", ertönte kurz darauf die Stimme von Hauptkommissar Janzen. „Sie können wohl die Finger nicht von den Ermittlungen lassen, oder?"

Noch vor einem halben Jahr hätte er mich mit diesem Spruch in die Defensive gedrängt, mittlerweile wusste ich ihn zu nehmen. „Immerhin fand die Erstürmung direkt vor meiner Wohnung statt. Klar, dass ich neugierig wurde."

„Nur hätten Sie nicht gleich mit einem Reporter sprechen dürfen", rügte er mich.

„Schuldig", bekannte ich freimütig. „Aber ich hatte keine Ahnung, dass die Fakten nicht weitergegeben werden dürfen. Normalerweise wird sowieso groß und breit in den Medien darüber berichtet. Woher wissen sie eigentlich, dass ich derjenige war welcher?", wagte ich nachzufragen.

„Weil wir uns mit dem Reporter in Verbindung gesetzt haben." Er seufzte schwer. „Was diesen allerdings dazu anstachelte, tiefer zu schürfen. Nun gut, Sie rufen garantiert nicht an, um sich bei mir zu entschuldigen. Was …"

„Ich glaube, ich habe eine Spur", platzte ich heraus. „Max Reggins ist scheinbar verschwunden. Das ist der, mit dem Tom in diesem abendlichen Schreibkurs war. Ich habe gerade mit zwei seiner Kommilitoninnen gesprochen. Die zeigten mir ein Foto von ihm. Ich kenne ihn. Der ist mindestens einmal bei Tom und Kilian zu Hause gewesen."

Einen Moment blieb es stumm in der Leitung. Ich konnte Herrn Janzen direkt vor mir sehen, wie er überrascht die Augenbrauen hochzog.

Er hatte sich erstaunlich schnell wieder unter Kontrolle. „Erzählen Sie!"

Also berichtete ich, wie ich vor ungefähr zwei Wochen aus dem Haus stürmte, weil ich ziemlich spät dran war, und beinahe mit einem Pizzaboten, der drei große Schachteln auf dem Arm balancierte, zusammengestoßen wäre. „Verstehen Sie? Die beiden Studentinnen haben auf meine Nachfrage gesagt, er habe zurzeit keinen Job. Er brachte das Essen für sich, Tom und Kilian mit."

„Hm." Ich konnte fast hören, wie es in seinem Kopf ratterte.

„Sie haben ihn doch bestimmt vernommen", fuhr ich fort, weil er immer noch nichts sagte. „Hat er Ihnen von seiner Freundschaft mit Tom erzählt?"

„Nein", gab er zu. „Er erklärte, sie seien übereingekommen, eine fortlaufende Geschichte zu schreiben und wollten sich zusammensetzen, wenn sie so weit wären. Er kenne ihn nur aus dem Kurs."

„Frau Kesper, die den Kurs leitet, wollte ihn mir gestern Abend zeigen, da ist er schon nicht erschienen. Seit

Freitagmorgen war er nicht mehr in der WG", ich unter-schlug den Hinweis auf einen Freund, „und seit gestern hat ihn keiner mehr an der Uni gesehen. Seltsam, nicht?"

Ja, da musste mir Herr Janzen recht geben. Er versprach, die Spur weiter zu verfolgen. „Herr Grahl", hob er an und ich wusste genau, was jetzt kommen würde: „Halten Sie sich bitte raus. Dieser Fall ist wesentlich extremer, als Sie es sich vorstellen können. Ich danke, für den Tipp, aber …"

„Können Sie mir wenigstens mitteilen, was daran so schlimm ist?", versuchte ich tiefer zu bohren.

„Ich darf mich nicht dazu äußern." Wobei er das „darf" stark betonte.

Ich wusste, wann ich aufgeben musste, wünschte ihm einen schönen Tag und beendete das Gespräch, ohne mich zu sei-ner Bitte zu äußern. Nein, ich würde natürlich nicht aufhö-ren, eigene Recherchen zu betreiben. Dafür war ich schon viel zu tief darin verstrickt.

13

Mirko hatte mir genau beschrieben, wo ich eine der führenden Köpfe der Umweltorganisation finden würde. „Sie ist eine Studentin im Master. Die organisiert ständig irgendwelche Proteste. Sie hängt mit einer anderen Gruppierung rum, deren Mitglieder schon mehrfach straffällig geworden sind. Hambacher Wald, Aktionen gegen Tierversuche, G20-Gipfel damals in Hamburg und Ähnliches, die Interessen sind breit gefächert."

„Habe ich bisher gar nichts von mitbekommen." So engagiert konnten die also nicht sein.

„Weil du dich nie für das Thema interessiert hast." Mirko hatte genervt die Augen verdreht. „Erinnerst du dich an den Hype um den Statistikprofessor, der es gewagt hat, die heilige Greta anzugreifen?"

„Meinst du den mit der Hitler-Satire?"

„Der ist wegen beidem angefeindet worden. Und obwohl die Uni angeblich hinter ihm steht, von wegen Meinungsfreiheit und so, haben die kurzerhand den Schaukasten in eine Ecke versetzt, wo nicht sofort der Blick darauf fällt. Angeblich wegen Brandschutz, dabei hing der jahrelang dort."

„Was hat der denn genau gesagt?" Eigentlich hatte ich nach dem Artikel in der Zeitung – ja, das Ganze war ziemlich aufgebauscht worden – mir selbst ein Bild machen wollen. Irgendwie war ich wohl davon abgekommen.

„So einiges. Er hat ein angebliches Hitlerzitat reingehängt: Der Nationalsozialismus hätte niemals in Deutschland siegen können, hätte ich nicht das Rauchen aufgegeben.

Darunter steht wesentlich kleiner und in Klammern: Dagegen waren Churchill, Roosevelt und Stalin Kettenraucher. Oben drüber steht in großen fetten Buchstaben: Rauchen gegen Rechts. Direkt unter diesem Werk hängt eine Karikatur von Greta mit der Überschrift: Klimagebet, darunter der Spruch: Komm heilige Gretel, sei unser Gast und segne, was du uns bescheret hast."

Ich konnte mir ein Grinsen nicht verkneifen. „Was noch?" Mirko legte die Stirn in Falten. „Ah, ja, noch ein Spruch, mit dem er gewaltig aneckte, lautet: Es gibt siebenundfünfzig islamische Länder in der Welt. Da muss es ja ein wahnsinniger Zufall sein, dass es in keinem dieser Länder eine Demokratie gibt. Außerdem wendet er sich gegen das Dieselfahrverbot und gegen die gendergerechte Sprache. Der teilt gleich in mehrere Richtungen aus."

„Und der Protest gegen seinen Schaukasten wurde von den Umweltaktivisten initiiert?" Eigenartig.

„Die lassen eben nichts auf ihre Greta kommen." Er zuckte die Schultern. „Denke ich wenigstens. Denn warum sollte er sonst ausgerechnet jetzt in den Fokus rücken? Der hat immer schon provoziert. Offiziell steckt der allgemeine Studierendenausschuss dahinter", klärte er mich auf. „Der AStA forderte eine sofortige Beendigung der Aushänge. Trotzdem denke ich, die hatten ihre Finger da mit drin."

„Die Uni-Leitung meinte doch, dass das Ganze unter Satire fällt. Und die haben jetzt den Kasten umgehängt?", versuchte ich mich zu erinnern.

Mirko hatte genickt. „Satire hin oder her. Lässt man die Meinungsäußerung eben an einen nicht gleich ins Auge fallenden Punkt setzen."

Und mit einer der Hauptakteurinnen wollte ich mich nun unterhalten. Ich war echt gespannt, wie sie und ich miteinander klarkommen würden.

Ich fing sie ab, als sie aus ihrer Vorlesung kam, und bat sie um ein kurzes Gespräch. Nein, ich werde es nicht wiedergeben, es war mehr als unerfreulich. Sie kanzelte mich dermaßen ab, in einer hoch gestochenen Art und Weise, wie es normalerweise unter Studenten nicht üblich ist, dass ich kaum zu Wort kam. Sie hatte den totalen Durchblick und ich war nur ein dummer Junge, der die Zusammenhänge sowieso nicht begriff. Den armen Tom bezeichnete sie als Lügner, der sich unbedingt profilieren wolle, indem er den Massen Falschinformationen vorsetzte und sie aufhetzte.

Ungefähr zehn Minuten dauerte unser Dialog, das Einzige, was ich danach mit Sicherheit wusste: Sie und ihre Mitstreiter hatten wirklich nicht gewusst, dass Tom dieser Flipp von YouTube war. Sonst hätten sie ihn längst bloßgestellt und dafür gesorgt, dass er die Uni freiwillig wieder verließ. Nett, nicht wahr? Dabei sollte diese Organisation laut Mirko noch die harmlosere von den zweien auf dem Campus sein.

Mein nächstes Gespräch führte ich in der hintersten Ecke eines Parkplatzes. Der knapp Zwanzigjährige, der sich bereit erklärt hatte, mit mir zu sprechen, blickte sich trotzdem zuerst nervös nach allen Seiten um, bevor er sich zwischen einen Transporter und einen SUV quetschte und mir winkte, es ihm nachzutun. „Wenn uns einer zusammen sieht, kann ich einpacken."

Dieses Mal hatte ich keinen der führenden Köpfe vor mir, sondern einen, dem die Gruppe zu militant war. Woher Mirko ihn kannte? Keine Ahnung, das wollte ich lieber gar nicht so genau wissen.

„Also, ich denke, keiner hatte Kenne davon, dass dieser Tom der Flipp aus YouTube war", haspelte er herunter, während ihm trotz des kalten Wetters die Schweißtropfen unter der Kapuze hervorliefen. „Klar waren uns die Filme von dem ein Begriff. Die hätten nicht lange gefackelt und den fertiggemacht. Aber nicht so! Das ist ja wie kostenlose Reklame für den."

Fast genauso hatte sich seine Vorgängerin geäußert: Tom sei anscheinend alles recht, um Aufmerksamkeit zu generieren.

„Wie haben deine Leute denn reagiert, nachdem Tom verschwand und sein Name plötzlich in aller Munde war?"

„Die sind stinksauer geworden. Ich meine, auf die Idee musst du erst mal kommen. Schwupp, ist der überall bekannt."

„Ihr glaubt nicht, dass die Bedrohung existiert?"

Er lachte höhnisch. „Der will die Flamme am Kochen halten."

„Fast jeder hat mittlerweile zumindest von ihm gehört", stimmte ich ihm zu.

„Genau. Das ist ein gelungener Coup. So was macht ihm so schnell keiner nach." Er trat einen Schritt vor und spähte an mir vorbei. „Scheiße, den kenn ich!" Bevor ich reagieren konnte, hatte er sich aus der Lücke gequetscht und verschwand hinter einer weiteren Reihe geparkter Autos.

Ich blieb, wo ich war, um nur ja keine Aufmerksamkeit auf mich zu ziehen. Weder wollte ich mit dieser extremen Gruppe in Verbindung gebracht werden, noch dem Studenten Ärger bereiten.

Fast zehn Minuten blieb ich in Deckung, bevor ich mich langsam herauswagte. Niemand war zu sehen.

Es wurde Zeit für mein Treffen mit Marcel. Ich joggte die Strecke zurück zum Nord-Campus, um pünktlich anzukommen.

Obwohl ich ihn noch nie gesehen hatte, erkannte ich Marcel sofort, denn er war der einzige Schwarze, der im genannten Bereich saß.

Er blickte mir breit grinsend entgegen. „Na, Krimischreiber? Biste wieder auf Mörderjagd?"

„Noch ist niemand gestorben und dabei wird es hoffentlich bleiben", gab ich zurück, kam dann aber doch nicht umhin zu fragen: „Woher weißt du das mit dem Buch?"

Er grinste und sah dadurch Maurice noch ähnlicher. „Das ist bei uns rumgegangen wie ein Lauffeuer. Gibt genügend, die dich näher kennen. Ich hab's gelesen, ist nicht schlecht. Na ja, kein Brüller, gute Unterhaltung halt."

„Du hast es gekauft?"

Er blinzelte belustigt. „He, wir sind Informatiker."

Also zirkulierte wohl eine Raubkopie des E-Books, was mich nicht sonderlich störte. Wichtiger war, dass ich eine treue Leserschaft gewann. Ich deutete auf die Essensausgabe. „Soll ich dir was mitbringen?"

„Einen Kaffee, hab gut bei Muttern gegessen."

Kurz darauf kehrte ich mit meinem Tablett zurück: eine Suppe mit Brötchen für mich, für ihn das Getränk. Er nahm es, trank einige Schlucke, wartete, bis ich angefangen hatte zu löffeln, und begann von sich aus zu erzählen. „Kilian ist einer, dem du besser aus dem Weg gehst. Der nervt total. Bildet sich unheimlich was ein auf sein bisschen Wissen, meint, er könne mit den Superhirnen mithalten."

Da ich gerade kaute, sah ich ihn nur fragend an.

„Du kennst das bestimmt von deiner Zeit hier. Es gibt einige, die sind genial, haben jede Menge Tricks drauf, können regelrecht zaubern."

„Besser als dein Bruder?"

„Viel besser." Er grinste wieder. „Superhirne halt. Kilian hat versucht, sich bei denen einzuschleimen. War 'ne richtige Pest."

Ich glaube, ich verstand langsam. Auch während meines Informatikstudiums hatte es Gruppenbildungen gegeben, darunter war damals eine Kleingruppe, die sich mit Hacken und dergleichen beschäftigte. Die blieben für sich und wachten argwöhnisch darüber, ihre Geheimnisse vor den Normalos zu bewahren.

„Nur weil er selbst schon was verschlüsselt hat, damit man die IP nicht zurückverfolgen kann, denkt er, er wäre der King."

Also doch ein kleines Plappermaul? „Hat er dir was von den Beiträgen auf YouTube erzählt?"

Marcel schüttelte den Kopf. „Tacheles geredet hat der nie, immer nur Andeutungen gemacht. Ich war echt platt, als Maurice mir den Link geschickt hat. Hätt' ich dem gar nicht zugetraut, dass der bei so was mitmacht."

„Und Tom? Kennst du den auch?"

Wieder schüttelte er den Kopf. „Kann sein, dass ich den mal gesehen hab, gesprochen mit ihm garantiert nicht."

„Hatte Kilian denn irgendwelche Freunde, mit denen er abhing?", versuchte ich es anders.

Er kniff die Augen zusammen und überlegte. „Nee, der tauchte immer allein auf. Normalerweise halten die Erstis sich am Anfang zurück und gucken erst mal, wie es bei uns läuft", wurde er deutlicher. „Kilian tat, als gehöre er zu den Alten, machte auf Kumpel. Soweit ich das mitkriegte, haben den alle abblitzen lassen."

„Traust du ihm zu, mit dem Zünden einer Bombe zu drohen." Kaum hatte ich ausgesprochen, verfluchte ich mich dafür, so deutlich hatte ich eigentlich nicht werden wollen.

Marcels Augen wurden Untertassen-groß. „Der hat echt eine Bombendrohung rausgeschickt? An wen, weißt du das? Und die Polizei hat natürlich seine geniale IP-Verschlüsselung im Nu geknackt", fuhr er nach meinem Kopfschütteln fort. „Also der ist so blöd, das würde passen. Eine echte Bombendrohung allerdings? Nee, dafür ist der zu … zu …", er suchte nach dem passenden Adjektiv.

Ich wartete ruhig ab, wollte ihm nichts Falsches in den Mund legen.

„… zu harmlos", ergänzte er nach einer Weile. „Der ist nicht hart, auch nicht extrem. Also entweder hat man den dazu gezwungen oder er ist ein Mitläufer, der nicht wusste, auf was er sich einließ. Ist zumindest mein Eindruck", schwächte er ab. „Andererseits - dem hätte ich nicht mal das Ding bei YouTube zugetraut." Er blickte auf seine Armbanduhr. „Hast du noch mehr Fragen? Ich muss gleich los, die Vorlesung ist mega wichtig."

„Im Moment nicht. Wann bist du erreichbar und ansprechbar? Falls sich doch noch weitere ergeben", fügte ich hinzu.

Er sprang auf. „Montags und mittwochs auf jeden Fall im Abendbereich. Da treffen wir uns zum Rollenspiel", erklärte er augenzwinkernd. „Es gab mal einen, der das vor längerer

Zeit angestoßen hat. Seitdem finden sich immer welche, die mitmachen."

Schön zu wissen, dass meine Idee weiterhin Früchte trug.

14

Mirko wartete schon vor dem Seminargebäude, begierig darauf, meine Neuigkeiten zu erfahren.

„Ah, Kommissar Janzen!", unterbrach er mich, als ich ihm von dem Telefongespräch mit dem Ermittler berichtete. „Lass mich raten, er hält sich bedeckt und ist nicht begeistert von deiner Einmischung."

Mirko kannte ihn nur aus meinen Erzählungen. Der Kommissar und sein Kollege waren die leitenden Ermittler im Mordfall meines Freundes Daniel gewesen. Anfangs hatte ich ihn für ziemlich unfähig gehalten, wurde aber nach und nach eines Besseren belehrt. Bei ihm war es genauso. Erst empfand er mich als Störfaktor, später, nachdem klar wurde, dass ich den richtigen Riecher gehabt hatte, erhielt ich von ihm sogar sämtliche Fakten. Wir schieden, so sah ich es zumindest, als gute Bekannte. Dass er nun ähnlich reagierte wie vor sieben Monaten, konnte ich durchaus nachvollziehen. Ich war ein Außenseiter, er durfte mir nichts Relevantes mitteilen. „Er darf mir nichts sagen." Ich betonte genau wie der Hauptkommissar das Wort darf.

Mirko zuckte nur die Schultern. Ich berichtete von meinen folgenden Aktivitäten und war gerade bei Marcels Einschätzung angelangt, als unser Dozent auftauchte. „Er war der Erste, der mir eine ungefähre Charakterisierung geben konnte", schloss ich schnell. „Und zwar eine, die mich immer mehr zweifeln lässt, dass diese beiden Studenten die Urheber der ganzen Aktion sind."

„Du glaubst nicht daran, dass irgendwelche Umweltaktivisten die beiden entführt haben", nahm Mirko unser

Gespräch nach dem Seminar wieder auf. „Genauso wenig traust du Tom und Kilian zu, etwas Derartiges aus PR-Gründen selbst initiiert zu haben. Was bleibt dann noch?"

„Vielleicht liege ich völlig falsch", wehrte ich ab. Auf Gedankenspiele konnte ich im Moment verzichten. „Ich hoffe, dass mir mein Besuch heute Abend in Max' WG weiterhilft." Vorausschauend, wie ich war, hatte ich mir, bevor ich mich nach dem Gespräch verabschiedete, Mias Handynummer geben lassen und sie nach dem Treffen mit Marcel kurzerhand angerufen. Sie versprach, dass sie alle relevanten Personen bis dahin zusammentrommeln würde. „Jetzt muss ich mich sputen. Ich will vorher bei Herrn Bendel vorbei."

Während der Fahrt überdachte ich meine bisherigen Informationen. Die Lage stellte sich alles andere als klar dar. Konnte ich die Umweltaktivisten wirklich ausschließen? Das, was Tom in seinen YouTube-Beiträgen gebracht hatte, musste für die ein rotes Tuch sein. Und gab es nicht unter ihnen genügend, die selbst vor Gewalt nicht zurückschreckten?

Andererseits hätten sie ihm mit einer derartigen Aktion eher einen Gefallen getan. Er, der bisher kaum bekannt war, bekam endlich die Aufmerksamkeit der Öffentlichkeit, was bestimmt nicht in deren Sinne war.

Ob die denn so weit vorausdenken würden, meldete sich meine innere Stimme. Keine Ahnung, trotzdem glaubte ich immer weniger an einen Anschlag aus dieser Richtung. Und wenn man Greta als Beispiel nahm – es gab bestimmt auch jede Menge, die sie nicht abkonnten. Bisher war es zu keinem Angriff auf sie gekommen. Also warum sollte jemand sich dann Tom vornehmen?

Ich wandte mich den beiden YouTubern zu. Egal, was ich bisher gehört hatte, ausschließen, dass sie selbst hinter dieser Aktion steckten, konnte ich definitiv nicht. Auch wenn mein Gefühl was anderes sagte. Beweise, es fehlte an eindeutigen Beweisen, um sie zu be- oder entlasten!

Die dritte Variante, die mir kurz durch den Kopf geschossen war, konnte ich wohl als zu unwahrscheinlich abhaken. Denn warum sollten die Erpresser sich Toms und Kilians bedienen, um ihre Forderung an den Mann zu bringen?

Mir fehlten die richtigen Details, um vorwärtszukommen, stellte ich fest, als ich vor der Klinik ankam. Hoffentlich konnten mir die beiden Studentinnen weiterhelfen, mit denen ich gleich noch verabredet war.

„Dass Sie sich noch hierher trauen!" Dr. Runge musterte mich streng.

„Hör auf!" Herr Bendel hob den Kopf und bedachte mich mit einem strahlenden Lächeln. „Nett, dass Sie mich informieren!"

„Sie hätten es besser wissen müssen", knurrte sein Freund. „Sie …"

„Hören Sie nicht auf ihn!", befahl der alte Herr und winkte mich, näher zu treten. „Als wenn ich mich hätte abhalten lassen."

„Ja, du bist ein sturer Bock." Der Arzt nahm seinen Mantel vom Besucherstuhl und wies darauf. „Setzen Sie sich. Und tun Sie mir einen Gefallen, regen Sie den Patienten nicht auf. Er benötigt Ruhe, Ruhe und nochmals Ruhe."

„Was gibt es Neues?", fragte Herr Bendel, kaum dass die Tür hinter seinem Freund zugegangen war.

Ich zögerte. Gut sah er wirklich nicht aus. Es schien, als sei er innerhalb von zwei Tagen viel schmaler geworden, die Falten traten stärker hervor, er wirkte matt und müde. Hinter ihm blinkten drei verschiedene Geräte, die seine Herzfunktion und seinen Blutdruck überwachten, wie ich annahm. Zudem hing er am Tropf und wenn ich mich nicht täuschte, hatte er einen Katheder, vermutlich um jegliche Anstrengung zu vermeiden. Das hieß wohl, selbst das Aufstehen war zu kräftezehrend.

„Das Ärgste ist überstanden." Der alte Herr machte eine wegwerfende Handbewegung. „Es regt mich viel mehr auf, wenn ich bloß rumliege und mir das Schlimmste ausmale, weil keiner mir die Wahrheit sagt."

Also berichtete ich ihm, was ich bisher herausgefunden hatte: Dass Max, der Typ, mit dem Tom zusammen eine Geschichte schreiben wollte, nun auch verschwunden war, dass einige meiner Gesprächspartner vermuteten, es könne sich um einen Racheakt wegen Toms YouTube -Beiträgen handeln, dass die Polizei sich leider weiterhin bedeckt halte und nichts von dem verlauten lasse, was genau sie Tom und Kilian vorwarfen. Nur Maurices Vermutung, es könne sich vielleicht um eine gezielte PR-Aktion handeln, ließ ich außen vor. Sonst hätte er sich vermutlich doch aufgeregt.

„Ich habe mir den Kopf zerbrochen, seitdem ich wieder klar denken kann", bekannte Herr Bendel. „Soweit ich weiß, hatte Tom keine Feinde - allerdings auch keine Freunde", setzte er nach einer kurzen Pause hinzu. „Er und Kilian waren ein eingespieltes Team, da kam keiner zwischen."

„Von welcher Seite aus?"

„Von Toms, denke ich. Sie dürfen nicht vergessen, ich hatte kaum Kontakt zu meinem Enkel. Als er mich anrief, um zu fragen, ob ich jemand mit einer freien Wohnung in Dortmund kenne, war ich ziemlich überrascht. Damit hatte ich nicht gerechnet. Wobei ich gestehen muss, dass ich ihn, nachdem er eingezogen war, genau zweimal gesehen und mit ihm gesprochen habe. Ich wollte mich nicht einmischen, nicht den kontrollierenden Großvater herauskehren."

„Wieso wollte Tom keine Freunde?", hakte ich nach.

Er zögerte. „Vielleicht ist mein Eindruck auch falsch, mir kam es so vor, als sei er mit allem, wie es lief, zufrieden. Er ist eher der zurückhaltende Typ, schätze ich. Kilian dagegen", er verzog abschätzig das Gesicht. „Der ist ein Aufschneider, ein Möchtegern. Der kann alles und weiß alles. So schafft man sich keine Freunde."

Konnte man dieser Einschätzung vertrauen? Immerhin kannte er seinen Enkel und dessen Freund kaum. „Wie sieht Ihre Tochter die Söhne denn?"

Herr Bendel blinzelte und wirkte plötzlich noch geschwächter.

„Darf ich sie anrufen und danach fragen?" Eigentlich hatte er diesen Part übernehmen sollen, angesichts seines Zustandes war daran jedoch nicht zu denken.

„Machen Sie das. Ich gebe Ihnen die Telefonnummer." Er wirkte ehrlich erleichtert.

Wie groß musste die Kluft zwischen den beiden sein? Und wie war es dazu gekommen? Die Fragen brannten mir regelrecht auf den Lippen, gut, dass in diesem Moment eine Krankenschwester eintrat, um den Tropf zu kontrollieren, an dem der Patient hing. „Sie sind der Enkel?"

„Ja", sagte Herr Bendel eilig. „Ich hatte ja schon angekündigt, dass er mich besuchen kommt."

„Wie lange muss er noch auf dieser Station bleiben?", nutzte ich die Chance nachzufragen.

„Zwei, drei Tage." Sie wiegte unschlüssig den Kopf. „So gut, wie er tut, geht's ihm nicht." Sie lächelte den Mann an, während sie den Tropf abnahm und einen neuen anhängte.

„Auch wenn er das nicht wahrhaben will. Das Herz ist arg geschwächt."

„Papperlapapp!" Herr Bendel schnaufte missmutig. „Ihr seid übervorsichtig."

„Ja, ja", nickte sie. „Uns geht's nur ums Geld." Und an mich gewandt: „Er ist auf dem Weg der Besserung. Es sollte wenn möglich jede Aufregung von ihm ferngehalten werden."

Ein piepsendes Geräusch ertönte. Mit einem Seufzer machte sie sich an dem Gerät zu schaffen. „Sehen Sie, schon geht es wieder los. Regen Sie sich ab."

„Opa, hör auf sie", ich musste den beschwörenden Tonfall nicht mal spielen. Er war bedenklich rot angelaufen und schnappte nach Luft. „Ich kümmere mich um alles, das verspreche ich dir."

Mit einem weiteren Schnaufer gab er sich geschlagen und versank regelrecht in seinem Kissen.

„Sie gehen besser jetzt", bestimmte die Krankenschwester.

„Halt. Nimm bitte meinen Schlüssel und lade mein Handy auf." Herr Bendel wies mit einem Kopfnicken auf den Nachttisch. „Es müsste auf dem Dielenschränkchen liegen. Persönlichen Kram brauche ich zurzeit nicht. Die haben mir alles Notwendige gegeben."

Ich nahm den Schlüssel aus der Schublade, beugte mich zu ihm herunter und drückte ihn. Wenn schon, denn schon. „Bleib brav. Ich komme morgen wieder vorbei."

Auf dem Flur erlaubte ich mir ein leises Lachen. Was für eine Scharade. Nur gut, dass Herr Bendel in einem, wenn auch kleinen, Einzelzimmer lag. Sonst hätten wir uns bestimmt verraten.

15

„Komm irgendwann zwischen acht und neun", hatte mir Mia geraten. Blieb eine Stunde, die ich totschlagen musste. Herr Bendel lag im St. Johannes Hospital und das befand sich mitten in der Stadt. Was also lag näher, als ein Besuch auf dem Weihnachtsmarkt? Nein, Weihnachtsstadt, hieß der ja jetzt. Was ich wie die meisten alt eingesessenen Dortmunder ziemlich absurd fand. Als wenn sich die auswärtigen Besucher nur wegen einer neuen Bezeichnung noch zahlreicher einstellen würden.

Der Baum war wie immer sehr beeindruckend, und mit fünfundvierzig Metern und aus eintausendsiebenhundert Rotfichten bestehend angeblich der größte aus echten Bäumen zusammengesetzte Weihnachtsbaum der Welt - es versteht sich wohl von selbst, dass die Fichten nachhaltig im Sauerland gezüchtet wurden! Mehr als fünfundvierzigtausend Lämpchen brachten ihn zum Erstrahlen. Zwanzig zweieinhalb Meter große Kerzen waren ein zusätzliches Highlight, ebenso wie der Posaunenengel auf der Spitze. Mir wäre ein kleiner, normaler ehrlich gesagt lieber, aber angeblich hatte dieser Baum eine gewaltige Zugkraft und lockte viele der ungefähr zweieinhalb Millionen Besucher an.

Obwohl ich mir jedes Jahr vornahm, auf einen weiteren Besuch zu verzichten, erlag ich doch immer wieder der Versuchung. Dabei gab es für mich kaum etwas Neues zu entdecken. Ich hatte eher das Gefühl, die meisten Stände existierten schon ebenso lange, wie ich hierherkam.

Für jemand, der den Weihnachtsmarkt zum ersten Mal besucht, ist es ein Erlebnis. Sich von der Reinoldikirche bis zum Friedensplatz ausbreitend bietet er Platz für circa dreihundert Stände. Hier kann man alles kaufen und bestaunen, was das Herz begehrt und was auch nur im entferntesten Sinne mit Weihnachten zu tun hat. Dazu kommt eine riesige Menge an Fressständen, egal ob man seinen süßen Zahn ausleben will oder etwas für den größeren oder ganz großen Hunger gefragt ist. Und Glühweinstände sind natürlich ebenso allgegenwärtig. Dazwischen befinden sich verschiedene Karussells, damit auch die lieben Kleinen zu ihrem Recht kommen. Die waren für mich natürlich früher die absoluten Highlights, alleine deswegen drängte ich jedes Jahr auf einen Besuch. Meist erbarmte sich dann noch die Oma und spendierte mir einen weiteren Ausflug mit jeder Menge Fahrten.

Also ich denke eher, dass die Anziehungskraft nicht an diesem mega Baum liegt, sondern an den Buden und Karussells, nicht zu vergessen die Bühne auf dem Alten Markt, die ein abwechslungsreiches Programm für die Älteren bietet, ebenso nicht zu vergessen die Kaufhäuser drum herum. Wer von weiter weg anreist, kann wirklich einen ganzen Tag ohne Langeweile hier verbringen. Das wiegt garantiert mehr als einen Blick auf den ‚größten Weihnachtsbaum der Welt' zu werfen oder die Umbenennung in Weihnachtsstadt.

Trotz des Gedränges versetzte mich der Bummel in eine festliche Stimmung, was vor allem an der liebevoll drapierten Beleuchtung der einzelnen Stände und an den köstlichen Gerüchen lag. Schon wieder begann mein Magen zu knurren. Ich besänftigte ihn mit einer Tüte gerösteter Erdnüsse, für alles andere war ich dann doch zu geizig. Zu Hause wartete ein voller Kühlschrank auf mich, das war bedeutend billiger.

Das Highlight erlebte ich auf dem Weg zum Bahnhof. Auf den Tassen, die an dem Glühweinstand ausgegeben wurden, stand: Weihnachtsmarkt Dortmund 2019. Das passiert eben, wenn man nicht langfristig vorausplant und den Namen relativ kurzfristig ändert.

Mia und ihre Freundin wohnten in einem Wohnheim des Studierendenwerks in der Nähe der Uni im Ortsteil Barop. Das Ganze entpuppte sich als halbrunder Komplex, wohl schon älter, aber nett renoviert und im Grünen gelegen, zumindest soweit ich das im Dunkeln erkennen konnte. Und der Campus war zu Fuß erreichbar, ein weiterer Vorteil. Ich schätzte, der lag nicht mal einen Kilometer entfernt.

Mia öffnete die Tür und strahlte mich an. „Komm rein!"

Ich trabte hinter ihr her in die Küche und stutzte. Um den runden Kieferntisch saßen mehrere Personen, die mir erwartungsvoll entgegen starrten. Hatten die beiden Studentinnen nicht von einer Vierer-WG gesprochen?

„Das sind Nina und Sven aus der Nachbar-WG", Mia nickte zu dem Pärchen, das nebeneinander vor Kopf saß. „Lea kennst du schon, daneben, das ist Ken." Sie wies auf den einzigen freien Stuhl. „Setz dich. Ich bleib stehen. Willst du was trinken?"

Ich lehnte dankend ab. „Wer von euch kennt Max am besten?", kam ich gleich zur Sache.

„Also erst mal, nur damit du es weißt", hob Lea mit streitlustig funkelnden Augen an. „Wir helfen dir wegen Max, aus keinem anderen Grund. Die zwei Idioten können bleiben, wo der Pfeffer wächst. Das interessiert uns nicht die Bohne. Diese Videos sind das Letzte, mit völlig an den Haaren herbeigezogenen Argumenten. Verschwörungstheoretiker mit null Ahnung, die meinen, sie seien schlauer als die renommiertesten Wissenschaftler. Wir wissen, wovon wir sprechen, wir sind alle im Klimaschutz aktiv."

„Abartig ist das", nickte Nina. „Die verdrehen bewusst die Tatsachen. Ich kann so eine Haltung nicht verstehen. Es geht schließlich um unsere Zukunft. Da können wir nicht tatenlos zusehen, wie die Erde um uns herum kaputtgeht."

Ich hob beschwichtigend die Hand. „Es sind meiner Meinung nach Menschenleben in Gefahr. Ich bringe mich ein, weil ich helfen will, sie zu retten. Vielleicht hat das eine mit dem anderen gar nichts zu tun."

Lea kniff die Lippen zusammen. „Wie gesagt, wir erzählen dir, was wir wissen. Max ist uns wichtig."

Beinahe hätte ich mich dazu hinreißen lassen nachzufragen, ob er auch in ihre Mission mit eingebunden war, beherrschte mich jedoch. Jede weitere Diskussion zu diesem Thema war unnütz. Stattdessen wiederholte ich meinen Einleitungssatz.

„Das bin wohl ich." Sven nickte mir zu. „Ich hatte, bevor ich mit Nina zusammengekommen bin, hier mein Zimmer. Wir beide waren neu und sind vermutlich dadurch ein paarmal ins Gespräch gekommen. Er hat mir erzählt, dass sein Bruder behindert ist und in einer besonderen Einrichtung lebt. Deshalb kam er wohl auf die Idee, Reha-Pädagogik zu studieren. Vorher machte er ein freiwilliges soziales Jahr in genau der Einrichtung."

„Ich dachte, er studiert Sonderpädagogik auf Lehramt?" Ich warf Mia, die sich an die Spüle gelehnt hatte, einen fragenden Blick zu.

„Nee, das sind wir", sie nickte in Richtung Lea. „Die Kurse von beidem überschneiden sich manchmal."

Rehabilitationspädagogik, ich wusste zwar, dass es diesen Studienzweig an der Uni gab, mehr allerdings nicht. „Kennt ihr irgendwelche seiner Kommilitonen?"

„Nee", die beiden Studentinnen schüttelten synchron den Kopf.

„Mitgebracht hat er nie irgendwen", sagte Mia.

„Er war, seitdem ich hier wohne, nicht sonderlich gesprächig", fügte Ken hinzu. „Das ist mir erst im Nachhinein bewusst geworden. Ich meine, du hast das Gefühl, er ist total locker und cool und du kannst dich mit ihm über Gott und die Welt unterhalten. Nur Privates wird komplett weggeschaltet. Als Mia uns sagte, dass du kommst, da ist mir aufgegangen, dass ich eigentlich nichts über ihn weiß."

„Das war früher genauso." Sven fläzte sich gemütlicher auf seinen Stuhl. „Ich hab mal irgendwann nachgefragt, was sein Bruder denn so hat. Das Einzige, was ich rauskriegte, war, dass der schon von Geburt an behindert ist, wohl geistig und körperlich. Ob er noch weitere Geschwister hat, was mit seiner Mutter ist - keine Ahnung."

„Die scheint ziemlich seltsam zu sein", bekannte Mia. „Er saß mal in der Küche, als ein Anruf von ihr kam. Die hat ihn fürchterlich beschimpft, kaum dass er sich meldete. Sie sprach so laut und klang total aufgeregt, dass ich jedes Wort verstehen konnte. Er hat das Gespräch sofort weggedrückt. Na ja", sie senkte verlegen den Blick. „Er presste die Lippen zusammen und war ganz weiß im Gesicht. Ich hab mich nicht getraut, ihn darauf anzusprechen. Außerdem ist er danach gleich rausgegangen."

„Habe ich das jetzt richtig verstanden, keiner von euch kennt jemand aus der Familie, von seinen Freunden oder Kommilitonen?", hakte ich nach.

„Das ist schon seltsam", stimmte Ken mir zu. „Aber wenn du ihn erlebt hättest, wüsstest du, was ich vorhin meinte. Das fällt dir nicht auf, weil er dir eigentlich offen und gesprächig vorkommt. Dass er im Endeffekt immer nur oberflächlichen Small Talk macht, merkst du nicht."

Die anderen nickten zustimmend.

„Als wir beide neu waren, sind wir manchmal zusammen zum Campus gelaufen", stimmte Sven ihm zu. „Wir haben uns nur über die Uni, die Dozenten und die Kommilitonen unterhalten. Ich komme aus einem kleinen Kaff. Anfangs bist du echt überwältigt von dem Ganzen hier. Obwohl Max, wie wir durch Mia später erfuhren, aus Dortmund stammt, ging es ihm ähnlich wie mir. Überhaupt schien er wenig von der Stadt zu kennen. Ich dachte anfangs, er wäre auch von 'nem Dorf. Richtig dazu geäußert hat er sich nicht."

„Bezogen auf die Sehenswürdigkeiten?", hakte ich nach.

„Auf alles eigentlich. Der kannte fast nichts, wenn du mich fragst. Nicht mal die H-Bahn war ihm ein Begriff. Der hat genauso gestaunt wie ich."

„Der ist anfangs überall gewesen, auf fast jeder Festivität in der Stadt", warf Mia ein. „In letzter Zeit allerdings nicht mehr."

„Und mit wem?"

Die fünf zuckten mit den Schultern.

„Und wann hörte das auf?"

„Vor ungefähr einem Jahr. Gesehen haben wir den kaum noch. Es gab nur noch so hingeworfene Bemerkungen zwischen Tür und Angel", sagte Lea. „Er hat behauptet, er habe im Moment viel um die Ohren mit seinem Studium."

„Ich hab ihn aufgezogen, ob er eine Freundin hat und mit der viel unterwegs ist", gab Mia zu. „Das war, bevor wir die Vermutung in Richtung Freund hatten. Er ist mir ausgewichen."

„Woher wisst ihr, dass er mit den Prüfungen zurückhängt?", brachte ich einen anderen Punkt vor.

„Äh", sie wand sich verlegen. „Vielleicht war ich da zu voreilig. Bei den Kursen, die wir zusammen belegt haben, ist er nie zu den Prüfungen aufgetaucht. Kann natürlich sein, dass er einfach einen späteren Termin nahm."

„Es ist nicht jeder so ein Streber wie die beiden", warf Ken lachend ein. „Die stacheln sich gegenseitig an, lernen zusammen und ziehen ihr Studium im Eiltempo durch. Die sind garantiert kein Maßstab."

Gut, wenn man sich nicht auf eine Meinung verließ und auch auf andere baute. „Habt ihr der Polizei genau dasselbe erzählt?"

„Äh." Sie wirkten allesamt irritiert.

„Mia und mich haben die gleich an der Uni befragt", erklärte Lea. „Anschließend sind die hierhin gefahren."

„Ich wusste nicht, dass Sven vorher in dieser WG wohnte", rechtfertigte sich Ken, obwohl ihn keiner angegriffen hatte.

„Ich hab denen genau das gesagt, was ich dir gesagt hab. Dass ich kaum Kontakt mit ihm hatte."

Würde ich wohl morgen erneut mit Herrn Janzen sprechen müssen! „Haben die was aus seinem Zimmer mitgenommen?"

Sven hob die Schultern und ließ sie wieder fallen. „Keine Ahnung. Laptop und Handy wird er garantiert wie immer bei sich gehabt haben."

16

Auf der Rückfahrt galt es wieder, alles noch einmal zu durchdenken. Der Fall wurde immer verworrener. Noch sah ich keine Zusammenhänge.

Zu Hause angekommen setzte ich mich gleich an den Computer und begann damit, die Fakten, die ich bisher gesammelt hatte, aufzuschreiben. Dieses Prozedere war mir bei der Suche nach dem Mörder meines besten Freundes enorm hilfreich gewesen. Im Endeffekt hatte ich durch die Gegenüberstellung der einzelnen Aussagen sogar den ersten Verdacht entwickelt, wer der Täter sein musste. Und als netter Nebeneffekt war dabei mein erster Krimi entstanden.

Anschließend checkte ich meine Mails. Die einzig relevante war von meinem Lektor: *Der Verkauf läuft super an! Wie sieht es aus? Ich habe schon mehrere Anfragen für Leseabende erhalten? Hast du Zeit?*

Ich lehnte mit dem Hinweis auf meine neuen Ermittlungen dankend ab. Ein Argument, das ihn bestimmt überzeugen würde. Natürlich wusste er, dass dieser Punkt eher vorgeschoben war, aber wenn dafür ein weiteres Buch lockte …

Nein, diese Zurschaustellung war eben nicht meins, das hatte ich sehr schnell festgestellt. Ich bin nicht der Typ, der in der Lage ist, sich zwanglos mit Wildfremden zu unterhalten. Lieber kein neues Experiment in diese Richtung.

Komischerweise war dieser Punkt bei meiner Recherche zu dem ersten Fall nie relevant gewesen, genauso wenig wie jetzt. Meine Neugier trieb mich an, es kam mir völlig selbstverständlich vor, mit allen zu sprechen, die mir helfen konnten.

Ich schüttelte die lästigen Gedanken ab und kramte nach dem Schlüssel von Herrn Bendel. Morgen wollte ich früh los, besser, ich schrieb mir gleich die Handynummern seiner Tochter und seines Enkels auf.

Die Wohnung entsprach vom Schnitt her meiner: ein großes Wohnzimmer, eine schmale, längliche Küche, ein winziger Flur, ganz hinten das Schlafzimmer. Nur war seine richtig edel eingerichtet. Die schmale Truhe in der Diele, auf der das Handy lag, stammte garantiert aus einem Antiquitätenladen, genauso wie der Leuchter an der Decke, der sein erstaunlich helles Licht bis in die hinterste Ecke warf.

Ich trat drei Schritte vor und riskierte einen Blick ins Wohnzimmer. Wie erwartet standen auch hier ausgesucht edle Stücke, passend dazu lagen auf den Marmorfliesen zwei wunderschöne Perser. Also Geschmack hatte der Mann! Zudem war er auch noch ziemlich ordentlich, außer ein paar Zeitungen auf dem Couchtisch lag nichts herum.

Ich ging zurück in die Diele, rief das Telefonbuch des Handys auf und scrollte durch die Namensliste. Überraschung, Überraschung! Frau Kesper war ebenfalls aufgeführt. Das erklärte natürlich ihre Hilfsbereitschaft mir gegenüber.

Wer war dieser Mann? Du musst ihn unbedingt morgen ein bisschen ausquetschen, nahm ich mir vor. Vielleicht hatte er ja noch weitere Kontakte, die uns helfen konnten.

Mittwoch, 4. Dezember

Statt mich wie anfangs geplant in der Fakultät der Reha-Pädagogen rumzutreiben, klopfte ich an Frau Kespers Bürotür. Eine Viertelstunde später hatte ich die Namen, die Räume der Vorlesungen und die entsprechenden Uhrzeiten. Natürlich sprach ich sie nicht auf die Bekanntschaft mit Herrn Bendel an. Ich erwähnte nur, dass sich gestern Abend beim Gespräch in Max' Wohngemeinschaft mehrere Fragen ergeben hätten, die ich dringend abklären wollte. Dafür würde ich die Hilfe seiner Kommilitonen benötigen. Ich ließ gleich nebenbei fallen, dass ich auch mit der Polizei in

Verbindung stünde, ohne allerdings den Namen von Herrn Janzen zu erwähnen. Ob der wirklich zuständig war, wagte ich zu bezweifeln.

Trotzdem rief ich ihn auf dem Weg zum Fakultätsgebäude an. „Max hat einen behinderten Bruder, der in einer entsprechenden Einrichtung lebt. Wo das ist, kriegen sie bestimmt raus."

„Woher haben Sie denn diese Information?"

Klang er tatsächlich gereizt oder bildete ich mir das ein? „Ich bin gestern Abend in der WG vorbei. Da war auch ein ehemaliger Bewohner anwesend, der wusste das."

Er seufzte. „Sie wollen die Finger einfach nicht von dem Fall lassen. Ich habe Sie doch gewarnt. Das ist mindestens eine Nummer zu groß für Sie."

Also ein wenig Dankbarkeit hätte er schon zeigen können! „Immerhin kriege ich Dinge raus, die Sie nicht erfahren."

„Die Polizeiarbeit läuft anders. Wir haben andere Methoden, die Sachverhalte zu klären."

Mit anderen Worten, sie wussten längst davon. Vermutlich, weil sie den familiären Hintergrund bereits überprüft hatten. Trotzdem, so von oben herab musste er mich nicht behandeln. „Dann brauche ich mich ja nicht mehr bei Ihnen melden." Meine Güte, hörte ich mich beleidigt an!

Er seufzte laut. „Lassen Sie uns unsere Arbeit machten, damit helfen Sie uns am meisten."

Kaum hatte ich das Gespräch beendet, klingelte das Handy erneut. Meine Mutter! Nein, das konnte ich mir jetzt nicht antun! Nichts gegen sie, sie ist lieb und nett und reißt sich ein Bein aus, um mich zu unterstützen. Aber ich ahnte bereits, was sie wollte. Trotzdem drückte ich auf Annehmen, sonst hätte sie es garantiert immer wieder versucht. Musste ich eben sehen, die Unterhaltung kurz zu halten.

„Ah, Alex, hast du einen Moment Zeit?" Und bevor ich zu einer Antwort ansetzen konnte: „Ich habe mir die YouTube-Videos angeschaut, alle. Das ist …" Sie suchte nach

Worten. „Ich habe ein völlig anderes Bild bekommen. Was denkst du …"

„Mama, es ist grad ganz schlecht. Ein weiterer Student wird vermisst. Ich stehe direkt vor seiner Fakultät, weil ich versuchen möchte, ein paar Kommilitonen von ihm zu befragen."

„Du ermittelst tatsächlich?" Ihre Stimme klang erfreut.

„Ich stochere ein bisschen herum", verbesserte ich sie. „Bisher habe ich nichts Relevantes herausgefunden."

„Das war bei Daniels Tod anfangs genauso", verkündete sie optimistisch. „Ich vertraue auf dich!"

Wenigstens einer!

„Hast du später Zeit?"

„Heute ist schlecht. Ich muss noch mehrere Telefonate führen, heute Abend will ich Herrn Bendel, den Nachbarn, besuchen. Dazwischen liegt mein eigener Unikram an."

Sie entließ mich gnädig, nachdem ich versprochen hatte, mich spätestens morgen zu melden.

Natürlich hätte ich Zeit gehabt. Die Studenten saßen noch in ihren Vorlesungen und Seminaren. Doch es reichte mir, dass ich Toms Beiträge nachher mit Mirko durchkauen musste. Der war bestimmt ebenfalls begierig darauf, mir das Ergebnis seiner eigenen Recherchen mitzuteilen, wie gestern bereits angekündigt. Wobei ich gestehen musste, dass ich selbst nichts mehr in diese Richtung unternommen hatte. Also war es vielleicht angebracht, mich wenigstens aus zweiter Hand aufklären zu lassen.

Dann jedoch lieber von Mirko. Meine Mutter war für jeden Verschwörungstheoretiker die richtige Adresse. Sie recherchierte dann dazu stundenlang im Internet. Leider hatte sie die Angewohnheit, mir anschließend ellenlange Vorträge zu halten. Fasse dich kurz, war nicht so ihrs.

Ich traf auf etliche Kommilitonen, die Max kannten. Den meisten erging es wie Ken. Anfangs sagten sie spontan, er sei ein guter Kumpel, bei näheren Nachfragen wusste keiner

Genaueres. Nach den drei Stunden war ich keinen Schritt weiter.

„Wie finde ich raus, in welchem Heim der Bruder lebt?", fragte ich Mirko, mit dem ich mich zum Essen verabredet hatte. So oft, wie in dieser Woche, hatte ich schon lange nicht mehr in der Mensa gesessen.

Er legte den Kopf schief und dachte nach. „Deine Mutter hat die besten Kontakte. Wenn dir einer helfen kann, dann sie."

Darauf hätte ich auch selbst kommen können! „Mache ich." Nein, zuerst würde ich mich an Herrn Bendel wenden. Der schien viele Leute in den unterschiedlichsten Positionen zu kennen.

Kaum hatten wir das Thema Max beendet, fing wie erwartet Mirko wieder von Toms Videos an. „Ich bin jetzt so ziemlich durch mit dem Thema." Er grinste. „Hat mich eine weitere Nacht gekostet, hat sich aber gelohnt. Ich kann dir bestätigen, dass der urlange recherchiert haben muss, um all diese Seiten, die er im Abspann nennt, aufzutun."

Interessant. Ob dann vielleicht doch der Frust gesiegt hatte, mit seiner Arbeit nicht richtig bekannt zu werden?

„Langsam werde ich echt nachdenklich", gab er zu. „Also zumindest bei ein paar Dingen scheint er richtig zu liegen."

„Wie, du denkst, er hat recht?" Das war das Letzte, was ich erwartet hatte.

„Sagen wir mal so, ich fange an, zu zweifeln. Nicht an der Grundsatzthese an sich", beeilte er sich zu versichern. „Ich bin immer noch davon überzeugt, dass der Klimawandel menschgemacht ist. Es sind nur einige tatsächlich bewiesene Dinge aufgetaucht, die mich aufmerken lassen. Zum Beispiel die Organisation, an die Fridays for Future angebunden ist, dabei handelt es sich um den Club of Rome. Ist dir der ein Begriff?"

Ich musste meine Unwissenheit eingestehen.

„Die existieren schon länger und haben auch schon einige Weltuntergangsszenarien heraufbeschworen. Die brachten schon vor Jahren den Spruch, es gäbe zu viele Menschen auf unserem Planeten, dies überfordere die natürlichen Ressourcen und müsse unweigerlich sehr bald zu Armut und zum Zusammenbrechen der Zivilisation führen."

„Ein Irrtum?", warf ich ein, da er offensichtlich auf eine Antwort von mir wartete.

Er nickte bestätigend. „Das Gegenteil ist eingetreten, das hat Tom schon richtig wiedergegeben. Dann gab es von denen noch weitere angeblich wissenschaftlich fundierte Prognosen einige unserer Bodenschätze betreffend. Demnach müssten die längst erschöpft sein. Stimmt also auch nicht. Und … apropos, da fällt mir ein, kannst du dich an die Aussage von Luisa Neubauer erinnern, von wegen nur ein Kind oder besser noch gar keins – unserem Planeten zuliebe?"

Klar, der war ja durch alle Medien gegangen.

„Der Gedanke ist gar nicht von ihr. Auch diese Anregung gab es schon viel früher."

„Komisch, dass so etwas nicht zur Sprache kommt."

„Eben!" Er schnaufte laut. „Irgendwie fühle ich mich ein wenig verarscht. Tom liegt richtig, wenn er sagt: Du musst im großen Stil selbst recherchieren, wenn du dir eine vernünftige Meinung bilden willst."

„Lügenpresse?", stichelte ich, ich konnte einfach nicht anders.

Er warf mir einen finsteren Blick zu und begann sich mit Vehemenz seinem Schnitzel zu widmen.

Ich kaute bereits an meinem letzten Bissen und schielte auf die Uhr. Wetten, dass er gleich noch weitere Bomben platzen lassen wollte?

Erst als er sein Besteck auf den leeren Teller legte, kam er auf das Thema zurück. „Du kennst mich. Ich verlasse mich nicht auf andere, sondern will alles selbst überprüfen. Ich hab jede freie Minute vor dem Rechner verbracht und bin natürlich nicht nur Toms Links gefolgt. Ich habe einiges Interessantes gefunden, dass mir zu denken gibt. Wenn du willst, schicke ich dir nachher ein paar Artikel, die …"

Meine Aufmerksamkeit wurde von zwei Studentinnen abgelenkt, die am Nachbartisch Platz nahmen und uns anlächelten. Ich nickte zu ihnen hinüber - es war nie ausgeschlossen, dass man sich bereits irgendwo auf dem Campus oder in einer der Vorlesungen begegnet war.

Mirko, der meine Reaktion bemerkte, grinste breit, sprang auf und griff nach seinem Tablett. Im Vorbeigehen musterte er die beiden unauffällig. „Die haben dich erkannt und sind hin und weg", verkündete er, als wir unser benutztes Geschirr wegstellten.

Ich lachte ungläubig. „Das glaubst du doch selbst nicht!"

„Alex", er schüttelte amüsiert den Kopf. „Du bist mittlerweile eine bekannte Persönlichkeit. Fast jeder hier an der Uni weiß von deiner schriftstellerischen Tätigkeit oder hat sogar schon dein Buch gelesen. Ich prophezeie dir: Du bist die letzte Zeit Single gewesen."

17

„Wie geht denn deine Freundin mit deiner Recherchewut um?", fragte ich, nachdem wir die Mensa verlassen hatten. Besser, ich sprach ihn nicht mehr auf die Links an, für die fand ich im Moment sowieso keine Zeit.

Er verzog das Gesicht. „Das ist im Moment allerdings ein gewaltiges Problem. Bei uns herrscht regelrecht Krieg. Die ist ein echter Fridays for Future – Anhänger, ist sogar zu einigen der Demos gegangen. Die findet Toms Beiträge zum Kotzen und kann nicht verstehen, warum ich mich dafür interessiere und vieles nachrecherchiere." Mirko gähnte mit weit aufgerissenem Mund. „Deshalb setze ich mich halt dann vor den Computer, wenn sie ins Bett geht – und bleibe dort hängen." Er grinste. „Ich bin noch jung, son Schlafdefizit haut mich nicht gleich um."

Im Endeffekt tat er das Gleiche wie ich, wurde mir klar, sich dermaßen in eine Sache verbeißen, weil man irgendwie nicht anders konnte, weil man unbedingt die genauen Hintergründe ermitteln wollte – selbst wenn man dadurch mit Komplikationen rechnen musste. „Kannst du mir deine Artikel oder die entsprechenden Links schicken?" Selbst wenn ich im Moment nicht dazu kam, konnte ich sie an meine Mutter weiterleiten, die sich bestimmt darüber freuen würde.

„Klar, mache ich, sobald ich zu Hause bin." Immerhin schien er nicht sauer auf mich zu sein, dass ich meine eigene Meinung zurückhielt. „Wenn du es vernünftig angehen willst, musst du sowohl die Für als auch die Wieder betrachten. Und du darfst dich nicht auf deutsche Medien beschränken", belehrte er mich. „Wir wollen uns schließlich ein eigenes Urteil bilden. Kommst du nicht mit?"

Das Letzte galt meinem abrupten Stehenbleiben, weil ich zu den Informatikern hinüberwollte und unsere Wege sich somit trennten. „Ich schwänze heute. Die Recherche geht vor." Die Vorlesung konnte ich später im Netz nacharbeiten.

Seine Frage, ob wir uns morgen wieder in der Mensa treffen sollten, verneinte ich, denn ich hatte keine Ahnung, wohin mich meine Nachforschungen Max betreffend treiben würden. Er war der Schlüssel zum Ganzen, das spürte ich deutlich.

Bis ich das Gebäude erreichte, grübelte ich über Mirkos Worte nach. Konnte er recht haben? Hatten die beiden Studentinnen mich erkannt und näheren Kontakt aufnehmen wollen? Ja, gestand ich mir ein. Unser Tisch lag ziemlich abseits, ganz hinten in der Ecke, es gab genügend andere freie weiter vorn.

Anstatt geschmeichelt fühlte ich mich jedoch eher genervt. Ich konnte mit Bewunderern schlecht umgehen, das hatte ich zur Genüge bei dem Erfolg meines ersten Fantasy-Romans gemerkt – ein weiterer Punkt, warum ich nicht gern auf Lesungen ging. Gerade im Kontakt mit jungen Frauen tat ich mich damit schwer - noch schwerer als sonst. Ich wusste nie, ob sie an mir als Person interessiert waren oder nur an dem ‚berühmten' Schriftsteller.

Albern, ich weiß, es lag wohl eher daran, dass ich sowieso ein Problem mit dem anderen Geschlecht hatte. Wahrscheinlich war ich zu blöd, die entsprechenden Signale zu deuten und darauf zu reagieren. Jedenfalls hatte ich bisher noch keine längere, in meinen Augen vernünftige Beziehung erlebt.

Meine plötzliche Bekanntheit machte in meinen Augen das Ganze eher komplizierter. Denn ich war nicht an einem One-Night-Stand oder an jemandem, der mich erst aufgrund meines Ruhmes wahrnahm, interessiert, ich wollte eine Lebenspartnerin finden, die mich um meiner selbst willen liebte. Immerhin war ich mittlerweile dreißig!

„Hallo, Star!", begrüßte mich Marcel grinsend, als ich in den privaten Raum der Informatiker trat.

Natürlich wandten sich gleich alle Anwesenden mir zu. Ich kannte nicht einen von ihnen. Die Kommilitonen meines Studienjahrgangs hatten längst promoviert und arbeiteten in der freien Wirtschaft, wo es das meiste Geld zu verdienen gab. Einzig Maurice, der an seiner Doktorarbeit bastelte, war übrig geblieben.

„He!" Eine junge Studentin mit kurzen roten Haaren trat auf mich zu. „Du bist der, der sich um das Verschwinden von Tom und Kilian kümmert, richtig?"

Mein Magen, der sich zu Beginn ihres Satzes verkrampft hatte, entspannte sich wieder. „Kennst du die beiden?"

„Kilian ja, seinen Freund Tom nicht. Also zumindest nicht live. Ich habe mir natürlich seine YouTube-Filme angeschaut, jetzt, wo ich davon weiß."

„Hat Kilian denn nie davon erzählt?"

„Nein." Sie sah auffordernd in die Runde.

Auch die anderen schüttelten den Kopf. Seltsam eigentlich. Hatte nicht Herr Bendel erwähnt, er wäre ein Aufschneider? „Wir haben uns über diverse Computerspiele unterhalten. Das war's." Der Auskunftsgeber, ein gemütlich wirkender Blondschopf, zuckte die Schultern.

„Also anfangs hat er schon versucht, mit seinem Wissen zu glänzen", ergänzte die Rothaarige. „Anfänger halt, die sich was darauf einbilden, dass sie ein bisschen besser sind als der normale User."

„Ja, er dachte, er hat's drauf." Der große Schwarzhaarige mir gegenüber lachte auf und boxte seinen Kumpel derart in die Seite, dass der taumelte.

Der schien diese Art von Behandlung gewöhnt, denn er sagte nichts dazu, sondern erklärte: „Den Zahn haben wir ihm schnell gezogen. Meist saß er stumm daneben und konnte sich gar nicht einbringen, weil er nur die Hälfte von unserem Gelaber verstand."

„Was dachte er denn, was er besonders gut könne?", fragte ich nach.

„Verschleiern von IP-Adressen", kicherte die Rothaarige. „Der hatte sich so ein paar Informationen aus dem Netz gezogen und dachte, er sei ein echter Computer-Crack."

Wahrscheinlich nichts, was die IT-Experten der Kripo lange aufgehalten hatte. Andererseits hatten sich Kilian und Tom dadurch, dass sie versucht hatten, ihre IP zu verschleiern, schon verdächtig gemacht. „Habt ihr ihn darauf hingewiesen, dass er ein Anfänger ist?"

„Nee, dafür studiert er schließlich", erwiderte der Blonde.

„Ich weiß nicht, wie wir dir das verklickern sollen", mischte sich der Schwarzhaarige ein. „Kilian ist nervig bis zum Geht-nicht-mehr. Lässt du dich auf den ein, klebt der an deiner Backe."

„Er sucht verzweifelt nach Kontakten." Die Rothaarige verzog das Gesicht. „So, wie er es macht, erreicht er genau das Gegenteil."

„Gibt es denn irgendwen, mit dem er näher bekannt ist?"

Der Reihe nach schüttelten sie den Kopf. Marcel konnte es nicht unterlassen mir ein „Hab ich dir gleich gesagt", zu zu zischen.

„Gibt es noch andere, die sich regelmäßig hier treffen?", fragte ich ihn, nachdem wir zusammen auf den Flur getreten waren.

„Warte kurz!" Er ging zurück in den Raum. „Franco und Julia hängen ständig hier ab. Die Rothaarige und der Große mit den schwarzen Haaren", erklärte er beim Zurückkommen. „Die sagen, es gibt eine Gruppe, die am Freitag den Raum nutzt. Dienstags und donnerstags treffen sich Lerngruppen, da haben die Kilian nie gesehen. Den Freitag musst du selbst überprüfen, das sind welche, mit denen kommen die beiden nicht klar. Die basteln gemeinsam an irgendwelchen Computerspielen und suchen sich die, die mitmachen dürfen, genau aus."

„Dann werde ich mich am Freitag mal blicken lassen." Ich klopfte ihm auf die Schulter. „Danke, du hast mir echt weitergeholfen."

Er hielt mir die Hand zum Abschlagen hin. „Kriege ich ein Taschenbuch mit Widmung von dem neuen Werk?"

„Wenn sich daraus eine vernünftige Geschichte zusammenbasteln lässt auf jeden Fall."

Zurück auf dem Campus zückte ich mein Handy und rief Toms Mutter an.

„Was soll das?", fragte sie, kaum dass ich meinen Namen genannt hatte. „Ich möchte nicht mehr von Ihnen belästigt werden."

„Ihr Vater bat mich, Sie anzurufen", gab ich zurück. „Er kann es leider nicht selbst tun. Er liegt mit einer schweren Herzrhythmusstörung auf der Intensivstation."

„Ich weiß nichts. Ich kann Ihnen beiden nicht helfen."

Kein Wort des Mitleids! „Ich kann auch gern vorbeikommen." Vielleicht half diese Drohung.

Tatsächlich lenkte sie sofort ein. „Was gibt es denn noch?"

„Wie war das Verhältnis zwischen den Brüdern? Ihr Vater hat ja nur wenig mitbekommen."

Sie lachte schrill. „Das ist die Untertreibung des Jahres. Meine Eltern waren mit keinem meiner Partner je einverstanden. Die haben sich einen Dreck um uns geschert. Im Prinzip kennt der seine Enkel gar nicht."

„Deshalb wollte ich Sie fragen."

„Damit ich mich dann gleich in Ihrem nächsten Krimi wiederfinde? Nein, danke."

„Ich kann die Information gern diskret behandeln", schwindelte ich. Das erste Treffen hatte ich bereits ausführlich beschrieben und würde mit allem Weiteren genauso verfahren.

„Tim ist vier Jahre älter", rang sie sich ab. „Eigentlich fast fünf Jahre. Da gab es nicht viele Gemeinsamkeiten. Ansonsten haben die beiden sich gut verstanden, sogar umso

113

besser, je älter sie wurden. Tom und er telefonieren regelmäßig miteinander oder tauschen sich über Skype oder WhatsApp aus."

„Sie seien ziemlich unterschiedlich in ihrer Art, sagte mir Tim. Sehen Sie das auch so?"

„Sie haben doch meinen Mann gehört, was Tom betrifft. Dem habe ich nichts hinzuzufügen. Tim ist ein Pragmatiker, war er immer schon. Insoweit haben sich die beiden ergänzt. Der Kleinere hat sich von dem großen Bruder runterbringen lassen und umgekehrt wurde der ein bisschen mitgerissen."

„Waren Sie über Toms Aktivitäten bei YouTube informiert?"

„Sie meinen seine Filmchen zum Klimawandel?"

Das klang ziemlich herablassend. „Ja."

„Er hat sich von uns sowieso nicht reinreden lassen, sagte, er wäre erwachsen. Mein Mann meinte, wir sollten ihn gewähren lassen, er würde schon noch aufwachen."

„Wieso?", hakte ich nach, obwohl ich mir die Antwort schon denken konnte.

„Man stellt sich nicht gegen den Mainstream", kam es auch prompt. „Schon gar nicht bei diesem Thema. Es schlug ihm dann ja auch einiges an Zorn entgegen. Gut, dass er ausgezogen ist, bei diesen radikalen Spinnern kann man nie wissen."

„War Tim daran beteiligt?"

Sie lachte abschätzig. „So viel Zeit investieren, wenn nichts dabei rumkommt? Nein, dazu könnte er sich nicht aufraffen. Aber die beiden haben sich regelmäßig ausgetauscht, denke ich mal. Die standen in reger Verbindung."

Ich beschloss, zum Ende zu kommen. „Herr Bendel möchte wissen, ob Sie denn von der Polizei etwas über den Stand der Ermittlungen erfahren", log ich. „Zu ihm darf im Moment niemand, der nicht zur Familie gehört." Diesen Pfeil musste ich nach dem Gehörten einfach abschießen.

Sie schnaubte laut. „Als wenn die uns einbeziehen würden! Es ist ein einziger Spießrutenlauf für uns. Tom ein flüchtiger Verbrecher, nach dem öffentlich gefahndet wird. Können Sie sich überhaupt vorstellen, wie schädigend sich diese Anschuldigungen auf die Arbeit meines Mannes auswirken?"

Kein Wort für ihren Sohn, weder ein Abstreiten, dass er niemals etwas Derartiges - das nach wie vor für den Uneingeweihten nebulös blieb - getan hätte, noch ein Wort des Mitleids für seine Lage oder gar Angst um ihn – von ihrem Vater ganz zu schweigen. „Danke, dass sie mit mir gesprochen haben", sagte ich artig. „Ich hoffe, dass mir Ihre Angaben weiterhelfen."

„Bitte sehen Sie von weiteren Anrufen ab. Ich kann Ihnen nichts Wichtiges sagen", lauteten ihre Abschiedsworte.

Nun brannte ich noch mehr darauf, das Verhältnis zwischen Vater und Tochter zu beleuchten. Herr Bendel war mir durchaus sympathisch und seine Sorge um den Enkel echt. Was hatte dazu geführt, dass diese Frau dermaßen gefühllos erschien?

Leider erhielt ich heute keine Antwort mehr auf meine Fragen. Herrn Bendels Gesundheitszustand hatte sich verschlechtert, erklärte mir die Krankenschwester. Er liege wieder auf der Intensivstation und man habe ihn sediert. Im Moment sei kein Besucher zugelassen, ich müsse erst mit dem behandelnden Arzt sprechen.

Ich verzichtete lieber. Womöglich hätte ich diese Enkellüge nicht lange aufrechterhalten können.

18

Als ich zu Hause eintraf, war es kurz vor acht. Da ich nicht umhinkam, meine Mutter wegen der Behinderteneinrichtung zu fragen, griff ich erneut zum Handy.

Sie hörte sich meinen Bericht ohne Zwischenbemerkungen an. „Nein, ich kenne nur die Frau am Ende der Straße, aber die arbeitet in der Max-Wittmann-Schule in Eving. Du suchst nach einer Vollbetreuung, richtig?"

„Genau."

„Tja, du wirst wohl oder übel den Weg über die Mutter gehen müssen. Hast du den Nachnamen?"

Einerseits glimpflich davongekommen, da sie gleich mit meinem Vater einen Film anschauen wollte und von sich aus das Telefonat schnell beendete, andererseits musste ich nun blöderweise versuchen, selbst mit Max' Mutter zu sprechen. - Wenn ich sie denn ausfindig machen konnte.

Ich startete den Computer und gab den Namen ein: Reggins, davon sollte es hoffentlich nicht zu viele in Dortmund geben.

Das Ergebnis plingte auf, gleichzeitig klingelte mein Handy: Tim, dem ich mittlerweile schon dreimal auf den Anrufbeantworter gesprochen hatte.

„War noch auf der Arbeit. Gibt's was Neues? Ich erfahr nichts von der Polizei, die schalten auf stur."

Immerhin einer, der sich Sorgen machte! Oder zumindest langsam begann, sich welche zu machen. „Nein, außer dass noch ein Student verschwunden ist."

„Kenne ich ihn?"

„Er heißt Max Reggins."

„Nee, nie gehört." Er klang richtig enttäuscht.

„Ich rief an, weil ich noch ein paar Fragen zu eurer Beziehung habe. Steht ihr euch nahe? Also würde er sich dir anvertrauen, wenn er einen Fehler gemacht hätte oder tatsächlich ein Ding drehen wollte?" Ich hoffte, ich hatte mich verständlich genug ausgedrückt.

„Tom hat garantiert nichts mit irgendeiner Straftat zu tun. Dafür würde ich meine Hand ins Feuer legen. Der ist der saubere Held, der, der sich für die Unterdrückten einsetzt. Ehrlich, das sage ich jetzt nicht, weil er mein Bruder ist oder so."

„Würde er sich dir anvertrauen?", blieb ich hartnäckig.

„Nee, würde er nicht. Der macht das alles mit sich selbst aus und stellt dich dann vor vollendete Tatsachen. So war das auch mit seinen YouTube-Filmen. Er hat gemacht und mir direkt nach der Veröffentlichung des ersten den Link geschickt. Mehr nicht, der wartete ab, ob ich neugierig genug war, zu gucken. Die Recherche über den Stiefvater lief ähnlich. Zuerst hat er alle Infos gesammelt und ausgewertet, danach kam er vorbei und legte die Unterlagen vor mich auf den Tisch. Damals war ich echt beeindruckt. Der hatte sich richtig reingekniet und sich Mengen an Wissen angelesen, fast schon auf Expertenniveau. Der ist komplett anders als ich."

„Inwieweit?", gab ich das nächste Stichwort. Tim schien begierig, über seinen Bruder zu sprechen.

„Also zu Hause war ich der Angepasste, dafür habe ich draußen allen möglichen Mist gemacht." Er lachte auf. „Du hast doch mit meiner Mutter gesprochen. Hat sie nicht erwähnt, dass ich damals rausgeflogen bin?"

„Nein", erwiderte ich wahrheitsgemäß.

„Der Herrscher aller Reußen verfügte, dass ich mit neunzehn alt genug sei, mein Leben selbst in die Hand zu nehmen. Ich lebe von BAföG und dem, was ich dazuverdiene. Von meiner Mutter kriege ich keinen Cent."

„Deshalb kam Tom auf die Idee mit Dortmund?"

„Nee, das lag an Kilian. Der wollte unbedingt weiter weg. Und eure Uni hat einen guten Ruf. Obwohl - Tom hat sich an mehreren beworben, so gut war sein Schnitt ja auch wieder nicht, dass er wählerisch sein konnte. Kilian zog mit, sie nahmen die erste, die beiden eine Zusage machte."

„Seid ihr in Verbindung geblieben?"

„Unregelmäßig." Er schluckte. „Das liegt an mir. Ich bin faul und hatte in den letzten Monaten dauernd Durchhänger. Ich habe mich einfach nicht aufraffen können. Bis vor ein paar Tagen kannte ich nicht mal alle seine Filme."

„Weißt du, dass dein Opa im Krankenhaus liegt?", fiel mir ein.

„Nein, ehrlich?"

Das klang durchaus echt. „Sein Herz hat die Aufregung nicht verkraftet. Er ist dort in den besten Händen", beruhigte ich ihn.

„Soll ich … ach, Scheiße, ich muss morgen und übermorgen arbeiten!" Er schluckte hart. „Nee, ich komm sofort."

„Lass mal", versuchte ich ihn zu beruhigen. „Lebensgefahr besteht nicht." Stimmte das überhaupt? Aber er wirkte total von den Socken!

Er schien immer noch hin- und hergerissen.

„Ich dachte, ihr kennt euch kaum?", setzte ich schnell nach.

„Das lag an meiner Mutter. Die hat sich total von ihm losgesagt. Die beiden, also Oma und Opa, haben über all die Jahre für uns auf ein Sparbuch eingezahlt und uns das zum Achtzehnten geschickt. Seitdem haben wir regelmäßig Kontakt. Also, er kommt uns besuchen. Sie ist ja schon länger tot."

„Ich sehe jeden Tag nach ihm", schwindelte ich. „Sobald er kann, ruft er dich an, okay?"

„Es geht mir auch um Tom. Ich sitze hier rum und mache gar nichts, außer mir halt mittlerweile echte Sorgen um ihn. Da ist was Schlimmes passiert und ich … ich könnte wenigstens mithelfen …"

„Nein, es gibt im Moment nichts, wo es sich lohnt anzusetzen." Das fehlte noch! „Moment mal eben." Mein Blick war auf den Monitor gefallen, auf dem das Ergebnis meiner Namenssuche erschienen war. Es sprang mir direkt ins Auge, da es nur eine einzige Frau in Dortmund gab, die so hieß. Na, wenn das kein Omen war! Ich verabschiedete mich hastig von Tim, mit dem Versprechen, mich regelmäßig bei ihm zu melden, und suchte die entsprechende Straße. Im tiefsten Norden, das passte.

Donnerstag, 5. Dezember

Als ich am Morgen das Haus verließ, traf ich auf Frau Siegel, die auf der Etage von Herrn Bendel wohnte. „Was für ein Schrecken!", stieß sie hervor. „Das war direkt Ihnen gegenüber, richtig?" Ihre Augen hinter den dicken Brillengläsern funkelten wissbegierig.

„Ich habe kaum was mitgekriegt. Die Beamten verdeckten die gesamte Sicht und wir mussten in unseren Wohnungen bleiben", wiegelte ich ab. Dann kam mir eine Idee. „Sagen Sie, in der Nacht davor, ist Ihnen da irgendetwas Ungewöhnliches aufgefallen." Die alte Dame war eine Nachteule, wie ich schon mehrfach feststellen konnte.

„Genau das Gleiche hat der Polizist gefragt", stellte sie triumphierend fest. „Nein, ich habe nichts gehört. Allerdings muss ich den Fernsehcr ziemlich laut stellen."

„Und danach?" Sie schlief direkt neben dem Aufzugschacht. Dessen Aktivitäten konnte sie unmöglich überhören.

„Nein", sie schüttelte betrübt den Kopf.

„Schade, ja dann, schönen Tag noch." Ich wandte mich ab.

„Halt! Warten Sie!" Sie trippelte hinter mir her. „Als ich im Bad war, ging kurz hintereinander dreimal der Fahrstuhl. Normalerweise ist um diese Zeit …"

„Wann war das genau", unterbrach ich sie.

Sie schüttelte missbilligend den Kopf, ob meiner Unhöflichkeit. „Die letzte Sendung endete um halb eins, ich räumte

119

wie immer das Wohnzimmer auf. Hm, so gegen kurz vor eins würde ich sagen."

„Sie haben ein tolles Gedächtnis", lobte ich sie, was sie zu einem huldvollen Lächeln veranlasste.

„Meinen Sie, da sind die jungen Männer geflüchtet?"

Ich nickte bedeutungsschwer, obwohl ich mittlerweile in eine ganz andere Richtung dachte.

Sie drehte sich um. „Ich rufe sofort den netten Polizisten an!", rief sie über die Schulter zurück. „Der hat mir seine Karte dagelassen."

„Eine gute Idee", stimmte ich ihr zu und machte, dass ich davonkam. Wenn ich Glück hatte, schaffte ich die anvisierte Bahn trotzdem noch.

Ich musste rennen, aber der Fahrer hatte Erbarmen und ließ die Tür für mich offen. Dankend hob ich die Hand und suchte mir einen Sitzplatz zwischen den Rentnern. Um diese Zeit, also gegen halb zehn, war die Bahn wesentlich leerer. Ich konnte mich gemütlich zurücklehnen und die Nachricht von Maurice lesen, die während meines Gesprächs mit Frau Siegel eingegangen war.

Ho, Alter, bei uns auf dem Campus ist die Hölle los. Überall Bullen! Ein kleines Vögelchen hat mir geflüstert, dass heute Nacht über den Uni-Server ein YouTube-Video hochgeladen wurde. War kurz darauf schon wieder weg. Mal sehen, ob ich rausfinde, was Sache ist.

Beinahe wäre ich ausgestiegen. Dann machte ich mir klar, dass ich vor Ort sowieso nichts erfahren würde. Besser auf Maurice vertrauen! Wenn einer eine Chance hatte, an das Video zu kommen, dann er.

Kaum hatte ich das Handy wieder verstaut, klingelte es. Ich riss es hervor und ans Ohr. Meine Mutter!

„Oh, bist du unterwegs?"

„Ich folge deinem Ratschlag." Wie schon häufiger angemerkt telefonierte ich nicht gern in der Öffentlichkeit.

„Ah, ja, hast du die Adresse rausgefunden?"

„War ziemlich eindeutig."

„Schade, ich dachte, wir könnten uns über diese Videos unterhalten. Andererseits", ihre Stimme wurde lebhafter. „Ich habe dir so viel zu erzählen, das reicht für die gesamte Fahrt. Du musst also nur zuhören. Dieser junge Mann hat sagenhafte Arbeit geleistet. Mein Blick ist ein ganz anderer geworden, muss ich gestehen. Fertig bin ich immer noch nicht mit der Recherche. Der hat so viel Links angegeben - bis ich mich da durchgeackert habe. Aber es lohnt sich. Ich …"

„Du, ich muss aussteigen", unterbrach ich sie. „Wir reden ein andermal, okay?"

„Melde dich, wenn du fertig bist. Papa kommt nicht zum Mittagessen, ich habe jede Menge Zeit."

Schön für dich, dachte ich grinsend und steckte das Handy zurück in die Jacke. Bis dahin habe ich hoffentlich genügend neue Informationen, um dich abzulenken. Klar, irgendwann musste ich mich ihr stellen und mir ihre Kommentare anhören, nur nicht jetzt, wo immer mehr Bewegung in den Fall kam.

19

Max' Mutter wohnte in der Mallinckrodtstraße, in der Nähe des Nordmarktes, also in keiner besonders guten Gegend. Das Haus sah von außen aus, als würde es jeden Moment zusammenbrechen. Die Klingelanlage, die mir verriet, dass angeblich acht Parteien hier wohnten, schlenkerte an einem losen Kabel, die Haustür war zerkratzt und zerschrammt - und nur angelehnt.

Bevor ich mich in die Bauruine hineinwagte, kontrollierte ich die kleinen Schildchen. Im Parterre schien niemand mehr zu wohnen, das hatte ich schon beim darauf Zugehen festgestellt. Die Fenster waren mit Brettern vernagelt, auf denen die wildesten Graffiti prangten. In den Räumen dar- über brannte Licht, eine Etage höher gab es sogar Gardinen und Blumen auf der Fensterbank. Ganz oben rührte sich auf den ersten Blick nichts.

Dort sollte die Gesuchte wohnen, neben einem Ausländer mit unaussprechlichem Namen, behaupteten zumindest die Schilder. Ihnen vertrauend stieß ich die quietschende Tür auf und trat ein. Drinnen empfing mich ein völlig verdreck- ter PVC-Boden, ein fauliger Geruch verpestete die Luft, als liege irgendwo ein totes Tier in der Ecke.

Die Sicht war kaum ausreichend, die Treppe zu erkennen, ich schob meinen Ärmel bis über die Finger und betätigte den Drücker für das Licht. Nichts passierte. Ich probierte es ein zweites Mal und ein drittes, bis ich mich damit abfand, mich im Halbdunkeln vorwärts tasten zu müssen.

Nein, lieber nicht. Ich kramte mein Handy hervor und star- tete die Taschenlampen-App. Der Schein fiel auf die ersten

Stufen, die den Namen gar nicht mehr verdienten. Das Holz wies derart tiefe Macken und Vertiefungen auf, dass ich vorsichtig einen Fuß vor den anderen setzen musste. Wie konnte man bloß so wohnen!

Das Geländer war wenig vertrauenserweckend und außerdem dick verschmiert. Lieber gar nicht darüber nachdenken, was da alles anhaftete! Ich bemühte mich, in der Mitte zu bleiben und nicht zu nah an die Wände zu kommen. Nicht nur, dass sie genauso schmierig waren, in den Ecken der Treppenstufen hatten sich allerhand Abfälle angesammelt, die vor sich hin schimmelten. Als ich eine tote Maus entdeckte, konzentrierte ich mich lieber auf den Weg und schaute nicht mehr nach links und rechts.

In der ersten Etage dröhnten die Fernseher um die Wette, in der zweiten blieb es still, genauso wie in der darüber. Oben angekommen empfing mich durchdringender Knoblauchgeruch gemischt mit anderen mir unbekannten Gewürzen. Die linke Wohnungstür stand einen Spaltbreit offen und als ich einen Schritt nähertrat, hörte ich leise orientalische Musik.

Demnach musste die Mutter in der anderen Wohnung leben. Ich wandte mich um und klingelte - und klopfte und klingelte, nichts rührte sich.

„Hallo?" Der Nachbar, ein Schwarzer mit dünnem, weißem Haarkranz betrachtete mich fragend.

„Ich möchte zu Frau Reggins. Ihr Sohn ist verschwunden, ich wollte …"

Er schüttelte den Kopf. „Zu früh. Ist …", er überlegte. „… tiefer Schlaf." Er führte ein imaginäres Glas zum Munde.

Ich ging auf ihn zu. „Sie trinkt?", fragte ich leise.

Er nickte: „Schlimm, sehr schlimm."

Na klar, irgendeinen Grund musste es ja haben, dass Max nichts mehr mit ihr zu tun haben wollte. „Wohnen Sie schon länger hier?", fragte ich vorsichtig an.

Wieder nickte er. „Ist gutes Haus, alle gut, bis auf die. Schreit, macht Lärm mitten in Nacht, beschimpft mich."

123

„Sie hat mehrere Kinder", tastete ich mich langsam vor.

Jetzt schüttelte er den Kopf. „Hat Polizei weggeholt, schon lange."

Das hieß wohl, dass das Jugendamt eingeschritten war. „Wissen Sie, wann das war?"

Er kniff die Augen zusammen und überlegte. „Jahre."

„Wie viele Kinder hatte sie denn?"

„Drei." Das kam wie aus der Pistole geschossen. „Max, netter Junge, muss sich immer kümmern. Fred, armer Kerl, krank im Kopf und kann nicht laufen. Jenny, kleines Biest, schreit viel."

„Wo sind die Kinder untergebracht worden?"

Er sah mich verständnislos an.

„Sind sie ins Heim gekommen?"

Er zuckte die Achseln. „Sind nie wiedergekommen." Seine Miene hellte sich auf. „Frau von Caritas war oft da. Ist drei Häuser weiter. Da fragen."

„Vielen Dank, für den Tipp." Ich nickte ihm zu und trat den Rückweg an, natürlich mit Hilfe der Taschenlampe.

Draußen blickte ich nach links und rechts, marschierte allerdings trotzdem erst in die falsche Richtung. Das Schild, das auf die Caritasstation hinwies, war direkt auf der Tür befestigt, weshalb man es erst entdeckte, wenn man direkt davorstand. Ohne mir genau zu überlegen, wie ich vorgehen wollte, trat ich ein. Das würde ich aus der Situation heraus entscheiden.

Ein junger Mann mit langen Haaren und Dreitagebart lümmelte sich gemütlich hinter einem Schreibtisch und stocherte mit einem Kuli im Mund herum. Als ich eintrat, legte er ihn rasch zur Seite und setzte ein professionelles Gesicht auf. „Wie kann ich Ihnen helfen?"

„Ich bin ein Cousin von Max Reggins", erklärte ich. „Ich weiß nicht, ob Sie es mitgekriegt haben, er ist spurlos verschwunden. Ich soll seinen Bruder besuchen, sagt meine Mutter. Meine Tante", ich zögerte, „zu der will ich nicht, wenn es sich vermeiden lässt. Wir haben schon lange keinen

Kontakt mehr mit ihr. Nur Max hat sich ab und zu gemeldet. Der sagte uns auch, Sie hätten sich damals gekümmert."

„Max ist verschwunden?" Schneller als ich erwartet hätte, hämmerte er auf die vor ihm stehende Tastatur des Computers ein. „Die Zeitungen nennen keine Namen. Sind Sie sicher?"

Ich setzte ein brummiges Gesicht auf. „Wäre ich sonst hier?"

Er schüttelte den Kopf. „Der Max, nee, darauf wäre ich nicht gekommen. Den kenne ich aus dem Heim. Hat da ein freiwilliges soziales Jahr absolviert und ich mein Praktikum. Der studiert jetzt?"

„Rehabilitationspädagogik, er steht kurz vor dem Bachelor. Diese beiden Jungs, die von der Polizei gesucht werden, waren Bekannte von ihm. Und jetzt ist er selbst verschwunden. Seit Freitagmorgen hat ihn keiner mehr gesehen", setzte ich mit dramatischem Unterton hinzu.

„Krass. Ob der zu denen gehört?"

„Wir haben eher Angst, dass ihm was zugestoßen ist. Deshalb soll ich nach Fred gucken. Der arme Junge hat ja sonst niemanden." Ziemlich dick aufgetragen, vielleicht zu dick? Nein, mein Gegenüber wirkte sichtlich mitgenommen. „So ein Scheiß!"

„Wem sagen Sie das. Also können Sie mir helfen? Vor heute Nachmittag erwacht meine Tante garantiert nicht aus ihrem täglichen Koma. Da bin ich arbeiten. Und meine Mutter will nicht so gern hier in die Gegend kommen."

Er grinste. „Ja, ja, die Mütter!" Trotzdem machte er keine Anstalten, ein entsprechendes Programm aufzurufen.

„Die beiden Schwestern hatten zu der Zeit schon keinen Kontakt mehr", schob ich nach. „Sie hat meine Mutter rausgeschmissen, als die ihr Vorhaltungen machte wegen ihrer seltsamen Männerbekanntschaften." Was bei einem derartigen Lebensstil bestimmt noch hinzukam. „Dass es so schlimm enden würde, hätte sie nicht gedacht. Jetzt will sie helfen. Der Max ist nie so recht mit der Sprache rausgerückt. Na ja, so oft ließ der sich auch nicht blicken."

„Hm." Überzeugt schien er immer noch nicht.

„Ach, wissen Sie was, soll sie Sie doch selbst anrufen. Schließlich will sie sich kümmern." Ich tat, als würde ich den Rückzug antreten.

Er grinste. „Fred ist im Bruder-Jordan-Haus in Lünen untergebracht. Das ist kein Geheimnis."

Ich seufzte übertrieben laut. „Dann werd ich mich mal auf den Weg machen!"

Ich zückte das Handy bereits auf der Schwelle, um das Heim zu googeln. Dabei wäre ich beinahe mit einer Frau zusammengestoßen, die hineinwollte. Ich wich im letzten Moment zur Seite aus und tippte weiter auf die Tasten. So hörte ich sie beim Eintreten fragen: „Wer war das denn?"

Ich setzte mich in Bewegung und rannte, sobald ich vom Eingang aus nicht mehr zu sehen war, los. Nicht dass sie mir noch den Kerl hinterherschickte. Die hatte nicht so ausgesehen, als würde sie auf meine Lügen hereinfallen.

Erst an der Haltestelle angekommen blieb ich stehen. Die Bahn sollte in einer Minute eintreffen, perfekt. Ich widmete mich erneut meinem Handy und erledigte die restliche Suche während der Fahrt. Ich musste ja eh bis zum Bahnhof.

Eine neue Nachricht von Maurice erschien, er schickte mir einen Link und schrieb dazu: *Hoffe, er funzt noch. Wenn nicht, Treffen heute Abend.*

Das war wichtiger. Ich suchte mir eine Bank und gab den Link ein. Der Server ist nicht erreichbar, wurde mir mitgeteilt. Ich versuchte es mit allen nur möglichen Stichwörtern, nichts zu machen. Das neue Video war nirgendwo verfügbar.

Also direkt nach Lünen. Ich versuchte Maurice zu erreichen, um wenigstens einen ersten Hinweis auf den Inhalt und die Akteure zu erhalten. Leider sprang sofort die Mailbox an. Er war anscheinend schon auf der Arbeit. Ich hinterließ ihm eine Nachricht, dass wir uns unbedingt treffen mussten.

20

Auf der Fahrt hatte ich genügend Zeit, mir einen glaubhaften Auftritt zurechtzulegen. Denn so einfach würde es sich bestimmt nicht gestalten, dort Auskünfte zu bekommen.

Vom Bahnhof in Lünen nahm ich den Bus, der mich direkt bis zum Bruder-Jordan-Haus bringen würde. Auf dem Weg hatte ich bereits die verfügbaren Informationen zum Heim gegoogelt. Sie nahmen schwerstbehinderte Jugendliche und Erwachsene auf, ich konnte wohl davon ausgehen, dass Fred sich weiterhin dort befand. Auf dem Papier hörte sich das Ganze sehr gut an, die Patienten lebten in kleinen Wohngruppen, die passenden Fotos zeigten helle, ansprechende Räume und lächelnde Mitarbeiter.

Auch in Natura sah das Gebäude, das eher aus drei miteinander verbundenen Bereichen bestand, einladend aus. Drum herum befand sich eine riesige Grünfläche, auf den zahlreichen Wegen schoben trotz des kalten Wetters mehrere Personen dick vermummte Gestalten in Rollstühlen, auch eine Kleingruppe Behinderter war mit einem Pfleger unterwegs.

Ich hatte vorgehabt, mit offenen Karten zu spielen, einerseits weil ich vermutete, dass die Mitarbeiterin der Caritas das Heim vorgewarnt hatte, andererseits weil ich mir so größere Chancen ausrechnete, an Informationen zu kommen. Doch die ältere Frau an der Anmeldung ließ mich eiskalt abblitzen. Die Polizei sei bereits vor Ort gewesen, mir dürfe sie keine Auskunft geben.

Ich wusste, wann ich mich geschlagen geben musste, und trottete wieder nach draußen. Vielleicht hatte ich bei einem der Mitarbeiter mehr Glück. Jetzt war es halb zwei, ich schätzte, dass in einer halben Stunde Schichtwechsel war. Würde ich eben die Herauskommenden ansprechen und hoffen, dass sich einer meiner erbarmte.

So lautete zumindest mein Plan. Dazu kam es jedoch nicht mehr. Kaum hatte ich mich ein paar Schritte vom Eingang entfernt, hörte ich hinter mir einen leisen Pfiff. Ein Pfleger schob einen Rollstuhl direkt auf mich zu. „Gehen Sie einfach weiter!" Er legte an Tempo zu und überholte mich. Hinter der ersten Biegung blieb er stehen. Nun waren wir vom Haus aus nicht mehr zu sehen. „Du bist Alexander Grahl, der Schriftsteller, richtig?" Auf mein Nicken hin begann er zu strahlen. „Cool. Warum bist du hier? Wolltest du einen unserer Patienten besuchen?"

„Nein, ich suche jemand, der mir was über Max erzählen kann. Er ist seit ein paar Tagen spurlos verschwunden."

„Der studiert … Hängt das mit den anderen beiden zusammen, die gesucht werden?"

„Ja, vermutlich. Kennst du ihn."

Statt zu antworten, blickte er auf den schlafenden Jugendlichen im Rollstuhl. Dann gab er sich einen Ruck. „Ich habe um zwei Feierabend, wenn du auf mich wartest, sage ich dir, was ich weiß."

„Kein Problem." Das lief besser als erwartet.

„Stell dich an die Bushaltestelle." Bei seinen letzten Worten lief er bereits los und wandte sich auch nicht mehr um.

Es wurde zwei, viertel nach, halb drei, jede Menge Leute gesellten sich zu mir, nur der Pfleger nicht. Die meisten waren mittlerweile längst mit dem Bus verschwunden, zwei junge Frauen und ein älterer Mann warteten auf den nächsten. Ich verfluchte mich, dass ich nicht wenigstens versucht hatte, mit einem von ihnen zu sprechen. Der Typ hatte mich bestimmt versetzt.

Gerade raffte ich mich auf und trat auf die Frauen zu, da ertönte wieder ein leiser Pfiff hinter mir. Der Pfleger bedeutete mir mit einer Handbewegung, zu ihm zu kommen.

„Ist wohl besser, wenn uns keiner zusammen sieht. Die alte Schnepfe an der Anmeldung hat uns vor dir gewarnt und uns einen Vortrag gehalten, dass wir der Schweigepflicht unterliegen." Er verzog angewidert das Gesicht. „So ein Quatsch! Du willst nichts über das Heim und seine Bewohner wissen, sondern über Max, hab ich recht?"

Ich nickte. „Ward ihr befreundet?"

„Er und ich? Sehe ich so aus?"

Unwillkürlich fiel mein Blick auf die vielen Piercings an Ohren, Nase und Lippe. Dagegen hatte Max ziemlich normal gewirkt. Weshalb dieser extreme Protest? „Hatte er denn keine Freunde hier?"

Er musterte mich belustigt. „Du weißt nicht, dass Max schwul ist, richtig?"

Endlich verstand ich, worauf er anspielte. „Nein, davon wusste in seiner WG keiner was", behauptete ich. „Er brachte nie jemand mit. Er hatte wohl viele Bekannte, aber keinen, mit dem er richtig befreundet war."

„Typisch Max! Hier lief es ähnlich."

Also wieder ein Reinfall!

„Tja, wenn ich nicht mitgekriegt hätte, dass er und Stefan was miteinander hatten", setzte er breit grinsend hinzu.

Ich zeigte offen meine Begeisterung. „Sicher?"

„Klaro. Ich hab die beiden Arm in Arm in der Stadt gesehen. Denen war das mega peinlich. Ich musste denen versprechen, nie darüber zu reden." Er fuhr sich mit den Fingern durch seine Stachelfrisur. „Das gilt nicht mehr. Der Stefan hat jetzt einen anderen, ganz offiziell sogar. Der holt ihn oft ab."

„Arbeitet er noch hier?"

„Er macht hauptsächlich Nachtschichten. Ich hab eben auf den Plan geguckt, er ist für heute eingeteilt."

„Super", lobte ich ihn. „Du hast mir enorm weitergeholfen."

„Greif ihn lieber morgen früh ab, er kommt immer auf den letzten Drücker", empfahl er mir und begann in seinem

Rucksack zu kramen. „Kein Deal ohne Gegenleistung. Signierst du mir das Buch, bitte?"

Erstaunt blickte ich auf eine arg ramponierte Taschenbuchausgabe meines Fantasyromans. „Das?"

„… ist meilenweit besser als der Krimi. Gelesen hab ich den auch, war nicht schlecht, interessant halt, weil du das tatsächlich erlebt hast. Trotzdem bist du eher der Fantasyautor. Finde ich wenigstens", setzte er hinzu und sah mich fast trotzig an.

„Danke, für deine ehrliche Meinung." Ich nahm ihm das Buch ab, schrieb wie gewünscht „für Philipp" hinein und kritzelte einen kleinen Spruch darunter. „Ich sehe es ähnlich und kann dir verraten, der nächste Roman ist in Arbeit. Ebenso der nächste Krimi, ich hätte ja nie gedacht, dass ich noch in einen zweiten Kriminalfall verwickelt werde."

Ich bestand darauf, dass er mir seine Handynummer gab, und versprach, ihm umgehend Bescheid zu geben, wenn mein neuestes Werk erschien. Anschließend zeigte er mir ein Bild von Stefan, das er bei der letzten Weihnachtsfeier aufgenommen hatte. Gut, dass uns all die Technik zur Verfügung stand, sie erleichterte das Leben schon sehr. Er schickte mir das Foto gleich auf mein Handy, sodass ich mir die Gesichtszüge dieses Stefans in Ruhe einprägen konnte.

Für meine Vorlesungen war die Zeit mittlerweile zu knapp, für das Treffen mit Maurice zu lang. Ich beschloss, kurz zu Hause Zwischenstation zu machen.

Auf den Eingangsstufen saß ein Mädchen, vielleicht sechzehn, wie ich schätzte. Irgendwie kam sie mir bekannt vor, deshalb musterte ich sie wohl genauer. Für sie ein hinreichender Grund, mich anzusprechen. „Entschuldigen Sie, wohnen Sie hier?" Und auf mein Nicken: „Können Sie mir sagen, wann Herr Bendel wiederkommt? Er scheint nicht da zu sein."

„Und Sie sind?", fragte ich zurück. Nicht dass sie wie der Lockvogel einer Einbrecherbande aussah, aber man konnte ja nie wissen.

Sie erhob sich langsam und umständlich von den Stufen, als wäre sie festgefroren. Ja, das weiße Gesicht und die leicht bläulich verfärbte Nase deuteten auf eine beginnende Unterkühlung hin. Wie lange saß sie wohl schon hier?

„Ich bin Kilians Schwester. Ich muss ihn unbedingt sprechen." Die gepresste helle Stimme zeigte deutlich ihre Aufregung.

Richtig, ein bisschen Ähnlichkeit, wenn auch nicht viel, war vorhanden. „Kommen Sie erst mal rein. Herr Bendel ist nicht da. Sie können sich bei mir aufwärmen." Das versprach Informationen aus erster Hand.

Jetzt war sie es, die mich misstrauisch musterte.

„Herr Bendel ist im Krankenhaus. Sein Herz hat die Aufregung nicht gut verkraftet. Ich wohne schräg gegenüber von Tom und Kilian." Ich schloss die Eingangstür auf und bedeutete ihr einzutreten. „Tatsächlich bin ich bemüht herauszufinden, was genau mit den beiden passiert ist", fuhr ich fort, da sie sich nicht einen Meter vorwärtsbewegte. „Wir könnten uns austauschen und Sie sich dabei aufwärmen."

„Kann ich Ihren Ausweis sehen?"

Meine Güte, war die vorsichtig! Ich holte ihn hervor und hielt ihn ihr hin.

Sie warf nur einen Blick darauf. „Oh!" Ihre Hand flog zum Mund. „Sie sind dieser Schriftsteller." Diese Tatsache schien sie zu beruhigen, zumindest folgte sie mir brav zur Treppe.

„Entschuldigen Sie, man muss als Frau heutzutage vorsichtig sein", sagte sie in meinem Rücken.

Ich wartete mit der Antwort, bis wir vor meiner Wohnungstür standen. „Sie haben mir Ihren Namen noch nicht genannt."

„Carina Wenge, ich bin Kilians Zwillingsschwester. Was meinen Sie, kann ich Herrn Bendel im Krankenhaus besuchen und mit ihm sprechen? Ich habe wichtige Neuigkeiten und brauche dringend seine Hilfe."

Ich drehte als Erstes die Heizung hoch und führte sie dann zur Couch. „Nein, er wird zurzeit ruhiggestellt, jede

131

Aufregung ist Gift für ihn. Aber Sie können sich gern mir anvertrauen. Wie gesagt, ich recherchiere in dem Fall."

„Tom und Kilian sind unschuldig", platzte sie heraus. „Ich kann das beweisen."

21

Obwohl bei mir mitnichten arktische Temperaturen herrschten und es garantiert wärmer als draußen war, wickelte sie sich fester in ihren Steppmantel. „Ich habe heute Nacht den Beitrag bei YouTube gesehen. Das haben die nicht freiwillig gemacht. Tom gab ein SOS-Signal. Ich bin mir ganz sicher."

Eigentlich hatte ich ihr eine Tasse heißen Tee anbieten wollen und war schon zwei Schritte in Richtung Küche gegangen. Ihre Worte hebelten mich im wahrsten Sinne des Wortes um. Ich tastete nach meinem Drehstuhl und ließ mich hineinfallen. „Woher weißt du das?" Ich merkte nicht mal, dass ich automatisch ins Du gefallen war.

„Das kann man eindeutig erkennen. Nur - die Polizei glaubt mir nicht", nahm sie meine nächste Frage gleich vorweg. „Die denken, ich spinne. Deshalb wollte ich zu Herrn Bendel. Der hat supergute Verbindungen, wie Tom erzählte. Ich habe mich voll auf ihn verlassen." Sie sah aus, als würde sie gleich in Tränen ausbrechen.

Trotzdem war ich reichlich skeptisch. Wenn da nicht eher Wunschdenken statt handfester Beweise dahintersteckten. „Ich habe den Film bisher nicht gesehen", gab ich zu. „Er ist nirgendwo zu finden. Ein Freund scheint eine Kopie gemacht zu haben, die will ich mir gleich anschauen."

„Ich hab ihn dabei." Sie griff in die Manteltasche und hielt mir einen USB-Stick hin. „Ich kann ihn dir sofort zeigen."

Umso besser! Ich lud den Filmbeitrag auf meinen Rechner und drückte auf Start.

„Achtung! Sondersendung!', war in großen Lettern zu lesen, dann tauchte ein im Halbdunkeln liegender Raum auf.

„Hey, Leute!", begrüßte mich Tom. Im Gegensatz zu seinen sonstigen Gewohnheiten wirkte er ernst und bedrückt. Er trug sein übliches Käppi, aber keine Sonnenbrille, auch die Haarsträhne war nicht gelb eingefärbt. „Ich will euch eine Weihnachtsgeschichte erzählen, allerdings keine von den netten. Wer keine starken Nerven hat, schaltet besser ab."

Dadurch wurden die Zuschauer eher noch neugieriger. Abgebrochen hatte von denen, die um diese Nachtzeit unterwegs waren, bestimmt keiner.

„Habt ihr euch nicht auch schon mal gefragt, wie ihr vorgehen würdet, wenn ihr ein Terrorist wäret? Nein? Ich schon. Weil, mal ganz ehrlich, das, was bisher bei uns in Deutschland abgelaufen ist, war mehr oder minder harmlos.

Was, werden einige von euch losschreien, denk mal an Berlin, da sind Menschen gestorben - und nicht wenige. Und es gab weitere Anschläge mit Toten, das weiß ich. Andererseits ist das, was bei uns passiert ist, deutlich harmloser gewesen als zum Beispiel die Attentate in England und Frankreich. Also wenn ich Terrorist wäre, würde ich eine Bombe in einer großen Menschenmasse explodieren lassen. Damit ließe sich der größtmögliche Schaden anrichten.

Gut, ich bin natürlich kein Terrorist. Doch gibt es genügend Extremisten, denen das Leben der anderen total egal ist. Habt ihr euch echt noch nie überlegt, wo man überall gefährdet ist? Oder glaubt ihr, der Staat könne uns ausreichend schützen?"

Tom beugte sich vor: „Vergesst es. So viel Personal gibt es gar nicht, dass das funktioniert." Er lehnte sich wieder zurück und holte tief Luft. „Spielen wir so ein Szenario mal gemeinsam durch. In einer x-beliebigen Stadt droht jemand damit, eine Bombe zu zünden. Dafür ist die Weihnachtszeit perfekt geeignet. Fast überall existieren spezielle Angebote für die erlebnishungrigen Einheimischen und Touristen - und sei es nur ein besonders großer Weihnachtsmarkt.

134

Dafür haben wir die speziellen Absperrungen, werden sicherlich einige von euch einwerfen. Schützen die auch vor Bomben, halte ich dagegen. Oder glaubt ihr, dass die paar Wachleute und Polizisten in der Lage sind, die riesigen unübersichtlichen Gelände unter Kontrolle zu halten? Egal ob einer mit einer Weste voll Dynamit da rumspaziert oder er irgendwo versteckt im Vorfeld ein kleines unscheinbares Päckchen abgelegt hat? Ich habe da so meine Zweifel.

Außerdem - halt! Am besten gebe ich euch ein Beispiel. Nehmen wir die Stadt Dortmund. Hier existiert nicht nur ein weit über die Grenzen hinaus bekannter Weihnachtsmarkt mitten in der Innenstadt, umgeben von Kaufhäusern und Geschäften, ausgestattet mit einer Bühne, auf der an den Wochenenden ein interessantes Programm geboten wird. Die, die mehr erleben wollen, können sich anschließend zum Winterleuchten in den Westfalenpark begeben oder den phantastischen mittelalterlichen Lichtermarkt im Fredenbaum besuchen. Beides ist sehenswert, kann ich aus eigener Erfahrung sagen. Und wieder sind meiner Meinung nach die Kontrollen nicht ausreichend, um jedes Risiko auszuschließen. Für einen entschlossenen Attentäter bieten die Parkanlagen genügend Möglichkeiten, sich ungesehen Eintritt zu verschaffen.

Ein weiteres Highlight in Dortmund ist das alljährliche Weihnachtssingen im BVB-Fußballstadion. Weit über sechzigtausend Menschen treffen hier aufeinander. Natürlich sind an den Eingängen Ordner aufgestellt, die Kontrollen vornehmen. Eine Bombe am Körper zu tragen, fällt daher flach. Aber werden sämtliche Bereiche im Vorfeld durchsucht oder von ausgebildeten Hunden abgeschnüffelt? Vorstellen kann ich mir das jedenfalls nicht. Zudem bestände immer noch die Möglichkeit, einen Granatwerfer einzusetzen. Wer unbedingt will, kann sich bestimmt so ein Ding besorgen. Und wie sieht es mit einer ferngesteuerten Drohne aus? Ist die Polizei darauf vorbereitet?

Ihr Dortmunder, denkt an den Angriff auf den BVB-Bus. Bei dem wurde zwar keiner getötet, allerdings zeigt das Attentat, dass nicht mal die hoch bezahlten Profis ausreichend geschützt werden können."

Toms Zähne blitzten auf. „Das sind natürlich Gedankenspiele. Ich will einfach darauf hinweisen, wie ungeschützt der Einzelne, wenn man genauer hinguckt, ist. Daraus ergab sich bei mir gleich die nächste Frage. Was, wenn nun ein Erpresser mit einem derartigen Ereignis droht und die Stadt auf ein Lösegeld von, sagen wir mal, zehn Millionen Euro erpresst? Würden die Oberen die Zahlung anweisen oder das Leben der eigenen Bürger aufs Spiel setzen?"

Wieder beugte er sich vor und schickte einen langen Blick in Richtung Kamera. „Das ist eine interessante Frage, findet ihr nicht auch? Denkt mal darüber nach und hinterlasst mir euren Kommentar. Ich bin gespannt auf eure Meinung. Wir sehen uns in ein paar Tagen wieder."

Der Bildschirm wurde dunkel, kein Abspann erschien.

„Hast du es gesehen?" Carina pellte sich aus ihrem Mantel. Sie war hochrot angelaufen. „Er wurde dazu gezwungen. Hast du auf seine Finger geachtet? Die tippen eindeutig das SOS-Signal."

Hatte ich natürlich nicht. Ich war viel zu gefesselt von dem, was seine Sätze beinhalteten. War das eine offene Drohung gewesen?

„Man muss schon genauer hinsehen", gab sie zu. „Ich habe das Ganze dreimal laufen lassen, bis ich mir sicher war. Es kann gar nicht anders sein!"

Ich startete den Film erneut - und erkannte wieder nichts.

Entnervt griff sie nach der Maus. „Hier! Siehst du das nicht? Er kratzt sich dreimal kurz hintereinander am Kopf, dann klopft er dreimal in Abständen auf den Tisch, etwas später blinzelt er dreimal. Das ist doch eindeutig?"

Oder sie interpretierte viel zu viel hinein. Tom saß fast gar nicht still. Auch die Finger hielt er kaum eine Minute ruhig.

136

Ich warf einen Blick auf die Uhr. Mal sehen, was Maurice dazu meinte.

Bevor wir uns aufmachten - Carina wollte mich natürlich begleiten -, rief ich Dr. Runge an. Die Nummer war ja noch in meinem Handy gespeichert. „Könnten Sie dafür sorgen, dass Herr Bendel weiter sediert bleibt? Es ist ein neues Video von Tom aufgetaucht. Es wäre besser, wenn er davon nichts erfährt."

Diese Neuigkeit war ihm unbekannt. Ich musste mich langatmig erklären, bis er zustimmte. Langsam wurde die Zeit knapp. Ich griff zu meiner Jacke und scheuchte Carina aus der Wohnung. Im letzten Moment zog sie den Stick aus dem Computer und steckte ihn ein. „Nur für alle Fälle."

Kaum saßen wir in der Bahn, klingelte mein Handy erneut. Mirko! „Hast du mitgekriegt, was heute an der Uni los war?"

„Maurice hat mich gleich am Morgen informiert. Ist überhaupt nichts gelaufen?"

„Nein, die Polizei hat alles abgesperrt und jedes Gebäude durchsucht. Warum, wieso – keine Ahnung. Ich habe die Umstehenden mal befragt. Angeblich wusste keiner von Toms Aktivitäten, bevor er offiziell gesucht wurde."

Ja, angeblich. Als wenn sich derjenige, der dahintersteckte, freiwillig outen würde!

„Hast du das neue Video von ihm gesehen, das kurz im Netz zu finden war?"

„Wie? Von wann ist das denn?"

„Ganz frisch, wie es scheint."

„Und du hast es gesehen?" Deutliche Aufregung klang in seiner Stimme mit,

„Kilians Schwester hat eine Kopie davon gezogen. Die ist eben hier aufgetaucht. Wir wollen zu Maurice, der wartet in der Uni auf uns."

„Was dagegen, wenn ich mich anschließe?"

Nein, natürlich nicht. Vier Augen sahen mehr als zwei.

22

„Habt ihr es bemerkt?" Carina blickte hoffnungsvoll zwischen Mirko und Maurice hin und her. Meine Skepsis war ihr nicht verborgen geblieben.

„Es könnte sein", stimmte Mirko ihr zögerlich zu. „Aber Tom ist offensichtlich nervös und zappelt die ganze Zeit rum. Dass die Polizei dir nicht glaubt, ist einzusehen. Man kann die Bewegungen so oder so interpretieren."

„Aber seine Nervosität spricht für meine Theorie", wandte Carina ein. „Habt ihr die anderen Beiträge gesehen? Sonst hat er die Ruhe weg."

„Es ist was anderes, ob du dein Wissen abspulst oder eine solche Forderung stellst." Maurice war ebenfalls nicht überzeugt. „Denn auch wenn er es nicht direkt ausgesprochen hat, die Drohung mit der Bombe ist eindeutig für mich: Geld her oder es knallt. Ich vermute, dass unsere Oberen auf die erste Erpressermail nicht eingegangen sind."

Carina öffnete den Mund, um zu protestieren.

„Warum sollte Tom eine derartige Nachricht freiwillig verkünden?", grätschte ich schnell dazwischen. Ein Streit war das Letzte, was wir gebrauchen konnten.

„Na, warum wohl?", schnaubte die junge Frau. „Die drohen ihm damit, Kilian was anzutun, haben das vielleicht sogar schon getan, um ihn gefügig zu machen. Würdest du deinen Freund hängen lassen?"

„Fang von vorn an!", bat Mirko an Maurice gerichtet. „Wir achten jetzt alle nur auf Toms nonverbale Kommunikation."

Während der knappen zehn Minuten sagte keiner von uns ein Wort. Anschließend blickte Carina auffordernd in die Runde. „Und?"

„Es besteht die klitzekleine Möglichkeit, dass du recht hast", kam es von Mirko. „Kennt sich einer von euch mit dem Morsealphabet aus?"

„Nee, wieso?" Maurice war ebenso wenig überzeugt wie ich.

„Er zappelt echt extrem rum. Wäre interessant, wenn wir alle seine Bewegungen genauestens untersuchen."

Carina strahlte, Maurice stöhnte, ich enthielt mich jeglichen Kommentars, obwohl Mirko meiner Meinung nach Gespenster sah.

„Kannst du mir den Film auf einen Stick ziehen und irgendwas daran drehen, dass ich ihn in Zeitlupe abspielen kann?", blieb der hartnäckig. „Ich probiere es einfach mal."

„Kann Tom denn morsen?", fragte ich Carina.

„Keine Ahnung", musste sie gestehen. „Aber das SOS-Zeichen kennt jeder."

Während Maurice ihm einen entsprechenden Player auf den Stick kopierte, gab mir Mirko eine Kurzfassung der heutigen Polizei-Aktion an der Uni. Viel Neues erfuhr ich nicht. Zum Abend hin hob man die Sperrung auf, ohne dass deutlich wurde, was den Aufmarsch veranlasst hatte.

Maurice wedelte mit dem Stick. „Fertig! Sonst noch was?"

„Kannst du mir den auch auf meinen ziehen?", bat ich.

„Ich setze mich gleich noch dran", versprach Mirko kurz darauf, als wir uns trennten. „Wird allerdings 'ne Weile dauern. Erwartet nicht zu früh meine Meldung."

„Er muss vormittags arbeiten", erklärte ich Carina auf der Rückfahrt. „Aber ich habe großes Vertrauen in ihn. Der wird nicht lockerlassen."

„Hm", machte Carina nur.

„Wieso bist du auf die Idee gekommen, Herrn Bendel um Hilfe zu bitten?", wechselte ich das Thema, da sie anscheinend keine große Lust hatte, mit mir weiter darüber zu reden.

139

Sie verdrehte ostentativ die Augen. „Na, weil er Juraprofessor ist und bestimmt noch gute Kontakte hat.“

Ah, sieh mal einer an! „Und seine Frau?“

„Die war Ärztin.“

Das erklärte einiges. „Die Polizei hat dich auflaufen lassen?“ Sie lachte bitter. „Aber so was von. Für die sind Tom und Kilian gefährliche Rechtsextremisten. Wegen der Klimawandel-Beiträge“, fügte sie erklärend hinzu. „Die hatten die wohl schon vorher in ihrem Fokus.“

Was die Schnelligkeit des Zugriffs erklärte. „Ich habe bisher nicht alle gesehen“, gab ich zu. „Bei den ersten ist von Rechtsextremismus nichts zu erkennen, finde ich.“

Sie warf mir einen vernichtenden Blick zu. „Bist du gegen das, was der Staat vorgibt und die Mehrheit der Bevölkerung nachplappert, hast du heutzutage gleich einen rechten Einschlag. Das wird von den Medien sogar forciert.“

„Tom und Kilian wurden von der Presse bislang großflächig ignoriert“, widersprach ich wenigstens diesem Punkt. Möglich wäre es, dass sie recht hatte. Wir lebten heute in seltsamen Zeiten.

„Die wollten eigentlich auch keinen großen Rummel“, behauptete Carina. „Angefangen hat das damit, dass Tom sich tierisch über seine Schulkameraden geärgert hat. Ein Großteil hat ein Riesenspektakel gemacht und alles, ohne zu hinterfragen, übernommen. Als wären sie plötzlich Umweltaktivisten. Dabei hättest du mal unseren Schulhof und das Gebäude sehen sollen. Müll in jeder Ecke, verschmierte Fassade, pottdreckige Klos - aber sich über die Erwachsenen aufregen und behaupten, die seien Umweltsäue.“

Einen ähnlichen Beitrag hatte er nach seiner Abi-Rede gemacht, nur wesentlich ausführlicher, erinnerte ich mich.

„Er hat die ersten Videos produziert, um die an der Schule zum Nachdenken zu bringen und dazu zu kriegen, selbst zu recherchieren und sich ein eigenes Bild zu machen, anstatt das zu übernehmen, was andere ihnen vorsetzen. Hat natürlich nicht funktioniert.“

„Du redest immer nur über Tom", hakte ich nach. „Was ist mit deinem Bruder?"

Sie lief knallrot an. „Tom war der Initiator, er übernahm den Sprechpart und Kilian filmte. Recherchiert haben sie meist gemeinsam. Nein, Tom hat sich regelrecht darin verbissen", verbesserte sie sich. „Er ist so, wenn ihn ein Thema interessiert, will er alles ganz genau wissen. Er gibt sich nicht mit dem Offensichtlichen zufrieden, er muss so tief wie möglich graben."

„Wo wurden die Filme aufgenommen?"

„Bei uns im Keller. Das ist eigentlich ein Partyraum, die Jungs durften ihn umbauen und nutzen. Meine Eltern stehen dem Ganzen sehr positiv gegenüber. Besser als ständig Party machen oder sich besaufen."

„Und Toms Eltern?"

Sie rümpfte die Nase. „Die interessieren sich einen Dreck für das, was er tut. Der hat bei uns mehr Feedback gekriegt als von denen." Sie schlug sich auf den Mund. „Meine Mutter! Ich sollte mich bei ihr melden, wo ich untergekommen bin. Blöderweise habe ich kaum Geld dabei", gestand sie ehrlich. „Ich dachte ja, ich könne vielleicht bei Herrn Bendel übernachten. Oder halt in Kilians und Toms Wohnung. Er hat ja bestimmt einen Schlüssel. Wo gibt es denn was Billiges in der Nähe?"

„Das Einzige, was ich kenne, ist dieses Hostel am Bahnhof. Nur ist die Ecke nicht gerade das Wahre für ein junges Mädchen."

Sie musterte mich von oben bis unten. „Lebst du in der Steinzeit oder was?"

„Nee, ich sehe die Realität", konterte ich. „Selbst ich würde da nicht gern zu später Stunde rumlaufen."

Bevor sie die entsprechende Taste ihres Handys drückte, sah sie mich bittend an. „Ich sage ihr, ich würde in einer Jugendherberge unterkommen. Wir überlegen gleich weiter, was es noch für Möglichkeiten gibt, okay?"

Nach kurzem Hin und Her war Carina damit einverstanden, im Wohnzimmer auf der Couch zu schlafen. Zuvor hatten wir noch versucht, das Polizeisiegel an der Wohnung der Jungen vorsichtig zu lösen - bis wir die Tür eines weiteren Nachbars auf dem Gang hörten. Ich zog Carina hastig hinter mir her in meine Diele. „Ganz schlechte Idee", wisperte ich, während der Mann durch den Hausflur schlich. „Der beobachtet mit Argusaugen, ob sich was tut. Sieht er das zerstörte Siegel, ruft er garantiert sofort die Polizei."

„Blöder Blockwart!", zischte Carina.

Ich grinste innerlich. Das passte bei dem Typ haargenau. Er spielte sich immer als Hausmeister auf, obwohl er genau so ein einfacher Wohnungsbesitzer wie ich war. Am Tag der Erstürmung durch das SEK war er verreist gewesen, das musste ihm immer noch aufstoßen. Endlich passierte was Aufregendes und er war nicht vor Ort! Kein Wunder, dass er sich jetzt wieder in der Rolle des Aufpassers hervortun musste.

Kaum saßen wir im warmen Wohnzimmer - ich hatte vergessen, die Heizung runterzudrehen -, forderte der anstrengende Tag sein Tribut. Carina gähnte und konnte gar nicht mehr aufhören. Deshalb holte ich ihr eine zweite Decke und regte an, dass wir sofort schlafen gingen. Morgen, wenn wir ausgeruht waren, konnten wir garantiert besser denken. Seltsamerweise akzeptierte sie mein Angebot sofort. Ich hatte eher mit jeder Menge Gegenwehr gerechnet, so biestig, wie sie war.

Gib es zu, sie würde dir gefallen, sagte meine innere Stimme, nachdem ich unter die Decke im Schlafzimmer gekrochen war. Ja, ich war drauf und dran gewesen, mich in sie zu verlieben. Nicht nur, dass ich sie ausnehmend hübsch fand: Rotbraune, glatte, lange Haare mit einem Pony, der ihr fast bis zu den grünen Augen reichte, eine knackige Figur, also nicht zu dick und auch nicht spindeldürr, sie besaß auch einen regen Verstand, na ja, vielleicht war sie ein bisschen aufbrausend, was vermutlich an ihrer Jugend lag. Aber alles in allem wäre ich nicht abgeneigt gewesen, ihr näherzukommen.

Gut, dass ich keine Andeutungen in diese Richtung gemacht hatte! Auf der Rückfahrt war mir nämlich klar geworden, dass sie Tom liebte. Die Signale konnte man echt nicht übersehen. Die Angst um ihn hatte sie hergetrieben, ihr Bruder war zweitrangig. Ausgesprochen hatte sie es natürlich nicht, im Gegenteil, sie bemühte sich eindeutig, ihre Gefühle zu verbergen. Wäre sie nicht ein paarmal rot angelaufen und hätte fast immer ihn in den Vordergrund gestellt, wäre ich Dösbaddel vermutlich nicht rechtzeitig wach geworden und hätte mich blamiert. Gerade noch mal gut gegangen!

Freitag, 6. Dezember

So verliebt, dass ich ihr mein eigenes Bett anbot, war ich dann doch nicht. Genauso wenig, wie ich nun vorhatte, sie allein in der Wohnung zu lassen. Daher ließ ich das anvisierte Gespräch mit dem Pfleger Stefan fallen und beschloss, an der Uni weiter zu recherchieren. Carina parkte ich so lange bei meiner Mutter - selbstverständlich nach einem vorher erfolgten vorsichtig sondierenden Telefonat.

Wie erwartet war sie begeistert, sich endlich mit jemandem austauschen zu können, und wer wäre dazu besser geeignet als die Schwester und Freundin der direkt Beteiligten. Sie beachtete mich kaum, sondern zog Carina sofort über die Schwelle und begrüßte sie herzlich. „Ich habe den ganzen Tag Zeit. Wir können uns den Film so oft anschauen, wie es nötig ist", erklärte sie ihr und zu mir gewandt: „Kommst du anschließend her?"

„Es wird eine Weile dauern. Ich muss sehen, ob ich eine Spur finde", gab ich mich zurückhaltend. Nein, ich wollte mit Mirko zusammen zu Mittag essen und mich mit ihm austauschen. Vielleicht hatte er auch schon Neuigkeiten.

„Nimm mein Auto", schlug sie vor.

Ich lehnte dankend ab. Bis ich einen Parkplatz gefunden hatte, war ich längst auf dem Campus.

Das war auch so ein Ding, sinnierte ich, während ich in der S-Bahn saß. Die armen Studenten sind die Einzigen, die gezwungen werden, sich ein Ticket für den öffentlichen Verkehr zu kaufen. Man hat überhaupt nicht die Wahl, der Preis, zwar deutlich verbilligt, wird gleich auf die Semestergebühren drauf gerechnet. Selbst wenn man in fußläufiger Entfernung wohnte, war das kein Argument. Unsere Stadtoberen planten nun etwas Ähnliches für ihre Bediensteten. Nur sollten diese Gutverdiener umsonst in den Genuss eines solchen Tickets kommen. Unfair - oder?

Andererseits musste man sich schon wundern, dass trotzdem die Parkflächen rund um die Uni täglich proppenvoll sind. Waren das alles gesponserte Fahrzeuge von Mama und Papa oder fühlte sich auch ein Student ohne Auto nicht mobil genug und ging lieber nebenbei arbeiten, anstatt darauf zu verzichten? Wie man es auch drehte, das Verkehrsaufkommen bekam man so nicht in den Griff. Das Gleiche würde vermutlich bei den städtischen Angestellten passieren. Die Bequemlichkeit obsiegte bei den meisten.

Da die Zeit reichen würde, beschloss ich, Frau Kesper einen weiteren Besuch abzustatten.

Sie kam gerade aus ihrem Büro, als ich darauf zusteuerte. „Ich muss zu einer Besprechung", wehrte sie ab.

„Ganz kurz nur! Warum hat die Polizei das Uni-Gelände durchsucht?"

„Eine neue Nachricht wurde von hier aus abgeschickt", sagte sie leise.

Aha, also hatte Maurice recht! „Aus einem der Büros?" Das gäbe meiner Ermittlung ja eine ganz andere Richtung!

„Nein." Sie funkelte mich geradezu entrüstet an. „Wohl von dem Eingangsbereich eines der Gebäude."

„Haben Sie das Video gesehen?", stieß ich nach, weil sie sich tatsächlich abwandte.

Sie stutzte und drehte den Kopf. „Ein Video?"

„Ist auch egal", winkte ich ab.

Pflicht und Neugier rangen in ihr. Das Pflichtgefühl behielt die Oberhand. „Wir sehen uns später."

Ich nickte bestätigend, obwohl ich nicht daran dachte, an der Vorlesung teilzunehmen. Es gab viel zu viel, was im Moment wichtiger war.

23

„Ich bin mir einfach nicht sicher." Mirko griff zu seinem Glas und trank es aus.

Wir hatten uns wie üblich in der Mensa getroffen und uns wieder eine stille Ecke gesucht. Dieses Mal war ich es, der mit Genuss seine Pizza aß, während er sofort begann zu erzählen.

„Es könnte sein, aber genauso gut auch nicht", rekapitulierte ich seinen Bericht.

Er zuckte in einer hilflos wirkenden Geste die Achseln. „Ich habe die ganze Nacht dran gesessen und kann dir wirklich nichts anderes sagen. Oft sind es nur Fragmente, die du so auslegen könntest, manchmal stimmt die Reihenfolge nicht hundertprozentig. Außerdem zappelt er ständig rum. Das könnte zur Ablenkung dienen, um sein Tun zu verschleiern, oder wir machen uns was vor und unsere Theorie ist völliger Quatsch." Entschlossen griff er nach Messer und Gabel und begann an seiner Pizza rumzusäbeln.

„Hast du das, was du entziffern konntest, trotzdem aufgeschrieben?"

Er nickte und zog einen Zettel aus seiner Hemdtasche. „Ohne Gewähr", nuschelte er mit vollem Mund.

Neugierig faltete ich das Blatt auseinander: *SOS, SOS, SOS ... gefangen ... Fabrik? Feld? Autobahn?*

Er räusperte sich und schluckte vernehmlich. „Das ist meine Deutung. Deshalb die Fragezeichen. Wenn ich richtig liege, wird er in einer Fabrik festgehalten, die von Feldern umgeben ist und in der Nähe befindet sich eine Autobahn."

Hm, und jetzt? Konnten wir darauf wirklich aufbauen? „Wie sicher bist du dir?"

Er zögerte. „Allerhöchstens fünfzig Prozent, eher weniger." Ich lehnte mich enttäuscht zurück. Herr Janzen würde mich auslachen, wenn ich ihm damit kam.

„Es lohnt nicht, die Polizei einzuschalten", sah Mirko es ähnlich. „Meine Interpretation ist mit viel Wohlwollen entstanden." Er legte sein Besteck zur Seite und beugte sich weit über den Tisch. „Und trotzdem bitte ich dich, dem nachzugehen. Nenn es ein Gefühl, eine Ahnung, mir wurscht. Hauptsache, du kümmerst dich drum."

„Deine Angaben sind ziemlich vage", stöhnte ich, obwohl mein Gehirn bereits im Vollmodus lief. „Wie soll ich rauskriegen, wo das ist?"

„Du bist der Detektiv." Mirko stopfte sich den letzten Rest Pizza in den Mund und stand auf. „Ich für meinen Teil schwänze heute und gehe nach Hause und ins Bett. Ich bin todmüde."

Ja, er sah tatsächlich völlig fertig aus, stellte ich mit schlechtem Gewissen fest. Seine Augen waren schwarz gerändert, das Weiße im Innern mit roten Äderchen durchzogen.

„Ich hab so entschieden", nahm er mir jede Möglichkeit, mich zu entschuldigen. „Ich wollte mich beweisen. Sei's drum." Er erhob sich ächzend. „Ruf mich an, wenn es neue Entwicklungen gibt, unbedingt, hörst du? Dieses Mal möchte ich bei der Aufklärung mitwirken."

Obwohl ich immer noch keinen Plan hatte, wie ich vorgehen wollte, gab ich ihm das Versprechen. Gern sogar. Mirko war durchtrainiert und stark und damit ein wertvoller Verbündeter.

Auf dem Weg zur S-Bahn rief ich Tim an, was ich eigentlich schon viel eher hätte tun sollen. Nur hatte ich bisher meine Zweifel gehabt. Jetzt, da Beweise vorlagen, wenn auch keine echten, verwertbaren, sah die Sache anders aus.

„Alex, was liegt an?"

„Kennt Tom das Morsealphabet?"

Irritiertes Schweigen. „Das ist lange her. Wieso, ist das wichtig?"

Ich erklärte ihm die Zusammenhänge.

„Er war zehn, nein, elf, als er sich das beigebracht hat. Eigentlich ging es darum, den Herrscher aller Reußen vorzuführen. Der hat immer damit angegeben, er würde es perfekt beherrschen und dann auf dem Tisch rum getrommelt. Wir konnten den von Anfang an nicht ab. Tom war schon immer so, wenn, hat der sich gleich richtig in die Aufgabe reingehängt. Geht ihr zur Polizei? Hast du das Video da? Schickst du es mir? Soll ich gehen?"

Ich versuchte, ihm die Schwierigkeiten aufzuzeigen, die sich boten.

„Lost Places", erwiderte er zu meinem Erstaunen. Und weil ich nicht sofort reagierte. „Wenn ihr die Signale richtig entziffert habt, muss es sich um irgendein leerstehendes Gebäude handeln. Es gibt Hobbyfotografen, die suchen sich mit Vorliebe verlassene Orte aus, steigen dort ein und machen ihre Bilder. Wenn wir einen finden, der in Dortmund unterwegs ist …"

„Ich kümmere mich darum." Das war zumindest ein vielversprechender Ansatz.

„Und ich komm zu euch. Ich melde mich auf der Arbeit krank. Kann ich bei dir pennen?"

„Äh. Carina ist schon hier", gestand ich.

Er ächzte leise. „Ich nehme den nächsten Zug. Notfalls gucke ich nach einer Jugendherberge. Quatsch, ich bringe meinen Schlafsack mit und nehme halt den Fußboden."

Da hatte ich gleich ein neues Problem, das ich wälzen konnte. Doch diese Lösung war einfach. Sie gestaltete sich sogar noch einfacher als erwartet. Meine Mutter und Carina warteten schon ungeduldig auf mich. „Lass uns zur Polizei gehen", platzte Letztere gleich heraus und wollte mich wieder zur Tür drängen.

Ich stemmte mich dagegen und hob die Hände. „Moment. Was habt ihr rausgefunden?"

Im Endeffekt nicht mehr als Mirko, eher sogar weniger, denn sie waren sich beim letzten Wort nicht sicher, hatten nur Bahn erkannt und dachten an ein Bahngelände. Trotzdem wollte Carina sofort zu den Ermittlern.

„Die werden dir nicht glauben", prophezeite ich ihr. „Laut Mirko sind die Zeichen Fragmente, den Rest muss man sich denken."

„Ja, und?" Sie funkelte mich wütend an. „Kneifst du? Ich gehe auf jeden Fall."

„Dann lass dich nicht aufhalten." Ich öffnete galant die Tür. „Du könntest auch gleich mal nachfragen, warum die Wohnung der Jungs weiter versiegelt ist. Tim ist auf dem Weg. Was spricht dagegen, euch dort übernachten zu lassen?"

Einen Moment fehlten ihr tatsächlich die Worte.

„Carina, warte! Ich fahre dich." Meine Mutter rannte hinter ihr her, nachdem diese wutschnaubend an mir vorbei gestapft war. Mich bedachte sie mit einem strafenden Blick. „War das nötig?"

„Ja, unbedingt!" Ich grinste. „Ich nutze so lange deinen Computer, muss dringend was recherchieren."

Unter dem Suchbegriff „Lost Places" fand ich bald, was ich suchte. Es gab einige User, die ihre Seiten wie Profis gestalteten. Die genauen Orte und Gebäudenamen wurden nicht verraten, die Fotos wechselten sich mit einer ausführlichen Beschreibung der Atmosphäre und den Eindrücken des Fotografen ab. Das waren die richtigen Ansprechpartner.

Ich suchte mir drei heraus, die hauptsächlich in NRW ihrem Hobby frönten, und schrieb sie an. *Benötige dringend Hilfe. Ich vermute, dass die zwei von der Polizei gesuchten Studenten in einem verlassenen Gebäude in Dortmund gefangen gehalten werden. Wo bekomme ich Informationen über entsprechend einsam gelegene Hallen, Fabriken oder Ähnlichem?* Darunter schrieb ich meine persönlichen Kontaktdaten: meinen vollständigen Namen, meine E-Mail-Adresse und meine Handynummer, und bat um schnellstmögliche Antwort. Meinen Schriftstellerstatus verschwieg ich, hoffte aber darauf, dass mir die Erwähnung in mehreren Zeitungsartikeln in diesem Fall nutzte und mein Bekanntheitsgrad eine extra Benennung meiner Tätigkeit unnötig machte. - Ich wäre mir auch total blöd vorgekommen, mich darauf zu berufen!

Meine Mutter und Carina tauchten schneller wieder auf als erwartet. Ich verbarg mein Grinsen, als sie mit meinem Vater im Schlepptau eintraten. Den hatten sie draußen vor der Tür getroffen, wie er mir verriet. Genaues wusste er bisher nicht. Ihm war allerdings aufgefallen, dass es in beiden Frauen gewaltig brodelte.

„Das sind richtige Heinis!", stieß Carina empört hervor und ließ sich auf die Couch im Wohnzimmer fallen. „Die haben sich nicht mal den ganzen Film angeguckt."

„Dafür gleich den Stick konfisziert", ergänzte meine Mutter. „Mit anderen Worten, ich hatte recht." Ich bemühte mich, meine Gesichtszüge unter Kontrolle zu halten.

„Lach nicht!", fauchte Carina. „Dafür ist die Geschichte viel zu ernst." Zu meinem Entsetzen brach sie in Tränen aus.

Gut, dass wir bei meiner Mutter waren. Die eilte gleich an ihre Seite, umarmte sie und murmelte tröstende Worte. Währenddessen setzte ich meinen Vater ins Bild. Als ich zu meiner gerade begonnenen Aktion kam, merkte Carina auf. Sie schniefte noch einmal und lauschte aufmerksam.

„Komm, kontrolliere deine E-Mails!" Meine Mutter war schneller. „Vielleicht hat sich schon jemand gemeldet."

Um jeder Diskussion zu entgehen, tat ich ihr den Gefallen. Wider Erwarten hatte ich wirklich schon eine erste Antwort. Der Typ schrieb, wir sollten besser miteinander telefonieren und schickte seine Handynummer mit.

Carina juchzte auf und eilte an meine Seite. „Stell auf laut!", bat sie.

„Nein, zuerst frage ich ihn, ob er damit einverstanden ist." Ich wählte und erklärte ihm dieses Mal ganz ausführlich, warum ich diese Information so dringend brauchte.

„Komme ich mit ins Buch? Nein, Scherz beiseite, es wird schwieriger, als du denkst. Die normalen Lost Places, die du im Sinn hast, fallen nach meinem Erachten weg. Da wäre die Gefahr, dass sich am Wochenende Typen wie ich dort blicken lassen, zu groß. Du musst nach einem Gebäude suchen, dass viel zu öde ist, um als Fotoobjekt infrage zu kommen."

„Und wie finde ich so was?" Ähnliche Gedanken hatte ich mir schon selbst gemacht. Nur kannte ich überhaupt keine leestehenden Häuser oder Fabriken - mit Ausnahme des alten Turms der Kronenbrauerei mitten in der Stadt und der war eindeutig zu markant.

„Ich selbst bin kaum in Dortmund unterwegs, kenne jedoch einen, der diesen seinen Wohnort für die Fotografie nutzt. Ich habe ihn angeschrieben, sobald er sich meldet … oder soll ich ihm gleich deine Nummer geben?"

„Das wäre wohl das Beste. Danke schon mal im Voraus. Und wenn du möchtest, tauchst du gern in der Geschichte auf."

Er lachte. „Schick mir einfach ein Buchexemplar, sobald es raus ist. Und toi, toi, toi, dass du den Schlamassel aufklären kannst."

Da ich nicht auf Mithören gestellt hatte, war Carina dicht an mich herangerückt. Jetzt teilte sie meinen Eltern das Ergebnis mit. „Und ich hatte so gehofft, dass wir gleich einen Treffer haben."

Meine Mutter nahm sie mit in die Küche, ich konnte hören, wie sie dort auf sie einredete. Im Trösten war sie schon immer gut gewesen.

„Ist deine Vorgehensweise nicht reichlich risikobehaftet?", fragte mein Vater.

„Nee, von denen ist mit Sicherheit keiner in den Fall verwickelt." Der kam manchmal auf Gedanken!

„Kommt ihr?", rief meine Mutter. „Es gibt Essen."

Mittags hatten sie sich vor lauter Arbeit nur ein paar Schnittchen gegönnt, erfuhren wir. Dafür tischte sie nun Pizza auf, die sie von unterwegs mitgebracht hatte. Also ließ ich mir meine zweite an diesem Tag schmecken.

24

„Deine Eltern sind echt nett", teilte mir Carina auf der Rückfahrt mit. „Besonders deine Mutter. Was die alles ausgegraben hat. Die ist voll im Thema."

Ja, daran hatte sie uns ausgiebig teilhaben lassen. Nur gut, dass wir uns gleich nach dem Essen verziehen mussten, weil Tims Zug nahte.

Obwohl ich Teile ihrer Ansichten durchaus unterstützen konnte. „Der Junge hat vollkommen recht, wir sind zu einer Wegwerfgesellschaft mutiert", begann sie sofort, nachdem wir uns an den Tisch gesetzt hatten.

Ich drehte meinen Kopf und musterte ostentativ ihre Einrichtung, die mindestens dreißig Jahre auf dem Buckel hatte. „Wir nicht", selbst meinem Vater war mein Blick nicht entgangen. „Aber bei fast allen unseren Bekannten ist das so. Die meisten Dinge sterben nicht mehr einen Alterstod, sondern werden lange vorher ausgemustert."

„Guck dir nur diese neuen Lampen an", ereiferte meine Mutter sich. „Die mit der LED-Technik. Da kannst du nicht mal eine Birne austauschen. Ist die kaputt, musst du das komplette Ding entsorgen. Und das soll umweltschonend sein?"

Sie gab noch endlos weitere Beispiele von der Verschwendungssucht heutzutage – und Carina nickte zu allem bestätigend. Kein Wunder, dass sie sich bei ihnen wohlgefühlt hatte, meine Mutter schien auf einer Wellenlänge mit ihrem geliebten Tom zu sein. Besonders dass sie unumwunden zugab, erst durch seine Beiträge wach geworden zu sein, und spontan beschloss, sich nun mit dem Thema intensiv auseinanderzusetzen, hatte ihr Pluspunkte gebracht.

„Sie ist …", begann Carina, wurde aber durch das Klingeln meines Handys unterbrochen.

„Geh du ran und stelle es laut", bat ich. Meine Mutter hatte mir netterweise ihr Auto überlassen und es gab im Moment keine Möglichkeit anzuhalten.

„Berger, Sie hatten mir eine Nachricht hinterlassen", tönte es aus dem Lautsprecher.

Ich stellte mich kurz vor und erklärte die genaueren Zusammenhänge.

„Ich habe schon überlegt. Ich kenne da eine Stelle, die infrage kommen könnte, eine ehemalige Gärtnerei in Oespel, ziemlich abgelegen und von Feldern umgeben."

„Am Indupark?" Der lag in der Nähe der Autobahn.

„Nein, eher mitten im Nirgendwo. Ob man die Autobahn von dort aus hört, weiß ich ehrlich gesagt nicht mehr."

„Danke, ich werde mir die Stelle ansehen."

Er gab mir eine genaue Beschreibung, wie ich zu fahren hatte. „Es gibt garantiert weitere Objekte. Leider stehe ich eher auf das Spektakuläre. Auf diese verlassene Gärtnerei bin ich mehr aus Zufall gestoßen."

„Fahren wir gleich hin?" Carina zappelte aufgeregt auf dem Beifahrersitz hin und her.

„Im Dunkeln?" Lieber zuerst bei Tageslicht die Lage sondieren. Das versuchte ich ihr während der restlichen Fahrt begreiflich zu machen, leider vergebens. Sie war wild entschlossen, notfalls auch ohne mich zu agieren.

Blöderweise fand sie in Tim einen Verbündeten. „Ich hab eine Navi-Software auf meinem Handy. Wir finden das", sagte er an Carina gewandt, die ihn sofort nach seinem Einsteigen mit der Neuigkeit überfallen hatte.

Sie war bei dem Halt am Bahnhof zu ihm auf die Rückbank geklettert und zeigte ihm jetzt den letzten Film, den sie wohlweislich vor ihrem Gang zur Polizei sicherheitshalber auf ein Tablett gezogen hatte. Ich war vergessen, im

153

wahrsten Sinne des Wortes. Immer wieder von neuem starteten sie die Sequenzen und kommentierten sie. „Der arme Tom! Er hat deutlich abgenommen, findest du nicht?"

„Guck mal seine Klamotten. Es sieht aus, als hätte er tagelang darin geschlafen."

„Er hat deutlich Angst, siehst du seine Augen?"

Ich verdrehte meine eigenen mehr als einmal. Die beiden flossen vor Sorge um ihn fast über und kommentierten jede seiner Bewegungen. Das Einzige, was sie zwischendurch von ihrem Tun ablenkte, war zu kontrollieren, ob ich mich an die Abmachung hielt und Richtung Oespel fuhr.

Ja, ich hatte klein beigegeben, obwohl ich diese nächtliche Erkundung immer noch für Wahnsinn hielt. Nur hätte ich mir schon Vorwürfe gemacht, wenn sie allein losgezogen wären. Keiner von uns wusste, was uns dort erwartete. Meine Stimme der Vernunft würde sie hoffentlich von allzu gewagten Taten abhalten.

Ich nahm die Abfahrt, die zur Uni führte, ließ den Campus allerdings links liegen und folgte der Straße, die mich normalerweise zum Indupark geführt hätte. Ab hier musste ich mich konzentrieren und bat Tim und Carina, ebenfalls mitzugucken.

„Dreimal abbiegen, danach der kleinen Straße folgen", erklärte sie.

Das war mir selbst klar, die Frage lautete eher, wo genau!

„Da vorn." Tim drückte aufgeregt gegen meinen Sitz. „Bieg ab!"

Gut, dass sich kein Fahrzeug hinter mir befand. Ich bremste stark und schaffte es so gerade noch, das Auto in der Spur zu halten. Ich blieb vom Gas und rollte mehr, als dass ich fuhr. Eine derartige Aktion hatte mir gereicht.

Genau richtig, wie sich herausstelle, auch das nächste Sträßchen tauchte unvermittelt aus der Dunkelheit auf. Kurz darauf bog ich ein drittes Mal ab und blendete das Fernlicht auf. Wir holperten über einen Pfad, der nie eine richtige Straße gewesen war, allerhöchstens ein Schotterweg, der jetzt jedoch mit Schlaglöchern übersät war. Und hier sollte früher mal eine Gärtnerei mit Publikumsverkehr gewesen sein?

Wir rollten auf eine Ansammlung von niedrigen Hallen zu. Ich parkte direkt vor der ersten, Wahnsinn, ich weiß, aber irgendwie war mir sofort klar, dass wir hier falsch waren. Im Licht der Scheinwerfer hatten sich die Konturen von Gewächshäusern aus der Dunkelheit geschält, eines neben dem anderen. Vor uns sahen wir die kläglichen Überreste eines landwirtschaftlichen Betriebs. Vermutlich waren dort Pflanzen und Gemüse angezogen und anschließend zu einer Verkaufsstelle gebracht worden. Ein offizieller Laden hatte an dieser Stelle nie existiert.

Trotzdem sprang Carina aufgeregt aus dem Wagen. Aus ihrer Jackentasche nestelte sie eine große Taschenlampe hervor, schaltete sie an und richtete den Strahl auf das uns am nächsten stehende Gewächshaus. Massenhaft zerbrochenes Glas, eine sperrangelweit offen stehende Tür, man konnte auf den ersten Blick erkennen, dass es verlassen und leer war.

„Wir suchen alles ab", bestimmte Tim, der neben ihr auftauchte. „Auch auf Spuren. Vielleicht finden sich welche von Tom und Kilian."

Ich folgte ihnen von einer Halle zur nächsten. Überall gab es das gleiche Bild: keinerlei Mobiliar mehr, dafür jede Menge Mäusedreck auf dem Boden. Auch Vögel schienen im letzten Sommer hier genistet zu haben. Wir entdeckten mehrere verlassene Nester. Spuren von Menschen fanden wir dagegen nicht.

Carina war maßlos enttäuscht. Tim nahm sie tröstend in den Arm, während wir zurück zum Auto gingen. Was für ein Reinfall!

Besser so, als dass wir tatsächlich auf die Täter gestoßen waren, musste ich mir eingestehen. Wir waren derart dilettantisch vorgegangen, die Entführer wären uns haushoch überlegen gewesen und hätten uns vermutlich gleich einkassiert oder Schlimmeres!

„Wir müssen uns einen vernünftigen Plan machen", sagte ich aus diesem Gedanken heraus zu den beiden auf dem Rücksitz, die sich leise flüsternd unterhielten. „Wäre dies der richtige Ort gewesen, hätten die Täter schon eine geraume Zeit vor unserem Auftauchen von uns gewusst. Wir haben da rumgestanden wie auf dem Präsentierteller."

Mit diesem Thema konnten wir uns bis zur Ankunft vor meinem Wohnhaus beschäftigen. Und jetzt? Ich würde sie wohl oder übel beide bei mir unterbringen müssen.

„Wir können in Toms und Kilians Appartement", erklärte mir Carina zu meiner Überraschung. „Die Polizei hat es längst wieder frei gegeben und auch eine entsprechende Nachricht an Herrn Bendel gesandt."

Die vermutlich noch in seinem Briefkasten lag.

„Hast du einen Schlüssel?"

Nein, wieso sollte ich. Allerdings war dies unser kleinstes Problem, so hoffte ich zumindest. „Ich habe den von Herrn Bendel. Mal schauen, ob er einen in Reserve hat."

Hm, die Post lag fein säuberlich auf dem Schuhschrank, dafür fehlte das Handy. Anscheinend gab es doch jemand, der sich kümmerte. Ich tippte auf Dr. Runge, das würde erklären, warum keiner der Briefe geöffnet war.

Neben der Eingangstür wurde ich fündig. Über dem Lichtschalter hing ein kleines Bord mit mehreren Haken, über jedem war ein kleines Schildchen befestigt, auf dem eine Nummer stand. Vierzehn, das musste es sein, die anderen beiden begannen mit einer Zwei und einer Drei - für die zweite und dritte Etage, wie ich kombinierte. Ich nahm das Bund an mich, das aus einem Wohnungs-, einem Briefkasten- und einem Haustürschlüssel bestand. Damit waren Carina und Tim relativ autark und konnten kommen und gehen, wie sie wollten.

Die beiden warteten in meiner Wohnung auf mich. Wohlige Wärme empfing mich beim Eintreten, auf dem Couchtisch standen drei Gläser und eine Flasche Wasser.

„Ich dachte, du willst bestimmt auch was trinken." Carinas Wangen verfärbten sich leicht rötlich. „Wir hatten so einen mörderischen Durst, dass wir nicht auf deine Rückkehr warten konnten."

Hatte Tim nicht mal an Wasser für unterwegs gedacht? Ich schenkte mir die Bemerkung und überreichte ihnen das Bund. „Nehmt euch besser eine Flasche mit, keine Ahnung, ob bei den Jungen noch Reserven sind."

Sie kamen meiner Aufforderung direkt nach und ich schloss aufatmend die Tür hinter ihnen. Leider hatte der dritte von mir angeschriebene Fotograf keinen einzigen Tipp für mich, stellte ich fest, als ich meine Mails checkte. Das hieß, wir mussten warten, ob sich dieser Bekannte von meinem ersten Kontakt meldete. Sonst standen wir ziemlich auf dem Schlauch.

Ein Blick auf die Uhr und ein kurzes Telefongespräch mit Philipp, ob Stefan heute Dienst hatte, danach beschloss ich, es lieber sofort bei dem Pfleger zu versuchen. Besser, ich folgte jeder nur möglichen Spur.

Ich wartete in der Nähe der Einrichtung auf sein Eintreffen. Etwa eine Minute bevor seine Schicht begann, hielt ein Auto mit quietschenden Bremsen, eine Tür klappte, ich hörte rennende Schritte.

„Stefan?", fragte ich und trat neben ihn.

„Keine Zeit, egal wer du bist und was du willst." Er hastete weiter.

Ich hielt sein Tempo mit. „Ich muss dringend mit dir reden, Es geht um Max, er ist verschwunden und, wie es scheint, in eine ziemlich heftige Geschichte verwickelt."

Meine letzten Worte ließen ihn erstarren. Fast in Zeitlupentempo drehte er sich zu mir. „Max?"

„Normalerweise dürfte ich dir das gar nicht sagen", legte ich hastig nach. „Die Polizei hat es noch nicht offiziell bekannt

157

gegeben. Es ist …" Ich tat, als suche ich nach Worten, dabei hatte ich mir meine Sätze vorher genauestens überlegt. „… kompliziert und dauert länger, alles zu erklären. Hast du während der Schicht vielleicht Zeit, mit mir zu sprechen?"

Er schluckte aufgeregt. „Ja … ich weiß nicht …", er gab sich einen Ruck. „Okay. Das klappt aber nicht vor zwölf. Wenn du so lange warten willst?"

„Kein Problem." Ich war viel zu erleichtert, als dass ich Einwände gehabt hätte.

25

Die nächsten zwei Stunden verbrachte ich in einem Imbiss in der Nähe, wo ich mir die Fragen, die ich ihm stellen wollte, zurechtlegte und mir die restliche Zeit mit kleinen, dämlichen Online-Spielen vertrieb, normalerweise nicht mein Ding. Doch ich war zu aufgeregt, um mich auf etwas Anspruchsvolleres konzentrieren zu können.

Nach einer Portion Pommes und drei nacheinander georderten Tassen Kaffee spürte ich, wie der Besitzer mich beobachtete. Klar, ich hatte nicht viel verzehrt, allerdings war der Laden so gut wie leer. Außer mir saß nur noch ein Bekannter von ihm herum, mit dem er sich lautstark unterhielt. Obwohl auf dem Schild draußen gestanden hatte, es wäre bis vierundzwanzig Uhr geöffnet, verzog ich mich lieber, setzte mich in mein Auto und stellte es auf dem Parkplatz für Besucher der Einrichtung ab. Da die kurze Fahrt nicht ausgereicht hatte, das Fahrzeuginnere ausreichend zu erwärmen, wanderte ich im Nieselregen eine gute halbe Stunde herum, bis es endlich Zeit für unser Treffen war. Völlig verfroren tappte ich zum Eingang und stellte mich vor die Tür. Ich wartete und wartete und wartete, mir schossen tausend Gedanken durch den Kopf. Was, wenn dieser Stefan weiterhin mit Max befreundet war und in diese Erpressungsgeschichte verwickelt? Hatte ich womöglich dem Falschen vertraut? Ich verfluchte mich, meine große Klappe beziehungsweise meinen blöden Drang, unbedingt bei der Verbrechensaufklärung mitspielen zu wollen. Was sollte ich tun, wenn die Tür geschlossen blieb? Bis zum nächsten Morgen hier stehen bleiben und ein Gespräch erzwingen? Oder lieber gleich Herrn Janzen anrufen und kleinlaut um Hilfe bitten?

Kurz vor halb eins tauchte ein Schatten in der schwach erhellten Eingangshalle auf. Stefan ließ mich herein und schloss hinter mir wieder ab. „Entschuldige, ich musste bei einem unserer störrischen Patienten Überzeugungsarbeit leisten." Er lachte leise. „Das liebe ich so an meinem Beruf, ich erlebe jeden Tag was Neues."

Er führte mich in ein kleines Büro und ließ die Tür offen. „Eventuell muss ich von einem auf den anderen Moment los", warnte er mich vor.

„Kein Problem", erwiderte ich und genoss dankbar die Wärme in dem Raum. Die kurze Zeit in der Kälte hatte mich fast steif gefroren.

Er betrachte mich von oben bis unten. „Du fängst an!"

Auch ich hatte die Gelegenheit genutzt, ihn mir genauer anzusehen. Schon vorhin war mir aufgefallen, dass er deutlich älter war, als ich erwartet hatte, auf dem Foto waren seine Gesichtszüge zu undeutlich, um Genaueres erkennen zu können. Ich schätzte ihn auf Anfang bis Mitte vierzig. Max war vierundzwanzig, er hätte mit etwas Glück sogar sein Vater sein können. Allerdings hielt er was auf sich, wie meine Mutter es ausdrücken würde, er hatte volles, akkurat geschnittenes dunkelblondes Haar, eine durchtrainierte Figur und seine Körperhaltung war eins A. Die braunen Augen blickten aufmerksam und freundlich, überhaupt machte er trotz seines Aussehens einen eher sanftmütigen Eindruck, ein Typ, zu dem man schnell Vertrauen fasste.

Ich verstand sein Ansinnen, zuerst von mir zu erfahren, was mich hertrieb. Im Prinzip hätte ich ja sonst wer seien können. Daher erzählte ich ihm wirklich alles, beginnend mit dem SEK-Einsatz bis zu Toms letztem Video. „Max ist bisher nicht wieder aufgetaucht", schloss ich. „Da er aber am Freitagmorgen definitiv noch gesehen wurde, vermutet die Polizei, dass er irgendwie in dieser Erpressungsgeschichte mit drinsteckt."

160

Er wirkte deutlich betroffen. Trotzdem sagte er: „Nein, bei so was hätte Max nie mitgemacht, ganz bestimmt nicht."

Ohne dass ich weiter nachfragen musste, begann er zu erzählen. Stefan hatte sich sofort zu dem Jungen hingezogen gefühlt, als er ihn kennenlernte. Er hielt sich zurück, obwohl er von Anfang an spürte, dass auch dieser ihn mochte. „Nichts auf der Arbeit anfangen, ist mein Motto. Geht die Beziehung in die Hose, kann der Job drunter leiden."

Erst nach der Beendigung von Max sozialem Jahr traf man sich privat. „Er kam ja immer seinen Bruder besuchen, da bin ich halt mal tagsüber hier aufgetaucht."

Je länger die Beziehung andauerte, desto deutlicher wurde allerdings, dass Max eigentlich einen Vaterersatz suchte. „Das war ihm selbst nicht bewusst, ist mir aber irgendwann klar geworden. Er ..." Stefan suchte nach den richtigen Worten. „... klammerte, wollte ständig meine Meinung wissen, war nicht in der Lage, irgendetwas allein zu entscheiden."

Auch mit der Berufswahl tat er sich schwer. Nach dem sozialen Jahr jobbte er und besuchte eine Abendschule, um sein Abitur nachzuholen. Stefan trieb ihn an, hörte ihn ab, gab die nötigen Impulse, damit Max durchhielt. „Er hatte so eine Art, alles laufen zu lassen, war in keiner Weise anstrengungsbereit." Stefan traten Tränen in die Augen. Er wische sie unsanft weg. „Im Endeffekt habe ich ihn da durchgetrieben. Weil er wirklich intelligent ist, aber zu blöd, es aus eigenem Antrieb zu schaffen, verstehst du?"

„Bei den Verhältnissen, aus denen er kam, kein Wunder", tastete ich mich vorsichtig vor, da er anscheinend auf eine Antwort wartete.

„Das kannst du laut sagen", er nickte heftig. „Die Mutter Alkoholikerin, drei Kinder von drei verschiedenen Männern, absolut desolate Verhältnisse - und niemand der eingriff."

Max war der Älteste, erfuhr ich. Sein Vater machte sich noch vor der Geburt davon und ward nie mehr gesehen.

161

Dann ließ die Mutter sich mit einem Flüchtling ein, von denen es früher schon etliche gab, wenn auch nicht vergleichbar mit dem Run 2015, und direkt nach einer vorhergehenden Fehlgeburt kam sein Bruder behindert zur Welt. Der Mann setzte sich umgehend ab. Kurz darauf wurde sie von ihrem neuesten Freund schwanger, ein gesundes kleines Mädchen war das Ergebnis. Ein Jahr später verschwand auch dieser Mann, worauf die Mutter komplett abstürzte. Max, damals acht, kümmerte sich rührend um die kleineren Geschwister - und das Jugendamt fand nichts am Pflegezustand der Kinder auszusetzen.

„Das Ganze kippte, als Max sich beim Schulsport ein Bein brach und von dort aus direkt in die Klinik kam", erzählte Stefan. Der komplizierte Bruch musste operiert werden und er deshalb einige Zeit streng liegen. Aus Angst um seine Geschwister vertraute er sich einer Krankenschwester an, diese informierte einen Sozialarbeiter, der veranlasste einen erneuten Besuch des Jugendamts.

Die Zustände waren so extrem, dass beide Kinder sofort in Obhut genommen wurden. Der Bruder kam in das Heim, in dem er jetzt noch wohnte, die Schwester zu einer Pflegefamilie. Selbst Max durfte nicht mehr nach Hause zurück und lebte die letzten drei Jahre bis zu seiner Volljährigkeit in einer ‚Verschlimmerungsanstalt', wie er es Stefan gegenüber ausdrückte. Die Jugendlichen, alles Kinder aus desolaten Verhältnissen, brachten sich gegenseitig die übelsten Machenschaften bei, die sie aus ihrem Umfeld aufgeschnappt hatten.

„Ein Wunder, dass er selbst nicht diesen Weg gegangen ist", kommentierte ich seinen Bericht.

„Im Endeffekt vielleicht nun doch." Er blickte mich kummervoll an. „Das vermutest du ja, richtig?"

„Im Moment sieht es so aus. Ich weiß es wirklich nicht", gab ich zu. „Deshalb bemühe ich mich, die Hintergründe rauszukriegen. Wann und woran ist eure Beziehung denn gescheitert?"

„An seiner Bedürftigkeit." Stefan holte tief Luft. „Als dann noch diese Sache mit seiner Schwester passierte, drehte er völlig ab. Ich konnte einfach nicht mehr!"

Nachdem er mir die Geschichte erzählt hatte, verspürte ich unbändige Wut auf Tim und Carina. Warum hatte keiner von beiden es für nötig gehalten, mir davon erzählt? „Weißt du, wie es dann mit ihm weiterging?"

Stefan schüttelte den Kopf. „Ich habe ihn vor einem Jahr mal in Dortmund, in der Innenstadt, getroffen. Da war ich allerdings in Begleitung und er allein. Ich habe mich echt gefreut, ihn zu sehen, und bin auf ihn zu – was ihm gar nicht recht schien. Er behauptete, schon spät dran zu sein zu einer Verabredung. Mehr als, es ginge ihm gut und das Studium laufe, erfuhr ich nicht. Ich meine, wofür gibt es schließlich Handys? Ich war schon reichlich geknickt und glaubte, er trüge mir die Trennung immer noch nach."

Es war fast zwei, als ich mich verabschiedete. Um der Müdigkeit keine Chance zu geben, öffnete ich das Fenster und drehte die Musik des Kassettenrekorders – über neuere Technik verfügte das alte Auto leider nicht - auf, auch wenn deutsche Schlager normalerweise nicht nach meinem Geschmack waren. Aber immer noch besser, als der Infosender des Radios, der selbst um diese Zeit noch Wortbeiträge brachte.

Natürlich schliefen Tim und Carina schon, als ich zu Hause ankam. Trotzdem juckte es mir in den Fingern, zu klingeln. Ich hatte eine Wut auf die junge Frau, die sich kaum unterdrücken ließ. Andererseits, was brachte es, sie mit dem Gehörten sofort zu konfrontieren? Geschehen war geschehen.

Samstag, 7. Dezember

Das Handyklingeln riss mich aus dem Schlaf. Acht Uhr! Welcher Idiot … Dann fiel mein Blick auf die unbekannte Nummer. War das etwa mein Informant?

„Hallo, Clemens mein Name. Ich hatte Nachtschicht und dachte, da ich durch die Umleitung in der Stadt eh spät nach

163

Hause gekommen bin, rufe ich Sie eben schnell noch an. Sie suchen nach stillgelegten Fabrikhallen?"

Wie sich herausstellte, war der Mann regelmäßig im Großraum Dortmund unterwegs und hatte sich buchstäblich von einem Ende der Stadt zum anderen durchgearbeitet. Aus Zeitmangel, wie er mir erklärte. Alles, was weiter weg läge, wäre ihm zu aufwendig.

„Ich kann Ihnen ein paar ad hoc nennen, für eine genaue Liste müsste ich erst mal überlegen. Im Moment sehne ich mich nach Schlaf. Normalerweise liege ich um die Zeit schon in der Falle. Und ich muss ja heute Abend auch eher los, wegen der Sperrung. Ach, das klappt schon. Ich schicke Sie Ihnen auf jeden Fall nachher noch."

„Was ist denn in der Stadt los?"

„Haben Sie noch keine Nachrichten gehört? Auf dem Weihnachtsmarkt hat es gebrannt. Der Baum ist nicht mehr und ein paar Buden soll es auch erwischt haben. Genaueres steht noch nicht fest." Ohne innezuhalten, ratterte er gleich die Objekte, an die er sich erinnerte, herunter. „Die Matratze ruft!"

Da ich mich erst um neun mit Tim und Carina verabredet hatte, schaltete ich gleich den Computer ein und suchte nach den neuesten Nachrichten aus Dortmund – was kein großer Akt war, die Schlagzeile brüllte mir förmlich entgegen: Brand auf dem Weihnachtsmarkt! Aus noch ungeklärten Gründen seien die Tannen, aus denen der Weihnachtsbaum gebildet wurde, in Flammen aufgegangen. Als die Feuerwehr erschien, hätten die Flammen bereits auf die ersten Verkaufsbuden übergegriffen. Zur Brandursache werde noch ermittelt, Anwohner in der Nähe sprächen allerdings von einem lauten Knall, der dem Feuer vorausgegangen sei. Der Markt bleibe voraussichtlich heute und morgen geschlossen. Dann folgte nur noch eine Beschreibung der wegen des Vorfalls gesperrten Straßen. Nicht mal ein Foto fand sich.

26

„Eine Bombe?" Tim sah mich mit großen Augen an.

Das war auch mein Gedanke. „Die Stadt lässt sich scheinbar nicht erpressen, jetzt haben die Typen gezeigt, dass mit ihnen nicht zu spaßen ist."

„Was bedeutet das für Tom und Kilian?" Der bange Ton in seiner Stimme war nicht zu überhören.

Das wüsste ich auch gern! „Offensichtlich wird die Bombendrohung geheim gehalten - wahrscheinlich um eine Panik in der Bevölkerung zu vermeiden. Stell dir mal vor, jeder wüsste davon, dass irgendwo in der Stadt zu irgendeinem Zeitpunkt eine Bombe hochgehen kann. Es würde sich keiner mehr raustrauen - und die Touristen blieben weg." Ich verstummte, das war nicht das, was er hören wollte. „Wäre ich an ihrer Stelle, würde ich ein neues Video drehen und dieses den Medien zukommen lassen", nahm ich einen neuen Anlauf. „Und natürlich würde ich wieder Tom als Sprecher nehmen. Einen besseren Sündenbock gibt es nicht. Die Polizei konzentriert sich voll auf ihn und Kilian, die echten Täter bleiben im Hintergrund."

Ja, mittlerweile war ich zu dem Schluss gekommen, dass Tom und Kilian tatsächlich Opfer waren, anders konnte es eigentlich nicht sein. Während meines gestrigen halbstündigen Spaziergangs hatte ich das Ganze noch einmal gründlich durchdacht, auch um auszuschließen, dass ich mich von Tim und Carina hatte mitreißen lassen und die Suche tatsächlich sinnvoll war. Nicht dass ich mich in eine völlig falsche Richtung ziehen ließ!

Das Gespräch mit Stefan hatte mich eher noch in meiner Ansicht bestärkt, sie voranzutreiben, denn endlich hatten wir einen Ansatzpunkt, zumindest etwas, was doch für diese dritte Variante, die ich anfangs viel zu schnell beiseitegeschoben hatte, sprach.

„Also denkst du, ihnen droht keine Gefahr?", fragte Tim nach.

Solange die Stadt nicht zahlte, nein. Was allerdings dann mit den beiden geschah … Ich nickte bestätigend. „Zurzeit nicht. Trotzdem sollten wir zusehen, dass wir sie so schnell wie möglich finden." Das mit Sicherheit mittlerweile eingeschaltete SEK würde nicht zimperlich vorgehen, nicht nach dem, was in der Stadt passiert war.

Ich hatte den beiden beim Frühstück zunächst von meinem gestrigen Gespräch mit Stefan erzählt, sonst hätte vermutlich keiner von ihnen auch nur einen Bissen runtergekriegt. Bevor ich sie mir vornahm, machte ich einen Bogen zu dem Gespräch mit meinem Informanten und der Nachricht vom Brand.

„Kannst du dich erinnern, dass ich dich fragte, ob sonst noch etwas Aufregendes im Leben von Tom oder deinem Bruder passiert ist?", fragte ich Carina anschließend.

Sie zog die Stirn kraus. „Ja, und?"

„Es wäre äußerst hilfreich gewesen von dieser Hetzjagd zu erfahren." Ich setzte die Worte in imaginäre Anführungsstriche.

Sie wurde über und über rot. „Ach, das. Das ist Jahre her. Außerdem war das alles ganz anders. Tom hat das geklärt."

„Und wie?", hakte ich nach, obwohl ich die Antwort bereits wusste.

„Ein YouTube-Film", flüsterte sie leise, bevor sie zum Gegenangriff überging. „Und was soll das mit diesem Max zu tun haben? Der stammt bewiesenermaßen aus Dortmund. Diese sogenannte Verfolgungsjagd spielte sich damals in Bayern ab."

Tim sah von einem zum anderen. „Worüber redet ihr?"

Offensichtlich war er nicht informiert. „Willst du oder soll ich? Ach, besser du, du kennst bestimmt sämtliche Einzelheiten", forderte ich Carina auf.

Sie funkelte mich wütend an. „Das war vor drei Jahren. Kilian und Tom waren mit der Klasse in einer Jugendherberge in Bayern. Kilian ging mit zwei anderen Klassenkameraden zusammen in die Stadt. Direkt vor ihnen wurde einer Oma die Handtasche entrissen, von zwei Mädchen. Nein, die kämpften richtig darum, bis sie hinfiel. Dann waren die Jungen schon bei ihr, einer kümmerte sich um sie, die anderen beiden nahmen die Verfolgung auf. Kilian rannte hinter der Jugendlichen mit der Tasche her, hätte sie beinahe geschnappt. Im letzten Moment springt die einfach auf die Straße, so eine viel befahrene Durchgangsstraße war das, direkt vor einen Lastwagen. Sie ist direkt an der Unfallstelle gestorben."

„Und wieso soll das eine Hetzjagd gewesen sein?", wunderte sich Tim.

„Weil die fünfzehnjährige Täterin eine Schwarze beziehungsweise ein Mischling gewesen ist", übernahm ich. „Die Presse stellte es so dar, als habe Kilian sie in den Tod getrieben. So nach dem Motto: Wie weit darf eine Verfolgungsjagd gehen?"

„Was absoluter Scheiß ist!", fauchte Carina. „Der war schon fertig genug darüber, wie es endete. Ich meine, wie soll man denn ahnen, dass jemand so reagiert?"

„Hat Tom mir nie von erzählt", wunderte sich Tim.

„Du warst gerade erst mit deiner neuen Arbeit angefangen, außerdem hatte er selbst eigentlich nichts damit zu tun. Er regte sich halt über die unfaire Darstellung auf. Die Idee mit dem Film kam später, weil es einige Klassenkameraden gab, die Kilian auf einmal mieden und ihn überall schlecht machten. Tom drehte den Film, um diese blöden Heinis aufzuklären - und auch alle andern, die damals Kilians Verurteilung forderten."

167

„Die Jugendliche war eine bekannte Intensivtäterin", stellte ich fest. „Das wahre Opfer, die alte Frau, erlitt einen Oberschenkelhalsbruch und musste anschließend in ein Pflegeheim. Ob das Mädchen dachte, sie schafft es über die Straße, oder ob sie den LKW übersah, weiß keiner der Zeugen. Tatsache ist, sie war schon öfter bei der Flucht durch riskante Manöver aufgefallen, bisher hatte sie immer Erfolg damit." Selbst für Stefan war die Sachlage klar, nur Max konnte sich mit ihrem Tod nicht abfinden und gab natürlich Kilian die Schuld, und später auch Tom, weil er diesen Film drehte, um seinen Freund reinzuwaschen.

„Und was hat das jetzt mit Max zu tun?", gab sich Carina immer noch aggressiv.

„Bei dem Mädchen handelte es sich um seine Halbschwester. Die beiden hatten verschiedene Väter. Du siehst, manchmal gibt es Verbindungen, an die du im Traum nicht denkst."

„Deswegen wurden Kilian und Tom entführt?" Carina wurde mit jedem Wort kleinlauter.

„Nein, sein ehemaliger Freund meint, vielleicht hat ihn irgendeiner mit dieser Geschichte geködert, damit er mitspielt." Max sei eher der Leider gewesen, hatte er gesagt. Einer, der sich verkriecht und sich in seinem Elend suhlt. Irgendwann habe er, Stefan, es nicht mehr ertragen, ihn jeden Tag aufrichten zu müssen. Nichts, was er anbot, half. Und eine Therapie zu machen, wies Max weit von sich. Er litt lieber weiter und ließ jeden in seiner näheren Umgebung daran teilhaben.

„Komisch, die von der Uni schildern ihn ganz anders", bemerkte Tim, nachdem ich ihnen den Grund der Trennung genannt hatte.

Ja, das war mir auch aufgestoßen. Wie konnte sich jemand so verändern?

„Es gibt so Typen", widersprach ausgerechnet Carina. „Die zeigen nach außen hin ein anderes Gesicht. Nur die nächsten Angehörigen dürfen wissen, wie sie wirklich fühlen."

168

Das könnte tatsächlich eine Erklärung sein.

„Es tut mir leid." Sie sah mich bittend an. „Ich hätte nie gedacht …"

„Viel gebracht hätte es eh nicht." Tim winkte großzügig ab. „Wir hätten zwar das Motiv gekannt, mehr aber auch nicht." Ich gab ihm insgeheim recht. Die Polizei, die Max Leben garantiert akribisch beleuchtet hatte, war mit diesem Wissen dem Täter genauso wenig auf die Spur gekommen. Trotzdem war es ein Unding, Derartiges zu verschweigen, wenn man versuchte gemeinsam zu ermitteln. „Gibt es sonst was, was du uns vorenthältst?", frage ich deshalb nach.

„Nein, dieser Film war eine einmalige Sache", versicherte sie eilig. „Und Tom hat fast nur Zuspruch dafür bekommen."

Ich setzte mich an den Rechner, um die Objekte, die Herr Clemens mir genannt hatte, zu recherchieren. Blöderweise waren sie über das gesamte Stadtgebiet verstreut, wir würden kreuz und quer herumfahren müssen.

„Ich übernehme es, mich über jedes der Gebäude zu informieren", bot Carina an, die hinter mir stand. „Dann könnt ihr gleich los. Wenn du damit einverstanden bist, dass ich allein in deiner Wohnung bleibe", setzte sie hinzu. „Kilians Computer ist ja auch weg. Und mit dem Handy ist es mir zu mühsam."

Ich merkte auf. „Was ist mit seinem Film-Equipment?"

Sie stutzte. „Jetzt, wo du es sagst. Das ist auch verschwunden."

„Meinst du, die Entführer haben sich das alles an Land gezogen?", zog Tim die Verbindung, die mir auch in den Sinn gekommen war.

„Wäre durchaus möglich." Was vermutlich hieß, die hatten von der Technik kaum Ahnung, sondern nutzten Kilians Programme, die er auf dem Rechner hatte. Damit hatte sich mein Ausflug zu den ITlern wohl erledigt.

Wir ließen Carina am Computer zurück, setzten uns ins Auto und nahmen den Weg zu einer leerstehenden Fabrikhalle, die uns am interessantesten erschienen war.

„Sie bleibt freiwillig hier?", wunderte ich mich, kaum dass wir aus dem Hof heraus waren. „Kleines Zwischentief?"

„Nee, liegt wohl eher daran, dass gleich einer kommt, um die Tür zu reparieren", grinste Tim. „Den Schlüssel hätten wir gar nicht gebraucht. Das Schloss ist so was von zerstört. Wir haben für die Nacht einen Stuhl unter die Klinke geklemmt, nur für alle Fälle. Im Prinzip kann im Moment jeder rein, der will."

Ups, Gedankenfehler meinerseits!

„Carina fand glücklicherweise jemand, der gleich rauskommt. Bis wir zurück sind, dürfte sich das Problem erledigt haben."

„Irre ich mich oder gehen ihre Gefühle für Tom tiefer?", stelle ich die Frage, die mir schon länger auf der Seele brannte.

Er prustete los. „Die ist total verknallt in den, nur der Trottel merkt es nicht."

Sein Bruder war im selben Jahr sitzengeblieben wie Carina, erfuhr ich. So kam er zu Kilian in die Klasse und sie selbst in eine Stufe darunter. Die Freundschaft der Jungen entstand durch den Angriff der Medien, hatte uns das Mädchen erzählt. Die Klassenfahrt fand ein paar Wochen nach Schuljahresbeginn statt. Während sich viele der Klassenkameraden von Kilian zurückzogen oder ihn sogar offen anfeindeten, ergriff Tom sofort seine Partei. Schon bei der Arbeit zu dem Video hatten sie sich angefreundet und seien wohl anschließend zu richtigen Buddys geworden, wie Tim es spöttisch ausdrückte. Sie hingen ständig zusammen ab, daher wäre es klar, dass Kilian sich auch an Toms nächstem Projekt beteiligte.

„Die Eltern sind klasse", sagte er, bevor ich nachfragen konnte. „Die sind laut Tom mit dem Projekt voll einverstanden gewesen. Eigentlich haben die sie meist einfach machen lassen. Aber du hast halt gemerkt, die zeigten Interesse, wollten wissen, was lief, haben im Vorfeld mit den beiden diskutiert, wenn die das wollten, und sich jeden neuen Beitrag sofort angeschaut." Er verstummte abrupt.

Mir war natürlich klar, weswegen. Wenn er da an seine Mutter und den Stiefvater dachte. Dass Carina ein gutes Verhältnis zu ihrer Mutter hatte, war mir bereits aufgefallen. Die riefen sich mindestens einmal am Tag an. Wobei Carina ihr nicht unbedingt alles erzählte, was wir unternahmen, sie wohl auch gar nicht wissen wollte, sondern Vertrauen zu ihrer Tochter hatte. Immerhin schienen die Eltern nicht mal protestiert zu haben, als diese sich nach Dortmund aufmachte. Und sie hatten anscheinend vollstes Verständnis, dass ihre Sorge Carina zu diesem Schritt trieb.

Vielleicht war das auch der Grund, warum sie mit meiner Mutter so gut klarkam. Die tickte ähnlich und hatte mir ebenfalls immer genügend Freiraum gelassen, mich zu entfalten. Was nicht unbedingt selbstverständlich war, wie man an Tim und Tom sehen konnte. Ja, man wusste oft erst, wie gut es einem selbst ergangen war, wenn man das Elend der anderen sah.

27

Wir beschlossen, uns zuerst eine Lagerhalle anzuschauen, die Herr Clemens vor drei Jahren entdeckt hatte, da sie direkt auf dem Weg zu dem interessanteren Objekt lag. Man konnte ja nie wissen!

Dieses Mal fuhr ich weiter und parkte hinter der nächsten Biegung. Dann schlenderten wir langsam, wie harmlose Spaziergänger, mit einigem Abstand daran vorbei.

„Sieht nicht gerade einladend aus." Tim nickte zu dem eingezäunten Grundstück hinüber, das völlig verwahrlost wirkte. Überall lagen oder standen irgendwelche Metallteile, das Ganze sah eher aus wie ein Schrottplatz.

„Die Halle ist gut erhalten", widersprach ich. „Als würde sie weiterhin genutzt." Klar, die sauberste war sie nicht, hatte überall Patina angesetzt und das Dach sah aus, als wäre es begrünt worden. Dabei lag bloß eine dicke Moosschicht darauf.

„Komm, lass uns näher rangehen!" Er wartete nicht, sondern sprang in das Feld und rannte in vollem Lauf auf den Zaun zu.

Ich folgte wesentlich langsamer und ließ dabei meinen Blick wandern, ob ich irgendetwas Ungewöhnliches bemerkte. Innerlich kochte ich. Sah so eine vorsichtige Herangehensweise aus? Oder hatte er mir eben überhaupt nicht zugehört?

Tim stand mittlerweile vor dem Maschenzaundraht, ein ungewöhnlich gut erhaltener, wie ich feststellte. Er griff danach und prüfte dessen Festigkeit. „Hier könnte ich …" Weiter kam er nicht. Zwei riesige Hunde sprangen kläffend hinter einer riesigen verformten Metallplatte hervor und stellten sich drohend vor ihn. Gut, dass der Zaun dazwischen war!

Tim stolperte rückwärts. „Die haben Hunde."

„Ja, habe ich auch schon bemerkt."

Die beiden gebärdeten sich zunehmend aggressiv, einer setzte an, gegen den Zaun zu springen.

„Komm, Rückzug", bestimmte ich. Sollten unsere zwei Gesuchten hier gefangen gehalten werden, waren ihre Entführer garantiert schon auf uns aufmerksam geworden.

„Was für ein Mist!", schimpfte Tim.

Am Auto angelangt nahm ich ihn mir noch einmal vor. „Das Ganze war total sinn- und zwecklos. So erreichen wir gar nichts."

„Wie hätte ich denn ahnen können, dass da Hunde sind!", protestierte er.

„Was, wenn sie die Gefangenen bewachen sollen?" Ich unterdrückte mit Mühe meine Wut. Noch dämlicher hätte er wirklich nicht vorgehen können.

Er fiel in sich zusammen. „Meinst du wirklich?"

„Nein, ich denke eher, die dienen als Abschreckung gegen Diebe", gab ich zu. „Der Platz vor der Halle ist voller Schrott. Das dürfte einiges wert sein. Das Gelände wird schon länger wieder genutzt. Hier sind wir falsch."

„Das nächste Mal renne ich nicht kopflos drauflos", versprach er, als wir uns wieder ins Auto setzten.

Das nächste Objekt, etwa fünf Kilometer entfernt, sah vielversprechender aus. Von Wiesen umgeben lag die Halle mitten im Nirgendwo. Bis auf ein Fenster waren alle Scheiben noch intakt, die Türen wirkten relativ massiv, von Verfall war nicht viel zu bemerken, außer dass der geteerte Vorplatz von Unrat und Blätterhaufen übersät war.

„Wie gehen wir vor?", wisperte mir Tim zu, der sich dicht neben mir hielt.

Tja, gute Frage. „Wir umrunden das Areal erst einmal weiträumig und gucken, ob irgendwo ein Auto geparkt ist", bestimmte ich. Das erschien mir als die vernünftigste Lösung. Wir stiefelten einmal in einem großen Bogen um das Gelände herum. Nichts deutete darauf hin, dass sich jemand dort aufhielt. Wir begegneten nicht mal einem Spaziergänger. Und die nächsten Häuser waren außer Sichtweite, es wäre das ideale Versteck gewesen.

„Wir gehen hin", sagte ich, nachdem wir unseren Ausgangspunkt wieder erreicht hatten. „Halte nach Kameras und Bewegungen hinter den Fenstern Ausschau." Einen Zaun oder andere Absperrungen gab es dieses Mal nicht. Allerdings war der schmale Zufahrtsweg in einem miserablen Zustand, überall tiefe Löcher und Furchen, sodass man kaum mit dem Auto vorfahren konnte.

Wir erreichten unbehelligt das Gebäude. Tim stellte sich auf die Zehenspitzen und versuchte, durch das dreckverschmierte Fenster ins Innere zu blicken. Nun erst wurde deutlich, dass die Wellblechhalle wohl schon länger leer stand. Die Wände starrten vor Dreck, die Scheiben waren blind von Anhaftungen, der Boden verschlammt. Ich drückte probeweise die Klinke der Tür, die in das große Tor eingelassen war - natürlich abgesperrt.

„Wir probieren es auf der Rückseite." Vorn befand sich die Schlagwetterseite, vielleicht konnte man durch eines der hinteren Fenster mehr erkennen.

Dort angelangt kramte ich ein unbenutztes Tempo aus der Tasche, befeuchtete es mit Spucke und wischte an der verschmutzten Scheibe herum, bis ich ein vernünftiges Guckloch freigelegt hatte. Dann nahm ich die Taschenlampe, die Carina mir überlassen hatte und leuchtete hinein.

„Darf ich fragen, was Sie da machen?", ertönte plötzlich eine Stimme hinter mir.

Nach diesem Reinfall folgte gleich der nächste. Das Objekt entpuppte sich als skelettartiges Überbleibsel in fortgeschrittenem Verfall, durch das der Wind pfiff und dessen

Inneres einer wahren Matschlandschaft glich. Wir mussten nicht einmal hineingehen, um uns genauer umzusehen — wäre vermutlich auch viel zu gefährlich gewesen.

Das letzte, das wir auf unserer Liste hatten, schien eigentlich ideal. Schon als wir ausstiegen, hörten wir das Rauschen der nahen Autobahn, hinter der Fabrikhalle, dieses Mal aus Stein, befanden sich Wiesen und Felder, die Gebäude daneben lagen in einigem Abstand, ebenfalls umgeben von großen Außenflächen. Der rundumlaufende Metallzaun wirkte stabil und war nahezu rostfrei.

Tja und dann entdeckten wir das nicht zu übersehende Schild eines Maklers. „Die suchen nach einem Käufer", Tim drehte sich enttäuscht um. „Das würde sich keiner antun, der was zu verbergen hat. Das Ding sieht so gut aus, die können sich bestimmt nicht retten vor Interessenten."

Trotzdem googelte ich zurück am Auto vorsichtshalber die Maklerfirma und kontrollierte, ob das Objekt tatsächlich von denen angepriesen wurde. Man konnte ja nie wissen. Immerhin würde so niemand auf ein ständiges Kommen und Gehen achten beziehungsweise voraussetzen, dass es sich um einen Interessenten handelte.

In diesem Fall war mein Argwohn fehl am Platz. Ich fand die Halle unter den Kaufangeboten.

„Was essen?" Tim grinste schief. „Eigentlich hätten wir uns gleich nach dem Schreck mit dem Blockwart vorhin eine Pause verdient."

Der ältere Mann, der so plötzlich aus dem Nichts auftauchte und uns zur Rede stellte, hatte uns erklärt, dass seit einiger Zeit eine Gruppe Jugendlicher ständig dort abhing und sich anscheinend häuslich niederlassen wollte. Die hätten die erste Tür aufgebrochen und im Inneren ihre Partys gefeiert, bis einige Nachbarn wegen des Lärms die Polizei riefen. Danach sei er von dem Eigentümer gebeten worden, ein Auge auf seinen Besitz zu halten. Der pendle im Moment zwischen Spanien und Deutschland hin und her und wisse wohl selbst nicht, ob er bleiben oder wegziehen wolle - die Liebe halt.

Bevor ich mich äußern konnte, griff Tim schon zum Handy. „Wieder nichts", vermeldete er an Carina, die uns dermaßen mit Anrufen verfolgt hatte, dass wir ihr schließlich anboten, ihr nach jeder Erkundung Bescheid zu geben.

„Ich habe drei neue Objekte für euch rausgesucht. Schreibst du bitte mit?" Sie dachte gar nicht daran aufzugeben, sondern trieb uns unerbittlich vorwärts.

Tim verzog das Gesicht, gehorchte aber. „Ich muss die Adressen jetzt in meine Navi-Software eingeben, Alex ist schon losgefahren", verkündete er anschließend, obwohl wir noch auf dem Parkplatz standen. „Bis später." Und an mich gewandt: „Wollen wir nicht vorher was essen? Ich dachte an einen Döner. Den könnten wir auf die Schnelle im Auto essen. Ich lad dich ein."

Nun ja, so lange lag unser Frühstück nicht zurück, auch wenn wir bei dem letzten Objekt viel Zeit verplempert hatten, weil wir uns einmal über die B1 stauen mussten.

Ich warf einen Blick auf die neuen Daten. „Die liegen alle relativ nahe beieinander. Lass uns dort in der Nähe einen Imbiss suchen." Wieder fuhr ich auf die Schnellstraße auf, nur jetzt in die andere Richtung, und bog in der Nähe des Flughafens ab, erneut ein Gebiet mit vielen Feldern und Wiesen. Selbst ich als alteingesessener Dortmunder hatte nicht gewusst, dass es noch dermaßen viel Grün um uns herum gab.

Seine Navisoftware lotste uns in ein Gewerbegebiet. Ganz am Rand stand eine eindeutig verlassene Halle. Das Gelände hinter dem Maschendrahtzaun war komplett leergeräumt, allerdings standen zwei Autos auf den eingezeichneten Parkplätzen.

„Hm", Tim verdrehte den Hals, um das Objekt weiter im Auge zu behalten, als ich langsam daran vorbeifuhr.

Ich wendete und nahm den Weg ein zweites Mal.

„Nichts zu erkennen. Was machen wir?"

Ich hielt auf das nächststehende Gebäude zu und stellte den Wagen so hin, dass wir einen guten Blick auf das entsprechende Grundstück hatten. „Warten, ob und was sich tut."

Fast eine halbe Stunde hielten wir Wache. Dann klingelte mein Handy, Herr Clemens. „Hallo, Herr Grahl, ich habe die Liste fertig und an ihre E-Mail-Adresse geschickt. Ob die alle noch existieren, kann ich Ihnen nicht garantieren. Wir sprechen von einem Zeitraum von fast zehn Jahren. Da wird sich an einigen Stellen bestimmt längst was getan haben."

„Trotzdem, danke. So habe ich wenigstens Anhaltspunkte, wo ich suchen kann."

„Ich hoffe, Sie haben Erfolg."

Kaum hatte ich das Gespräch beendet, öffnete sich die kleine Nebentür und zwei Männer traten heraus. Der eine schloss sorgfältig hinter sich ab, der andere stiefelte bereits zu seinem Auto, einem großen Kombi mit getönten Scheiben. Ohne sich ein weiteres Wort zu gönnen, stiegen beide ein. Der mit dem Schlüssel hielt direkt vor dem Tor, öffnete es und schloss auch hier anschließend sorgfältig ab. Sein Auto, ebenfalls ein Kombi, war eindeutig nicht mehr das neueste und übersäht mit Schlammspritzern. Vorsichtshalber schrieb ich mir beide Kennzeichen auf.

Tim sah aufmerksam in den Rückspiegel, als er an uns vorbei rauschte. „Seltsam, oder?"

„Auf jeden Fall eine Überprüfung wert", pflichtete ich ihm bei.

Wir kletterten aus dem Auto und machten uns zu Fuß auf den Weg. Außer uns schien sich niemand in der Nähe zu befinden, nirgendwo wurde gearbeitet.

„Alles normale Firmen mit Arbeitszeiten von montags bis freitags", vermutete Tim. „Am Anfang der Straße, da war noch in einigen Hallen was los. Vielleicht fahren die Sonderschichten oder sind tatsächlich sieben Tage die Woche beschäftigt."

Erst direkt vor dem Tor entdeckten wir, dass rundumlaufend ein dünner Stacheldraht das Überklettern unmöglich machte. Wir sahen uns stumm an, keiner wusste, ob wir es trotzdem wagen sollten. Schließlich zuckte Tim mit den Schultern und pellte sich aus seiner dicken Daunenjacke. „Sei's drum. Egal, wenn sie drauf geht." Schon sein erster Wurf saß. Behänder als ich es ihm zugetraut hätte, kletterte er hoch, drückte die Jacke fest und schwang sich hinüber. Ich stellte mich wesentlich ungeschickter an. „Komm!"

Wir überquerten fast rennend den großen Platz und verschwanden um die nächste Ecke. Das große Tor war bestimmt ebenso gut verschlossen wie die kleine Tür, mal sehen, ob es hinten raus Fenster gab, durch die wir hineinblicken konnten.

Fehlanzeige, die waren wir die vorderen dicht mit Packpapier abgeklebt.

„Scheiße!", fluchte Tim. Er schloss die Augen und lauschte. „Wenn man sich konzentriert, kann man ganz schwach die Autobahn hören. Meinst du, wir sind hier richtig?"

„Zu verbergen haben die was", war ich mir sicher. „Die sahen nicht aus wie Arbeiter, auch nicht wie Chefs. Und schon gar nicht wie Makler und Interessent."

28

Bei einem Döner im Vorort Wickede diskutierten wir unser weiteres Vorgehen. Tim wollte unbedingt wieder zurück und sich irgendwie Einlass verschaffen, ich war strikt dagegen. Auch wenn mir die Sache echt seltsam vorkam, es konnte eine einleuchtende Erklärung geben – und damit hätten wir einen Einbruch begangen.

„Es hilft alles nichts. Ich rufe am Montag Kriminalkommissar Janzen an und bitte ihn, die Halle zu überprüfen. Das ist der beste Weg."

„Nein", widersprach Tim. „Das sind noch fast zwei Tage. Ich habe eine bessere Idee." Er sprang auf und rannte geradezu aus dem Laden.

Als ich ihm langsamer folgte, stand er schon am Auto und studierte irgendetwas auf seinem Handy. „Weißt du, wo die nächste erreichbare Telefonzelle ist?" Er hielt mir das Display unter die Nase. „Sind ja nicht unbedingt viele."

„Um diese Zeit mindestens eine gute halbe Stunde Fahrt." Die, die am besten erreichbar war, lag in der Nähe der Uni, behauptete zumindest Google. Ich muss ehrlich gestehen, dass ich im Zeitalter der Handys nicht mehr darauf achtete, wo und ob überhaupt mir diese Möglichkeiten offenstanden.

„Scheiß drauf!" Er zog an der Autotür, dabei hatte ich diese noch gar nicht geöffnet.

Kaum war ich losgefahren, rief er Carina an. „Nichts, nichts und wieder nichts", behauptete er mit leidender Stimme. „Wir gehen kurz was essen und machen danach weiter."

Ihre Antwort konnte ich nicht verstehen, doch Tims Erwiderung klärte mich auf. „Wir haben noch ein Objekt in der Nähe. Ich sag dir eh Bescheid, wie es gelaufen ist. – Sie hat aufs Blaue recherchiert und meint, sie hätte noch was für uns. Kann sie uns später mitteilen, zuerst informieren wir die Bullen."

„Und wie willst du das anstellen?", fragte ich, während ich bereits die Route in meine Navigationssoftware eingab, die zwar nicht so gut wie Tims war, aber für diesen Weg garantiert ausreichte.

Er grinste. „Ich behaupte, ich hätte da laute Schreie gehört. Darauf müssen die reagieren."

Ich war skeptischer. „Und da rufst du nicht direkt mit dem Handy an?"

„Ich geb zu, ich wollt da 'nen Bruch machen", sagte er mit verstellter Stimme. „Auf einmal hör ich diese Schreie. Klang, als ob da einer um Hilfe ruft."

Und von mir erwartete er sicher, dass ich schleunigst zurückfuhr, damit wir alles Weitere aus der Nähe beobachten konnten. Hoffentlich verrechnete er sich nicht!

Mein Navi führte uns einen ganz anderen Weg. Auf halber Strecke entdeckte ich einen bekannten Straßennamen. Kurzerhand setzte ich den Blinker und bog ab. „Hier soll sich auch ein Objekt befinden", erklärte ich Tim. „Das nehmen wir eben noch mit. Ist vielleicht auch vernünftiger, erst bei der Polizei anzurufen, wenn es dunkel ist. Das wirkt authentischer."

Er protestierte nicht, sondern fügte sich in sein Schicksal.

Man hatte den Eindruck, die Straße führe direkt durch die Felder hindurch, im Sommer bestimmt ein beeindruckendes Erlebnis, wenn die Pflanzen hochstanden und man nichts als Grün sah.

„Da drüben!" Tim wies auf einen schmalen Feldweg.

„Bist du dir sicher?"

„Zumindest ist da was, weiter hinten. Am Rand des kleinen Wäldchens."

Ich bog nach links in einen Feldweg ab und holperte bis zu seinem Ende. Die Scheune war eindeutig baufällig, das Tor hing schief in den Angeln, auch die Wände und das Dach hatten sich geneigt.

„Eine Scheune?" Das passte überhaupt nicht.

„Wenn du drinnen bist, merkst du keinen Unterschied", behauptete Tim. „Alles andere stimmt: die Autobahngeräusche, die Wiesen, die Lage. Lass uns wenigstens einen Blick reinwerfen. Du wolltest das Objekt ja unbedingt kontrollieren."

Nein, wir waren eindeutig an der falschen Adresse. Andererseits – jetzt standen wir schon direkt davor. Ich stieg aus und trat einige Schritte näher heran. Vertrauenserweckend sah das Ganze nicht aus, eher so, als würde ein Windhauch ausreichen, die Scheune zum Einsturz zu bringen.

„Traust du dich nun rein oder nicht?" Tim stiefelte einfach los. „Vielleicht ist sie stabiler, als sie aussieht. Es wäre zumindest das ideale Versteck."

Widerstrebend schloss ich zu ihm auf. Tim wagte es nicht, das schiefe Tor zu öffnen, stattdessen drückte er vorsichtig die Klinke der kleinen Tür hinunter, die darin eingearbeitet war. Wider Erwarten ließ sie sich mühelos aufziehen.

Tiefe Dunkelheit empfing uns. Wir verhielten auf der Schwelle und lauschten. Kein Laut, nur der Geruch, der uns entgegenströmte, war seltsam. Es roch irgendwie faulig, als wäre etwas Größeres am Verrotten. Ich zögerte, dann gab ich mir einen Ruck. Ein schneller Blick würde bestimmt ausreichen.

Der Strahl unserer Taschenlampe huschte über den Boden, ein paar Krümel Stroh, hereingewehte Blätter, ansonsten war nichts zu sehen. Allerdings war das Innere größer als gedacht, die Ränder und vor allem der hintere Bereich befanden sich im Dunkeln. Ich wagte mich einige Schritte vor, Tim hielt sich dicht neben mir. Etwa in der Mitte machte ich einen langsamen Schwenk mit der Lampe.

„Da!" Ich hatte es im selben Moment wie er entdeckt. Jemand hatte ein Lager aus Stroh zusammengetragen, ich konnte eine zusammengeknüllte Decke erkennen, eine Plastiktüte und – ein regungsloser Körper lag dort.

„Tom!" Tim rannte los.

Ich folgte ihm langsam, mit einem mulmigen Gefühl im Bauch. Der ekelhafte, leicht süßliche Geruch erinnerte mich an …

„Oh, Scheiße!" Tim war knapp vor dem Strohhaufen abrupt stehen geblieben und starrte auf die Gestalt. „Das ist …" Er würgte, wandte sich um und rannte an mir vorbei nach draußen.

Ich ahnte, was ich vorfinden würde, und zwang mich vorwärts. Das, was da zusammengekrümmt ruhte, musste vor Monaten ein lebendiger atmender Mensch gewesen sein. Die Verwesung war derart weit fortgeschritten, dass man kaum noch Einzelheiten erkennen konnte.

Auch mein Magen begann zu revoltieren, ich drehte um und nahm denselben Weg wie Tim. Ich schaffte es bis zu den Büschen an der Seite, bevor ich mir im wahrsten Sinne des Wortes die Seele aus dem Leib kotzte. Das Würgen nahm kein Ende. Immer, wenn ich dachte, ich hätte es überstanden, trat mir wieder das Bild der Leiche vor Augen und mein Magen krampfte, obwohl ich schon den gesamten Inhalt von mir gegeben hatte.

„Ich glaub, ich kipp um", ächzte Tim, dem es ähnlich wie mir erging.

Dieser Spruch riss mich aus meinem Elend. Das fehlte noch!

Er war leichenblass und schwankte. Ohne auf den Matsch am Boden Rücksicht zu nehmen, drückte ich ihn in eine liegende Position und hob seine Beine an. Gleichzeitig tastete ich nach meinem Handy, um die Polizei zu informieren.

Bis ich denen die Sachlage vernünftig erklärt hatte, besserte sich Tims Zustand deutlich. Er begann zu zittern und versuchte seine Beine aus meinem Griff zu lösen. Ich ließ sie vorsichtig ab. „Bleib liegen. Steh nicht sofort auf", warnte ich ihn.

„Das … das ist nicht …" Er getraute sich nicht, das Vermutete auszusprechen.

„Nein, garantiert nicht. Die Person dort drin ist schon länger tot, eindeutig."

Er stieß einen Stoßseufzer aus. „Schrecklich, dass ich erleichtert bin", klagte er. „Das war so ein Schock. Ich meine, wer hätte denn damit gerechnet?"

Wir zwei Vollidioten sowieso nicht. Dabei bestand durchaus die Gefahr, dass wir auf einen toten Tom und einen toten Kilian stießen, wenn wir unsere Erkundung fortsetzten. Wer sagte denn, dass die Erpresser sich ihrer nicht längst entledigt hatten? Und was war geeigneter, als der Ort, an dem man sie versteckt gehalten hatte?

Blöderweise kam Tim der gleiche Gedanke. Ich log wohl recht überzeugend, dass ich daran nicht glaubte, denn er entspannte sich etwas. „Die nutzen die beiden, um ihre Botschaft der Allgemeinheit mitzuteilen", behauptete ich. „Ich müsste mich schwer täuschen, wenn sie nicht ein weiteres Video planen." Es sei denn, die Stadtoberen hatten nach der Bombe auf dem Weihnachtsmarkt sofort ihre Zahlungsbereitschaft signalisiert. Aber daran glaubte ich nicht. Politiker sind nicht in der Lage, eine schnelle Entscheidung zu treffen. Darüber muss zuerst langanhaltend diskutiert werden.

Als die Polizei eintraf, saßen wir in einiger Entfernung auf größeren Steinen und hatten unsere Aussagen aufeinander abgestimmt. Wir würden die Wahrheit sagen, hatten wir beschlossen. Dass wir auf der Suche nach den vermissten Studenten waren und deshalb leerstehende Gebäude kontrollierten, weil wir von einer Entführung ausgingen. Natürlich hätten wir uns bemüht, keinen Hausfriedensbruch zu begehen, sondern meist nur von außen die Lage gecheckt, um, falls wir irgendetwas Merkwürdiges entdeckten, die zuständigen Ermittler zu informieren.

Bei diesem hier sei uns durch das halb offen stehende Tor sofort der Geruch aufgefallen, nur deshalb seien wir eingetreten. Wir hätten ja schließlich nicht deswegen gleich die Polizei informieren können.

Die beiden Beamten, die merkten, dass wir immer noch geschockt von unserem Leichenfund waren, nahmen unsere Personalien auf und beließen es bei einer Ermahnung.

„Da wäre noch etwas", sagte ich schnell, bevor Tim mir einen Strich durch die Rechnung machen konnte. Ich berichtete von der Halle mit den abgeklebten Fenstern und den beiden Männern, die so sorgfältig hinter sich abgeschlossen hatten. „Könnten Sie das Gebäude auch überprüfen? Irgendetwas stimmte da nicht. Das sah aus wie ein Geheimtreffen."

Der Streifenpolizist zögerte, klar, war bestimmt nicht sein Bezirk.

„Oder soll ich mich lieber direkt an die Kripo wenden?", legte ich nach.

„Nein, wir kümmern uns darum", beruhigte mich sein Kollege und ging tatsächlich gleich zu seinem Wagen, um alles Nötige in die Wege zu leiten, wie er erklärte.

Tim schien mit meiner Aktion einverstanden. „Für heute habe ich die Schnauze gestrichen voll." Er kickte mit Wucht einen Stein zur Seite. „Heute läuft gar nichts mehr."

Und dieser Geruch! Als hätte er sich in den Kleidern festgesetzt. „Nach Hause, Klamotten in die Waschmaschine und ab unter die Dusche", stimmte ich ihm zu. Und auch am Sonntag würden wir uns garantiert nicht wieder auf die Suche machen, setzte ich in Gedanken hinzu. Die Polizei hatte viel bessere Möglichkeiten als wir. Mussten wir die eben so lange nerven, bis sie die restlichen Objekte überprüfte.

29

Carina zeigte sich ungefähr dreißig Minuten beeindruckt von unserem Bericht und gab mitfühlende Laute von sich. Wir hatten uns beide zuallererst die Kleidung vom Leib gerissen und waren unter die Dusche gesprungen - jeder bei sich natürlich - und hatten uns von oben bis unten eingeseift. Die Klamotten drehten sich in meiner Waschmaschine, als wir endlich gesäubert und nach Frische duftend bei mir zusammentrafen. Meine Geruchszellen behaupteten trotzdem weiterhin hartnäckig, es stinke nach Fäulnis.

Tim schien ähnlich zu empfinden, denn er hielt sich wie ich an Wasser, anstatt von dem Nudeleintopf, den Carina aus Kilians und Toms Resten fabriziert hatte, zu essen. Allein der Duft aus der Auflaufform trieb mir den Schweiß auf die Stirn.

„Ich bringe die Nudeln rüber. Sonst liege ich gleich unter dem Tisch." Ohne eine weitere Erklärung stand Tim auf und verschwand mit der Schüssel nach nebenan.

Carina sah ihm schweigend mit hochgezogenen Augenbrauen hinterher.

„Dir würde es ähnlich gehen, wenn du eine fast verweste Leiche gefunden hättest", konnte ich mir nicht verkneifen zu bemerken.

„Ich kann verstehen, dass ihr heute nicht mehr raus wollt", nickte sie, sich verständnisvoll gebend. Dabei war offensichtlich, dass sie uns liebend gern erneut hinausgetrieben hätte.

„Wie viele Gebäude stehen auf unserer Liste?", fragte ich, um sie abzulenken. Sie hatte diese während unseres Berichts bereits ausgedruckt.

„Dreiundsechzig." Sie seufzte. „Wenn wir ein zweites Auto hätten, könnten wir uns aufteilen."

Kurz dachte ich tatsächlich an Mirko. Doch hatte ich nicht gerade noch geschworen, dass ich nicht mehr weitermachen wollte?

„Mir ist schon wieder schlecht", kam es von der Tür. „Ich glaub, ich leg mich hin."

„Du hast recht, das wird das Beste sein", griff ich seine Idee auf. „Wir treffen uns morgen früh um acht zum gemeinsamen Frühstück."

Carina wollte widersprechen, Tim ließ sich gegen den Türrahmen fallen und stöhnte. „Kannst du mir bitte helfen?"

Ich schaffte es, mein Grinsen bis genau zu dem Moment zurückzuhalten, als ich ihn mit umgelegtem Arm stützend durch den Flur schob. Besser hätte es gar nicht laufen können. Nicht dass ich das Erlebte schon abgeschüttelt hätte. Aber wenn wir weiter zusammensaßen, würde ich nie abschalten können.

Leider hatte Carina kein Einsehen. „Hier", sie deutete auf meinen Monitor. „Die Berichte von dem Brand auf dem Weihnachtsmarkt."

Kein Menschenleben zu beklagen, aber der Schaden war immens. Zehn der sich in der Nähe befindlichen Verkaufsstände mussten komplett abgerissen werden. Die Untersuchungen dauerten noch an, verwunderlich sei, dass die Sprinkleranlage nicht ausgelöst hatte. Von einer Bombe war weiterhin nicht die Rede.

„Die bringen alle ungefähr dasselbe", sagte Carina. „Glaubst du, die wissen wirklich nichts von der Bombe?"

„Kann ich mir nicht vorstellen. Ich wette, da besteht ein Zusammenhang." Immer noch machte sie keine Anstalten, Tim zu folgen. Verzweifelt überlegte ich, wie ich sie hinauskomplimentieren konnte. Endlich kam mir der richtige

186

Einfall. „Ich glaube, ich fahre eben noch mal zur Uni. Da trifft sich heute eine Gruppe von Informatikern, mit denen ich reden möchte." Leider war deren Treffen gestern gewesen, aber normalerweise hielten sich dort am Wochenende fast immer einige der Studierenden auf, darunter vielleicht welche, mit denen ich noch nicht gesprochen hatte.

Sie verstand offensichtlich nicht.

„Ich versuche eine Verbindung zu ziehen, wie Max auf Kilian und Tom aufmerksam geworden ist", verdeutlichte ich. Sie zog die Stirn kraus. „Du denkst, Kilian hat sich verplappert und irgendeiner aus seinem Kreis gehört zu den Tätern? Könnte sein, aber genauso gut auch nicht", fuhr sie fort, bevor ich ihr zustimmen konnte. „Hast du diesen ehemaligen Freund gefragt, ob Max wusste, wie die beiden aussahen?"

Nein, hatte ich natürlich nicht! Seufzend griff ich zu meinem Handy.

Glücklicherweise nahm Stefan den Anruf sofort entgegen. „Äh, ja", gab er zögerlich zu. „Ich hatte damals die Hoffnung, die Sache durch ein Gespräch aus der Welt zu schaffen. Ein Freund von mir ist so eine Art Nerd, der kriegte raus, wer der Verfolger war. Die haben damals in der Zeitung sogar die Schule und die Klassenfahrt erwähnt, war nicht sonderlich schwer für den. Bloß hatte dieser Tom da schon das Video gemacht und als Max es sah, weigerte er sich rundweg, die zu treffen. Wie gesagt, er ist keiner, der auf eine Konfrontation aus ist."

„Siehst du", triumphierte Carina. „Der hat beide oder einen von ihnen auf dem Campus erkannt."

Gut, damit erübrigte sich meine Fahrt, Max' Komplizen waren wir dadurch nicht einen Schritt nähergekommen. Er konnte diese wer weiß wo kennengelernt haben.

„Trotzdem ist …" für heute Schluss, hatte ich sagen wollen. Doch das Klingeln meines Handys unterbrach mich.

„Ein neues Video ist online", tönte Maurice aufgeregt. „Ich geb dir eben den Link."

„Kann ich den …"

187

„Den trauen die sich nicht zu löschen, wart's ab!"

Fünf Minuten später starrte ich gemeinsam mit Carina auf Tom, der mit ernster Miene in die Kamera blickte. Auch dieses Mal trug er nur seine übliche Mütze, die Sonnenbrille fehlte und die Haare hatten ihre Originalfarbe.

„Ja, ihr Dortmunder Bürger, endlich erfahrt auch ihr, was bei euch läuft. Sollte nämlich dieses Video wiederum gelöscht werden, geht gleich die nächste Bombe hoch. Das werden euch eure Stadtoberen doch ganz bestimmt nicht antun wollen."

„Dreckschweine!", flüsterte Carina.

„Die Bombendrohung, die ich vor ein paar Tagen ansprach, ist real. Jemand hat tatsächlich an die Stadtspitze eine Erpresser-Mail geschickt, über zehn Millionen Euro. Die erste Deadline lief am Mittwoch ab. Was daraufhin passierte, wisst ihr alle: Der Weihnachtsbaum in der City wurde in die Luft gesprengt. Als Zeichen sozusagen, denn noch sind keine Menschen zu Schaden gekommen." Tom holte tief Luft. „Das wird sich ändern, sollte die Forderung dieses Mal nicht rechtzeitig erfüllt werden."

Er wiederholte die Liste der Angriffsziele, die wir schon aus dem ersten Beitrag kannten. Mir lief es eiskalt über den Rücken. Jetzt, nachdem eindeutig feststand, dass die Erpresser für dieses Bombenattentat verantwortlich waren, klang sie irgendwie noch extremer. Wie würden die Einwohner darauf reagieren? Hoffentlich brach keine Panik aus.

„Sollte die geforderte Summe nicht bis Dienstagabend gezahlt sein, habt ihr den Schaden zu tragen", fuhr Tom fort. „Vielleicht wäre es dann besser, wenn ihr euch nicht mehr aus dem Haus traut." Er grinste gequält. „In diesem Sinne: Frohe Weihnachten."

Es dauerte einen Moment, bis wir realisierten, dass nichts weiter kommen würde. Kurz und knapp, die Bürger mussten selbst sehen, wie sie darauf reagierten. Leider war die Kommentarfunktion abgeschaltet, sodass keiner eine Nachricht hinterlassen konnte. Aber die Klickzahlen sprachen für sich. Über zehntausend Menschen hatten bereits auf das Video zugegriffen.

„Wie werden die …“

Ich hörte gar nicht, was Carina fragte. Viel wichtiger war es, mich mit Mirko auszutauschen. „Hast du schon das neue Video gesehen?“

Hatte er nicht, ich gab ihm den Link und er versprach, mich sofort zurückzurufen.

„Meinst du, die zahlen?“, verschaffte sich Carina endlich Gehör.

„Keine Ahnung.“

„Die Einwohner werden sie dazu zwingen. Oder etwa nicht?“

„Ich weiß es nicht!“ Mir gingen ganz andere Gedanken durch den Kopf. Nun waren Kilian und Tom überflüssig geworden. Noch einmal würden sich die Erpresser ihrer garantiert nicht bedienen. Wir mussten …

„Was ist mit …“

Gnädigerweise unterbrach das Handyklingeln ihre Frage. Denn anscheinend war sie eben an einem ähnlichen Punkt angekommen wie ich.

„Bist du allein?“, fragte Mirko.

„Nein.“

„Aber deine Gäste können nicht mithören?“

„Nein.“ Ich presste das Telefon fester ans Ohr. Carina guckte schon richtig misstrauisch.

„Das sieht übel aus für deine beiden Vermissten. Was hast du jetzt vor?“

„Die Suche morgen fortsetzen.“

„Du bist dir sicher, dass er nicht mit drinhängt?“

Mehr denn je! „So gut wie.“

„Gut, ich auch. Selbst Rieke sieht in ihm ein Opfer und will unbedingt helfen. Seit heute Nachmittag schauen wir uns das erste Video immer und immer wieder an. Uns ist da was aufgefallen, also sicher sind wir uns nicht. Du weißt, ich habe schon darauf hingewiesen, dass er ständig in Bewegung ist und …"

Wann kam er endlich zu Potte? „Sag einfach!"

„Es könnte sein, dass da noch ein Wort war: Hund. Wie gesagt …"

„… du bist dir nicht sicher. Wir sollten diesen Hinweis trotzdem in unsere Überlegungen mit einbeziehen. Danke."

„Was hat eure Suche bisher ergeben?"

„Nichts." Die Schilderung, wie wir den Toten gefunden hatten, konnte ich mir jetzt nicht antun.

„Wie viele Objekte müsst ihr noch überprüfen?"

„Jede Menge. Und das sind nur die von der offiziellen Liste. Wahrscheinlich gibt es noch andere."

„Warte kurz!"

Ich hörte, wie er im Hintergrund mit seiner Freundin sprach.

„Rieke und ich aktivieren all unsere Freunde und Bekannten, dass sie bei der Suche helfen. Zusätzlich will ich die Leute aus dem Sportverein ansprechen. Da dürfte eine Menge an Unterstützung zusammenkommen."

Ein genialer Einfall! „Super, ich kümmere mich gleich um meine Freunde."

„Ich melde mich morgen früh um acht. Hast du bis dahin die Daten parat?"

„Es gibt jede Menge Arbeit", informierte ich Carina, die mit ängstlichem Gesicht unser Gespräch verfolgt hatte. „Wir müssen sämtliche Objekte überprüfen und am besten den genauen Standpunkt auf einer Karte markieren. Morgen geht es richtig los."

30

Sonntag, 8. Dezember

Es wurde eine unangenehme Nacht. Obwohl ich nach getaner Arbeit todmüde ins Bett sank, fand ich keinen richtigen Schlaf. Immer wieder tauchte der grauenhafte Anblick der Leiche blitzartig in meinem Kopf auf. Ich sah das aufgequollene, verfärbte Fleisch, die zerstörten Gesichtszüge umrahmt von Büscheln strähnigem Haar, die leeren Augenhöhlen, roch den Fäulnisgestank. Als ich endlich einschlief, verfolgten mich die Bilder bis in meine Träume.

Mit Carina hatte ich verabredet, dass wir uns um sieben bei mir zum Frühstücken treffen wollten. Ich stand schon lange vorher auf und überprüfte noch einmal sämtliche Daten. Gestern hatten wir uns bemüht, Mirkos Hinweis mit einzubeziehen. Nur brachte dieser uns nicht viel weiter. Überall, wo es Wiesen und Felder gab, waren nach meinem Wissen Hunde und ihre Besitzer unterwegs. Im Endeffekt konnte man nur direkt vor Ort darauf achten.

Immerhin war uns der Druck etwas genommen. Auch ich hatte ungefähr zwanzig Personen zusammenbekommen, die sich an der Suche beteiligen wollten. Wenn Mirko genauso viele brachte, würden wir zumindest die bekannten Objekte heute schaffen. Und wenn wir nicht fündig wurden – darüber wollte ich lieber gar nicht erst nachdenken.

Tim sah genauso schlecht aus, wie ich mich fühlte. „Mann, war das eine Scheißnacht", brummte er.

„Hat Carina dir erzählt …?"

„Gestern noch." Er steuerte auf den bereits gedeckten Frühstückstisch zu und ließ sich auf einen Stuhl fallen. „Hast du extra starken Kaffee?"

Ich hatte sogar die letzten Brötchen aus der Gefriertruhe aufgebacken. Trotz des immer noch präsenten Erlebnisses war der Hunger zurückgekehrt.

„Was hast du geplant?", Tim langte ebenfalls zu.

„Zuerst mal von hier aus koordinieren, bis wir alle auf den Weg gebracht haben. Dann könnten wir uns an der Suche beteiligen, wenn Carina hierbleibt und meinen Part übernimmt."

Sie nickte nur.

Ich konnte nicht verhindern, dass meine Gesichtszüge entgleisten. Ich schluckte krampfhaft, um den Mund leer zu kriegen. Wo war ihr Widerspruchsgeist geblieben?

„Ist auf jeden Fall effizienter", gab Tim ihr recht, bevor ich etwas dazu bemerken konnte. „Wir brauchen jemand, der ständig ansprechbar ist."

Und ich hatte mich schon auf eine langwierige Diskussion eingestellt, weil ich davon ausging, dass sie uns unbedingt würde begleiten wollen. Denn mal ganz ehrlich, die Telefonate hätte ich auch von unterwegs aus führen können. Die meisten der Teilnehmer besaßen natürlich internetfähige Handys, die Suchgebiete waren eingegrenzt, viel blieb für sie nicht zu tun.

„Ich habe heute Morgen bei Google nach Hundeplätzen beziehungsweise Hundeauslaufflächen gesucht. Wenn Tom tatsächlich das Wort erwähnt hat, muss er mehrfaches und langanhaltendes Bellen gehört haben, sonst würde er das nicht extra reinbringen. Für so clever schätze ich ihn ein." Tim sah mich erwartungsvoll an.

„Es könnte sich genauso gut um ein von Hunden bewachtes Objekt handeln", wehrte Carina ab. „Die schlagen oft an, wenn es entsprechenden Publikumsverkehr gibt."

192

„Nee, das würde Tom merken", war sich Tim sicher. „So blöd ist der nicht. Du erkennst am Bellen, ob es sich immer um den gleichen Hund handelt."

„Ja, und? Sagt er explizit, dass es verschiedene sind?" Carina war anscheinend doch auf Krawall gebürstet.

„Wir arbeiten uns sowieso durch die gesamte Liste", warf ich begütigend ein. Streit am frühen Morgen war nicht mein Ding, vor allem, wenn ich nur fünf Stunden Schlaf bekommen hatte. „Wir nehmen die interessantesten Objekte einfach zusätzlich mit rein. Genügend Leute haben wir ja." Weiter kam ich nicht, mein Handy begann zu klingeln.

In der nächsten Stunde war ich vollauf damit beschäftigt, meine Sucher einzuweisen. Es hatten sich mehr gemeldet, als ich erwartet hatte. Selbst wenn man bedachte, dass sie in Zweierteams loszogen, müssten wir die Liste bis zum frühen Nachmittag abgearbeitet haben.

„Ich habe noch weitere Vorschläge bekommen, wo wir suchen könnten", vermeldete Mirko.

„Prima, teilst du die Personen passend ein?"

Wir vereinbarten, uns jeweils nach spätestens einer Stunde auszutauschen, im Erfolgsfall natürlich eher.

„Sobald auch nur der Hauch einer Chance besteht, sie gefunden zu haben, schalten wir die Polizei ein", sagte ich an Tim und Carina gewandt. Das hatte ich mir gestern Abend noch überlegt. Diese Verbrecher waren gefährlich. Mit solchen Typen würden wir es nicht allein aufnehmen können.

Carina schnaubte verächtlich. „Die denken doch sowieso, dass Tom und Kilian das Ganze inszeniert haben. Die kommen nicht mal raus."

„Das kriegen wir schon geregelt", versicherte ich ihr.

Sie setzte zu einer weiteren Antwort an, wurde aber von Tim unterbrochen. „Können wir los?"

Bevor wir meine Wohnung verließen, schärfte ich Carina ein, daran zu denken, dass Geräusche auf freier Fläche wesentlich weiter trugen. „Vielleicht finden sich dadurch noch einige neue Objekte."

193

„Ich bin nicht blöd", gab sie mürrisch zurück. Überhaupt schien sie heute reichlich angefressen zu sein.

„Was ist mit ihr los?", fragte ich Tim, nachdem wir losgefahren waren.

„Sie macht sich Sorgen, ist doch wohl klar. Auch ihr ist aufgegangen, dass Tom und Kilian nach diesem zweiten Video für die Erpresser überflüssig geworden sind. Und sie hat trotzdem wenig Hoffnung, dass wir erfolgreich sind", fügte er leiser hinzu.

Da er anschließend den Kopf abwandte und aus dem Seitenfenster blickte, gab ich keinen Kommentar dazu ab. Er fühlte ähnlich, das war deutlich zu erkennen.

Unser erstes Gebäude war eines von denen, in deren Nähe sich eine große Hundeauslauffläche befand, die laut der Auskunft von einem meiner Freunde rege genutzt wurde. Ich vertraute auf Mirkos Einschätzung und hatte beschlossen, dass wir uns diese Areale zuerst anschauen würden.

Als wir uns der großen Werkstatt aus massivem Backstein näherten, wurden Tims Schritte immer langsamer. Er kämpfte sichtlich um Fassung. Anscheinend hallte in ihm genau wie in mir noch das grausige gestrige Erlebnis nach.

„So etwas wird uns nicht gleich wieder passieren", appellierte ich an seine Vernunft, obwohl auch mir ziemlich mulmig zumute war. „Außerdem sitzt mir der Geruch noch in der Nase. Jetzt würde ich gar nicht erst reingehen, sondern sofort die Polizei anrufen."

Tim straffte sich und stapfte schneller vorwärts. Unter unseren Schuhen knirschte das gefrorene Gras. Sonst war nichts zu hören. Wir schienen die Einzigen zu sein, die den frühen Morgen zu einem Spaziergang nutzten.

Wir zwängten uns durch den beschädigten und teilweise herabgerissenen Maschendrahtzaun und überquerten den großen Vorplatz, dessen Asphalt aufgeplatzt und von Unkraut durchsetzt war. Die Tür der Werkstatt stand einen Spaltbreit offen. Die Fenster waren zu hoch angebracht, als dass wir durch sie hätten hineinsehen können, also blieb uns nur der Weg ins Innere.

„Mist, die Ersten, die ihre Hunde ausführen, sind schon unterwegs", sagte Tim, der sich noch einmal nach allen Seiten umgesehen hatte.

„Du behältst sie im Auge, ich gehe allein rein", entschied ich. Bevor er protestieren konnte, griff ich nach der Tür und zog sie weiter auf.

Natürlich gab ich mich mutiger, als ich war. Mein Herz raste regelrecht, mein Atem ging in hastigen Zügen, mir war schlecht vor Aufregung. Trotzdem musste ich das hier durchziehen. Sonst hätte ich mich vielleicht nie mehr getraut, solche Dinge in Angriff zu nehmen. Mein Verstand gab mir recht, meine Gefühle dagegen schrien: Renn!

Ich schaltete die Taschenlampe an und leuchtete grob den Boden vor mir ab. Nicht mal ausgeräumt worden war die Halle. Das ideale Versteck eigentlich. Überall standen alte, vor sich hin rostende Werkbänke und schwere überdimensionale Tische, die mir die Sicht versperrten. Bevor ich mich weiter hinein traute, sog ich tief die Luft ein: staubig, muffig, aber nicht süßlich-faulig. Das beruhigte mich so weit, dass ich mich vorwärts wagte.

Zehn Minuten später konnte ich mich wieder dem Ausgang zuwenden: kein Toter, keine Gefangenen. Ich trat zurück auf den Hof und entdeckte Tim neben dem Maschendrahtzaun, der sich mit einem Mann unterhielt. Neben diesem stand ein Schäferhund, der bei meinem Anblick gleich ein tiefes Grollen ausstieß.

Tim fuhr herum und entspannte sichtlich, als er mich sah. Er begann aufgeregt zu winken. „Komm schnell, Alex! Wir haben einen guten Tipp bekommen."

„Ich hab Ihrem Freund schon erklärt, wo das ist", sagte der Mann mit dem Hund. „Kennen Sie das Naturschutzgebiet Süggel?"

Da musste ich passen.

„Das ist so ungefähr die Grenze zwischen Eving, Brechten und Kemminghausen. Ihr nehmt am besten die B236, damit ihr nicht durch die Stadt müsst."

Die Erwähnung der Schnellstraße ließ mich aufhorchen. „Ist die in der Nähe?"

„Na ja, ihr müsst schon noch ein bisschen fahren", erklärte er vage. „Ist aber der schnellste Weg von hier aus."

„Der Herr hat dort in der Nähe eine stillgelegte Maschinenfabrik entdeckt", mischte sich Tim ein. „In der letzten Woche stand zweimal ein Auto davor geparkt." Er warf mir einen bedeutungsvollen Blick zu. „Gesehen hat er leider niemanden."

„Ich bin eh nicht nah genug gewesen", verbesserte der ältere Mann. Er nickte zu seinem Hund. „Wir treiben uns im ganzen Stadtgebiet rum. Ich will dem Harro was bieten und auch für mich ist es spannender, wenn es abwechslungsreich ist. Ihr glaubt gar nicht, was ich in den letzten Jahren hier rumgekommen bin. Die meisten Ecken von Dortmund kannte ich vorher gar nicht."

Zu dem Schluss war ich durch unsere Suche auch schon gekommen.

„Gut, dann will ich mal weiter." Er zog an der Leine. „Viel Glück!"

31

„Was hast du ihm gesagt?", fragte ich, während wir zurück zum Auto stapften.

„Die Wahrheit, dass ich der Bruder eines der Gesuchten bin und denke, er und sein Freund seien entführt worden. Und dass eine Menge Leute dergleichen Ansicht wären und mich bei der Suche unterstützen würden." Er lachte. „Zuerst sah es nämlich so aus, als würde er mir den Hund auf den Hals hetzen, von wegen unbefugten Eindringens und so."

Ich gab das Naturschutzgebiet bei Google ein. Sogar Wikipedia war es ein Begriff. Es handelt sich um ein ausgedehntes Waldgebiet mit vielen versumpften Feuchtbiotopen. Es enthält viele kleine Quellbäche, außerdem den Süggelbach, der bis nach Lünen führt.

„Nee, das kann es nicht sein." Tim deutete enttäuscht auf einen weiteren Absatz, in dem erwähnt wurde, dass der Besucherandrang oft hoch sei.

„Nicht im Winter", war ich mir sicher. „Und schon gar nicht bei dem derzeit herrschenden Wetter." In den letzten Tagen hatte es immer wieder geregnet. „Das Naturschutzgebiet wird regelrecht versumpft sein. Da gehen im Moment nur die ganz Harten hin. Und es ist der beste Hinweis, den wir haben. Es gibt links und rechts zwei Bundesstraßen, in der Nähe ist ein Hundeverein. Die Maschinenfabrik liegt natürlich mehr zur Straße hin, aber nahe genug, dass man Hundegebell hört. Ich finde, wir sollten direkt hinfahren und uns umschauen."

Tim zuckte die Schultern. „Wenn du meinst." Besonders euphorisch klang er nicht.

„Willst du lieber zuerst die drei Gebäude kontrollieren, die Carina uns aufgeschrieben hat?" Also ich brannte darauf, dem Tipp zu folgen. Es passte alles.

„Das ist eine Sisyphusarbeit, wir finden sie nicht. Nicht mit unseren Mitteln." Statt in den Wagen zu steigen, blieb Tim davor stehen. „Dortmund ist viel größer, als ich gedacht habe. Es gibt viel zu viele Stellen, an denen das Versteck liegen könnte. Das ist wie die Suche nach der Nadel im Heuhaufen."

„Willst du nicht wenigstens die Möglichkeiten ausschöpfen, die sich uns bieten?", fragte ich ihn ganz brutal. „Oder hoffst du auf die Polizei?"

Er seufzte schwer und schüttelte mit einer müden Bewegung den Kopf. „Vielleicht ist das mit den Lost Places eine total blöde Idee. Die könnten wer weiß wo gefangen gehalten werden."

Ich verkniff mir eine Erwiderung, sondern hielt ihm die Tür auf. Natürlich war mir klar, dass die Chance, sie zu finden, gering war – andererseits taten wir wenigstens was, anstatt blöd rumzusitzen.

„Kannst du mir nicht was Nettes aus Toms Beiträgen erzählen?", bat ich ihn, kaum dass ich losgefahren war. Vielleicht würde ihn die Beschäftigung damit ein bisschen aufmuntern.

„Nett?" Er schnaubte.

„Du weißt, was ich meine", ließ ich nicht locker. „Irgendwas Interessantes halt."

Zuerst starrte er nur stumm aus dem Fenster. Erst als wir die Strecke schon halb zurückgelegt hatten, begann er: „Was mich echt amüsiert, ist diese Lüge von unserem Freund, dem Baum, also dass die Bäume die grüne Lunge der Erde sind und man sie hegen und pflegen und neue pflanzen muss und natürlich gegen die Abholzung des Regenwaldes protestieren soll. Dabei stammt ungefähr die Hälfte des Sauerstoffs in unserer Atmosphäre von Algen und Bakterien aus dem Meer."

198

Jetzt hatte er es tatsächlich geschafft, mich auf andere Gedanken zu bringen! „Tatsächlich?"

„Solange der Baum lebt und wächst, nimmt er durch die Fotosynthese mehr Kohlendioxid auf, als er durch die Atmung abgibt", dozierte Tim. „Stirbt er, wird das gespeicherte CO_2 wieder an die Luft zurückgegeben. So ungefähr jedenfalls. Die genaue Erklärung habe ich mir nicht gemerkt. Trotzdem finde ich das echt bemerkenswert, dass die diesen Fakt nicht richtig darstellen und stattdessen die Bäume derart glorifizieren." Er seufzte schwer. „Ja, der hat schon ganz schön was ausgegraben, der Tom."

Er wandte den Kopf ab und starrte wieder aus dem Fenster. Ich seufzte innerlich. Statt ihn abzulenken hatte ich es geschafft, seine Sorge um den Bruder noch zu vergrößern.

Der Hundebesitzer hatte mir den Weg gut beschrieben. Das Einzige, was er vergessen hatte zu erwähnen, war, dass die Fabrikhalle doch ziemlich weit weg von der Bundesstraße und dem Naturschutzgebiet lag. Wir parkten vor dem nächststehenden Gebäude, etwa zweihundert Meter entfernt, einer Autowerkstatt, wie man erkennen konnte.

Tim schüttelte den Kopf. „Das ist viel zu nah aneinander." „Nicht, wenn du dafür sorgst, dass deine Gefangenen keinen Lärm machen können", widersprach ich. Die verlassene Halle befand sich am hinteren Ende eines lang gezogenen Grundstücks. Dadurch war der Abstand zum Nachbarn größer als erwartet. Dahinter zogen sich Felder und Wiesen bis zum Beginn des Landschaftsschutzgebietes. Ich hielt den Kopf schief und lauschte. Ja, das stetige Rauschen der Autobahn war ebenfalls zu hören. Und wie zur Bestätigung kläfften in der Ferne zwei Hunde.

Ohne ein weiteres Wort marschierte ich los. Im Näherkommen musterte ich unser Zielobjekt. Der Komplex bestand aus drei Hallen, die nebeneinander gebaut worden und im Innern sicher durch Türen oder fehlende Wände miteinander verbunden waren. Der Platz davor schien unverhältnismäßig groß, vielleicht hatte er als Außenlager gedient. Mir fiel auf, dass er noch ziemlich gepflegt wirkte, die Asphalt-decke sah aus, als sei sie erst vor kurzem ausgebessert worden. Das zweiflügelige Tor hingegen hatte seine beste Zeit hinter sich, die Farbe blätterte an allen Stellen ab, teilweise hatte der Rostfraß deutlich an den Stäben genagt. Das Vorhängeschloss und die dicke Gliederkette dagegen waren eindeutig neueren Ursprungs.

Ich warf Tim einen bedeutungsvollen Blick zu. „Interessant, findest du nicht?"

„Nein", erwiderte der störrisch. „Ich sehe ein zum Verkauf stehendes Gebäude in gutem, gepflegtem Zustand, keine vernachlässigte Ruine."

„Wo ist dann bitte schön das Schild des Maklers!" Obwohl ich ihm widerwillig recht geben musste. Wahrscheinlich wurde es vom Besitzer direkt angeboten. Wäre ich einer der Täter gewesen, dieses Objekt wäre von vornherein ausgeschieden. Die Möglichkeit, dass sich jederzeit ein Interessent blicken ließ, lag nahezu auf der Hand.

Es sei denn, er besaß Insiderwissen. Wir wussten einfach viel zu wenig über die Hintergründe, hatten keinen in Verdacht, an der Erpressung beteiligt zu sein. Außer Max, schoss es mir durch den Kopf. Vielleicht wäre es sinnvoller gewesen, dieser Spur zu folgen. Ich schob den Gedanken energisch zur Seite. Wir hatten uns nun mal für diesen Weg entschieden. Würden wir nichts erreichen, konnte ich mich am Montag an Herrn Janzen wenden und mich anschließend wieder um Max kümmern.

Ich legte meine Hände auf das mannshohe Tor, zog mich an den Stäben hoch und schwang mich über die zum Glück glatte obere Abtrennung. Dann ließ ich mich fallen. „Willst du warten und die Umgebung im Auge behalten?", fragte ich Tim.

„Nee, ich geh zumindest mit auf das Grundstück." Er überwand das Tor wesentlich eleganter als ich und blickte sich prüfend um. „Ich glaub nicht, dass du da reinkommst. Und die Fenster sitzen viel zu hoch."

Leider musste ich ihm zustimmen. Das große Tor auf der Vorderseite wirkte stabil, die Tür rechts daneben ebenso. „Ich drehe eine Runde um den Komplex und schaue, was sich hinten findet", gab ich mich optimistischer, als ich war. „Ich warte da vorn." Tim wies auf einen kleinen Unterstand aus Holz, vielleicht als Raucherplatz angelegt oder Abstellplatz für normale Mülltonnen. „Wenn ich mich in die Ecke stelle, sieht mich keiner von draußen."

Ich joggte los, um den leeren Platz zügig zu überwinden. An der rechten Seite gab es keinen weiteren Eingang und auf der Rückseite wuchsen hohe Büsche bis an die Wand. Aber in jeder der drei Abschnitte befand sich ein Fenster auf Sichthöhe.

Es war eine mühsame Angelegenheit. Ich quetschte mich zentimeterweise vorwärts, andauernd versperrten mir die nassen Äste den Weg, teilweise zog und zerrte ich sie zur Seite, manchmal musste ich mein gesamtes Körpergewicht einsetzen, um vorwärtszukommen.

Es dauerte gefühlt eine Stunde, bis ich das erste Fenster erreichte. Der Strahl der Taschenlampe erhellte nur einen kleinen Ausschnitt des Inneren. Soweit ich erkennen konnte, hatte ich eine voll eingerichtete Werkstatt vor mir. Ebenso verhielt es sich am zweiten Fenster - und auch am dritten. Der zukünftige Käufer erstand einen kompletten Betrieb. Oder war die Firma pleitegegangen und wartete auf ihre Abwicklung? Das wäre eine ganz andere Option. Dann konnte man wohl davon ausgehen, dass sich nicht so schnell was tun würde. Was für ein Mist! Wir benötigten mehr Informationen!

An der linken Seite befand sich eine Stahltür. Ich rüttelte probeweise daran. Natürlich verschlossen und das Schloss sah nicht aus, als wäre es mit einer EC-Karte zu knacken. Wieder Mist!

Tim erwartete mich an der Ecke, er presste sich eng an die Wand und legte den Finger auf die Lippen. „Keinen Ton!"

Ich verharrte und lauschte. Mindestens zwei Männerstimmen waren zu hören. Und sie kamen immer näher.

„Was seid ihr doch für Trottel!" Carina lachte.

„Besten Dank auch", kam Tim mir zuvor. „Wenn du willst, kannst du gern die nächsten Objekte übernehmen."

Wir hatten einen kurzen Abstecher zu meiner Wohnung gemacht, damit ich meine dreckige, nasse Jacke gegen eine andere austauschen konnte. Außerdem verspürten wir beide mächtigen Hunger. So ein Adrenalinschub ist nicht ohne.

„Immerhin wissen wir nun, dass wir die Halle ausschließen können", gab ich zurück, ohne auf ihren Angriff einzugehen.

„Nur gut, dass die euch nicht entdeckt haben." Carina schüttelte in gespielter Besorgnis den Kopf.

„Keiner konnte ahnen, dass es sich bei den Besuchern um Wachmänner handelt", konterte Tim, der spürte, dass sie sich über uns lustig machte. „Alex hat recht. Die müssen durch jede einzelne Abteilung gelaufen sein, so lange wie das dauerte."

Mein Rundgang hatte nicht mehr als eine knappe halbe Stunde gedauert, wie ich später feststellte. Die Wachleute brauchten fast dieselbe Zeit. Mir brach jetzt noch der Schweiß aus, wenn ich mir vorstellte, sie wären drinnen gewesen, während ich von außen hineinleuchtete. Dass sie ähnlich nett gewesen wären wie der Mann mit dem Hund, bezweifelte ich stark.

„Hast du irgendwelche Neuigkeiten?", drehte ich den Spieß um. Dabei wäre sonst längst eine Nachricht meiner Kumpel direkt bei mir eingegangen. Mirko hatte sich wie vereinbart jede Stunde gemeldet und auch von den anderen hatte ich jeweils Feedback bekommen. Aber das musste ich ihr ja nicht unbedingt auf die Nase binden.

„Bisher nur Nieten. Immerhin waren zwei Hallen dabei, die du deinem Kommissar nennen kannst. Die sind zu gut gesichert, als dass sich die Leute reingetraut hätten." Ihr Ton sagte deutlich, dass sie von dieser Option sowieso nichts hielt.

Wir deckten uns mit den restlichen Brötchen ein und verließen fluchtartig die Wohnung.

„Wohin jetzt?", fragte Tim.

„Die drei abklappern, die Carina uns zugedacht hat."

32

Nach dem zweiten Objekt überwog langsam auch bei mir die Enttäuschung. Es hatte sich um zwei wahre Ruinen gehandelt, innerhalb von Minuten war klar gewesen, dass sich hier niemand befand. Auch Mirko und meine Freunde hatten nichts vorzuweisen. Es sah tatsächlich so aus, als seien wir auf der falschen Spur.

Während der Fahrt zum dritten und vorläufig letzten Platz meldete sich Carina, um uns mitzuteilen, dass sie sich erneut der Videobotschaft gewidmet hatte. „Es ist zum Verzweifeln", klagte sie. „Kennt denn keiner von euch einen, der fit im Morsealphabet ist? Vielleicht könnte man ja doch noch von einem Experten irgendeinen wichtigen Hinweis kriegen."

Kaum hatte er aufgelegt, stöhnte Tim auf. „Der Herrscher aller Reußen! Der kann das perfekt. Ich würde mir am liebsten in den Hintern beißen, dass ich den nicht mit ins Boot genommen hab."

Ich mir auch, weil ich nicht nachgefragt hatte!

„Idiot hin oder her, der ist ein Ass darin." Er lachte verzweifelt. „Das hat Tom selbst festgestellt. War nichts mit: Ich zeig dem, was eine Harke ist."

„Sobald wir zu Hause sind, rufst du ihn an", bestimmte ich. Die Worte des Stiefvaters würden bei Herrn Janzen bestimmt Eindruck schinden und meine Bitte um Hilfe perfekt unterstützen.

„Soll ich nicht gleich jetzt?" Er fummelte an seinem Handy herum.

„Nein, lass uns eben noch das letzte Gebäude für heute abhaken." Ich hielt bereits nach einem Parkplatz Ausschau. „Besser, du kümmerst dich in aller Ruhe darum."

Er lachte wieder, dieses Mal höhnisch. „Ja, muss ich wohl erst bei Mama kleine Brötchen backen, bis der Kerl sich herablässt, mit mir zu sprechen."

Mittlerweile hatte es zu nieseln angefangen und ein kalter, böiger Wind war aufgekommen. Fröstelnd liefen wir nebeneinander zu der Lagerhalle. In der einsetzenden Dämmerung konnten wir deutlich den fortgeschrittenen Verfall des Gebäudes erkennen. Auch dieses glich eher einer Ruine, Türen und Fenster gab es nicht mehr, auch keine Umfriedung des Grundstücks.

Wir waren etwa auf zwei Meter heran, als ich ein Geräusch hörte. Nein, es war eine Unterhaltung zwischen zwei Menschen, Männern, wie es klang. Allerdings hörten sich die unverständlichen Worte nicht gerade freundlich an.

Auch Tim lauschte aufmerksam. „Was machen wir?", flüsterte er mir zu.

„Wir ziehen uns zurück und ich rufe ein paar Leute zur Verstärkung."

Er schüttelte den Kopf. „Dauert viel zu lange!"

Bevor ich reagieren konnte, jagte er mit langen Sätzen auf den Eingang zu. Kaum in der Türöffnung angekommen, schaltete er die Taschenlampe an, die er sich aus dem Auto gegriffen hatte. Der starke Strahl drang weit ins Innere und löste empörtes Geschrei aus.

Im Nu war ich ebenfalls heran und sprang hinter ihm in die Halle. Gerade noch rechtzeitig, um die zwei Männer, die sich ihm drohend näherten, zu stoppen. „He, immer mit der Ruhe!", herrschte ich sie an. „Wir wollen euch nur ein paar Fragen stellen."

„Kostet aber was", brummte der eine. „Umsonst gibt's hier nix."

„Kennt ihr ein leerstehendes Gebäude hier in der Gegend, das in den letzten Tagen verrammelt wurde?" Ich zog mein

Portemonnaie heraus und nahm einen Zwanziger in die Hand.

Die beiden tauschten sich stumm aus. „Nee", erwiderte der Sprecher. „Die Auswahl is eh bescheiden."

„Habt ihr sonst irgendwelche seltsamen Aktivitäten beobachtet?" Ich wich einen Schritt zurück, da er mich schon fast erreicht hatte und nach dem Schein griff.

„Nee, alles wie immer." Er trat vor und schnappte sich flink das Geld. „Besten Dank, Meister."

Die Alkoholwolke, die ihn umhüllte, überdeckte sämtliche anderen Gerüche. Dass der sich überhaupt auf den Beinen halten konnte!

„Was …", begann Tim, wurde jedoch von dem Obdachlosen unterbrochen. „Mehr Fragen, mehr Geld."

„Nein, kein Bedarf", sagte ich schnell und zog meinen Begleiter am Arm hinter mir her. „Wir gehen."

Kaum durch die Tür begann ich zu rennen, fummelte während des Laufens den Autoschlüssel aus der Tasche und entriegelte die Türen, sodass wir sofort einsteigen konnten. Meine Finger zitterten derart, dass ich Mühe hatte, das Schloss zu treffen. Mittlerweile war auch Tim klar geworden, warum ich so reagiert hatte. Er verriegelte die Türen wieder und starrte unruhig nach draußen. „Fahr doch!"

Endlich sprang der Motor an, ich löste die Handbremse und raste mit quietschenden Reifen los - ohne auf den Verkehr zu achten. Glücklicherweise war kein anderes Fahrzeug in der Nähe, dafür musste ich einen großen Schlenker um den Heranstürmenden machen. Fast sah es so aus, als wolle er sich uns in den Weg werfen. Ich wich auf die Gegenfahrbahn aus und brauste an ihm vorbei.

Zwei Straßen weiter hielt ich an. Mir zitterten die Hände und die Knie, ich brauchte eine Pause, um mich wieder zu fangen.

„Puh, das war knapp!" Tim stieß zischend die Luft aus. „Wie hast du gemerkt, dass die uns abziehen wollten?"

„Der andere, der nicht gesprochen hat, war total auf mein Portemonnaie fixiert. Er versuchte uns zu umgehen und in unseren Rücken zu gelangen. Von vorn kam der Sprecher immer näher, so betrunken, wie der roch, war der wohl gar nicht." Ich konnte es immer noch kaum fassen, wie sehr wir die Situation unterschätzt hatten. „Wären da mehr von denen gewesen, wir hätten alt ausgesehen."

„Das war's für uns. Kein weiteres Abenteuer mehr. Auf nach Hause!", bestimmte Tim.

Bevor ich losfahren konnte, klingelte mein Handy. Mirko! „Du, ich glaube, ich bin da auf was gestoßen. Könnt ihr mal kommen?"

Während ich in die angesagte Richtung fuhr, informierte er uns ausführlicher. Nachdem sie die vorgesehenen Objekte abgearbeitet hatten, war seine Freundin auf die geniale Idee gekommen, dass es neben den normalen Hundevereinen ja auch noch das Tierheim gab. Dort bellten mit Sicherheit regelmäßig Hunde.

Leider erwies sich das Ganze als ein Schuss in den Ofen, sie entdeckten nicht ein verlassenes Gebäude. Dann bestand Rieke darauf, wenigstens die nähere Umgebung an der Autobahn in Richtung Hafen zu überprüfen. In der Ecke hatten wir es bisher gar nicht versucht.

„Es gibt da tatsächlich ein verlassenes Gebäude, mit riesigem Gelände. Nicht weit davon entfernt ist ein Betrieb, der Wachhunde rumlaufen hat, hinter dem Bau sind Wiesen und Felder", berichtete Mirko stolz. „Es könnte passen."

„Das dachten wir auch schon mehrfach", murrte Tim.

Ich warf ihm einen kurzen Seitenblick zu. Seine Körperhaltung war angespannt, er hatte die Hände zu Fäusten geballt. Doch, er wollte definitiv dorthin.

„Ich bin nachschauen gegangen. An der seitlichen Tür wurde ein neues Schloss eingebaut, alle anderen Eingänge und Fenster sind mit Brettern zugenagelt."

Das hörte sich für mich äußerst vielversprechend an. Besonders, da in Gewerbegebieten viele unterschiedliche

Betriebe ansässig waren und ein ständiges Kommen und Gehen herrschte. Nachts war das Risiko für die Täter durchaus überschaubar.

Wir kamen nur langsam voran. Was all die Menschen an einem kalten und nun auch verregneten Sonntag nach draußen trieb, war mir schleierhaft. Als Kinder hatten wir es uns zu Hause gemütlich gemacht, meine Eltern hatten mit uns gespielt, gebastelt und in der Vorweihnachtszeit natürlich auch gebacken. Tagesausflüge fanden damals im Sommer statt und selbst das nicht allzu häufig. Für uns blieb so etwas immer ein besonderes Highlight, genauso wie Kino und - noch seltener - ein Freizeitpark. Selbst der Besuch des Weihnachtsmarkts - als Dortmunder unter der Woche - war jedes Jahr eine Besonderheit, auf die man sich schon tagelang vorher freute. Ich musste Tom recht geben, der sich in seinen Beiträgen natürlich auch längst den Punkt geändertes Freizeitverhalten vorgenommen hatte: Früher unternahm man viel, viel weniger als heute - und war trotzdem glücklich. Vielleicht waren nicht alle diese Werte schlecht.

Als ich endlich hinter Mirko einparkte, war es komplett dunkel und regnete stärker. Tim bemühte sich, seine neu aufkeimende Hoffnung nicht zu deutlich zu zeigen. Er hielt sich dicht neben mir, während wir auf Mirko, der ebenfalls ausgestiegen war, zugingen.

„Die Fabrik ist weiter vorn", erklärte er uns. „Rieke", er nickte zu seiner Freundin hinüber, die im Auto sitzen geblieben war, „soll außerhalb der Gefahrenzone bleiben und kann uns außerdem warnen, falls sie was Verdächtiges sieht."

Ein Auto vor uns öffnete sich erneut eine Tür. Ein untersetzter Mann ungefähr in meinem Alter stieg aus und blickte abwartend zu uns herüber.

Mirko winkte ihn zu uns. „Ich war vielleicht ein wenig eigenmächtig, aber ich will es unbedingt genauer wissen. Das ist Greg. Er ist ein Experte, was Schlösser angeht", stellte er ihn vor.

„Dass wir uns nicht falsch verstehen, ich mach euch das auf und bin sofort wieder weg." Dieser zog sich die Kapuze über den Kopf und band sie so zu, dass von seinem Gesicht kaum etwas zu erkennen war.

„Alles klar." Mirko klopfte ihm beruhigend auf die Schulter. „Mehr wollen wir gar nicht von dir."

„Bist du dir sicher, dass wir so vorgehen sollen?" Mir war nicht wohl bei dieser Geschichte. Unbefugtes Betreten akzeptierte ich durchaus in so einem Fall, bei einem Einbruch sah die Sache anders aus – und nichts anderes würden wir gleich machen.

„Was, wenn wir nichts finden?", wandte auch Tim ein.

Mirko verdrehte gut sichtbar die Augen. „Ich regle das schon. Wir sind keine Vandalen." Er schüttelte sich übertrieben, obwohl der Regen mittlerweile wieder nachließ. „Los, jetzt!"

209

33

Mirko und Greg gingen vor, wir folgten dicht auf. Die ehemalige Fabrik war größer als erwartet. Höchstwahrscheinlich stammte sie noch aus dem neunzehnten Jahrhundert, mit alten Backsteinen erbaut, die jetzt eine dunkle Färbung aufwiesen und eher schwarz als rot wirkten. Normalerweise eine uneinnehmbare Festung, dachte ich bei mir, vor allem, da sämtliche sichtbaren Öffnungen mit dicken Brettern verschlossen waren. Mehr konnte ich in der Dunkelheit nicht erkennen, die strategisch über den Platz verteilten Lampen brannten natürlich nicht.

Mirko geleitete uns über eine Art Trampelpfad zu der Seitentür. Holzreste und Splitter zeugten davon, dass auch dieser Eingang verrammelt gewesen war. „Deshalb wurde ich stutzig", flüsterte er mir zu. „Natürlich kann es auch eine vernünftige Erklärung geben, als Zutritt für Interessenten zum Beispiel. Trotzdem dachte ich, es könnte genauso gut eine Spur sein."

„Ein billiges Schloss, eingebaut von einem, der keinen Plan hat", grunzte sein Freund fast gleichzeitig.

Er holte eine Art Etui aus der Innentasche seiner Jacke, nahm eines der Werkzeuge und machte sich daran zu schaffen. Nach knapp zwei Minuten klackte es und die Tür öffnete sich quietschend. Mit einem kurzen Nicken verabschiedete er sich von uns und lief den Weg zurück. Ich atmete tief durch und trat als Erster ein.

Unsere Taschenlampen leuchteten kurz hintereinander auf und erhellten die Dunkelheit. Ich weiß nicht, was ich erwartet hatte, irgendwelche Maschinenüberreste oder Regale oder zumindest herumstehendes Gerümpel, stattdessen war die Halle leer, wie sauber gefegt, nicht mal großartig Dreck oder Staub auf dem Boden.

„Das war wohl nichts." Tims Enttäuschung machte seinen Tonfall bitter.

„Wir sollten wenigstens die Büros kontrollieren." Mirko hatte sich weiter hineingewagt und leuchtete jetzt mit seiner Lampe in die hintere Ecke.

Im Näherkommen sah ich einfache, abgetrennte Bereiche, wie große Kabinen, aber mit einem Dach versehen, die in dem hoch aufragenden Gebäude wie Miniaturcontainer wirkten. „Hierher, Tim!", rief ich ihm zu, da dieser bereits umgedreht hatte und dem Ausgang zustrebte.

Kaum hatte ich ausgesprochen, ertönte ein dumpfer Laut, dann noch einer und noch einer. Mirko beschleunigte seine Schritte und erreichte vor mir die Tür, aus Stahl und abgeschlossen, wie wir feststellen mussten.

„Scheiße!" Tim, der schneller herbeigeeilt war, als ich reagieren konnte, trat mit voller Wucht dagegen.

Nichts rührte sich, bis auf ein doppeltes Echo von der anderen Seite. Ich schob ihn weg und klopfte kräftig, wieder erhielten wir eine Antwort. Tim blickte hektisch um sich: „Scheiße, nicht mal ein einfaches Werkzeug liegt rum. Hast du einen Wagenheber? Ich lauf und hol ihn."

„Halt!" Mirko wählte eine Nummer auf seinem Handy. „Ja, ich bin's. Bist du noch in der Nähe? Wir stehen vor einer verschlossenen Tür aus Stahl. Dahinter wird jemand gefangen gehalten."

Keine fünf Minuten später war Greg zurück. „Ich hatte ein nettes Gespräch mit Rieke", grinste er. „Euer Glück." Er beugte sich vor und fummelte an dem Schloss herum.

Dieses Mal dauerte es länger. Ich sah, wie er zu schwitzen begann und sich vor lauter Konzentration auf die Lippe biss. Schließlich zog er einen kleinen Hammer hervor und trieb einen Splint in die Öffnung. „Wenn das nicht hinhaut

… wer sagt's denn!" Triumphierend schob er die Tür einen kleinen Spalt auf.

„Stopp!", warnte ich. „Derjenige könnte sich direkt dahinter befinden. Wir kommen rein!", rief ich lauter. „Weg von der Tür."

Tim neben mir zappelte vor Aufregung. Er drückte sich an mir vorbei und schob behutsam das Türblatt weiter auf, bis er abrupt stehen blieb und scharf Luft holte. Mirko und ich, die hinter ihm standen, konnten nichts erkennen. Ich gab ihm einen kleinen Stoß und drängte sofort nach. Doch da war er bereits mit einem Schrei vorwärtsgestolpert. „Tom!"

Im Schein der Taschenlampe sah ich eine am Boden liegende Gestalt, an Händen und Füßen gefesselt, den Kopf in Höhe des Mundes mit einem breiten, schwarzen Klebeband umwickelt. Tim war zur Stelle, bückte sich und zerrte an den Plastikbändern. Mirko stürzte zu ihm, um zu helfen, mir blieb es überlassen, den Beleuchter zu spielen.

„Kilian! Kümmert euch um ihn, mir geht es gut", keuchte Tom, nachdem Mirko ihm das Klebeband entfernt und den zusätzlichen Knebel aus dem Mund gefischt hatte.

Tim hörte nicht auf, an den Kabelbindern zu zerren. Ein Taschenmesser schlitterte über den Boden auf ihn zu und ein dünnes Licht erschien. Ich war eigentlich davon ausgegangen, dass Greg längst wieder verschwunden war. Dankbar ließ ich meinen Lampenstrahl umherwandern. Tatsächlich, an der Wand lag eine weitere gefesselte Gestalt. Mirko und ich stürzten gleichzeitig hin. Ich befreite ihn von dem Klebeband und dem Knebel und kontrollierte seinen Atem, der flach aber regelmäßig ging. Im Gegensatz zu Tom wies er zahlreiche Verletzungen auf, sein Gesicht war aufgedunsen und Blut verschmiert. Mirko tastete vorsichtig seinen Körper ab und keuchte leise. „Wir brauchen einen Krankenwagen, denke ich."

„Warte!", kam es von Greg. „Ich kontrolliere eben die anderen Räume."

„Ich komme mit." Tim hielt seinen Bruder im Arm, Mirko kümmerte sich um Kilian, ich war überflüssig.

Die nächsten zwei Türen ließen sich ohne weiteres öffnen, nur Leere gähnte uns entgegen. Im Raum dahinter enthüllte der Strahl meiner Taschenlampe ein kleines Ersatzstudio, mit Schreibtisch und Stuhl und dem kompletten Equipment aus Kilians und Toms Wohnung. „Hier haben die das Video gedreht. Es ist alles da, die kompletten Gerätschaften", sagte ich zu Greg, bevor ich bemerkte, dass er sich längst der nächsten Tür zugewandt hatte.

Er wartete, die Hand auf die Klinke gelegt, und sah mich auffordernd an. Ich schluckte, als mir klar wurde, was dieser Blick sollte. Dies war der letzte Raum, was, wenn sich die Entführer darin verschanzt hatten?

Bevor ich reagieren konnte, zuckte er die Schultern und gab dem Türblatt einen heftigen Tritt. Ich zuckte zusammen und duckte mich genau wie er zur Seite.

Der Geruch, der uns entgegenströmte, ließ unschöne Erinnerungen erwachen. „Du …"

Leider war Greg bereits vorgetreten und hatte sein Handy aktiviert. Nach einem kurzen unruhigen Herumzucken fiel das Licht auf die Leiche von Max.

Eine halbe Stunde später saßen wir vier in einem Einsatzwagen der Polizei und harrten der Dinge, die da kommen würden. Die ersten eintreffenden Beamten hatten uns sofort an die Luft gesetzt und bei einem Wachposten zurückgelassen. Auf Tims Protest, er wolle mit dem Krankenwagen mitfahren - sowohl Kilian als auch Tom waren nach kurzer Begutachtung durch den Notarzt abtransportiert worden -, erfolgte eine barsche Reaktion. Ja, man behandelte uns wie Schwerverbrecher statt wie Retter.

Gedankt sei Greg, der unser Eintreten in den Raum und das Auffinden der Gefesselten mit dem Handy gefilmt hatte. Er war der Einzige, der sich rechtzeitig abgesetzt hatte, genauso wie mir erst im Nachhinein auffiel, dass er während der gesamten Aktion Handschuhe getragen hatte. Das Video schickte uns kurz darauf Rieke, die es wohl von Greg erhielt, wie ich kombinierte. Damit war jede Spur zu ihm verwischt. Tim behauptete, er habe die Türen aufgebrochen, nachdem wir die Klopfzeichen hörten. Die Außentür wäre bereits beschädigt gewesen, so seien wir einfach eingetreten. Tom hätte was von einem Max gestammelt, nur deshalb hätte ich weiter gesucht. Wie man an Kilian sehen könne, käme es eben manchmal auf jede Minute an, so argumentierte er.

Gut, dass Mirko sofort den Notruf gewählt hatte, und zwar noch während Greg und ich die restlichen Räume kontrollierten. Er tippte auf innere Blutungen, sein Gewissen ließ kein Zögern zu. Diese Diagnose bestätigte sich kurz darauf. Kilian, der kaum im Krankenhaus angekommen notoperiert wurde, sei in letzter Minute gerettet worden, teilte uns beziehungsweise Carina und deren Eltern der behandelnde Arzt mit.

Aber ich will nicht vorgreifen. Erst einmal saßen wir fest und wurden statt mit Wohlwollen mit Argwohn bedacht. Sobald die Verstärkung eingetroffen war, trennte man uns. Klar, dass wir uns im Vorfeld abgesprochen hatten. Die kurze Zeit, bis der erste Streifenwagen auftauchte, reichte, um sich auf eine passende Strategie zu einigen.

„Wir haben das ganze Wochenende leerstehende Gebäude kontrolliert", gab ich offen zu. „Gestern entdeckten wir eine Leiche in einer Scheune und riefen Ihre Kollegen. Die erinnern sich bestimmt an uns." Natürlich würden sie das. Wir sollten uns ja eigentlich am Montag bei ihnen auf der Wache melden, damit das Protokoll aufgenommen werden konnte. Nach einer eingehenden Belehrung über Hausfriedensbruch und Amtsanmaßung ging ich in Verteidigungsstellung. „Die Schwester von Kilian, einem der Opfer, ist am Freitag bei der Polizei vorstellig geworden und hat auf ihren Verdacht mit dem Morsealphabet hingewiesen. Keiner wollte ihr glauben. Was hätten wir denn sonst tun sollen? Warten, bis irgendwann beide als Leichen auftauchen?"

Dieser Spruch kam überhaupt nicht gut an. Der Ton der Vernehmung wurde deutlich kühler. Es dauerte eine geschlagene Stunde, bis ich mit der Order, mich morgen erneut bei dem zuständigen Ermittler zu melden, gehen durfte.

„Kann ich dann mit Herrn Janzen sprechen?" Das war mir eindeutig lieber. „Ich meine, Sie haben ja jetzt einen Mordfall aufzuklären. Damit ist er auch beteiligt, richtig?", schob ich eilig nach, da sich die Augenbrauen meines Gegenübers finster zusammenzogen.

In diesem Moment schien er die richtige Verbindung zu ziehen. „Sie sind Alexander Grahl, der Schriftsteller?"

„Ja, ich kenne Kommissar Janzen aus meiner letzten Ermittlung." Wenn schon auf die Kacke hauen, dann richtig!

Er verkniff sich ein Lächeln. „Gut, rufen Sie ihn morgen früh wegen eines Termins an. Ich gebe ihm Bescheid."

Die anderen beiden warteten schon auf mich. „Rieke ist zusammen mit Greg nach Hause gefahren", verabschiedete sich Mirko, nachdem wir unsere ‚Verhöre' durchgegangen waren und feststand, dass wir unsere Aussagen relativ angeglichen rübergebracht hatten. „Rufst du mich an, sobald du was Neues weißt?"

„Selbstverständlich." Ich gab ihm einen Klaps auf die Schulter. „Ist dir eigentlich klar, dass es nur deiner Hartnäckigkeit zu verdanken ist, dass wir sie gefunden haben? Du bist der Held in dieser Geschichte."

Es schien, als würde erst durch meine Worte Tim ein Licht aufgehen. „Ja, ja", stammelte er. „Ohne dich …" Er rieb sich über das Gesicht. „Wir werden dich ohne Ende feiern, wart's nur ab!"

34

„Wir treffen uns mit Carina im Krankenhaus." Tim stieß
mich kräftig in die Seite, als wir auf unser eigenes Auto zugingen. „Oder bist du zu erschöpft?"

„Nein, geht klar." Ich war viel zu begierig darauf, nähere
Einzelheiten zu erfahren. Die Ermittler hatten sich zurückgehalten und uns, sobald sie erschienen waren, außen vor
gelassen. Wir mussten uns bis ins Letzte erklären, sie selbst
gaben sich wortkarg.

„Nur gut, dass Greg den Anfangsteil gefilmt hat!"

Der arme Mirko! Er hatte angegeben, dass seine Freundin
mit uns in die Industriehalle gegangen war und das Video
aufnahm, er sie nach dem Auffinden der Gefangenen jedoch rausgeschickt hatte, um Polizei und Krankenwagen zu
informieren - mit seinem Handy. Ob die Ermittler ihm das
abnahmen? Es klang schon reichlich seltsam. Vor allem, da
sie nicht auf deren Eintreffen gewartet hatte. Morgen
musste sie mit ihm zusammen auf der Wache erscheinen.
Ich hoffte, dass ihnen bis dahin eine vernünftige Erklärung
einfiel.

Carina, die wir ebenfalls noch vor dem Eintreffen der Polizei informiert und dazu verdonnert hatten, all unsere Sucher
über das glückliche Ende zu informieren, wartete in der
Notaufnahme auf uns. Sie war leichenblass und zitterte am
ganzen Körper. „Kilian wird noch operiert. Der Arzt sagte
was von inneren Blutungen."

Tim nahm sie spontan in den Arm und redete beruhigend
auf sie ein, während ich danebenstand und die Zähne nicht
auseinanderkriegte. So sehr ich mich auch bemühte, mir fiel

einfach kein tröstender Spruch ein. Kilians Leben hing am seidenen Faden, zu dem Ergebnis war Mirko schon beim Auffinden des armen Kerls gekommen. Und wenn man bedachte, wie lange es gedauert hatte, bis er ausreichend stabilisiert war, um ins Krankenhaus transportiert zu werden - man konnte wohl nur hoffen.

„Was ist mit Tom?", wagte ich nach einer guten Viertelstunde zu fragen. Carina hatte sich beruhigt - außer dass sie unablässig ihre Hände rang und vor und zurück wippte -, sie saß mittlerweile auf dem Stuhl zwischen uns.

„Der ist zur Überwachung auf die Intensivstation gekommen." Sie hob ruckartig den Kopf und starrte in den Gang. Ein Arzt in OP-Kleidung, der sich gerade den Mundschutz abzog, kam in unsere Richtung. Wir saßen in einem kleinen Raum, der wohl für Angehörige in genau dieser Situation gedacht war, eigentlich ein Ruhepol in der Hektik, die auf dieser Station herrschte, weit genug weg von den unablässig herbeiströmenden, Hilfe suchenden Kranken.

Der Arzt trat tatsächlich durch die Tür. „Frau Wenge?"

Carina sprang auf. „Ja? Wie geht es meinem Bruder?"

Er zeigte ein vorsichtiges Lächeln. „Wir haben die Blutung stoppen können. Ich denke, er wird es schaffen." Er wehrte ihre gestammelten Dankesbekundungen ab. „Er ist noch im OP, anschließend wird er auf die Intensiv verlegt. Vor morgen früh können Sie nicht zu ihm."

Carina seufzte erleichtert und lehnte sich an Tim, der sich gleich neben sie gestellt hatte. Mit zittriger Hand holte sie ihr Handy hervor. „Jetzt kann ich wenigstens die Eltern beruhigen!"

Die hatten sich sofort nach Erhalt ihrer Nachricht auf den Weg gemacht und befanden sich schon kurz vor Dortmund. Die Tochter solle im Krankenhaus warten, bis sie eintrafen.

„Ob die uns wohl zu Tom lassen?" Kaum war die Gefahr für den Bruder gebannt, dachte sie schon wieder an den Freund.

„Versuchen wir's", blieb Tim optimistisch.

217

„Hast du eure Eltern informiert?", fragte ich, während wir mit dem Aufzug nach oben fuhren. Um diese Zeit waren wir die Einzigen, die ihn benutzten, die wenigen Besucher, denen wir begegneten, vermutlich die Letzten, waren auf dem Weg nach draußen.

„Nee, mach ich nachher, wenn ich weiß, was mit ihm ist." Er zuckte die Achseln. „Ist nicht so wichtig."

Diese Aussage ließ tief blicken. Natürlich war mir schon aufgefallen, dass weder Mutter noch Stiefvater sich bisher bei ihm gemeldet hatten. Klar, sie wussten vermutlich nicht mal von seiner Ankunft in Dortmund. Trotzdem wäre es in meinen Augen normal gewesen, in dieser Situation zusammenzuhalten und sich auszutauschen, so wie es Carinas Eltern taten und meine es ebenfalls gehalten hätten. Begeistert waren ihre auch nicht unbedingt von unserer Suche, andererseits sahen sie es wie wir: Es war die einzige Hoffnung, die uns blieb. Dass die Polizei Tom und Kilian bis zuletzt als Täter sah, war ihnen absolut unverständlich. Genau wie Carina hatten sie daran von Anfang an nicht geglaubt.

Herr Bendel fiel es mir siedend heiß ein. Ob ich den kurz besuchen sollte?

Tim wurde der Zutritt zur Intensivstation gestattet, Carina und ich mussten draußen bleiben.

„Erzähl mal genau, wie es abgelaufen ist", forderte sie.

Klar, bisher kannte sie nur die Kurzversion, dass wir Tom und Kilian gefunden und befreit hatten. Also berichtete ich ihr ausführlich, was sich abgespielt hatte.

„Dieser Max ist tot?", unterbrach sie mich, als ich beschrieb, was wir in dem letzten verschlossenen Raum vorgefunden hatten.

„Eindeutig." Reingegangen waren wir nicht, der Anblick, der sich uns im Lichtkegel der Taschenlampe bot, hatte uns gereicht.

„Wie hängt das denn jetzt zusammen? Ich dachte, er gehöre zu den Tätern? Gibt es denn irgendwelche Hinweise auf die? Oder hat Tom schon gesagt, was genau abgelaufen ist?"

„Weder noch, zumindest nichts, was wir mitbekommen haben. Die Polizei hat sich uns gegenüber bedeckt gehalten. Tom war viel zu fertig, um großartig zu reden. Der wollte nur trinken, trinken, trinken." Und dann hatte er sich übergeben, weil sein Magen revoltierte, und trotzdem wollte er sofort wieder neues Wasser.

Es hatte fast schon so ausgesehen, als hätten die Erpresser die beiden zum Sterben zurückgelassen. Toms Zeitgefühl war völlig durcheinander, er wusste nicht mal, wie lange er schon dort lag. Er habe mit Kilian und Max am Computer gesessen und irgendwann sei er dann gefesselt und geknebelt aufgewacht, hatte er krächzend erklärt. Die Entführer hätten ihn und den Freund in diesen Raum gesperrt, ohne dass sie erfuhren, was diese mit ihnen vorhatten. Essen und Trinken habe es nur unregelmäßig gegeben, mit Ausnahme der Drehtage. Da seien sie sogar mit frischen Klamotten versorgt worden. Viel weiter war er nicht gekommen, die Rettungssanitäter, die auftauchten, schoben uns sofort zur Seite, anschließend übernahm der Notarzt das Kommando. Und wir wurden von den eintreffenden Polizisten nach draußen gebracht.

Tim kam relativ schnell wieder zurück. „Die wollen ihn heute Nacht noch hierbehalten, weil er dehydriert ist. Er hängt am Tropf und hat was zur Beruhigung bekommen. Ansonsten geht es ihm relativ gut. Reingelassen zu ihm haben die mich nicht." Er schnaubte. „Da sitzt sogar ein Polizist vor der Tür."

Carina atmete auf und drückte fest seine Hand. „Gott sei Dank, dass es ihm gut geht!"

„Wir sollten uns erkundigen, wie es um deinen Opa steht", sagte ich zu Tim und an Carina gewandt: „Bleibst du bei deinen Eltern?"

Sie zog die Stirn kraus. „Nee, ich komme garantiert zurück. Noch ist nichts richtig geklärt."

Tim nickte bekräftigend. „Wenn die Polizei die Typen nicht findet, mischen wir weiter mit, richtig?" Er sah mich auffordernd an. „Ruf du eben in Opas Krankenhaus an."

Der Patient dürfe weiterhin keinen Besuch empfangen, erklärte mir die Krankenschwester. Ich möge mich bitte morgen früh an den behandelnden Arzt wenden.

Gut, eine Sorge weniger. Die Ermittler hatten uns nämlich verboten, über das heute Erlebte zu sprechen. Sie hofften wohl, dass die Erpresser von dem Spektakel nichts mitbekommen hatten und wieder auftauchten. Das Gelände sollte rund um die Uhr observiert werden.

Trotzdem hätte ich Herrn Bendel reinen Wein eingeschenkt. Das wäre für seine Genesung bestimmt von Vorteil. Dass er oder jemand aus seinem Kreis in das Verbrechen verwickelt war, schloss ich aus. So, wie es sich für mich darstellte, bestand sein Bekanntenkreis durchweg aus alten Leuten, Erfolgsmenschen, die ihr Schäflein ins Trockene gebracht hatten.

„Ich rede morgen mit dem Ermittler, bei dem ich meine Aussage machen soll", sagte Tim, als hätte er meine Gedanken erraten. „Ich möchte, dass Opa so schnell wie möglich die Wahrheit erfährt."

„Vielleicht solltest du deine Eltern wirklich erst mal außen vorlassen", entfuhr es mir. Hatte er nicht erzählt, der Stiefvater sei ziemlich knapp bei Kasse? Natürlich war das eine ziemlich gewagte Verdächtigung. Aber konnte ich ihn ausschließen? Noch tappten wir im Dunkeln, wer die Drahtzieher waren.

„Und meine Eltern? Hätte ich sie etwa im Unklaren lassen sollen?"

„Nein, ist schon okay", beruhigte ich Carina, obwohl ihre Worte eher angriffslustig geklungen hatten. Langsam fand sie zu ihrer alten Form zurück. „Ihr dürft nur keinen Rundruf starten." Dabei war den Ermittlern bestimmt längst klar, dass sich Tom und Kilians Auffinden nicht lange würde geheim halten lassen. Die Krankenschwestern und Pfleger, die

220

Ärzte, da kamen jede Menge Personen zusammen, die Bescheid wussten und mit ihren Angehörigen über den Zustand, in dem die Gesuchten aufgefunden worden waren, rätseln wollten.

Mich zog es nach Hause, der USB-Stick in meiner Tasche brannte geradezu. „Lasst uns runter gehen und auf Carinas Eltern warten", schlug ich vor. Die würden ja wohl hoffentlich jeden Moment eintreffen. Lange konnte ich mein Geheimnis nicht mehr für mich behalten.

Wir hatten Glück. Gerade als wir uns einen Kaffee besorgten, klingelte Carinas Handy. Die Eltern warteten auf dem Parkplatz.

Ich schüttete die heiße Brühe in mich hinein und beobachtete ungeduldig Tim, der langsam und bedächtig an seinem Getränk nippte. „Wir fahren auch", ich warf den leeren Becher in einen bereitstehenden Abfallkorb. „Du kannst unterwegs austrinken."

„Hast für heute die Schnauze gestrichen voll und sehnst dich nach deiner weichen Couch, was?"

Das Grinsen verging ihm schnell, als ich ihm meine Beweggründe verriet. Er zog mich geradezu zum Auto. „Wie habt ihr das denn geschafft?"

„Nicht wir, Greg", gab ich zu. „In dem einen Raum stand doch das Equipment für das Video, unter anderem auch Toms Laptop. Nachdem wir den toten Max gefunden hatten, behielt er die Ruhe und fragte mich, ob ich einen Stick in der Tasche hätte, das wäre die Gelegenheit. Ich gab ihm den mit dem ersten Video. Selbst wenn das weg ist, das habt ihr, du und Carina auch."

Die ganze Fahrt über rutschte er aufgeregt auf dem Beifahrersitz hin und her, bis ich schließlich die Nase voll hatte und ihm auftrug, kurz meine Mutter anzurufen und ihr zu berichten, was sich zugetragen hatte. Ich war selbst aufs Äußerste gespannt, ob sich etwas Relevantes auf Toms Festplatte befunden hatte. Mein Körper, der in der warmen Luft der Autoheizung zu entspannen begann, ließ mich jedoch nach all den Anstrengungen des heutigen Tages im Stich. Ich hatte wahnsinnige Schwierigkeiten, mich auf den Verkehr zu konzentrieren.

„Sie dürfen mit niemandem darüber sprechen", schärfte Tim meiner Mutter ein. „Eigentlich müssten wir Stillschweigen bewahren."

Ich schmunzelte, für jemand, der mit einer Fremden telefonierte, war er auffallend locker. Es hörte sich fast so an, als kenne er sie persönlich.

„Nette Frau. Carina hat mir schon von ihr erzählt. Auch eine Schriftstellerin, richtig?" Schon wieder begann er mit seinem Herumgerutsche. „Wann sind wir da?"

„Gleich."

„Warum hast du uns nicht eher was von dem Stick gesagt?" Ich schwieg und ließ ihn selbst darauf kommen.

„Ah, weil Carina sich dann garantiert an uns drangehängt hätte?"

Es war eindeutig keine Feststellung, sondern eine Frage.

„Und ihre Eltern vielleicht auch. Zumindest hätte sie ihnen davon erzählt. Wir klären sie später auf - falls wir überhaupt was finden."

35

Während der Computer startete, holte ich zwei Tüten mit Süßkram aus dem Schrank und goss uns Cola ein. Energydrinks gab es in meinem Haushalt nicht, daher musste der Zucker uns helfen.

Tim griff sich gleich eine Handvoll Gummibärchen und stopfte sie sich in den Mund. Ich folgte seinem Beispiel und steckte den Stick in den Slot. Gespannt beugten wir uns beide vor. Zuvor schnappte er sich die Tüte mit den Schaumstofftieren und füllte nach, bevor er sie mir hinhielt. „Kennst du sein Passwort für das E-Mail-Konto?", fragte ich und nahm mir ebenfalls gleich mehrere.

Er schüttelte schweigend den Kopf und kaute angestrengt. „Nee", brachte er schließlich hervor. „Und glaub ja nicht, dass der was Gängiges nimmt. Der ist da penibel."

Schade, das wäre der Supergau gewesen, wenn wir die Mail an die Polizei hätten lesen können. Ich scrollte durch die lange Liste. Immerhin hatte Tom vernünftige Namen für seine Ordner vergeben. Der Mauszeiger stoppte bei dem Wort Weihnachtsbombe, eine Einzeldatei, nicht besonders groß. Ich öffnete sie und begann genau wie Tim zu lesen.

Ich fand die Geschichte echt abgefahren. Es handelte sich um die Arbeit für diesen Schreibkurs bei Frau Kesper. Das Thema lautete: eine ganz besondere Weihnachtsgeschichte. Und seine war wirklich ganz besonders.

Zuerst hatte er eine Stadt im Vorweihnachtsstress beschrieben, die überfüllten Straßen und Geschäfte, die vielen besonderen Aktivitäten, die kaum Zeit für einen besinnlichen Advent ließen. Der nächste Abschnitt handelte von der

Bombendrohung, die, anders als bei uns, direkt an die Presse gerichtet war. Dazwischen hatte er rot hinterlegt die Worte ‚Max - Übergang‘ vermerkt.

Die Forderung der Erpresser lautete: Zehn Millionen Euro per Überweisung auf ein demnächst bekannt gegebenes Konto, Kontaktaufnahme innerhalb einer Woche zur Geldübergabe, und schloss mit der Warnung, dass ansonsten eines der Ziele, die Tom in seinem Video genannt hatte, zum Ziel eines Bombenattentats würde.

Die nächste Seite beschrieb die ausbrechende Panik in der Bevölkerung. Diese überflogen wir nur. Dann folgte eine kurze Schilderung, wie die Stadtoberen und die Polizei über die richtige Reaktion diskutierten. Sie kamen zu dem gleichen Entschluss wie anscheinend unsere: Nicht zahlen! Zwar werden Millionen von den Politikern verschleudert, um sich selbst ein Denkmal zu setzen, aber wenn die Bevölkerung gefährdet ist, sitzt man auf dem Geld, hatte er in kursiv dahinter geschrieben, mit dem Zusatz: Noch vernünftig ausformulieren.

Wie vermutlich in der Echtzeit fahndete die Polizei mit Hochdruck nach den Erpressern, ohne Erfolg, wie es aussah. Weiter war die Geschichte leider nicht gediehen. Der Rest bestand aus kurzen Notizen. Anscheinend waren die beiden Autoren uneins, wie sie fortgesetzt werden sollte.

„Deshalb der Verdacht gegen ihn“, sagte Tim mit gepresster Stimme. „Dieser Hirni! Muss er denn immer provozieren?“ Bis Carina auftauchte, hatten wir sämtliche Dateien kontrolliert, aber nichts Neues zum Thema mehr gefunden, außer einer Linkliste, die sich auf Dortmund bezog. Um authentischer zu sein, hatte er sich eine komplette Straßenkarte, die Homepages der einzelnen Winterveranstaltungen und eine Liste aller sonstigen Sehenswürdigkeiten angelegt.

„Akribisch wie immer“, hatte Tim gestöhnt. „Der recherchiert für sein Leben gern.“ Kaum war der Satz ausgesprochen, wurde ihm die volle Bedeutung bewusst.

Ich tat, als hätte ich nicht zugehört und sei in die nächste Datei vertieft, jede Menge Fotos, allerdings alle aus Hildesheim und Umgebung.

„Der sammelt die neuesten auf dem Handy und zieht sie erst runter, wenn er mal Muße hat", erklärte Tim.

„Hatte er es bei sich?", fiel mir blöderweise erst jetzt ein zu fragen.

Beschämt senkte er den Kopf. „Keine Ahnung."

„Du hast dich um deinen Bruder kümmern müssen", tröstete ihn Carina.

Bei ihrer Ankunft hatte sie eine unflätige Schimpfkanonade auf uns losgelassen, dass wir sie nicht früher eingeweiht hatten. Tim, der sich hätte rausreden können - immerhin hatte er von nichts gewusst -, übernahm es, ihr den Hintergrund zu erklären. Abwechselnd brachten wir sie auf den neuesten Stand.

„Du kennst nicht zufällig sein Passwort?", fragte ich.

Sie dachte mit gerunzelter Stirn nach und ich verspürte einen Anflug von Hoffnung. „Irgendwas total Kompliziertes war das, Buchstaben und Zahlen, das ist alles, woran ich mich erinnere."

„Morgen sollten wir es kriegen." Tims Augen funkelten. „Ich setze mich ab morgen früh ins Krankenhaus und warte so lange, bis sie mich zu ihm lassen."

Wenn die Polizei nicht beschloss, ihn komplett abzuschirmen, dachte ich. „Musst du nicht zur Wache, deine Aussage machen?"

Er stand auf und reckte und streckte sich. „Dann eben direkt danach. Ich hab mörderischen Hunger, wie sieht es bei euch aus? Soll ich was holen?"

Carina war mit ihren Eltern essen gewesen, ich wies Tim auf die späte Uhrzeit hin und behauptete, keinen Hunger zu haben, dabei rumorte es in meinem Magen so laut, dass ich schon erwartete, er würde meine Ausrede erkennen. Carina lockte ihn hinüber in die andere Wohnung, da sich im Gefrierschrank noch jede Menge Pizzaschachteln befanden.

225

Kaum hatte sich die Tür hinter ihnen geschlossen, inspizierte ich meinen Hängeschrank. Ich fand zwei Gläser Würstchen und eine Tütensuppe und gönnte mir fünf Scheiben Toast dazu. Danach war ich in der Lage, die heutigen Erlebnisse aufzuschreiben und mir anschließend sogar einige vorherige Seiten durchzulesen, die mich jedoch nicht weiterbrachten. Außer dass Max irgendwie involviert war, gab es keine Erkenntnisse, die mir helfen konnten, die Täter zu entlarven.

Oder ist Max auch ein Opfer, dem die Erpresser drohten - vielleicht mit dem Leben von Tom und Kilian, kam es mir kurz vor dem Einschlafen in den Sinn. Vielleicht wurden alle drei überwältigt und Max sollte … Meine Gedanken verwirrten sich, ich schlief ein.

Montag, 9. Dezember

Nein, war ich mir am nächsten Morgen sicher. Er musste mit drinhängen. Nur er konnte diese Geschichte weitergegeben haben. Und laut Toms Aussage hatten alle drei vor dem Computer gesessen, was für ein Betäubungsmittel im Getränk sprach. Wer sollte es ihnen sonst verabreicht haben?

Bevor ich sinnlos weiter grübelte, startete ich den Computer, um mir das Neueste aus Dortmund durchzulesen. Meine Mutter hatte Tim gestern bereits erzählt, was für ein Aufruhr durch Toms Beitrag ausgelöst worden war. Ab dem frühen Morgen versammelten sich Pressevertreter aus allen Richtungen vor dem Rathaus, aufgebrachte Bürger veranstalteten eine Spontandemonstration, in den sozialen Medien ertönte überall der Ruf nach sofortiger Zahlung. Ein Dortmunder Politiker, der schwor, dass keiner der Ratsmitglieder von dieser Erpressung gewusst hätte, brachte es auf den Punkt: „Unser vorrangiges Ziel ist es, die Bürger zu schützen. Selbstverständlich werden wir eher zahlen, als deren Leben zu gefährden."

Tja, ob die, die das Sagen hatten, es ähnlich sahen? Angeblich habe man den Kreis der Eingeweihten extra klein gehalten, ließ unser Oberbürgermeister verlauten, weil man sich anhand der vielen Hinweise auf die Täter sicher gewesen sein, diese rechtzeitig zu schnappen. Jetzt sehe die Lage natürlich anders aus und man werde sich sofort zusammensetzen, um die Vorgehensweise erneut zu besprechen.

Bevor ich den nächsten Bericht anklicken konnte, klingelte mein Handy, Kommissar Janzen.

„Wie sieht es aus, Herr Grahl? Bereit, uns einen Besuch abzustatten?"

„Jetzt?" Es war erst kurz vor zehn.

„Wenn Sie das einrichten könnten? Es haben sich jede Menge Fragen an Sie ergeben." Den Zusatz, weil Sie sich unbedingt wieder einmischen mussten, unterließ er gnädigerweise.

Ich frühstückte hastig und gab nebenan Bescheid, dass ich direkt losmüsse.

„Herr Grahl, Herr Grahl!" Herr Janzen schüttelte missbilligend den Kopf, als ich eintrat. „Sie können es einfach nicht lassen!"

Trotzdem meinte ich, so etwas wie Anerkennung in seiner Miene zu lesen. „Es blieb mir keine Wahl", erwiderte ich kühn. „Ihre Kollegen taten die Anregung der Schwester als Hirngespinst ab. Sie und Toms Bruder wollten unbedingt ermitteln. Hätte ich sie allein ziehen lassen sollen?"

Jetzt wurde es deutlich, er unterdrückte ein Lächeln. „Dann erzählen Sie mal!"

„Ich hätte mich sowieso heute an Sie gewandt", schloss ich meinen Bericht. „Wir hatten die Hoffnung längst aufgegeben, es allein zu schaffen."

Er schaltete das Aufnahmegerät, das er hatte mitlaufen lassen, ab. „Der Tote, den Sie in der Scheune fanden, war ein seit mehreren Wochen Vermisster. Er ist eines natürlichen Todes gestorben. Es besteht keine Verbindung zu dem

Fall." Er betrachtete mich mitfühlend. „War mit Sicherheit kein angenehmes Erlebnis."

„Wir wollten abbrechen", gestand ich. „Nur lastete die Angst auf uns, dass Tom und Kilian sterben könnten, vor allem nach dieser zweiten Videobotschaft."

„Sie haben beide gesehen?"

„Es gibt genügend Freaks, die schneller als die Polizei sind." Ich hob eine Augenbraue. „Dachten Sie tatsächlich, sie hätten es rechtzeitig entfernt?"

Er schob nachdenklich die Unterlippe vor. „Das Ganze entwickelt sich zu einem Albtraum."

Er war mir schon mehr entgegengekommen als erwartet, deshalb wagte ich zu fragen: „Haben Sie eine Spur entdeckt, die zu den Erpressern führt?"

Er schüttelte den Kopf. „Nicht einen verwertbaren Hinweis."

Ha, das klang ganz anders, als die Aussage des Oberbürgermeisters!

Er rang sichtlich mit sich, ob er noch mehr ins Detail gehen sollte.

„Ich habe Toms Geschichte gelesen", setzte ich hinzu, mit Ehrlichkeit kam ich am besten ans Ziel. „Man hatte Angst, dass eine Panik ausbricht. Deshalb hielt man das mit der Bombe auf dem Weihnachtsmarkt geheim, vermute ich."

„Ihr Freund hat es realistisch beschrieben", wich er aus.

Ich spürte, wie die Wut in mir hochstieg. Klar, zehn Millionen Euro waren eine Menge Geld. Aber galt es nicht in erster Linie, Menschenleben zu retten? „Wie geht es jetzt weiter?"

Er gestattete sich ein ironisches Lächeln. „Ich denke, die Stadtspitze wird zahlen."

Ja, weil man die Reaktion der Öffentlichkeit nicht mehr unter Kontrolle hatte. „Haben Sie irgendwelche verwertbaren Spuren gefunden? Oder Hinweise darauf, mit wem Max befreundet war?", setzte ich hinzu, da er mich nur schweigend ansah.

228

„Nein." Herr Janzen straffte sich, er schien zu bereuen, dass er so offen zu mir gewesen war. „Herr Grahl, bitte, halten Sie sich ab jetzt zurück. Ihre Freunde sind relativ wohlbehalten wieder aufgetaucht und rehabilitiert. Den Rest erledigen wir." Er machte Anstalten aufzustehen.

Ich blieb sitzen. „Ich denke, Max musste sterben, weil er sich plötzlich querstellte - warum auch immer. Haben Sie im Heim nachgefragt, in dem er vor dem Studium gearbeitet hat?"

Nun erhob er sich wirklich. „Bitte, Herr Grahl, lassen Sie die Finger davon, in Ihrem eigenen Interesse."

Mehr würde ich nicht erfahren. „Wissen Sie, wie es Kilian geht?", fragte ich auf dem Weg zur Tür.

„Er hat die Nacht gut überstanden und ist außer Lebensgefahr."

„Und Tom? Dürfen wir ihn besuchen?"

Er quälte sich ein Lächeln ab. „Heute noch nicht, morgen."

„Was ist mit seinen Eltern? Und mit seinem Opa? Ihre Kollegen gestern baten uns, mit keinem über das Auftauchen der Vermissten zu sprechen. Bleibt es dabei?"

Er nickte. „Ja, bitte wenigstens bis morgen stillhalten, okay?"

Ich wandte mich zur Tür. Im Eingang blieb ich stehen. „Ach, Herr Janzen, falls ich zufällig noch etwas Wichtiges erfahre, kann ich Sie auch außerhalb der Bürozeiten erreichen?"

36

Ich glaubte nicht daran, dass sich die Neuigkeiten lange geheim halten ließen. Irgendjemand würde reden, dass Tom und Kilian wieder aufgetaucht waren und sie nichts mit dem geplanten Terroranschlag zu tun hatten. Deshalb verspürte ich auch keinerlei Skrupel, am Nachmittag Herrn Bendel zu besuchen und ihm die Wahrheit zu sagen.

Gut, der Besuch hatte vornehmlich einen ganz anderen Grund. Kaum wieder zu Hause musste ich Tim berichten, Carina war bereits mit ihren Eltern bei Kilian im Krankenhaus. Er hingegen wollte zuerst meinen Bericht abwarten, bevor er selbst seine Aussage bei der Polizei machte. „Anschließend fahre ich gleich durch in die Klinik. Wäre doch gelacht, wenn ich nicht wenigstens kurz mit Tom sprechen dürfte. Immerhin bin ich sein Bruder!"

Ich führte ein längeres Telefonat mit meiner Mutter und mit Mirko. Ich gab ihm einen kurzen Abriss von unserem Gespräch und berichtete auch, was sich bei Herrn Janzen ergeben hatte. „Die stehen nach wie vor auf dem Schlauch", schloss ich.

Seine Freundin und er hatten ihre Aussagen ebenfalls bereits bei der Polizei abgegeben. Die Ermittler blieben zwar skeptisch, konnten diese allerdings nicht widerlegen. Es würde wohl nichts mehr hinterherkommen.

Ich atmete auf. Immerhin hatten wir es nur Mirko und seinem Freund zu verdanken, dass wir die beiden Entführten befreien konnten. Dann musste ich ihn bremsen, denn er wollte am liebsten sofort wieder loslegen. Dabei gab es keine einzige zu verfolgende Spur. Alle Ansätze, auf die ich gebaut hatte, waren im Sande verlaufen. Wir standen genauso dumm da wie die Polizei.

Wir überlegten noch eine Weile hin und her, bis Mirko sich enttäuscht verabschiedete. Anschließend saß ich grübelnd vor einem Blatt Papier und überlegte, wo wir noch ansetzen konnten, um etwas über Max' Kontakte zu erfahren. Es war unvorstellbar, dass niemand etwas über ihn wusste!

Schneller als gedacht meldete sich Tim: „Die schotten den ab", die Bitterkeit in seiner Stimme war nicht zu überhören. „Wir sollen nicht erfahren, was genau gelaufen ist."

„Der Kriminalkommissar, mit dem ich sprach, sagte, wir dürften morgen zu ihm."

„Ha!" Sein Ausruf war so laut, dass ich das Handy vom Ohr nehmen musste. „Der hat dich beschissen. Tom geht es gut, er darf morgen raus und wird von denen an einem sicheren Ort untergebracht, um jedes Risiko auszuschließen, wie der Ermittler betonte."

„Ernsthaft?" Hatte Herr Janzen mich absichtlich falsch informiert?

Tim schnaube leise. „Die wollen uns aus dem Spiel haben." Und wieder eine Hoffnung zunichtegemacht! Diese Nachricht musste ich erst mal verdauen.

Wer würde vermeiden, sich mit seinem jungen Gefährten sehen zu lassen, begann ich zu grübeln – ich ging einfach mal davon aus, dass Max' Partner wiederum älter war. Zum einen, weil er sich vermutlich nicht geändert hatte und weiterhin einen erfahrenen Freund benötigte, zum anderen, weil Gleichaltrige in der Regel offener mit ihrer Homosexualität umgingen. Wenn wir diesen Freund fanden, bekämen wir vermutlich hinreichend Einblicke in Max' Leben. Oder war dieser Mann vielleicht mit involviert? Oder sogar der Initiator des Ganzen? Und hatte den sich plötzlich sträubenden Max getötet, bevor der seinen Plan zunichtemachen konnte?

Es könnte sich bei dem Gesuchten zum Beispiel um jemand handeln, dem es versagt war, ein Verhältnis mit einem von ihm Abhängigen einzugehen, lautete meine Antwort, also ein Dozent. So etwas kam ja trotzdem immer mal wieder vor. Und ich wusste auch schon, an wen ich mich wenden musste, um Gewissheit zu erlangen.

„Wir besuchen gleich deinen Opa", erklärte ich Tim, als er zurückkehrte. „Die Krankenschwester hat grünes Licht gegeben. Vorher versuche ich eben noch Mia aus Max' WG zu erreichen." Besser gleich in alle Richtungen ermitteln.

Leider kam ich nur bis zu ihrem Anrufbeantworter. Ich hinterließ ihr eine Nachricht, sie möge mich bitte umgehend zurückrufen.

Nach einer Tiefkühlpizza aus Toms und Kilians Bestand machten wir uns auf den Weg. Die Schwester hielt uns auf, bevor wir eintreten konnten. „Ah, die beiden Enkel." Sie warf mir einen wissenden Blick zu. „Der Opa ist wach und schon darüber informiert worden, dass diese Entführungsgeschichte glimpflich ausging. Trotzdem bitte ich darum, ihn nicht aufzuregen. Er benötigt noch viel Ruhe."

„Selbstverständlich", erwiderte Tim. „Wir sind ja froh, dass er es einigermaßen überstanden hat."

Sie nickte gnädig. Er klopfte kurz an und drückte die Türklinke hinunter.

Herr Bendel sah uns neugierig entgegen. Als er Tim und mich erkannte, glitt ein freudiges Lächeln über sein Gesicht. „Meine beiden Enkel!" Er prustete leise über meinen verdatterten Ausdruck. „Blöd bin ich nicht", fuhr er fort, nachdem ich die Tür geschlossen hatte. „Du bist mein Nenn-Enkel und mein Patenkind. Wir stehen in enger Verbindung miteinander." Er zwinkerte mir zu. „Ich habe schon zwei Autogrammwünsche erhalten, die ich an dich weitergeben soll." Dann wurde er schlagartig ernst. „Wie geht es Tom? Der Kommissar, der mich besuchte, behauptete, er sei nicht verletzt, ist das richtig?"

„Er wurde zur Sicherheit ins Krankenhaus gebracht", übernahm es Tim zu antworten. „Morgen kommt er raus, die

Polizei will ihn jedoch verstecken und wir dürfen nicht zu ihm."

Herr Bendel brummte verärgert. „Ihr leistet die Hauptarbeit und werdet noch dafür bestraft."

Nein, senil war er wirklich nicht! „Die wollen, dass wir uns raushalten", erklärte ich.

„Und? Macht ihr das?"

„Natürlich nicht!" Tim klang ehrlich entrüstet.

Herr Bendel wies auf die Besucherstühle. „Setzt euch und lasst uns gemeinsam die Fakten durchgehen. Vielleicht kann ich euch helfen."

Ziemlich enttäuscht verließen wir eine Stunde später die Klinik. Natürlich hatte Herr Bendel mehrere Ideen aufgebracht, allerdings keine, die uns nicht schon selbst gekommen war. Und aus dem Krankenzimmer heraus war sein Einfluss gering. Zwar kannte er mehrere Richter und Staatsanwälte persönlich, aber auch er wusste, dass bei dieser delikaten Angelegenheit, wie er es ausdrückte, ihm niemand Auskunft geben würde - und schon gar nicht übers Telefon.

„Selbst über die Mail mit der Bombendrohung hätte man mich eigentlich nicht informieren dürfen. Die Person, die mir diese Einzelheit preisgab, käme in Teufels Küche, wenn das jemand herausfindet."

Wir konnten ihn beruhigen, seitdem Toms Videos erschienen waren, würde niemand mehr die Verbindung herstellen. Herr Bendel gab nicht eher Ruhe, bis Tim ihm beide auf dem Handy vorspielte. Die ganze Zeit über beobachtete ich ihn genau, um beim kleinsten Anzeichen von Schwäche den Rufknopf für die Schwester zu drücken.

Er hielt sich erstaunlich gut, selbst dann noch, als wir ihm von Toms Weihnachtsgeschichte erzählten. „Wer kommt bloß auf eine derartige Idee", sagte er nachdenklich. „Das ist kein Augenblicksentscheid. Dieser Jemand muss schon zuvor in diese Richtung gedacht haben. Es handelt sich um einen zutiefst von seinem Leben und seiner Umwelt enttäuschten Menschen."

„Da gibt es viele", spöttelte Tim.

Herr Bendel stimmte ihm nickend zu. „Nur muss sich dieser Jemand im Umfeld von Max bewegen. Ihn gilt es zu finden."

Dass dieser tot war, wollten wir ihm nun nicht verraten, daher nickten wir nur.

„Außerdem müsst ihr rausfinden, warum Max solch einen Hass auf Tom und Kilian hatte. Warum hat er die beiden mit reingezogen? Normal ist das nicht."

Besser auch zu diesem Punkt schweigen, sonst hätten wir uns erneut in langatmigen Erklärungen ergehen müssen.

„Mir ist eine weitere Idee gekommen", wagte ich mich endlich vor. „Kennen Sie Frau Kesper näher? Carina hat mir erzählt, dass Sie früher eine Jura-Professur hatten."

Er runzelte die Stirn. „Wie könnte sie euch helfen?"

Ich sagte ihm, was ich vermutete. Sofort angelte er sein Handy aus der Schublade des Nachtschränkchens und drückte auf ihre Nummer. „Hildegard? Herr Grahl benötigt deine Hilfe. Hast du einen Moment Zeit?" Die Antwort schien positiv auszufallen, denn er drückte mir den Hörer in die Hand.

Ich sagte mein Sprüchlein auf und erlebte gleich die nächste Enttäuschung. „In diese Richtung hat die Polizei bereits ermittelt", ließ sie mich wissen. „Soweit ich weiß, ist nichts dabei herausgekommen."

„Es muss nichts Weltbewegendes sein", blieb ich hartnäckig. „Viele Dozenten, auch wissenschaftliche Mitarbeiter, erhalten nur befristete Verträge. Sie müssen sich von Uni zu Uni hangeln, immer wieder neu anfangen." Vielleicht war Max' Freund längst in eine andere Stadt versetzt worden, das würde auch erklären, warum er nie gesehen wurde.

„Die Polizisten haben sich um alle gekümmert, bei denen er Kurse hatte", präzisierte sie.

„Ich kann mich an einen Doktoranden erinnern, der mittendrin hinwarf, weil das Forschungsprojekt, an dem er mitarbeitete, nicht mehr finanziert wurde", ließ sich Tim, der direkt neben mir stand und lauschte, laut vernehmen. „So was erzeugt garantiert Frust – und gibt es bestimmt an jeder Uni."

Frau Kesper räusperte sich energisch. „Wissen Sie, was Sie da von mir verlangen?"

„Max ist tot, Kilian wurde schwer verletzt, er hat nur mit Glück überlebt." Aus den Augenwinkeln sah ich, wie Herr Bendel zusammenzuckte. Mist! Jetzt hatte er es doch erfahren.

„Weil wir die Entführten rechtzeitig genug gefunden haben", ergänzte Tim mit Betonung auf dem Wir.

„Ich … gut, vielleicht … ja, ich könnte …" Sie war völlig von der Rolle über diese Nachricht.

„Bitte behalten Sie dieses Wissen für sich", schärfte ich ihr ein. „Wir mussten der Polizei versprechen, keinem davon zu berichten. Es wird im Moment unter Verschluss gehalten."

Es war das erste Mal, dass ich Frau Kesper sprachlos erlebte. Sie fing sich relativ schnell wieder. „Ich werde mich darum kümmern. Sollte ich auf irgendetwas Ungewöhnliches stoßen, gebe ich Ihnen Bescheid. Mehr können Sie von mir nicht erwarten."

Wir zogen lange Gesichter, mir blieb nichts anderes übrig, als zuzustimmen. Sie versprach, sich spätestens bis morgen Nachmittag bei mir zu melden.

„Das gilt dann ebenso für mich", bemerkte Herr Bendel. „Wolltet ihr mich schonen oder …"

„Wir dachten, du hast für heute genug Hiobsbotschaften bekommen", unterbrach ihn Tim schnell. „Wenn dieser Blödmann hier nicht …"

„Lass gut sein", winkte sein Opa ab. „Jetzt bin ich wenigstens auf dem neuesten Stand." Er seufzte. „Auch wenn euch das nicht weiterhilft."

Kurz darauf trudelte Dr. Runge ein, um seinen alten Freund zu besuchen. Wir verabschiedeten uns aufatmend. Unser

Gespräch hatte sich zuletzt im Kreis gedreht, es war besser, wieder die Initiative zu ergreifen.

„Wir fahren zu Max' WG." Mia hatte sich bisher nicht zurückgemeldet. Ich konnte nur hoffen, dass wenigstens einer der anderen anwesend war.

37

Lea öffnete uns die Tür. „Hi, gibt es Neuigkeiten?"

„Ich bin dicht dran", antwortete ich, mich an mein Verspre-chen gegenüber Herrn Janzen haltend. „Das neben mir ist Toms Bruder Tim. Er hilft mir bei der Suche."

Sie blickte reichlich verwirrt und hieß uns eintreten.

„Bist du allein?", fragte ich, nachdem wir wieder in der Kü-che Platz genommen hatten.

Sie schüttelte den Kopf. „Ken ist in seinem Zimmer, Mia müsste jeden Augenblick vom Sport zurückkommen."

Bis sie ihn geholt hatte, war auch ihre Freundin eingetreten.

„Sagt mal, hat Tom bezogen auf sein gesamtes Studium au-ßer diesen Schreibkurs noch andere außergewöhnliche Se-minare belegt?", begann ich. So eine ähnliche Frage hatte ich schon mal gestellt, aber ich musste nach jedem Stroh-halm greifen.

Synchrones Kopfschütteln. „Wir waren ziemlich über-rascht", ergänzte Lea. „Der hat sich nie sonderlich fürs Schreiben interessiert. Er meinte dazu nur, schaden könnte so was nicht."

„Hat er irgendwann mal längere Zeit nebenbei gearbeitet?"

Wieder gemeinsames Kopfschütteln. „Der bekam BAföG", erklärte Ken.

„Doch, in den Semesterferien, mal hier, mal da, nichts Fes-tes", verbesserte Mia.

„Nichts hier an der Uni?" Dann hätte ich vielleicht die Ver-bindung.

„Nee, das hätte er erzählt. Diese Jobs sind heiß begehrt."

„Hat die Polizei sein Zimmer wieder freigegeben?"

Die beiden sahen sich an, bevor Lea antwortete: „Komisch, dass du danach fragst. Nach der ersten Durchsuchung war das nicht gesperrt. Man konnte einfach rein." Sie lief rot an. „Dafür …"

„Seid ihr drin gewesen?", hakte ich nach.

„Klar, hättest du wahrscheinlich auch gemacht", verteidigte sie sich.

„Bestimmt sogar." Mir ging es um ganz was anderes. „Gab es vielleicht irgendwelche Fotos von ihm und irgendwelchen Freunden?"

Die beiden Frauen tauschten stumme Blicke, ob sie mir die Wahrheit sagen sollten. „Also es hängt ein Foto von ihm, seiner Schwester und seinem Bruder an der Wand, das ist alles. Wir denken, er hat die aktuellen Aufnahmen auf dem Laptop oder auf dem Handy. Beides war nicht da."

Wieder eine Sackgasse.

„Du kannst leider nicht nachgucken", fuhr Lea fort. „Gestern Abend ist die Polizei aufgetaucht und ist noch mal rein. Anschließend haben die den Raum versiegelt. Weißt du was darüber? Hängt das alles mit dieser Bombendrohung zusammen? Denken die etwa, Max ist darin verwickelt?

Hätte ich leugnen sollen? „Es gibt eine neue Entwicklung, über die ich aber Stillschweigen bewahren muss." Was Besseres fiel mir auf die Schnelle nicht ein. „Ich denke, in ein bis zwei Tagen wird es offiziell bekannt."

Natürlich versuchten sie mich zu löchern. Ich zog mich raus, indem ich auf einen weiteren Termin verwies, zu dem ich schon deutlich zu spät war.

„Warum bist du ihnen gegenüber so zugeknöpft gewesen?", fragte Tim, kaum dass wir wieder auf der Straße standen.

„Weil es sonst gleich im ganzen Haus rum wäre." Mia allein hätte ich wahrscheinlich ins Vertrauen gezogen, Ken konnte ich nicht einschätzen, und Lea? Irgendwie hatte ich bei ihr den starken Verdacht, sie könne schlecht etwas für sich behalten.

„Was jetzt?" Tim sah mich erwartungsvoll an.

„Nach Hause und nachdenken. Mir sind für heute die Ideen ausgegangen."

Während ich mich auf die Couch fallen ließ und verzweifelt überlegte, ob ich irgendeinen Ansatzpunkt übersehen hatte, surfte Tim im Internet, um das Neueste aus Dortmund zu erfahren.

„Ha! Dieser Reporter von eurem Blatt, dieser Stankowski, der hat einen ausgezeichneten Artikel über die momentane Lage geschrieben. Der ist anscheinend aufs Beste informiert. Soll ich ihn dir mal vorlesen?"

In meinem Gehirn machte es Klick. Mit einem Satz war ich neben ihm und beugte mich über den Monitor. Fünf Minuten später wandte ich mich enttäuscht wieder ab. Er tat in erster Linie seine Meinung kund und verurteilte die Stadtoberen für ihren bisher gefahrenen Kurs. Weder erwähnte er das Auffinden von Tom und Kilian noch gab es überhaupt in seinem Artikel einen Hinweis auf diese Aktion.

Trotzdem wollte ich den entsprechenden Punkt überprüfen. Maurice gegenüber war ich offen und ehrlich, bis ich zum Ende der Geschichte kam, verging fast eine halbe Stunde. „Wie ist das?", fragte ich. „Hat ein Reporter besondere Kontakte, um an Daten zu kommen, die nicht offen liegen?"

Er ahnte sofort, worauf ich hinauswollte. „Weil der Typ diesen Artikel über Tom und Kilian gemacht und sie sozusagen in die Öffentlichkeit gezerrt hat?"

„Genau." Ich schimpfte mich einen Trottel, dass mir dieser Punkt nicht viel eher aufgefallen war.

„Vielleicht hat er einen Hackerfreund. Nee, braucht er nicht mal, einer mit ein bisschen Kenne reicht schon aus. So toll war diese Verschlüsselung nicht. Die ist einfach zu knacken. Das kann bei uns fast jeder."

Wieder kein eindeutiges Ergebnis.

„Wie kommst du denn auf den? Nur wegen des Artikels?"

Und weil er mir halt super unsympathisch war. „Ich suche nach jedem Strohhalm. Es gibt niemanden, der näher bekannt mit Max war." Da ich ihm so viel erzählt hatte, konnte ich ihm auch den Rest anvertrauen. „Frau Kesper ist meine letzte Hoffnung", schloss ich.

„Die Polizei ist auch nicht besser als du", versuchte er mich zu trösten. „Pass auf, ich frag nachher noch mal meinen Bruder aus. Natürlich ohne in Einzelheiten zu gehen. Mehr kann ich dir leider nicht helfen."

Tim machte seiner Enttäuschung Luft, indem er über mich spöttelte. Als wenn ein normaler Reporter nicht ganz offiziell sein Schwulsein zugeben und sich auch mit einem Studenten zeigen könne. So jung sei Max nun auch wieder nicht gewesen. Ich verbiss mir eine heftige Erwiderung, freute mich aber, als Carina kurz darauf erschien und nach einem sehr kurzen Austausch mit ihm im Schlepptau verschwand.

Noch einmal ging ich akribisch jedes einzelne Detail, das ich zu Max erfahren hatte, durch. Von Stefan wusste ich, dass Max keine Kontakte aus seiner Zeit im Heim hatte, auch nicht zu ehemaligen Schulkameraden. Die Einzigen, die er regelmäßig anrief, Jenny, beziehungsweise besuchte, Fred, waren die Geschwister. Von der Delinquenz habe er nichts gewusst, hatte mir Stefan versichert. Das Einzige, worüber Max sich beklagte, war, dass die Kleine sich nur unregelmäßig bei ihm meldete. Doch sie habe immer behauptet, es laufe alles, sowohl mit der Schule als auch mit den Pflegeeltern. Besonders tragisch: Er und Max hatten für knapp einen Monat später einen Ausflug nach Bayern geplant, der ein Treffen mit der Schwester einschloss. Die Absprache mit den Pflegeeltern war bereits getroffen.

Bleibt im Endeffekt nur die Uni, lautete mein Fazit. In Ermangelung anderer Hinweise sollte ich mich morgen noch einmal dort umhören.

Bis genau zu dieser Überlegung war ich gekommen, als mein Handy klingelte: Mia.

„Du, mir ist da noch was eingefallen. Ich weiß nicht, ob es wichtig ist, aber ich dachte …", sie klang eindeutig nervös.

„Jede Kleinigkeit könnte wichtig sein", beruhigte ich sie.

„Max ist tot, richtig?"

So direkt darauf angesprochen, konnte ich sie nicht anlügen. „Ja, wir haben Tom und Kilian befreit. Max war wohl schon seit ein paar Tagen tot."

Kein Kreischen, kein Schluchzen, nur ein mehrmaliges tiefes Atmen – dann Stille.

„Mia?"

„Ja, ich bin noch dran. Ich habe extra gewartet, bis Lea rübergegangen ist … wir haben alles noch mal durchgewälzt, also die neuesten Ereignisse, das mit der Bombendrohung und so. Nach deiner ausweichenden Antwort war mir klar, dass Max da irgendwie mit drinhängen muss. Nur garantiert nicht als Täter. Der ist ein Opfer, eindeutig."

So behutsam wie möglich machte ich sie mit der Realität vertraut.

„Er muss sich mit dem Falschen eingelassen haben", beharrte sie. „Und der hat ihn benutzt."

„So ähnlich sehe ich es auch", beruhigte ich sie. „Deshalb ist es nun umso wichtiger, diesen Kerl zu finden."

„Also ich hab, nachdem du weg warst, hin und her überlegt. Wo ging Max einkaufen? Hatte er einen bevorzugten Imbiss? Aß er oft in der Mensa? Ging er allein zur Uni oder wenn nicht mit uns, mit wem dann?"

Meine Anspannung wuchs. Ihr war definitiv ein wichtiges Detail aufgefallen.

„Also bei uns im Supermarkt arbeiten hauptsächlich Studenten, die Filialleiterin ist eine Frau, die wenigen Verkäuferinnen auch. Es wäre mir bestimmt aufgefallen, wenn er mit einem von denen was gehabt hätte. Für so was habe ich Antennen. In einen Imbiss ging der nie, in die Mensa auch nicht." Sie brachte ein Geräusch halb Weinen, halb Kichern hervor. „Der lebte so was von sparsam. Er nahm sich Butterbrote und Kekse mit in die Uni. Ich hab den nie was kaufen sehen."

„Wer begleitete ihn auf dem Weg zur Uni?" War das der relevante Punkt.

„Keiner - oder wir", schob sie nach. „Normalerweise joggte er, allein. Ab und zu, meist wenn es regnete, schloss er sich uns an."

Langsam wurde ich ungeduldig. Was wollte sie mir denn so Wichtiges mitteilen, dass sie um halb elf abends anrief?

„Also mir ist eingefallen, er hatte mal für drei Monate ein Fahrrad. Das ist ihm vor dem Wohnheim geklaut worden. Mann, war der sauer!"

„Woher hatte er das? Machte er nach dem Diebstahl eine Meldung?" Das waren gleich zwei neue Möglichkeiten, wie er jemand kennengelernt haben könnte.

„Äh, warte, lass mich überlegen. Ein ehemaliger Student hat es ihm für 'nen Appel und 'nen Ei überlassen, wie er sagte, weil das schon ziemlich alt und eigentlich nicht mehr ver-kehrstüchtig war, eine echte Schrottkiste. Er hat einiges reingesteckt, vor allem viel Zeit. Klar, war er wütend. Ich glaube, er ist … Nee, er sprach mit dem zuständigen Haus-meister, also dem hier bei uns, weil ihm das Rad direkt vor dem Haus geklaut wurde. Der machte ihm wenig Hoffnung, ist nie rausgekommen, wer es gestohlen hat."

Diese Berufsgruppe hatten wir überhaupt nicht auf dem Schirm gehabt. „Das war das, was du mir mitteilen woll-test?", fragte ich vorsichtshalber nach.

„Ist wahrscheinlich nicht wichtig, richtig?"

„Ich interessiere mich für jede Kleinigkeit", wiederholte ich.

„Danke, dass du angerufen hast. Und Mia? Bitte rede mit keinem über Max' Tod. Sonst komme ich in Teufels Kü-che."

„Natürlich nicht. Was denkst du, warum ich erst jetzt ange-rufen hab?"

38

Dienstag, 10. Dezember

Ich sank sofort ins Bett und fiel in einen unentspannten Schlaf. Wirre Träume quälten mich, in denen wir auf der Suche nach den beiden Entführten von einem Toten zum nächsten stolperten, einer grausiger zugerichtet als der andere. Immer wieder schreckte ich hoch, zitternd am ganzen Körper.

Der schrille, anhaltende Ton der Klingel riss mich aus einem dieser Albträume. Ich taumelte zur Tür und öffnete, ohne vorher nachzuschauen, wer davorstand.

„Tom ist dran!" Tim drängte sich an mir vorbei. „Ich stell auf laut."

Ich brauchte etwas länger, um diese Nachricht zu verarbeiten. Schon erklang Toms Stimme: „Hi, Alex, ich habe gehört, dass es dir und deinem Freund zu verdanken ist, dass wir …"

„Komm zur Sache", unterbrach ihn Tim rüde. „Du hast keine Zeit für lange Dankesreden!"

„Das Letzte, woran ich mich erinnern kann, ist, dass wir, also Kilian, Max und ich vor dem Computer saßen und uns eine Fortsetzung für unsere Geschichte überlegten. Wir waren uns nämlich uneins, weil …"

Dieses Mal unterbrach ich ihn. „Ihr seid in diesem Raum in der Fabrik wieder aufgewacht?"

„Nee, ich schon auf dem Weg dahin. Sonst hätte ich all die Einzelheiten doch nicht gewusst."

„Konntest du die Täter erkennen?" Das war der wichtigste Punkt.

„Nein, die waren maskiert. Vom Gefühl her würde ich sagen, der eine war schon älter, der andere ungefähr in meinem Alter. Und der Dritte muss Max gewesen sein. Ich vermute, der hat uns was in die Getränke gemischt und die anderen reingelassen, als wir weg waren. Anfangs sind die gefühlt öfter gekommen, haben uns was zu essen gebracht und zu trinken. Da waren wir angekettet und konnten uns ein bisschen bewegen. Für den Film haben die uns sogar frisch gemacht, also uns andere Kleidung gegeben und so. Die Kabelbinder kamen erst viel später, nach dem zweiten Beitrag. Ich schätze, das war so eineinhalb, zwei Tage, bevor ihr uns gefunden habt. Danach tauchte keiner von denen mehr auf."

Damit war der Stiefvater als Entführer eindeutig aus dem Rennen, schoss es mir durch den Kopf. Den hätte Tom trotzdem erkannt. Dann folgte gleich die nächste Erkenntnis: Die Kidnapper hatten den neuen Film direkt nach der Bombenexplosion gedreht, entweder noch in der Nacht oder am nächsten Morgen. „Was ist mit Kilian passiert?"

„Am Anfang habe ich mich geweigert, bei dem Videodreh mitzumachen. Sie haben gedroht, ihn vor meinen Augen auseinanderzuschneiden, erst die Finger, dann die Zehen, dann die Hände - bis ich es tue." Tom musste sich räuspern, weil seine Stimme versagte. „Kilian sah mich nur an und begann unbemerkt von den Entführern das SOS-Zeichen zu tippen. Er hat mich auf die Idee gebracht. Vor dem zweiten Beitrag weigerte er sich dann vehement, weiter mitzuspielen. Der Jüngere hat ihn brutal zusammengeschlagen, bis er sich nicht mehr rührte. Dann hat er ihm ein Messer an den Hals gesetzt und gesagt, wenn ich nicht spure, sei es das für ihn gewesen." Er schluckte laut. „Also habe ich die Kamera aufgebaut und anschließend den Beitrag hochgeladen."

„Wann ist Max nicht mehr mitgekommen?"

„Den haben wir nach dem Transport in diese Fabrik nie wiedergesehen. Ich habe mich nicht getraut nachzufragen. Da hofften wir noch, dass es ein Racheakt wegen meiner YouTube-Filme sei. Ich habe schon ziemlich heftige Drohungen gekriegt. Also wir dachten, die wollten uns nur Angst einjagen."

„Wann haben sie dir das Manuskript vorgelegt?"

„Am Tag der Aufnahme. Und als ich mich weigern wollte …" Plötzlich war er nur noch dumpf wie in weiter Ferne zu vernehmen. „Ja, komme gleich." Dann wieder lauter: „Ich habe mich auf der Toilette eingeschlossen, die werden langsam nervös."

„Kannst du eine ungefähre Beschreibung deiner Entführer abgeben?" Ich hätte mich ohrfeigen können, dass ich diesen Punkt nicht längst abgeklärt hatte.

„Der Ältere war circa eins achtzig und normal gebaut, der andere wesentlich größer und bullig, wahnsinnig kräftig und sehr aufbrausend. Beide sprachen Dortmunder Dialekt", er lachte. „Das erkennt man als Außenstehender besonders gut. Und die Ausdrücke von denen, das war echt übel."

„Kam dir irgendetwas an den beiden bekannt vor?"

„Nein, ich bin mir sicher, dass ich ihnen nie zuvor begegnet bin." Ein Poltern ertönte. „Ich komme!", rief Tom, wir hörten die Toilette rauschen und das Gespräch brach ab.

„Er wollte direkt mit dir sprechen", erklärte Tim aufgeregt. „Eine der Krankenschwestern hat ihm ihr Handy geliehen und er fragte sofort nach dir."

„Ich habe auch einiges mit euch zu bereden. Ich ziehe mich eben schnell an und komme rüber."

Nein, er blieb, bis ich mich angezogen, mir etwas Wasser ins Gesicht geklatscht und einmal den Mund ausgespült hatte. Gemeinsam traten wir durch die halb offen stehende Tür. Carina wuselte in der Küche herum. „Was gab es denn so Wichtiges mit Alex zu besprechen?", fragte sie, als sie uns entdeckte.

„Tom hat sich gemeldet", verkündete Tim strahlend.

245

Natürlich mussten wir ihr jedes Wort berichten.

Es klingelte an der Tür. Sie sprang auf. „Mama? So früh schon?", hörten wir ihre Stimme.

Frau Wenge trat ein und legte eine Zeitung mitten auf den Tisch. „Ich dachte mir, ihr solltet schnellstmöglich davon erfahren."

Verschwundene Studenten wieder aufgetaucht, verkündete eine große Schlagzeile.

‚Unser Reporter vor Ort' hatte von einer anonymen Quelle erfahren, dass zwei der Vermissten, und zwar die beiden YouTuber, verletzt aufgefunden worden seien. Zurzeit würden sie im Krankenhaus behandelt. Über den Gesundheitszustand ließ er sich nicht näher aus, betonte aber, dass laut der Polizei ein Entführungsfall vorliege und die Studenten Opfer seien, keine Täter. Das stehe zweifelsfrei fest.

Den Rest des Artikels, der immerhin eine halbe Seite einnahm, füllte er mit einer neuerlichen Zusammenfassung über Toms und Kilians Aktivitäten. Max wurde namentlich gar nicht genannt, was mit dem dritten verschwundenen Studenten passiert sei, wäre weiterhin unklar.

Der Rest der Seite enthielt die neuesten Erklärungen aus dem Rathaus – beziehungsweise all das, was die einzelnen Kommunalpolitiker so von sich gaben. Noch schien nicht geklärt, ob gezahlt werden sollte oder nicht.

Carina, die halb über mir hängend mitgelesen hatte, strahlte. „Jetzt sind sie eindeutig rehabilitiert."

„Und sind mittlerweile richtig berühmt", ergänzte Tim. „Wetten, dass die Klicks sofort wieder steigen?" Er zückte sein Handy und kontrollierte seine Annahme. „Ihr werdet es nicht glauben! Die haben Millionen Besucher auf den Seiten gehabt", tönte er nach einer kurzen Pause.

„Viel wichtiger ist, dass Kilian die Sache ohne Schaden übersteht", dämpfte Frau Wenge seinen Enthusiasmus.

„Oh, ich dachte …", erschrocken sah Tim auf.

„Er ist eindeutig über den Berg", beruhigte Carina ihn. „Der Arzt sagte halt, es dauert eine Weile, bis er ganz gesund ist."

„Noch ist er nicht mal von der Intensivstation runter."

„Mama!" Ihre Tochter verdrehte gut sichtbar die Augen. „Es geht aufwärts. Den Rest schaffen wir auch."

„Wir müssen los, Tim!" Nicht dass es noch zu gegenseitigen Schuldzuweisungen kam. Ja, ich konnte Frau Wenges Sorge nachvollziehen, eine Mutter halt, trotzdem wollte ich nicht, dass die Situation eskalierte. Ja, Tom war wesentlich besser aus der Situation rausgekommen als sein Freund. Und ja, Tims Bemerkung war ein bisschen daneben gewesen. Dass Kilian ziemlich schwer verletzt wurde, hatte er bestimmt nicht vergessen. Das Erste, was er immer tat, war, sich nach diesem zu erkundigen, wenn Carina auftauchte.

Er nickte eifrig und strebte noch vor mir her zu Tür. Die beiden Frauen würden wieder den ganzen Tag an Kilians Bett im Krankenhaus verbringen. Der lag immer noch im künstlichen Koma, weshalb es der Familie keiner verwehrte, sich dort aufzuhalten.

Carina sah uns wehmütig hinterher. Viel lieber hätte sie wohl uns begleitet.

„Warte, ich muss eben noch bei mir rein." Ich winkte ihm, mir zu folgen. „Hast du schon gefrühstückt?", fragte ich, nachdem die Tür hinter uns ins Schloss gefallen war und bevor ich kurz die Toilette aufsuchte.

Nein, hatte er nicht, genauso wenig wie ich. Wir gönnten uns meine letzten Scheiben Toast – ich musste dringend einkaufen -, bevor wir uns auf den Weg machten.

„Wo willst du eigentlich hin?", fragte er, nachdem ich losgefahren war.

„Noch mal zur Uni." Ich berichtete, was sich gestern noch ergeben hatte.

„Willst du dich unter den Studenten umhören?" Er runzelte die Stirn. „Nicht den Hausmeister ausspähen? Ich meine, das ist doch mal ein echt erfolgversprechender Hinweis."

„Das machen wir anschließend. Zuerst will ich kurz mit dem einen Studenten aus dem Literaturkreis reden." Dank Mia waren mir dazu einige Frage eingefallen.

Frau Kesper war so nett, mir zu sagen, wo ich ihn finden würde. Ihre eigenen Nachforschungen seien bisher im Sande verlaufen, erklärte sie mir gleich. Genaueres könne sie mir heute Nachmittag mitteilen.

Ich wartete vor dem Hörsaal und stellte mich ihm in den Weg, als er in einer Gruppe Kommilitonen herauskam.

„Na, Max gefunden?", begrüßte er mich.

Beinahe wäre ich mit der Nachricht über seinen Tod herausgeplatzt. Im letzten Moment fiel mir ein, dass dieser tabu war. „Nein, deshalb benötige ich ein weiteres Mal deine Hilfe. Du hast beim Literaturkurs erwähnt, dass du dich ab und zu mit Max über Fußball ausgetauscht hast. Ist er ein echter Fan und geht zu den Spielen?"

Zu meinem Leidwesen schüttelte er den Kopf. „Früher wohl schon, seit mindestens einem Jahr nicht mehr. Hat angeblich zu wenig Zeit. Guckt sich die Spiele im Fernsehen an. Aber was anderes ist mir eingefallen", fuhr er fort. „Im ersten und zweiten Semester ist der auf vielen Partys gewesen, danach nicht mehr beziehungsweise ganz selten mal. Ob das was zu sagen hat?"

„Ist zumindest ein interessanter Hinweis", erklärte ich vage. „Tja", er wippte auf der Stelle. „Sonst noch was?"

Ich stellte ihm die gleichen Fragen, die ich Mia gestellt hatte beziehungsweise auch das, worauf sie gekommen war. Leider fiel ihm genauso wenig dazu ein wie ihr.

„Was ist eigentlich mit den Hausmeistern hier an der Uni", fragte Tim, den ich hatte im Wagen warten lassen. „Wäre das nicht auch eine Möglichkeit?"

„Wenig wahrscheinlich." Ich hatte in all den Jahren nie mit einem zu tun gehabt.

Bevor wir losfuhren, rief ich kurz meine Mutter an, um ihr mitzuteilen, dass ich ihr Auto noch ein, zwei Tage bräuchte, wenn möglich. Mobil zu sein, war gerade jetzt von Vorteil, vor allem, da wir uns viel unauffälliger bewegen konnten.

Wie erwartet hatte sie nichts dagegen einzuwenden. „Seid bloß vorsichtig!"

39

Ich parkte gegenüber dem Gebäude, in dem sich das Büro der Hausverwaltung befand. Soweit Mia wusste, hielten sich die Hausmeister ebenfalls dort auf, wenn sie nicht irgendwelche Aufträge abzuarbeiten hatten. An einem normalen Wochentag war wahrscheinlich morgens viel zu tun, wir konnten nur das Haus beobachten und hoffen, dass wir ihn erkennen würden.

Mia hatte mir eine gute Beschreibung geliefert: Anfang vierzig, groß, dunkle Haare, Vollbart, mittelschlank. In ihrer Wohnung sei er bisher nicht gewesen, sie sehe ihn, wenn er die Wiese mähe oder Blätter zusammenharke oder im Winter Schnee schüppe.

„Ist das nicht zu auffällig?", wandte Tim ein. „Du bist mittlerweile bekannt wie ein bunter Hund. Der braucht im Prinzip nur aus dem Fenster zu gucken. Irgendwann fällt ihm auf, dass wir hier tatenlos rumsitzen."

Dieses Mal hatte er recht. Ich startete den Motor und suchte mir einen Platz etwas weiter entfernt. In Gedanken durchsuchte ich bereits meine Freundes- und Bekanntenliste. Wer könnte sich ganz unauffällig hineinbegeben und sich einen ersten Eindruck von ihm verschaffen?

Leider fiel mir niemand ein. Ich kannte nicht einen Studenten, der in einem der Wohnheime lebte.

Tim schob den Sitz nach hinten und kippte die Lehne, bis er mehr lag, als saß. „Was vermutest du denn jetzt? Dass die Bombendrohung überhaupt nichts mit Tom und seinen YouTube-Auftritten zu tun hat und er mehr oder weniger ein Zufallsopfer war?"

So hätte ich es nicht ausgedrückt. „Es kamen mehrere Faktoren zusammen, die genau auf ihn passten", verbesserte ich ihn. „Ich denke, die Geschichte, die er für Frau Kesper schrieb, war der eigentliche Auslöser. Diese und der Umstand, dass er und Max dabei zusammenarbeiteten." Der ihn garantiert schon zuvor erkannt hatte und einen Weg suchte, ihn zu diskreditieren. „Der YouTube-Account war ein zusätzliches Plus." Weil jemand, der sich derart gegen den Mainstream stellte, von vornherein suspekt war. „Außerdem benutzten Tom und Kilian eine verschleierte IP-Adresse." Ich hielt inne. Meine Erklärung war mehr als dürftig, erkannte ich. „Die beiden ergaben die idealen Kandidaten", setzte ich noch mal an. „Keiner würde auf die Idee, kommen, dass sie vorgeschobene Marionetten waren."

Tim drehte sich zur Seite. „Anfangs hatte ich so meine Zweifel", gestand er verschämt grinsend. „Ich wollte es natürlich nicht zugeben, aber es spukte schon in meinem Kopf rum, ob er und Kilian die Geschichte nicht doch selbst initiiert hatten. Wegen der ganzen Arbeit, die die in ihr Projekt gesteckt hatten", ergänzte er. „Ich meine, da deckst du mit einem wahnsinnigen Aufwand die erschreckendsten Zusammenhänge auf und niemand nimmt Notiz davon. Das muss mehr als frustrierend sein."

„Wann bist du umgeschwenkt?"

„Nachdem mehrere Tage vergangen waren und er sich nicht zurückmeldete." Er hob die Hände und rubbelte sich über das Gesicht. „Ich weiß nicht, wie ich dir das erklären soll. Tom zog immer sein eigenes Ding durch. Der sagte nie im Vorfeld was. Und die Konsequenzen waren ihm egal. Hauptsache, die Wahrheit kam ans Licht."

Langsam verstand ich, was er mir mitteilen wollte. Er hatte Tom durchaus für fähig gehalten, im Sinne der Aufklärung alles zu riskieren. „Ich hatte eher radikale Klimaaktivisten in Verdacht." Besser nicht noch erklären, dass meine Gedanken anfangs in eine ähnliche Richtung gegangen waren, ich jedoch auf die dabei herausspringende Publicity getippt hatte.

„Das war mein nächster Gedanke", nickte er. „Dass eine von diesen extremistischen Gruppierungen ihn kidnappte und gleich noch eine Menge Geld vom Staat erpressen wollte." Er hielt inne. „Soll ich dir was sagen? Ich hatte mir bis dahin nicht mal alle seine Filmchen angeschaut. Ich war viel zu sehr mit meinem eigenen Leben beschäftigt. Das interessierte mich nur am Rande. Was sollte das schon bringen? Er und alle, die ähnlich dachten, würden sowieso nichts ändern können. Der Staat hatte unterstützt durch die Medien seinen Weg längst gewählt. Wer war er, dass er hoffte, diesen - gute Argumente hin oder her - ändern zu können?"

Ich musste unwillkürlich grinsen. „Meine Mutter fährt voll auf Tom ab", stichelte ich. „Für sie ist er der Gegenpol von Greta und mindestens genauso wichtig in der öffentlichen Diskussion."

Ich erreichte genau das Gegenteil von dem, was ich bezweckt hatte. Er stöhnte auf und rubbelte sich so lange durch das Gesicht, bis es knallrot war. „Ich bin ein Scheiß-Bruder! Nur gut, dass ich eine zweite Chance erhalten hab!" Mir fiel nichts anderes ein, als nachzufragen, welche Beiträge ihm denn besonders gefallen hatten. Lieber dieses Thema durchkauen, als ihm dabei zuhören, wie er sich weiter selbst anklagte.

„Der mit den Inuit." Er sprang tatsächlich darauf an und wurde lebhafter. „Den habe ich anschließend sogar im Internet nachrecherchiert. Also das, was da stand, hat mir echt zu denken gegeben."

Jetzt musste ich passen. Der war mir unbekannt. „Den habe ich nicht gesehen", gab ich unumwunden zu. „Erzähl mal davon." Bisher hatte sich auf der Straße nichts getan, wir würden wohl noch eine Weile hier sitzen müssen.

„Im Netz findest du einen Artikel, der besagt, dass der Ältestenrat der Inuit schon 2014 Alarm geschlagen hat, weil die Erdachse gekippt ist. Ihrer Meinung nach sind die Veränderungen in der Natur, also vor allem beim Klima, darauf zurückzuführen."

Ach, das war ja interessant! Inuit hatten, wie ich wusste, durch ihre enge Bindung an ihren Lebensraum eine viel intensivere Wahrnehmung und Beziehung zur Natur. Sie verließen sich auf eigene Beobachtungen, wenn sie Veränderungen interpretierten. „Und wie kommen die darauf?"

Tim lehnte den Kopf zurück, schloss die Augen und überlegte. „Wenn ich mich richtig erinnere, warnten sie die NASA und die Welt vor einer falschen Annahme. Eben dass die globale Erwärmung nicht menschgemacht ist, sondern durch eine Verschiebung der Erdachse verursacht werde. Nach ihren Erkenntnissen haben sich der Lauf der Sonne, die Stellung der Sterne und die Winde verschoben."

„Und wie kann man das feststellen", bohrte ich nach, weil er eine längere Pause einlegte. Wider Erwarten sprang ich tatsächlich auf diese Erklärung an, von der ich bisher nie was gehört hatte, und wollte mehr darüber wissen.

„Laut der Aufzeichnungen der Inuit geht die Sonne jetzt im Winter früher auf und später unter. Mittlerweile gebe es im Mittwinter statt einer Stunde nun zwei Stunden Licht. Außerdem sei die Sonneneinstrahlung wesentlich höher."

Ob meine Mutter schon auf diesen Beitrag gestoßen war? Ich erinnerte mich deutlich, dass sie etwas Ähnliches auch schon bemerkt zu haben glaubte. Von ihr, der begeisterten Gärtnerin, stammte der Ausspruch: „Irgendwie steht die Sonne anders. Sie hat seit einiger Zeit mehr Kraft im Frühjahr. Ich glaube gar, sie steht in einem anderen Winkel." Als Normalbürger, der nicht so erdverbunden war, hatte ich ihre Bemerkung unter der Rubrik Fantasieerklärung abgelegt, von der sie als Romanautorin genügend besaß. Aber wenn die Inuit derselben Ansicht waren …

„Diese Verschiebung soll mittlerweile eindeutig sein", legte Tim nach. „Die haben da doch diese lange Winterpolarnacht. Deshalb fällt die Veränderung deutlich auf. Auch die

Stellung der Sterne und die des Mondes sind anders. Die Inuit beschreiben die Unterschiede detailliert." Fast triumphierend blickte er mich an. „Deren Erklärung ist das genaue Gegenteil von dem, was unsere Experten sagen. Nur dass sie die ihre sogar belegen. Die beschreiben ganz genau, was sich am Himmel oder auch an der Position der Sonne und den Gestirnen geändert hat. Und durch die neue Stellung der Sonne gebe es intensivere Strahlung und diese neuen Hitzewellen."

„Was hat die NASA darauf geantwortet?"

Er grinste. „Dazu fanden weder Tom noch ich was. Ist schon komisch, oder? Na ja", fast verlegen zuckte er die Schultern. „Ich bin voll drauf abgefahren und habe versucht, mehr rauszukriegen, dann eben über den Punkt Erdachsenverschiebung. Nein, halt, zuerst mal sollte ich dir wohl sagen, dass es auch noch andere Erklärungen für den veränderten Sonnenstand gibt. Eine zum Beispiel lautet: Die Neigung der Erdachse ist ja die Voraussetzung dafür, dass wir überhaupt Jahreszeiten haben. Denn dadurch ändert sich der Einfall der Sonnenstrahlen. Gehst du von dem direkten Datum aus, was die Inuit machen, erhältst du angeblich automatisch kleinere Verschiebungen, was an der eigenen Rotationsbewegung der Erdachse liegt. So ein Zyklus dauert sechsundzwanzigtausend Jahre, bis er wieder von vorn anfängt. Und in dem Zeitraum treten eben diese zu erkennenden Unterschiede zu vorher auf."

Hm, auch einleuchtend. Vielleicht war dieser Klimawandel eine völlig normale Angelegenheit.

Das ist wohl doch nicht das richtige Thema, um es zwischendurch im Auto abzuhandeln, stellte ich fest. Eigentlich hätte ich allein dazu weitere Nachfragen gehabt.

„Ja, und die Erdachsenverschiebung, die ist bekannt", fuhr Tim schon fort. „Starke Erdbeben zum Beispiel verschieben eindeutig die Achse der Erdrotation, das sagen sowohl Geologen als auch die NASA." Wieder grinste er. „Ich verschone dich besser mit den Einzelheiten, was sich wie stark auswirkt, das hängt nämlich auch davon ab, wo so ein Beben stattfindet."

„Ja, bitte nur die Fakten. Ich schaue mir später zu Hause das gesamte Thema ausführlicher an." Später, wenn wir unseren Fall irgendwann – hoffentlich – abgeschlossen hatten.

„Ich versuche mich kurzzufassen. Später kannst du das alles ja bei Tom nachlesen. Der hat die besten Links gefunden, gebe ich ehrlich zu. Und nicht etwa auf irgendwelchen obskuren Seiten. Die Artikel stehen meist in den normalen On-line-Zeitungen. Du siehst, es hat schon immer den einen o-der anderen Reporter gegeben, der sich Gedanken machte und nachforschte."

Eine Bewegung auf der Straße lenkte mich ab. Mist, die Scheiben waren derart beschlagen, dass ich die Person nicht mehr als schemenhaft erkennen konnte.

Tim, der meine Anspannung bemerkte, schoss hoch. „Ich geh kurz raus."

Bevor ich reagieren konnte, war er aus dem Auto gesprungen und trabte den Bürgersteig entlang. Ich wartete ein paar Sekunden und griff dann zum Schwamm in der Ablage, um die Schreiben frei zu wischen. Niemand mehr zu sehen. Hieß das nun, der Mann, auf den wir warteten, war eingetroffen und Tim weitergegangen, um nicht aufzufallen, oder drehte er eine Extrarunde, um sich aufzuwärmen?

Im Auto war es tatsächlich eiskalt. Ich legte den Schwamm weg und blies in meine Hände. Sollte die beobachtete Person nicht die richtige gewesen sein, würde ich Tim kurz stehen lassen und eine Runde um den Block drehen, vielleicht auch einen heißen Kaffee organisieren und dabei gleich die nächste Toilette aufsuchen. Diese Art der Überwachung war eindeutig nicht meins.

Ein lautes Pong schreckte mich auf. Tim öffnete breit grinsend die Tür. „Na, erschreckt?"

Der Blödmann hatte sich von hinten angeschlichen und aufs Autodach geschlagen!

„Fehlalarm! Der Mann sah unserem aus der Nähe nicht mal andeutungsweise ähnlich."

Nach dieser hinterhältigen Attacke hatte ich keine Skrupel, ihn wieder rauszuwerfen. Mit der Betonung auf: Ich komme wieder, sobald die Temperatur im Innern erträglich ist, schoss ich davon.

40

Dankbar griff Tim nach dem Kaffeebecher, den ich ihm hinhielt. „Wie lange wollen wir noch warten", fragte er zwischen zwei Schlucken.

„Bis der Typ auftaucht." Ich lehnte mich entspannt zurück. Ich hatte mich aufgewärmt, die Blase drückte nicht mehr, der Heizung war es gelungen, eine angenehme Wohlfühlatmosphäre zu schaffen.

Fassungslos ließ er den Becher sinken. „Ist nicht dein Ernst!"

„Hast du eine bessere Idee?", hielt ich dagegen. Blöderweise gab es in der Straße weder einen Imbiss noch ein Geschäft, in dem wir uns aufhalten konnten. Uns blieb nichts anderes übrig, als im Auto sitzend zu warten, was vermutlich auch irgendwann auffallen würde. Wie machten das eigentlich die echten Detektive, wenn sie einen Verdächtigen observierten?

„Was, wenn er gar nicht der Schuldige ist?", begann Tim zu nörgeln. „Wir hängen hier fest und woanders geht die Post ab."

„Und wo?", fuhr ich ihn härter an als geplant. „Ich finde die Situation genauso blöd wie du. Also wenn du eine bessere Idee hast, nur zu!"

„Ruf deinen Kommissar an und bitte ihn, den Mann zu überprüfen."

„Und was machen wir dann?", wiederholte ich.

Er zuckte nur mit den Schultern, widmete sich seinem Kaffee und starrte wieder nach draußen.

Als ich schon nicht mehr damit rechnete, kam er auf unser Klimawandelgespräch zurück. „Gerade zu der Erdachsenverschiebung gibt es die wildesten Theorien. Eine Gruppe von Geologen behauptet, die letzte sei vermutlich von der Eiszeit damals ausgelöst worden. Wobei man mittlerweile weiß, dass es wirklich auch früher schon Verschiebungen gab. Das lässt sich anhand irgendwelcher geologischen Auffälligkeiten beweisen. Und Geophysiker von der NASA wollen jetzt entdeckt haben, dass so ungefähr 2011 die Erde ins Taumeln geraten ist." Er hielt inne und warf mir einen Blick zu, ob ich dir richtige Verbindung zog.

„Die Inuit waren dann die Ersten, denen ein Unterschied aufgefallen ist", merkte ich brav an. Eine Unterhaltung, egal über welches Thema, war eindeutig besser, als die ganze Zeit vor sich hinzustarren. Außerdem war ich tatsächlich immer noch interessiert.

Tim nickte anerkennend und grinste. „Gut aufgepasst! Hast du schon mal von den Polsprüngen gehört?"

Jetzt hatte er mich völlig aus dem Ruder gebracht. Es war schon schwer genug, das gerade Gehörte zu verarbeiten. „Du meinst die Warnung der Wissenschaftler, dass demnächst einer bevorsteht? Wegen der beschleunigten Wanderung der Pole, also der immer größer werdenden Kluft zwischen dem geografischen und dem magnetischen Nordpol, richtig?" Weit reichte mein Wissen zu diesem Thema nicht. Es war wie mit allem anderen, ich schnappte hier was auf und da was, doch bisher war mein Interesse nie so groß gewesen, dass ich auf die Idee kam, selbst zu recherchieren. Ich kramte das Bisschen, das ich mir angelesen hatte, zusammen. „Der momentane wird doch von den schmelzenden Eisschichten ausgelöst, oder nicht?" Und die waren eine Folge des Klimawandels, wie die Wissenschaftler behaupteten.

„Falsch!", triumphierte er. „Polsprünge hat es immer schon gegeben, da hast du recht. Aber das hat anscheinend mit dem äußeren Erdkern zu tun beziehungsweise mit dem geschmolzenen Eisen darin, das ständig fließt. Dadurch entsteht das Magnetfeld, das uns vor der kosmischen Strahlung schützt. Und wenn das sich verändert, kann es uns eben nicht mehr vernünftig vor dieser Strahlung schützen. Angeblich hat vor ungefähr sechshundert Jahren deshalb ein Massenaussterben stattgefunden. Inwieweit das allerdings belegt ist und auf den jetzigen Klimawandel passt", er zuckte mit den Schultern. „Ganz durch bin ich mit dem Kram noch nicht. All das rauszusuchen und nachzulesen, ist wahnsinnig zeitintensiv."

Mein Interesse war endgültig erwacht. „Und wie macht sich …"

Wir bemerkten den Mann gleichzeitig, der aus dem beobachteten Haus trat und auf einen in der Einfahrt stehenden Bulli zuging. Anhand von Mias Beschreibung erkannte ich ihn sofort. „Das ist er."

Der Hausmeister öffnete die hintere Tür und begann, den Innenraum auszuräumen, langsam und bedächtig, er hatte keine Eile.

„Was meinst du, wie lange braucht der noch. Und wie lange arbeitet der heute überhaupt?" Tim rutschte tiefer in den Sitz. „Willst du ihm anschließend folgen oder wie hast du dir das gedacht?"

Ja, hatte ich vorgehabt. In dem Moment, wo ich den Mann sah, verwarf ich diesen Entschluss. „Komm, wir gehen rüber!"

Der Hausmeister trug Jeans und ein Sweatshirt mit Kapuze, die er übergestreift hatte, sein Vollbart war akkurat ausrasiert. Er wirkte wesentlich jünger, ich hätte ihn auf Mitte dreißig geschätzt.

„Hi", sagte ich, als ich neben ihm stand. „Sie sind der Hausmeister der Wohnanlage des Studierendenwerks?"

Er wandte sich mir zu und musterte mich schweigend.

„Mein Name ist …"

„Alexander Grahl", grinste er. „Der Name ist jedem ein Begriff."

„Dann wissen Sie vermutlich auch, dass ich in diese Suche nach den verschwundenen Studenten involviert war", ging ich in die Offensive. „Kannten Sie einen von Ihnen persönlich?"

„Ja, den, der weiterhin verschwunden ist." Er zog eine Augenbraue hoch. „Oder haben Sie schon neue Informationen?"

„Wie gut kannten Sie ihn?", versuchte ich seine Frage zu umgehen.

„Mehr oder weniger vom Sehen, der joggte jeden Morgen zur Uni, war ganz schön sportlich, der Typ."

„Mehr oder weniger?"

„Er kam einmal, das war so ungefähr vor einem Jahr, glaube ich, um mir den Diebstahl seines Fahrrads zu melden. Ich hab die Augen aufgehalten, aber das war weg."

„Eine anonyme Quelle hat uns gezwitschert, Sie wären sein Freund gewesen", ging Tim, der bisher schweigend neben mir gestanden hatte, unvermittelt zum Angriff über.

Der Hausmeister guckte ihn verdutzt an, als hätte er ihn gerade erst bemerkt. „Was?"

„Jemand behauptet, er und Sie hätten eine Beziehung gehabt", verdeutlichte ich.

Er lachte ungläubig auf. „Ich, ein Homo? Nee, da hat Sie wer gewaltig auf den Arm genommen. Sie können gern meine Freundin fragen, wie sie das sieht."

Immerhin nahm er die Sache mit Humor.

„Über welchen Zeitraum kann sie das beurteilen?" Tim ließ einfach nicht locker.

Der Gesichtsausdruck des Mannes vor uns verfinsterte sich.

„Hören Sie, ich weiß ja nicht, wer Ihnen diesen Floh ins Ohr gesetzt hat, aber Sie sind auf dem völlig falschen Dampfer. Wir sind seit drei Jahren zusammen, davor hatte ich über fünf Jahre dieselbe Freundin, davor kürzere Beziehungen, ich steh nicht auf Männer."

Ich hatte ihn bei seinen Worten genau beobachtet – und glaubte ihm. „Ja, anscheinend hat uns dieser Typ verarscht",

sagte ich mit einem tiefen Seufzer. „Schade, wir hatten gehofft, Sie könnten etwas zu seinem Hintergrund beitragen.
Wir stehen völlig auf dem Schlauch."

„Genau wie die Polizei", fügte Tim hinzu.

Ich sah mich nach allen Seiten um, bevor ich dichter an ihn
herantrat und ihm zuflüsterte: „Der betreffende Student
wurde ermordet. Man hat seine Leiche zusammen mit den
beiden Entführten gefunden." Ein Risiko, gewiss, nur hatte
ich das Gefühl, er kriegte mehr mit, als er zugab. „Man vermutet den Täter in seinem näheren Bekanntenkreis." Kommissar Janzen würde ausrasten, wenn er wüsste, wie ich vorging!

Er zuckte zurück. „Scheiße!"

Ich wartete, bis er sich wieder gefangen hatte. „Alles, was
Sie wissen, könnte wichtig sein. Auch die kleinste Kleinigkeit."

Er nickte, um mir zu verstehen zu geben, dass er begriffen
hatte. Dann starrte er grübelnd auf seine Fußspitzen. „Ich
hab mal gesehen, wie er aus einem Auto stieg, an einem
Montagmorgen, und kurz in die WG flitzte. So vor einem
knappen Jahr, schätze ich. Da lag Schnee und ich musste
früh raus."

Gegen sechs wäre das gewesen, präzisierte er. Und der Wagen habe am Ende der Straße gehalten, die letzten Meter
hätte Max zu Fuß zurückgelegt. Deshalb konnte er zu dem
Fahrzeug auch keine genaueren Angaben machen, als dass
es sich um eine dunkelgraue oder schwarze Limousine gehandelt hatte, garantiert nicht mehr die neueste.

Trotz gründlichem Überlegen fiel ihm nichts weiter ein. Ich
schärfte ihm ein, kein Wort über meine Enthüllungen zu
verlieren, sonst würde es uns beiden übel ergehen. Die Polizei kenne kein Pardon. Er schien gebührend entsetzt, ihm
wurde wohl erst in diesem Moment klar, dass sich nicht nur
der Urheber einer solchen Nachricht, sondern auch der
Weitergeber zu verantworten hatte.

„Das war's", Tim zog fröstelnd die Schultern hoch, während wir nebeneinander zum Auto schritten. „Und dafür …"

„He! Mir ist da was eingefallen!" Der Hausmeister kam hinter uns hergelaufen. „Also hundertprozentig sicher bin ich mir nicht. Vielleicht sah er ihm nur ähnlich, keine Ahnung. So vor ungefähr einem halben Jahr hab ich meine Mutter im Krankenhaus besucht und da kam er gerade aus dem Eingang, als ich noch nach einem Parkplatz suchte. Also, wenn ich jetzt so darüber nachdenke, ich könnte schwören, es ist der Max gewesen."

Wollte er sich nur wichtigmachen? „Erinnern Sie sich, was für ein Tag das war?"

„Das kann nur ein Sonntag gewesen sein. Samstags schaffe ich das nicht."

„Genau vor einem halben Jahr?" Eine nähere Zeitangabe wäre natürlich von Vorteil.

„Hm, mal überlegen. Das war irgendwann im Sommer. Genau, vor meinem Urlaub, also im Juli." Er blickte mich triumphierend an.

„Super Gedächtnis", lobte ich. „Welches Krankenhaus war das?"

„Die Städtischen Kliniken in der Stadtmitte."

Ich bedankte mich bei dem Hausmeister, während meine Gedanken bereits einen Schritt weiter waren. Kaum im Auto griff ich zum Handy. Gut, dass ich die Nummer eingespeichert hatte. Wie erwartet meldete sich der Anrufbeantworter. Nun hieß es wieder warten. Vor vierzehn Uhr würde der Pfleger nicht zurückrufen.

„Mit wem wolltest du telefonieren?"

„Wir fahren zurück zur Uni."

Wir hatten beide gleichzeitig angefangen zu sprechen. „Lass uns mit Mirko zusammen zu Mittag essen", erklärte ich. „Ich muss zuerst abklären, ob Max' Bruder eventuell in der Zeit stationär war. Beim Essen können wir gleich überlegen, wie wir weiter vorgehen wollen."

261

Mirko reagierte höchst erfreut auf meine WhatsApp-Nachricht. Hätte er nicht arbeiten müssen, hätte er sich garantiert an unserer morgendlichen Überwachung beteiligt. Er brannte darauf, diesen Fall gemeinsam mit uns aufzuklären. Apropos Arbeit! „Wie lange hast du dich eigentlich krankschreiben lassen?"

„Ach, Schnee von gestern", winkte Tim ab. „Sollen die mich eben rausschmeißen. Irgendwie kriege ich das Geld für die nächste Zeit schon zusammen."

Ich nickte und gab vor, mich auf den Verkehr konzentrieren zu müssen.

„Heute hätte ich wieder hingemusst", gab er nach einer kurzen Pause zu. „Nur will ich nicht weg, bevor das alles endgültig geklärt ist."

„Nicht mal die Bombendrohung hält dich ab?", stichelte ich. Seine Finger bewegten sich schon Richtung Radio. „Wetten, dass die zahlen?"

41

„Immer noch nichts raus", sagte ich zu Mirko, nachdem wir uns ihm gegenübergesetzt hatten. „Die gesamte Stadt steht kopf."

„Und eure Nachforschungen?" Wie Tim schien er nicht zu zweifeln, dass die Oberen nachgeben würden.

Ja, es ging heiß her in Dortmund. Sämtliche Schulen hatten beschlossen, mit den Schülern vor dem Rathaus zu demonstrieren, viele Menschen hatten sich ihnen angeschlossen. Die Geschäfte wurden geradezu überrannt, weil die Ängstlichen sich Vorräte für die nächsten Tage anlegten, der Weihnachtsmarkt und alle anderen Veranstaltungen für die nächsten Tage waren abgesagt worden. Auf den Straßen herrschte das Chaos vor, es schien, als seien alle Mitbürger seit gestern pausenlos unterwegs.

Nur in der Uni war von der ganzen Aufregung nichts zu spüren. Wir hatten mit Glück einen der letzten freien Tische ergattert, die Studenten benahmen sich ruhig und beherrscht. Fühlten sie sich auf ihrem eigenen Territorium so sicher?

„Uns bleibt nichts, als zu warten", gestand ich.

„Immerhin habt ihr einiges angestoßen", befand er, bevor wir uns unserem Essen widmeten. Dieses Mal in aller Ruhe, uns trieben ja keine Termine.

Mirko stieß mich auf dem Weg zum Ausgang an. „Hast du die beiden Studentinnen gesehen? Zwei neue Fans."

Wollte er mich nur aufziehen?

Grinsend deutete er in ihre Richtung. Beide winkten mir freudestrahlend zu, als ich mich umdrehte. Ich winkte zurück und wandte mich schnell wieder Richtung Tür. Flüchten war angesagt. Außerdem hatte mir ein Blick auf die Uhr gezeigt, dass es mittlerweile nach zwei war. Also musste Philipp, der Pfleger aus dem Heim, meine Nachricht gelesen haben. Ich zog mein Handy hervor und kontrollierte es. Ja, hinter meinen Sätzen war ein grüner Haken. Gut, hoffentlich meldete er sich zügig.

Auf dem Campus verharrten wir unschlüssig. „Was jetzt?", fragte Tim.

„Einkaufen", bestimmte ich. Was anderes blieb uns nicht übrig. Und meine Vorräte waren tatsächlich am Limit.

Gerade als wir das Auto erreicht hatten, klingelte mein Handy.

„Gibt's was Neues?", fragte Philipp aufgeregt. „Hast du die Studenten gefunden? Was ist mit Max?"

„Er ist tot." Hätte ich lügen sollen? „Behalte das für dich", fügte ich schnell hinzu. „Die Polizei hält das zurück."

„Scheiße!" Er holte tief Luft.

„Mehr darf ich dir wirklich nicht erzählen, selbst das eigentlich nicht", schob ich nach, bevor er weiterfragen konnte.

„Kann ich dir irgendwie helfen?"

„Ja, ist Max' Bruder, der Fred, in letzter Zeit im Krankenhaus gewesen?"

„Nein." Das kam wie aus der Pistole geschossen. „Weder in diesem noch im letzten Jahr."

„Danke, das war schon alles. Ich melde mich, sobald ich klarer sehe, also spätestens in den nächsten Tagen."

Kaum hatte ich das Gespräch beendet, suchte ich nach der Nummer von Frau Kesper.

„Herr Grahl, ich habe Ihnen gesagt, ich melde mich", klang es mir unwirsch entgegen.

„Sie haben nichts für mich?", vergewisserte ich mich trotzdem.

„Nein, ich …"

„Kleine Planänderung. Gab es an der Uni so vor einem halben Jahr einen schlimmen Unfall oder irgendeine Eskalation bei einer Party?"

„Nicht dass ich wüsste."

„Einen Studenten, der wegen einer schweren Krankheit sein Studium abbrechen musste? Oder einen Dozenten?"

Sie überlegte. „Nein, das wäre mir aber auch nicht unbedingt bekannt."

„Ein Dozent, der seine Arbeit vielleicht nicht mehr aufnehmen konnte?"

Sie stöhnte. „Herr Grahl, was soll das? Wenden Sie sich lieber an die Polizei, wenn Sie neue Hinweise haben. Die können da viel schneller ermitteln."

„Eine gute Idee, danke." Kaum hatte ich das Gespräch beendet, durchzuckte mich ein Gedanke. Und was, wenn ich mich mit meiner Vermutung, Max stand auf Ältere, geirrt hatte? Bis vor einem Jahr war er ständig auf Partys gewesen, danach nicht mehr. Das könnte heißen … Doch wo sollte ich anfangen zu suchen?

„Das ist nicht dein Ernst", stöhnte Tim, der sich dicht an mich gedrängt hatte, um mithören zu können, als ich tatsächlich mein Portemonnaie hervorzog und darin zu kramen begann.

Ich fand die Karte von Herrn Janzen unter Dutzend anderer und einer Menge Bons. Deshalb sieht das Teil immer aus, als würde ich jede Menge Bargeld mit mir rumschleppen. Ich nehme mir oft vor, endlich Ordnung zu schaffen, aber irgendwas kommt mir wohl ständig dazwischen - was sich jetzt schon zum zweiten Mal als Vorteil erwies. Ich fand seine Durchwahl und musste mich nicht umständlich verbinden lassen.

„Herr Kommissar, ich habe eine Frage, die mir keine Ruhe lässt. Diese erste Bombendrohung, wie sollte das Geld gezahlt werden?"

Er stutzte, ich hatte ihn wohl aus dem Konzept gebracht. „Wozu …?"

265

„Ich bin da an was dran. Kann sein, dass ich völlig falsch liege. Andererseits … haben Sie schon neue Erkenntnisse?"

„Herr Grahl, sagen Sie einfach, was Sie wissen!"

„Es ist bisher nur ein Gedanke", versicherte ich ehrlich. „Nichts Handfestes. Genau deshalb …"

„Das sollte über ein Offshore-Konto laufen", gab er viel leiser als zuvor zurück. Anscheinend durfte niemand mitbekommen, dass er mir tatsächlich Auskunft gab.

Es hätte Tims Knuff gar nicht bedurft. „Jetzt nicht mehr?" Er schwieg, räusperte sich dann und sagte: „Bitte melden Sie sich umgehend, falls sie wichtige Informationen haben, Herr Grahl. Ansonsten müssen Sie genau wie alle anderen warten, bis die offizielle Verlautbarung der Stadt vorliegt." Er drückte das Gespräch weg.

„Was war das denn?", fragte Tim stirnrunzelnd.

„Eventuell genau der Hinweis, der uns gefehlt hat." Ich erklärte ihm, was ich mir zurechtgelegt hatte.

„Ganz schön gewagte Gedankensprünge!" Trotzdem folgte er mir zurück auf den Campus.

Maurice war natürlich schon weg, der Raum der Informatikstudenten verwaist. Niemand da, den ich fragen konnte.

Ohne, dass ich ihn dazu auffordern musste, ließ sich Tim in einen der bequemen Sessel am Tisch fallen. Ich setzte mich neben ihn und dachte noch einmal gründlich nach. Klar, der Schluss, den ich gezogen hatte, war reichlich kühn, vielleicht sogar an den Haaren herbeigezogen, trotzdem schadete es nichts, die These zu überprüfen. Mehr als dass ich auf dem Holzweg war, konnte nicht dabei herauskommen.

Wir saßen fast eine Stunde rum, bis der erste Student auftauchte. Leider konnte er uns nicht weiterhelfen, ebenso wenig wie der Rest der Truppe, der nach und nach erschien. Endlich sah ich Marcel in Begleitung der rothaarigen Julia über den Flur schlendern. Ich sprang auf und trat ihm entgegen. „Hast du einen Moment Zeit für mich?"

Er grinste. „Klar, für dich immer."

„Du vielleicht auch?", hielt ich die Studentin auf, die sich an uns vorbeischlängeln wollte.

Sie guckte zwar irritiert, nickte aber.

Während sich Tim zu uns gesellte, wiederholte ich exakt die Frage, die ich auch Frau Kesper gestellt hatte.

„Nee", Marcel schüttelte den Kopf.

„Wär das einer von uns, hätten wir davon erfahren", stimmte ihm die Rothaarige zu.

Meine Anspannung verpuffte schlagartig. War ich also doch auf der falschen Fährte gewesen.

Marcel hob die Hand. „Ich weiß nur von einem, der ist aber schon vor über einem Jahr ausgeschieden. Von dem hieß es, der sei plötzlich schwer krank geworden. Der ist seitdem komplett weg. Keine Ahnung, was der hatte."

Tim war schneller als ich. „Wie hieß der?"

Marcel und Julia tauschten einen Blick. „Vielleicht erinnert sich Franco daran", sagte sie zögernd. „Die beiden haben ab und zu zusammen abgehangen."

Franco war noch in einer Vorlesung. Julia erklärte sich bereit, uns bis zur Tür zu begleiten. „Ich bin mit dem nicht warm geworden", gestand sie. „Der war mir zu prollig, hat immer versucht, uns Frauen anzumachen."

Das passte überhaupt nicht in mein Konzept! Andererseits, was vergab ich mir, wenn ich trotzdem mit Franco sprach?

Er kam als einer der Letzten heraus, angeregt plaudernd mit einem Kommilitonen. Ich machte ihn durch einen leisen Pfiff auf mich aufmerksam. Netterweise verabschiedete er sich tatsächlich von dem anderen und kam auf uns zu. „Du willst was von mir?" Er schien ziemlich erstaunt.

„Julia meinte, du könntest dich an einen Typen erinnern, der vor ungefähr einem Jahr krank wurde und sein Studium aufgab."

Er zog die Stirn kraus. „Elko! Krasser Typ, hatte echt was drauf."

„Weißt du, warum er schmiss?"

„Nee, der ist einfach nicht mehr aufgetaucht. Irgendeiner, keine Ahnung mehr wer, hat dann gesagt, der ist krank."

„Hatte echt was drauf, also war der gut?"

„Dafür, dass er erst im zweiten oder dritten Semester war", berichtigte mich Franco. „Aber der hätte irgendwann gut in die Freitagsgruppe gepasst."

„Kennen die den auch?"

„Ich glaub nicht. Müsstest du die fragen."

„Was weißt du denn über ihn?", mischte sich Tim ein.

Wieder zog er die Stirn kraus. „Lass mich mal überlegen!"

Ich schielte auf mein Handy. Ob ich Kommissar Janzen wohl noch im Büro erreichen würde?

„Der wohnte bei seinem Bruder, ja, das hat er mal erwähnt. Sonst haben wir uns eher über Spiele und Computeranwendungen unterhalten. Ach", er grinste vielsagend, „und der ist auf fast jede Party gegangen. Wollte unbedingt ein Mädchen aufreißen, konnte wohl nicht landen. Darüber hat er auch öfter geklagt."

„Kennst du seinen Nachnamen?"

„Nee, so förmlich geht es bei uns nicht zu. Richtige Freunde waren wir nicht, haben nur ab und an zusammen abgehangen."

Seine weiteren Fragen wehrte ich ab, denn natürlich wollte er liebend gern auf den neuesten Stand in der Bombensache gebracht werden, wie er es ausdrückte. Ich behauptete, ein dringender Termin stünde einem längeren Gespräch im Wege und machte mich eilig, Tim im Schlepptau, davon. Jetzt musste ich nur noch Herrn Janzen davon überzeugen, dieser Geschichte nachzugehen – auch wenn die Puzzleteilchen immer noch nicht richtig zusammenpassten.

42

Carina wartete schon auf uns, als wir, schwer bepackt mit unseren Einkäufen, vor meine Wohnungstür traten. „Was habt ihr gemacht?" Ihr fassungsloser Blick auf unsere Tüten sagte alles.

„Wir sind raus", erklärte Tim kurz und bündig. „Den Rest übernimmt die Polizei!"

„Erzähl!" Sie kreischte das Wort so laut heraus, dass wir zusammenzuckten.

„Erst mal gehen wir rein", bestimmte ich.

Sie folgte uns in die Küche. „Habt ihr den Täter echt gefunden?"

„Vielleicht, es ist eine Möglichkeit mehr nicht", beschwichtigte ich sie, weil ich schon ahnte, was jetzt kam.

„Und da geht ihr in aller Ruhe einkaufen, anstatt mich zu informieren?", rief sie.

„Wir dachten, du bist noch im Krankenhaus", ließ sich Tim vernehmen und drückte sie kurzerhand auf einen Stuhl. „So interessant sind unsere Neuigkeiten auch wieder nicht." Er begann zu erzählen. „Alex' Kommissar kümmert sich drum, hat er gesagt", schloss er.

Während seines Berichts hatte ich sämtliche Einkäufe verstaut. Nun riss ich die Tüte mit den Berlinern auf und legte sie auf den Tisch. Tim und ich langten gierig zu, Carina schüttelte nur stumm den Kopf. In ihrem Kopf arbeitete es, wie man deutlich sehen konnte.

„Findet ihr nicht, dass euer Verdacht viel zu weit hergeholt ist", kam es dann auch prompt. „Nur weil dieser Max jemand im Krankenhaus besucht hat, kombiniert ihr, dass es sich dabei um einen kranken Studenten handelt und der sein Freund ist, also nicht sein Partner, sondern die beiden eine ganz normale Freundschaft verbindet – von der allerdings keiner weiß. Denn niemand hat sie je zusammen auf dem Campus gesehen. Und der ist irgendwie in diese Erpressung verwickelt und hat Max dazu gekriegt, ihm zu helfen. Verstehe ich das richtig?"

So, wie sie es ausdrückte, hörte es sich tatsächlich absolut seltsam an. Ich überließ es lieber Tim, ihr unsere Schlussfolgerungen mitzuteilen.

„Es gibt schon einige Verdachtsmomente", versuchte der zu erklären. „Wir gehen davon aus, dass die sich erst kurz vor dem Krankwerden kennenlernten. Das würde auch erklären, warum niemand Max mit seinem Freund gesehen hat. Und vielleicht ist dieser Typ schon länger krank. Vielleicht hat er irgendwas Schlimmes und dadurch sind sie auf die Idee mit der Bombe gekommen. Vielleicht kann ihn nur eine teure Operation im Ausland retten."

Carina zog spöttisch die Augenbrauen hoch. Ja, wenn man die reinen Fakten hörte, blieb nicht viel Greifbares übrig.

„Alex' Kommissar jedenfalls versprach, sofort zu ermitteln", fügte Tim hinzu. Es klang wie eine Rechtfertigung. „Das sei der beste Hinweis bisher."

Sie wagte es tatsächlich zu schnauben.

Mir reichte es: „So oder so, wir sind raus. Sollte der Typ tatsächlich mit Max befreundet gewesen sein und er hat nichts mit dieser Geschichte zu tun, kann er zumindest Hinweise auf weitere Kontakte geben."

„Wieso bist du schon zu Hause?", wechselte Tim das Thema.

Nein, Carina war noch nicht fertig mit uns. „Und ihr habt euch echt nicht mehr reingehängt?"

„Ja, wie denn?" Langsam kam auch Tim an seine Grenzen. „Wir kannten nicht mal den Nachnamen. Und selbst wenn wir den irgendwie rausgekriegt hätten, was sollten wir deiner

Meinung nach tun, hm? Die Adresse rausfinden und das Haus observieren?" Er lachte höhnisch.

„Da hat die Polizei bessere und schnellere Möglichkeiten", warf ich ein, bevor der fortfahren konnte. Ein ausgewachsener Streit brachte uns auch nicht weiter. „Geht es Kilian schlechter?"

„Im Gegenteil." Endlich ließ sie sich ablenken. „Die Ärzte haben ihn aus dem Koma geholt. Er ist noch schwach, hat uns aber erkannt."

„Und anschließend musstet ihr das Zimmer verlassen", vermutete ich. Damit ihn die Polizei ins Kreuzverhör nehmen konnte.

Sie verzog das Gesicht. „Besuche sind bis auf weiteres nicht erlaubt. Zumindest bis einschließlich morgen. So ungefähr drückte sich der Ermittler aus. Zahlen die jetzt doch?"

Die ideale Gelegenheit, das Gespräch abzubrechen! Ich schaltete den Computer ein und suchte die neuesten Nachrichten. Tatsächlich, die Stadtoberen hatten beschlossen, auf die erpresserische Forderung einzugehen. Man verhandelte bereits mit den Tätern, wie die Geldübergabe vonstattengehen sollte.

„Gibt dieser Kommissar Janzen euch Bescheid, ob euer Hinweis die weiterbringt?", fragte Carina.

„Ich rechne nicht damit." Ich wusste nicht mal, wie die vorgehen wollten. Selbst wenn unser Tipp richtig war, würden die vermutlich nicht ohne Beweis einfach das Haus stürmen können.

„Vielleicht, wenn sie die Täter haben", blieb Tim optimistisch.

Oder wir wurden über die Zeitung aufgeklärt. Herr Stankowski fiel mir ein. So ganz war er immer noch nicht aus meiner Verdächtigenliste verschwunden. Sollte ich den lieber doch näher überprüfen?

Nein, lass es gut sein, sagte ich mir eine Viertelstunde später, nachdem es mir gelungen war, Tim und Carina hinauszukomplimentieren. Ich wollte nur noch meine Ruhe haben.

Mit meinen eingeschränkten Möglichkeiten kam ich sowieso nicht voran.

Ich brachte meine Story auf den neuesten Stand und loggte mich dann in ein Spiel ein. Ein spannendes Battle war genau das Richtige, um mich abzulenken.

Mittwoch, 11. Dezember

Wieder erlag ich der Versuchung und blieb viel zu lange vor dem Rechner sitzen. Als irgendwann morgens mein Handy klingelte, war ich nicht fähig, mich zu rühren. Wer immer das war, musste sein Anliegen eben auf dem Anrufbeantworter hinterlassen.

Blöderweise blieb derjenige hartnäckig und versuchte es erneut. Nach dem dritten Mal wälzte ich mich verschlafen aus dem Bett und sah nach, wer mich so früh – es war gerade mal sieben, wie ich erkennen konnte – störte. Carina? Was wollte die denn?

Drei Nachrichten, dreimal die gleiche: „Alex, es ist dringend. Komm bitte schnell rüber."

Panikmache oder was wirklich Wichtiges? Ich schlüpfte in meine Klamotten, benutzte die Toilette und warf mir eine Ladung kaltes Wasser ins Gesicht, um einigermaßen wach zu werden. Wehe, sie hatte mich ohne Grund aufgeweckt!

Die Nachbartür war nur angelehnt. „Komm rein, wir sind im Wohnzimmer beschäftigt!", rief Carina.

Ich Trottel, vollkommen ahnungslos, trat folgsam in die Diele und schloss sogar noch hinter mir die Tür. Als ich mich umdrehte, stand ein Schrank von einem Mann vor mir, das riesige Messer in seiner Hand blitzte auf, als er es in meine Richtung drehte. „Kein Ton. Mein Bruder würd es an den beiden da drinnen auslassen."

Instinktiv wusste ich sofort, wen ich vor mir hatte. Das war der echte Täter. Während er mir bedeutete, an ihm vorbei ins Wohnzimmer zu treten, überschlugen sich meine Gedanken. Wer war das und wie hatten wir ihn aufgescheucht? Klar, er trug eine selbst gebastelte schwarze Ski-Maske, trotzdem konnte ich mit an Sicherheit grenzender Wahrscheinlichkeit ausschließen, ihm bereits begegnet zu sein.

Carina und Tim saßen gefesselt nebeneinander auf der Couch, die leicht vorgerückt war. Direkt hinter ihnen stand ein schlanker Mann, ebenfalls mit Maske, der ihr ein Messer an den Hals hielt. Auch er kam mir nicht bekannt vor.

„Setz dich!" Der Schrank gab mir einen Schubs, dass ich fast wie von selbst in den Sessel stolperte.

„Damian!", mahnte sein Partner.

Der schnaufte nur zur Antwort.

„Na, Arschloch", wandte sich der Schlanke an mich. „Jetzt wirst du doch noch 'ne große Rolle kriegen. Du spielst für uns den Boten. Na, wie gefällt dir das?"

Sein Partner hinter mir lachte hämisch.

Mir wären fast die Gesichtszüge entgleist. Mit allem hatte ich gerechnet, dass sie ihre Wut an uns auslassen würden - irgendwie, hoffentlich nicht zu schlimm -, weil wir offensichtlich die Polizei auf ihre Spur gebracht hatten. Oder dass sie irgendwas Ähnliches mit uns geplant hatten wie mit Kilian und Tom, um die Polizei zu verwirren. Auf die Idee, dass sie ausgerechnet mich zur Geldübergabe schicken würden, war ich nicht gekommen.

„Ich dachte, das läuft über ein Offshore-Konto", platzte ich heraus.

„Siehste, der is voll eingeweiht", tönte es hinter mir.

Der Mann vor mir nickte bedächtig. „Ich hab nichts anderes erwartet. Deshalb werden die dem nichts tun. Der ist einer von denen." Er nickte mir zu. „Geldübergabe ist heute Nacht. Du holst die Kohle. Sobald ich sie habe, lassen wir euch gehen."

Als wenn man daran glauben konnte!

„Wir bringen euch an einen sicheren Ort. Deine beiden Freunde warten zusammen mit meinem Bruder dort. Als Absicherung, dass du spurst."

Was hätte ich sagen sollen? Ich konnte mich ja schlecht widersetzen. Und schreien? Ich musste nur an die gekrümmte

Gestalt in der Fabrikhalle denken, sofort erlahmte jeglicher Widerstand. Also nickte ich.

Wir wurden in zwei Etappen weggebracht. Zuerst waren Tim und Carina dran. Der Schrank löste ihnen die Fesseln und gestattete ihnen sogar, ihre Jacken überzuziehen. „Keinen Mucks", warnte er sie. „Ich lass mein Handy an, mein Bruder kann alles hören. Schlagt ihr Krawall, is der da dran." Er klopfte mir derb auf die Schulter.

„Sind im Flur, alles ruhig", meldete sich seine Stimme kurz darauf aus dem Lautsprecher des Handys. „Nehmen die Treppe, sind unten, gehen raus."

Wir lauschten angespannt, während nur die Schritte zu hören waren.

„Sind drin, kannst los."

Dann spielte sich das Gleiche noch einmal ab, mit mir und meinem Aufpasser an der Seite. Glücklicherweise begegneten wir niemandem. Der Typ dirigierte mich zu einem blauen Kombi, der seine besten Zeiten schon hinter sich hatte. Carina und Tim saßen hinten auf der Rückbank, beide trugen wieder Fesseln, Kabelbinder, wie ich erkennen konnte. Damian, der Schrank, stand neben dem Auto, jetzt ohne Maske.

Nein, noch nie gesehen, war ich mir sicher.

„Du setzt dich auf den Beifahrersitz", knurrte der Mann hinter mir. „Damit Damian euch alle unter Kontrolle hat." Ich erhielt einen auffordernden Schubs und öffnete gehorsam die rechte Tür. Kaum saß ich, beugte sich der Bruder über mich und fesselte mir ebenfalls die Hände und Füße.

„Sein Handy", mahnte der Ältere.

Ich deutete mit dem Kopf auf meine Hosentasche. Mist, ich hatte so gehofft, dass sie es übersehen würden.

Damian fummelte es heraus und schnallte mich zu guter Letzt sogar an. Dann setzte er sich hinter mich und zeigte mir sein Messer. „Ich fackel nich lang."

Sein Bruder, jetzt ebenfalls ohne Maske, setzte sich auf den Fahrersitz und startete den Motor. Ich warf einen vorsichtigen Blick in seine Richtung – und hätte mich am liebsten selbst in den Hintern getreten. Der blaue Kombi! Die beiden Männer vor der verlassenen Halle im Industriegebiet, er war einer von ihnen.

43

Statt den Weg dorthin einzuschlagen, womit ich gerechnet hatte, fuhren wir Richtung Uni. Auf dem noch relativ leeren Parkplatz in der hintersten Ecke hielten wir an. Der Fahrer zog mein Handy hervor. „Wir machen jetzt eine Konferenz mit denen", erklärte er mit spöttischem Unterton. „Du hörst genau zu. Das ist die letzte Gelegenheit, den genauen Verlauf der Übergabe abzuklären."

„Herr Grahl", ertönte die Stimme von Herrn Janzen direkt nach dem ersten Klingelton. „Ich …"

„Nix, Herr Grahl", unterbrach ihn unser Entführer. „Ihr Freund sitzt neben mir. Wir beide klären jetzt die Übergabe ab. Er wird der Bote sein." Er lachte rau. „Damit sie nich auf blöde Gedanken kommen."

„Herr Grahl, geht es Ihnen gut?", fragte der Kommissar.

„Ja, ich …" Von hinten brachte mich ein derber Schlag zum Verstummen.

„Wir reden", sagte der Fahrer. „Sie haben ja nun gehört, dass er da ist. Haben Sie das Geld?"

„Ja, Herr Mahler, Sie sind doch Herr Mahler, richtig? Sascha Mahler, der Bruder von Elko."

Endlich hatte ich die Erklärung, wie alles zusammenhing. Da hätte es Herrn Janzens Kommentar, dass der im Krankenhaus liege, gar nicht mehr bedurft.

Mein Sitznachbar ging sofort hoch. „Lassen Sie den ja aus dem Spiel. Der weiß von nichts. Sollten Sie dem auch nur ein Haar krümmen, dann …"

276

„Beruhigen Sie sich, Herr Mahler." Immerhin wusste der Kommissar damit definitiv, wen er vor sich hatte. „Lassen Sie uns die Details abklären."

Nach einigem Hin und Her wurde die Übergabe für Mitternacht festgelegt. Sie sollte auf einem Feld stattfinden – wohl mit guter Aussicht nach allen Seiten, wie ich vermutete. Herr Janzen selbst sollte der Überbringer sein. Sein Einwand, die Millionen wären von einem Einzelnen kaum zu bewältigen, wischte Herr Mahler ungerührt zur Seite. Er hätte sich schlaugemacht. Die aus dem Geldkreislauf genommenen Fünfhunderteuroscheine behielten ihren Wert. Sollten sie halt nur diese benutzen. Die wären garantiert noch nicht vernichtet.

Auch Herrn Janzens Einwand, die könne man so schnell nicht besorgen, konterte er mit: „Ist mir egal, wie Sie das machen. Hauptsache, ich krieg alles heute Nacht. Sonst zündet mein Bruder die Bombe, die wir schon installiert haben." Der Kommissar gab augenblicklich nach und versprach, dass er sich darum kümmern würde, dass das Gewünschte rechtzeitig vor Ort sei.

„Geht doch", brummte Herr Mahler, entfernte die SIM-Karte aus meinem Handy und schleuderte sie aus dem Fenster in das nächste Gebüsch. Das nutzlos gewordene Teil warf er mir in den Schoß.

„Mach voran!", kam es von hinten.

Als ob er ihn ärgern wollte, schlich sein Bruder gemächlich vom Parkplatz. Nein, er war nur übervorsichtig, erkannte ich. Er blickte in alle Richtungen, bevor er auf die Straße abbog.

Statt die B1 zu nehmen, fuhren wir durch ein Gewirr von Neben- und Umgehungsstraßen, immer genau nach den Verkehrsregeln. Herr Mahler achtete penibel darauf, nicht aufzufallen.

Und ich hätte mich schon wieder in den Hintern treten können! Warum war ich nicht auf die Idee gekommen, dem Kommissar einen Hinweis zu geben? Tim und ich hatten ja

277

nach dem Auffinden der Leiche in der Scheune die Polizisten auch über die gemachte Beobachtung an der Werkshalle informiert, die beiden Autos beschrieben und ihnen sogar die Kennzeichen genannt. Irgendeine Bemerkung in diese Richtung … und dir wäre es ähnlich ergangen wie Max, wurde mir klar. Der jüngere Mahler auf dem Rücksitz hatte keinen langen Geduldsfaden und war zudem unberechenbar. So schätzte ich ihn zumindest ein und so hatte sich auch Tom geäußert.

Trotzdem eine blöde Situation. Hätte ich nicht bei meinem letzten Besuch im Präsidium wenigstens nachfragen können, ob Kommissar Janzen beziehungsweise seine Kollegen dem Tipp mit der Halle nachgegangen waren? Aber zu diesem Zeitpunkt hatten wir ja die Entführten bereits gefunden und unsere Gespräche sich um ganz andere Dinge gedreht. Wir fuhren über Umwegen zu der besagten Halle. Herr Mahler stieg selbst aus, um das Tor zu öffnen. Sein Bruder drückte mir die Messerscheide gegen den Hals, zur Warnung, dabei hätte ich sowieso keinen Fluchtversuch gewagt. Ringsherum war niemand zu sehen, obwohl garantiert überall gearbeitet wurde. Nur lud das nasskalte Wetter nicht zum draußen Herumstehen ein, und Pause schien auch niemand zu machen.

Er parkte den Wagen direkt vor dem kleineren Tor, durch das wir damals die beiden Männer hatten heraustreten sehen. Bevor er aufschloss, sah er in alle Richtungen. Das Resultat schien ihn zu befriedigen, denn er öffnete die Tür und winkte seinem Bruder, uns zu ihm zu bringen.

Ich musste als Erster aussteigen und mich neben Herrn Mahler stellen, der nun ebenfalls sein Messer zückte. Anschließend kam Damian mit Carina und Tim, die er vor sich hertrieb. Er drängte sich an uns vorbei und hieß sie, weiter ins Innere zu gehen. Der Ältere schloss die Tür wieder ab und deutete mir an, den anderen zu folgen.

Bevor wir uns in Bewegung setzten, drückt er auf einen Schalter und das Licht der Deckenlampen flammte auf. Eine riesige leere Fläche bot sich mir dar. Nein, halt, in der hintersten Ecke lagen zwei Matratzen und diverser Kram. Das war wohl das Lager der beiden Männer. Richtig, sie dirigierten uns dorthin. Mehr als langsame, schlurfende Schritte brachten wir mit den Beinfesseln nicht zustande. Jeder von uns sah angespannt auf den Boden vor sich, um nur ja nicht zu stolpern.

Wir mussten uns auf die Matratzen setzen und wurden zusätzlich mit Nylonseilen aneinandergefesselt. Danach blieb wenig Bewegungsfreiheit. Wir lehnten uns an die Wand, um es einigermaßen bequem zu haben.

Sascha Mahler blickte auf uns hinunter. „Knebel können wir uns hoffentlich schenken. Mein Bruder bleibt die ganze Zeit hier. Ein Mucks von euch und sie", er deutete auf Carina, „muss es büßen."

Der Schrank grinste dreckig. „Sie ist am entbehrlichsten."

Die beiden zogen sich in den Eingangsbereich zurück. Der Ältere redete auf seinen Bruder ein, dieser nickte. Anscheinend bekam er die nötigen Anweisungen.

„Es tut mir so leid", flüsterte Carina. „Ich bin eine Idiotin! Der Typ sagt was von Kripo, hält mir eine Art Ausweis vor den Spion und ich mache sofort die Tür auf."

„Ich habe nicht mal mitgekriegt, dass es geschellt hat", kam es von Tim. „Die haben mich aus dem Bett gezerrt, da hatte Carina das Messer schon am Hals."

„Dann verlangte der ältere Typ, dass ich dich anrufe. Ich wollte das nicht, ehrlich, aber sie haben gedroht, sonst Tim …" Sie schluckte. „… das Gleiche mit ihm zu machen wie mit Kilian."

„Es war die einzig richtige Entscheidung", beruhigte ich sie. „Die sind gefährlich und zu allem entschlossen. Sie zu reizen, bringt nichts."

„Und jetzt?", fragte Tim leise. „Meinst du, die Ermittler finden uns? Wissen die auch von der Halle?"

Immer mit einem Auge auf die beiden Männer klärten wir Carina auf. „Keine Ahnung, ob die beiden Polizisten das

279

weitergeleitet haben", schloss ich. Und vor allem, ob Herr Janzen die Verbindung so schnell herstellte.

„Glaubst du, die lassen uns tatsächlich nach der Geldübergabe frei?"

Carina wirkte dermaßen verstört, dass ich ihr diese Angst unbedingt nehmen musste. „Ich denke schon. Wir müssen aufpassen, dass wir diesen Damian nicht reizen. Der neigt eindeutig zu Gewaltausbrüchen. Sobald sein Bruder weg ist, sollten wir uns ruhig verhalten und nicht mehr miteinander reden. Doch, ich bin überzeugt, die lassen uns anschließend laufen", setzte ich angesichts ihres zweifelnden Gesichtsausdrucks noch schnell hinzu. Denn ich hatte bemerkt, dass Sascha Mahler sich umwandte und mit einem letzten Wort an seinen Bruder ging.

Wie auf Kommando nahmen wir eine entspannte Haltung an und sahen auf unsere Hände hinab. Doch Damian ließ sich dort, wo er gestanden hatte, nieder, lehnte seinen Kopf gegen die Wand und rührte sich nicht. Hatte er die Augen geschlossen? Schlief er etwa ein? Leider konnte ich das auf die Entfernung nicht erkennen. Das Deckenlicht war nicht hell genug.

Ich spürte, dass Tim die neben ihm sitzende Carina – sie befand sich in der Mitte – anstieß und schüttelte sofort abwehrend den Kopf. Wollten wir überleben, mussten wir uns ruhig verhalten, am besten überhaupt nicht rühren.

Die Zeit wurde lang. Ich sah zwischendurch immer wieder auf die Uhr. Die Minuten tropften zäh vor sich hin. Jedes Mal, wenn ich dachte, es müssten Stunden vergangen sein, war es gerade mal eine halbe Stunde. Carina neben mir wurde in regelmäßigen Abständen von Schauern geschüttelt, dabei war es nicht sonderlich kalt. Wir saßen auf einer dicken Matratze und trugen weiterhin unsere Winterjacken – ich hatte mir einfach eine vom Haken der Garderobe genommen, wahrscheinlich gehörte sie Tom.

Tim dagegen begann tatsächlich nach einer Weile leise zu schnarchen. Ein Gemüt hatte der Typ! Klar, ich war auch müde von der kurzen Nacht und eigentlich war es eine gute Idee, einfach wegzudämmern. Vor allem weil wir erst gegen Mitternacht zum Showdown antraten. Trotzdem fand ich keine Ruhe. Meine Gedanken rasten, ich wog alle Eventualitäten ab: Was passieren konnte, wenn das und das geschah oder das und das oder etwas ganz anderes. Ich wollte einfach auf alles vorbereitet sein.

Irgendwann begann dann Damian sich zu regen. Er reckte und streckte sich gähnend. Ja, er hatte tatsächlich geschlafen. Jetzt trat er, ohne uns zu beachten, in die Ecke neben der Tür und drehte uns den Rücken zu. Am kurz darauf einsetzenden Plätschern erkannte ich, dass er sich erleichterte.

„Ich muss auch", hauchte Carina.

„Kannst du anhalten, bis sein Bruder zurück ist?", erkundigte ich mich genauso leise. Ich traute dem Kerl nicht, in keiner Weise. Wer wusste schon, auf was für Ideen der kam, wenn Carina ihre Hose runterzog. Der hatte eh nichts mehr zu verlieren, da kam es auf eine Vergewaltigung auch nicht mehr an.

„Ich hoffe." Sicher klang sie nicht.

„Lass es lieber laufen", hätte ich beinahe gesagt. Aber warum sie noch nervöser machen, als sie ohnehin schon war. Kaum hatte Damian sich geregt, begann sie wieder zu zittern. Die Hände verkrampften in ihrem Schoß, ihr Atem ging stoßweise.

Tim rückte näher an sie heran und legte seine Hände auf ihre. Zu sagen wagte er nichts, denn Damian hatte sich mittlerweile uns schräg gegenüber niedergelassen und beobachtete uns. Trotzdem entspannte sie etwas. Ich lehnte meinen Kopf zurück und schloss die Augen. Besser, dem Kerl kein Angriffsziel bieten.

44

Ich schreckte hoch, als ich die Stimmen hörte. Unbemerkt von mir war Sascha Mahler zurückgekehrt. Ob ich doch eingeschlafen war?

„Du hast Nerven", flüsterte Tim. „Der Typ sitzt uns direkt gegenüber und du schnarchst dir einen ab."

Ich enthielt mich eines Kommentars und beobachtete lieber die beiden Brüder. Der ältere hatte wohl Essen mitgebracht, denn Damian griff hastig in eine prall gefüllte Tasche und zog eine Tüte und eine Wasserflasche hervor. Er stieß seine Zähne regelrecht in das Brötchen und riss ein großes Stück davon ab, kaute, schluckte, spülte mit Wasser nach – unverhofft begann sich mein Magen zu melden und ich verspürte plötzlich drängenden Durst.

Herr Mahler nahm tatsächlich drei Brötchen aus der Tüte und brachte sie uns. „Hier, kleine Stärkung." Er ließ sie uns in den Schoß fallen, machte kehrt und kam sogar mit drei kleinen Wasserflaschen wieder.

„Ich muss mal", flüsterte Carina.

„Was?" Er sah sie misstrauisch an.

„Sie muss auf die Toilette", verdeutlichte ich. „Dringend."

Er kratzte sich am Kopf und überlegte. „Du kannst da hinten in die Ecke gehen." Er zeigte an der Wand entlang, an die wir gelehnt saßen.

„Ja, bitte."

Es musste echt dringend sein.

Er blieb auf der Hut. „Pass mal kurz auf!", rief er seinem Bruder zu und wartete, bis der näher heran war. Erst dann befreite er sie von dem Nylonseil, mit dem wir zusammengebunden waren. „Die Kabelbinder bleiben dran. Das kriegst du hin."

Mit kleinen Trippelschrittchen entfernte sich Carina von uns, blieb mit dem Rücken zu uns stehen und hockte sich hin. Ich widmete mich meinem Brötchen. Das Ganze war schon erniedrigend genug.

„Die Herren auch?" Nachdem sich Carina wieder zwischen uns gesetzt hatte, sah er fragend von einem zum anderen.

Wir schüttelten synchron den Kopf. Er zuckte die Schultern und fesselte sie, die sofort nach ihrer Wasserflasche griff und gierig trank, wieder an uns.

Tim und ich hatten unser Brötchen bereits verschlungen und auch dem Wasser, ein halber Liter für jeden in einer Plastikflasche, zugesprochen. Trotzdem knurrte mein Magen weiter verlangend, das war ja die erste Nahrung heute gewesen.

Ich schielte auf die Uhr. Schon kurz nach zehn. Bald würde dieser Albtraum hoffentlich hinter uns liegen.

Die Brüder zogen sich wieder zurück und Sascha redete auf den Jüngeren ein.

„Glaubst du wirklich, uns passiert nichts?", fragte Carina mit bangem Unterton.

„Bestimmt nicht." Das war mein völliger Ernst. „Tut genau das, was dieser Damian will und widersprecht ihm nicht. Dann wird er euch garantiert in Ruhe lassen." Wie kaltblütige Mörder schätzte ich die beiden nicht ein. Wir waren nur das Mittel zum Zweck.

Gegen halb elf, ich hatte gerade wieder einen Blick auf meine Uhr geworfen, verließ Sascha Mahler das Gebäude für etwa zehn Minuten. Anschließend nahmen sein Bruder und er die Tüten und Kartons, die neben unserem Lager standen, und schleppten sie nach draußen, ins Auto, wie ich vermutete. Dann kam der Ältere auf mich zu, bückte sich und machte sich an meinen Fesseln zu schaffen. Die Hände, die bisher vorn verschnürt gewesen waren, wurden hinter dem Rücken festgezurrt, wieder mit Kabelbindern und so eng, dass sie meine Handgelenke einzwängten. Die Fußfesseln beließ er, wie sie waren.

Auf sein Geheiß hin stand ich auf und bewegte mich auf den Ausgang zu. Das Auto stand direkt vor der Tür, die Beifahrerseite war offen. Er packte mich am Arm und zog mich auf den Sitz, schlang eines der Nylonseile darum und schnaufte befriedigt. „Das dürfte reichen." Er wandte sich zu seinem Bruder, der uns gefolgt war. „Wenn alles klappt, sehen wir uns gleich am Treffpunkt. Tauche ich nicht auf und du hörst nichts von mir, mach dich vom Acker. Ruf mich dann bloß nicht an! Und lass bloß dein Handy aus."

„Ich bin kein Idiot", murrte der.

„Weiß ich doch." Es hörte sich an, als klopfe er dem Bruder auf die Schulter. Sehen konnte ich es leider nicht, er hatte mich derart verschnürt, dass ich stur geradeaus blicken musste.

Kurz darauf glitt er neben mich und startete den Motor. „Los geht's."

Die erste Viertelstunde kurvten wir durch die Straßen des Gewerbegebietes. Endlich gab Herr Mahler sich zufrieden. Außer vor einem Gebäude, in dem es anscheinend eine Nachtschicht gab, parkten nirgendwo Autos und bei denen auf dem Gelände handelte es sich eindeutig um Privatfahrzeuge. Bullis oder Mannschaftswagen der Polizei konnte ich nicht entdecken.

Wir fuhren zu einer großen Wiese in der Nähe, höchstwahrscheinlich Grundstücke, die noch auf ihre Bebauung warteten, denn das umlaufende Straßennetz lud neue Betriebe geradezu ein. Ganz in der Nähe befand sich eine Schnellstraße, keine Ahnung welche, mein Orientierungssinn war völlig im Eimer. Das Einzige, was ich wusste, war: Hier in der Gegend bin ich noch nie zuvor gewesen.

Wieder umrundete Herr Mahler mehrere Male das Areal, bevor er sich zufriedengab. Ich atmete auf, als er an den Straßenrand fuhr, um zu parken. „Reicht die Zeit, dass ich eben pinkeln kann?" Entweder war das Wasser einfach durchgelaufen oder die warme Heizungsluft hatte verbunden mit dem Schaukeln des Autos meine Blase malträtiert, sie fühlte sich an, als würde sie jeden Moment platzen.

„Ernsthaft?" Er lachte meckernd. „Is vielleicht besser, als wenn du dir gleich in die Hose machst."

Er bugsierte mich aus dem Auto, ohne meine Fesseln zu entfernen, und zog mich an den Rand. Als er dann jedoch meinen Reißverschluss aufmachen wollte, entwand ich mich ruckartig. „Können Sie mir nicht eben die Hände freimachen? Ich werde nichts versuchen, ehrlich."

Er überlegte einen Moment lang. „Okay. Keine Mätzchen, ich hab das Messer in der Hand."

War mir schon klar, immerhin schnitt er die Kabelbinder damit auf.

Kaum fertig hielt ich ihm brav die Hände wieder hin. Dieses Mal zog er die Plastikfesseln nicht dermaßen fest an. Ich behielt ein wenig Bewegungsspielraum. Trotzdem würde ich keinen Ausbruchversuch wagen, und auch keine Gegenwehr. In spätestens einer Stunde war alles vorbei.

Eher schon in einer halben, stellte ich fest, nachdem er mich wieder an den Sitz gebunden hatte. Die Uhr im Armaturenbrett zeigte zwanzig vor zwölf. Wir waren länger herumgefahren als gedacht. „Wie soll es genau ablaufen?", fragte ich, nachdem er den Motor wieder gestartet hatte und zu einer weiteren Runde um die Wiese ansetzte.

„Du gehst auf das Feld, bis genau in die Mitte, und wartest da auf den Bullen. Er gibt dir den oder die Koffer und du kommst sofort zu mir zurück."

„Soll ich nicht nachgucken?", tat ich erstaunt. „Ob die echt das Geld reingepackt haben?" Vielleicht ergab sich dabei die Möglichkeit, mich kurz mit Herrn Janzen auszutauschen.

Wieder überlegte er. „Ein schneller Blick reicht. Sind da Scheine, wird es okay sein. Nachzählen brauchst du nicht."

Wir fuhren herum, bis es Zeit für mich war loszulaufen. Herr Mahler hielt an derselben Stelle wie zuvor, löste das Nylonseil, zog mich aus dem Auto und zerschnitt meine

Fesseln. Dann gab er mir einen kleinen Schubs. „Immer in diese Richtung."

Ich setzte mich in Bewegung und konzentrierte mich auf mein Ziel. Doch aus den Augenwinkeln warf ich ständig Blicke in alle Richtungen. Meine Enttäuschung wuchs mit jedem Schritt. Nichts zu sehen, kein Mensch in der Nähe. Es sah so aus, als würde Herr Mahler ohne weiteres entkommen können.

Als ich ungefähr die Hälfte meiner Strecke hinter mich gebracht hatte, hielt auf der genau entgegengesetzten Seite ein Auto. Die Person hinter dem Steuer stieg aus und machte sich am Kofferraum zu schaffen. Sie hievte zwei größere Gegenstände daraus hervor, schloss den Deckel und steuerte auf mich zu.

Das musste Herr Janzen sein, hoffte ich zumindest. Immerhin hatte der Erpresser explizit ihn verlangt. Da war es wohl logisch, dass er diesen Part dann auch übernahm. Leider schien er allein zu sein, beim Türöffnen war das Licht im Innenraum angegangen und hatte enthüllt, dass sich keine weitere Person darin befand.

Es sei denn, sie lag verdeckt auf oder vor den Rücksitzen. „Hör auf!", schimpfte ich mit mir selbst. Was sollte das bringen? Damian hatte Carina und Tim in seiner Gewalt. Sie mussten Sascha Mahler gehen lassen, sonst würden die beiden es büßen. Und das wollten weder ich noch die Polizei.

Ja, es war Herr Janzen, stellte ich beim Näherkommen fest. Genau wie ich hatte er sich gegen den eisigen Wind die Kapuze übergestülpt und ging leicht nach vorn gebeugt, da dieser genau in seine Richtung blies. Trotzdem gelangte er überraschend schnell an den ausgehandelten Treffpunkt.

Er stellte die Koffer vor mich hin und trat einen Schritt zurück. Ich bückte mich, um sie aufzuklappen. So geschützt sagte ich schnell: „Carina und Tim werden in der ..."

„Sie nehmen jetzt die Koffer und gehen langsam los", unterbrach er mich. „Sobald Sie einen Pfiff hören, lassen Sie

286

sich auf den Boden fallen und bleiben liegen, egal, was passiert. Haben Sie das verstanden?"

„Klar." Ich schloss die Koffer nach einem Blick auf die Geldbündel. „Cari …"

„Wissen wir. Haben die Kerle Schusswaffen?"

„Soweit ich weiß, nur Messer." Ich hob die Koffer an und machte mich auf den Rückweg.

Bei jedem Schritt lauschte ich nach hinten, bemühte mich aber, dabei nach vorn zu schauen. Ein Drittel des Wegs zurückgelegt, das nächste Drittel, ich konnte schon deutlich Herrn Mahler erkennen, der aufmerksam in sämtliche Richtungen schaute. Als endlich der Pfiff ertönte, schreckte ich genauso zusammen wie er. Gehorsam warf ich mich auf den Boden und ging sozusagen hinter den Koffern in Deckung.

45

Herr Janzen brachte mich höchstpersönlich zur Halle. Der Vorplatz lag in zuckendes Blaulicht erhellt da, eine Gruppe Polizisten in Schutzanzügen stieg in einen Transporter, andere schienen gerade erst angekommen zu sein, wieder andere wuselten ins Innere und wieder heraus, für mich sah es aus wie ein heilloses Durcheinander.

Vor der offen, durch ein Flatterband abgesperrten Toreinfahrt, standen die Gaffer, die meisten Arbeiter aus dem nahegelegenen Werk, allerdings trudelten in diesem Moment schon die ersten Reporter ein – gemeinsam mit dem Leichenwagen.

Obwohl mich Herr Janzen vorbereitet hatte, musste ich schlucken. Nein, einen weiteren Toten wollte ich nicht unbedingt sehen.

Auf dem Grundstück schlug der Kommissar das Lenkrad hart links ein, während der Wagen des Bestatters auf die Halle zuhielt. Dann entdeckte ich Tim und Carina, die neben einem Krankenwagen standen. Kaum hatte Herr Janzen abgebremst, sprang ich aus dem Auto und lief auf sie zu. „Geht es euch gut?"

Carina warf sich in meine Arme. „Es ist vorbei!", jubelte sie. „Nein, uns ist nichts passiert."

„Nicht mal den Schusswechsel haben wir mitgekriegt", murrte Tim. Aber ich konnte erkennen, dass sein Frust nur aufgesetzt war. Im Endeffekt freute er sich genauso wie wir, dass für uns alles gut geendet hatte.

„Ich bringe Sie drei nach Hause", Herr Janzen winkte uns auffordernd zu. „Sie können sich im Auto austauschen."

Ehrlich gesagt war ich froh über dieses Angebot. Ich fühlte mich total erledigt, ich fror, hatte Hunger und Durst und konnte kaum noch klar denken.

„Du zuerst", bestimmte Tim, kaum dass wir dicht gedrängt auf der Rückbank saßen. „Dein Kommissar hat dich garantiert schon aufgeklärt, wie es bei uns gelaufen ist."

Ja, allerdings ohne in Einzelheiten zu gehen. Ich wusste nur, dass einer aus dem Team der Spezialeinheit Damian Mahler in Notwehr erschossen hatte. Trotzdem gab ich nach, die Autofahrt würde ausreichen, uns auszutauschen.

„Kommissar Janzen ist die Verbindung zur Halle tatsächlich rechtzeitig aufgefallen." Ich grinste innerlich. Wohl erst ziemlich auf den letzten Drücker, als ihm endlich ein Licht aufging, dass er die Daten des Autos, das auf Sascha Mahler zugelassen war, schon mal irgendwo gesehen hatte.

„Ein Team von Spezialisten hat mit Hilfe von Wärmekameras kontrolliert, ob er mit seinem Verdacht, wir würden dort gefangen gehalten, richtig lag." Natürlich erst, nachdem er den anderen Typen unter die Lupe genommen hatte, den Vermieter der Halle, der von nichts wusste.

„Als er sich sicher sein konnte, wie die Geldübergabe ablaufen soll, haben sie sich entschlossen, gleichzeitig zuzuschlagen. Beide Bereiche wurden schon Stunden vorher von einem Polizeiring abgeriegelt, einfach für den Fall der Fälle. Nur mussten sich die Männer regelrecht an Sascha Mahler herantasten. Überall war freie Fläche und er passte auf wie ein Luchs."

„Außerdem wollten wir uns erst überzeugen, dass keine Schusswaffen im Spiel sind", warf Herr Janzen ein. „Das machte die Sache einfacher für uns."

Dafür hat es aber ganz schön lange gedauert, bis der Zugriff erfolgte, wäre ich beinahe herausgeplatzt. Im letzten Moment hielt ich mich zurück. Was wollte ich eigentlich? Die Entführer waren gefangen beziehungsweise tot und wir unverletzt davongekommen. „Hätten Sie noch ein paar Minuten gewartet, wäre Ihnen Damian Mahler direkt in die Arme

289

gelaufen." Diesen Spruch konnte ich mir trotzdem nicht schenken. „Er sollte genau eine Viertelstunde nach der Geldübergabe zum Versteck aufbrechen, wo sein Bruder ihn aufnehmen wollte."

„Ja, nach einem kurzen Durchklingeln auf dem Handy." Der Kommissar, der gerade vor einer roten Ampel warten musste, warf ein süffisantes Grinsen in den Rückspiegel. „Den Punkt haben wir leider zu spät erfahren."

Das wusste selbst ich nicht. Hatte der Ältere den Jüngeren nicht sogar gewarnt, bloß das Handy auszulassen?

„Um viertel nach kurz ein und sofort wieder aus", erklärte mir Herr Janzen auf meine Nachfrage. „Danach hätten beide ja sofort den Standort gewechselt."

„Der Typ stand an der Tür und sah fast die ganze Zeit auf seine Uhr", begann Carina zu berichten. „Wir haben die echt nicht kommen hören. Plötzlich gab es einen lauten Knall, ein weißer Nebel wallte auf, schemenhaft waren Männer zu sehen. Dann schrien mehrere laut durcheinander, ein Schuss ertönte, kurz darauf kamen die und befreiten uns."

„Die schrien: Waffe fallen lassen! Mehrfach!", verbesserte sie Tim.

„Was genau ist passiert?", fragte ich den Kommissar.

„Die Einsatzkräfte wurden von Herrn Mahler sofort angegriffen. Er sprang einen der Hereinstürmenden an und entriss ihm im Handgemenge die Waffe. Es war eindeutig Notwehr, er wollte nicht aufgeben."

Oder er wollte erschossen werden, dachte ich.

„Wir haben ihn nicht zu Gesicht gekriegt", sagte Carina leise. „Die hatten eine Decke über ihn gelegt, als sie uns raus und zum Krankenwagen führten."

„Wegen des Tränengases", fügte Tim hinzu. „Wir haben da hinten kaum was abgekriegt."

Mittlerweile waren wir fast zu Hause angekommen. Herr Janzen fuhr auf den Hof und drehte sich zu uns um. „Schlafen Sie sich erst mal richtig aus. Es reicht, wenn Sie drei mich gegen fünfzehn Uhr im Präsidium aufsuchen." Er zwinkerte mir zu. „Vielleicht bin ich dann in der Lage, Ihre Neugier ausreichend zu befriedigen."

„Netter Kerl", befand denn auch Carina, als wir die Treppe nach oben nahmen. Sie fummelte mit zusammengepressten Beinen den Schlüssel aus ihrer Jacke. „Ich muss schon wieder ganz dringend."

Tim deutete auf seine nasse Hose. „Und ich mich umziehen."

„Wir sehen uns morgen, wenn wir wieder fit sind", entschied ich. Lieber jetzt in aller Ruhe was essen, heiß duschen und ins Bett. Genau in der Reihenfolge.

Ein bisschen änderte ich diese trotzdem ab. Nach einer in der Mikrowelle erwärmten Gulaschsuppe mit ungefähr einem halben Toastbrot fühlte ich mich fit genug, meine Eltern kurz zu informieren. Schließlich hatte ich keine Ahnung, ob darüber schon etwas in den Medien berichtet wurde. Nicht dass sie vor Sorge halb außer sich waren.

Nein, anscheinend war unsere Entführung nicht an die Öffentlichkeit gelangt, es ging keiner ran, sie schliefen wohl schon. Ich hinterließ ihnen eine kurze Nachricht auf dem Anrufbeantworter, dass ich gesund und munter zu Hause säße – nichts, was sie sofort wecken würde, denn sie stellten das Telefon und den AB nachts leise.

Nach der heißen Dusche schaltete ich mein Handy aus – ein Hoch auf Herrn Janzen, der mir auf der Fahrt zur Fabrik meine unbeschädigte SIM-Karte überreicht hatte -, ebenso die Haustürklingel. Heute Nacht würde ich mir ein ausgiebiges Schläfchen gönnen.

Donnerstag, 12. Dezember 2019

Dummerweise wurde ich um neun schon wieder wach, hellwach, sodass ich kurz entschlossen aus dem Bett sprang und mich vor den Rechner setzte – nicht ohne mir vorher eine Tasse Kaffee zu gönnen natürlich. Genüsslich schlürfend las ich die neusten Nachrichten. Erpresser gefasst, Geld sichergestellt, lautete die Überschrift.

Das Einzige, was die Ermittler rausgegeben hatten, waren die erfolgte Geiselnahme dreier Personen, ohne nähere Angaben, die glückliche Befreiung der Geiseln, der Tod eines der Erpresser und die Gefangennahme eines weiteren. Die genauen Umstände und das Motiv würden noch geprüft. Man werde sich später dazu äußern. Der Bericht schloss mit der Versicherung, ein weiteres Bombenattentat sei nicht zu befürchten. Weder seien bei der Durchsuchung Beweise gefunden worden noch Hinweise auf ein neues Ziel. Der verhaftete Attentäter habe ausgesagt, keine weitere gebaut zu haben. Nach den vorliegenden Erkenntnissen sei mit einhundertprozentiger Wahrscheinlichkeit davon auszugehen, dass er die Wahrheit berichtet habe.

Einhundert Prozent! Noch vorteilhafter ging es ja nicht mehr. Ob das tatsächlich stimmte?

„Die können sich gar nicht leisten, in dem Fall zu lügen", war meine Mutter, die ich anschließend anrief, sich sicher. „Nein, sie müssen schon eindeutige Beweise haben, dass nichts mehr passiert."

Sie hatten erst heute Morgen, nachdem sie den Anrufbeantworter abhörten, geahnt, dass ich in irgendetwas Gefährliches verwickelt gewesen sein musste. Wie von mir vermutet war es der Polizei tatsächlich gelungen, das sich anbahnende Drama geheim zu halten. Natürlich wollte sie nun jede Kleinigkeit wissen und atmete hörbar auf, als ich zum Ende kam. „Immerhin bist du dieses Mal nicht verletzt worden."

Ja, im Gegensatz zu meinem ersten Einsatz bei der Suche nach dem Mörder meines Freundes war ich von Blessuren verschont geblieben. Trotzdem hatte ich mich von dem gestrigen Drama noch nicht richtig erholt. Ich stand irgendwie neben mir und war kaum in der Lage, klar zu denken.

„Was waren das denn für Typen?"

Eigentlich keine, die ich mit so etwas in Verbindung gebracht hätte, was ich auch versuchte ihr zu erklären. Besonders erfolgreich gelang es mir nicht, immerhin stecke enorme kriminelle Energie hinter dieser ganzen Aktion, meinte sie.

Ich vertröstete sie auf später und versprach, mich nach dem Gespräch mit Kommissar Janzen erneut zu melden.

Da ich keine große Lust auf weitere, ausführliche Gespräch hatte, schickte ich eine WhatsApp-Nachricht an alle, die mit mir in diesen Fall involviert gewesen waren. Mirko, dem ich mich am meisten verpflichtet fühlte, war sowieso auf der Arbeit, alle anderen mussten sich gedulden, wenn ich mehr zur eigentlichen Aufklärung erzählen konnte.

Gerade als ich mich wieder vor meinen Computer gesetzt hatte – ich brannte darauf, die Geschichte bis zum jetzigen Ende aufzuschreiben –, klopfte es leise an der Tür. Tim stand grinsend vor mir. „Na, konntest du auch nicht mehr schlafen?" Er nahm mein wortloses Kopfschütteln als Einladung einzutreten.

„Hast du auch einen für mich?", er deutete auf meinen Kaffeebecher. „Carina schläft noch, ich wollte sie nicht wecken."

Wir setzten uns zu einem gemütlichen Frühstück in die Küche. Innerhalb kürzester Zeit war der Rest des gestern angefangenen Toastbrots verschwunden.

„Ah", er lehnte sich aufseufzend zurück. „Es ist, als hätte ich ein Loch im Bauch. Ich könnte ständig essen."

„Und trinken?", fragte ich augenzwinkernd, auf seine nasse Hose anspielend. Bisher hatte er sich nicht geäußert, wie es dazu gekommen war.

Er lachte. „Ne volle Blase und dann so ein Erlebnis, das passt eben nicht. Ich habe mich so erschrocken, als diese Spezialeinheit reingestürmt kam, dass ich nichts mehr halten konnte."

„Muss echt heftig gewesen sein." Obwohl ich pappsatt war, griff ich wieder nach der Kaffeekanne. Zu trinken und zu essen, wann immer es einem danach gelüstete, konnte gar nicht genug gewürdigt werden.

„Für uns war es natürlich gut, die Art und Weise allerdings, wie der Einsatz erfolgte, hätte ich nicht unbedingt gebraucht." Er zuckte die Schultern und hielt mir seine Tasse hin.

„Hast du mitgekriegt, wieso Damian Mahler erschossen wurde?" Herr Janzen hatte sich ziemlich unklar ausgedrückt.

„Direkt nicht. Er stand neben der Tür, als die Polizei diese aufsprengte, und ist sofort auf den ersten Reinstürmenden los, hat ihn gepackt und ihm wohl irgendwie gleich die Waffe entrissen. Ich glaube, der wollte sich mit Gewalt die Flucht erkämpfen."

Oder sich lieber erschießen lassen, als im Gefängnis zu landen, schoss es mir nun schon zum zweiten Mal durch den Kopf. Doch diese Bemerkung verbiss ich mir, weil es im gleichen Moment klingelte. Carina war erwacht und wollte zu uns stoßen.

46

„Eine echte Antwort auf das Warum haben wir bisher nicht", sagte Kommissar Janzen, nachdem wir unsere ausführliche Aussage gemacht hatten. „Bis auf die Erklärung, dass es keine weitere Bombe gibt, schweigt Herr Mahler sich aus."

„Aber das stimmt?" Carina war nicht überzeugt.

„Wir haben das Material für den ersten Bombenbau gefunden, im Keller des Wohnhauses, in dem er lebte. Und eine ausführliche Anleitung für diese."

„Woher hatte er die?" Eine vernünftige Frage, wie ich fand. Herr Janzen grinste. „Aus dem Internet. Im Prinzip kann jeder da ran, man muss nur wissen, wo man suchen soll." Dann ließ er sich doch noch herab, uns das Ganze näher zu erklären. Bruder Elko hatte Max zuliebe für dessen gemeinsames Projekt mit Tom recherchiert und ihm diverse Tipps gegeben, wie man in der Realität vorgehen würde. Sascha Mahler habe sich anschließend die Seiten angesehen und für seine Zwecke genutzt. So stellte Herr Janzen es sich wenigstens anhand der gefundenen Beweise vor. Tatsächlich hatte der Ältere sich alles, was der Jüngere ausgrub, auf seine Festplatte kopiert, inklusive der Erklärung, wie man ein Offshore-Konto anlegt.

Was uns gleich zur nächsten Frage führte, wie Max und Elko sich kennengelernt hatten.

„Das wissen wir noch nicht", musste Herr Janzen zugeben. „Elko Mahler liegt auf der Intensivstation im Krankenhaus. Er darf zurzeit nicht befragt werden."

„Waren die beiden ein Paar?", kam es wie aus der Pistole geschossen von Carina.

„Auch das wissen wir nicht."

„Muss man nicht ziemlich geschickt sein, um eine Bombe zu bauen?" Tim sah den Kommissar auffordernd an.

„Sascha Mahler ist gelernter Elektriker, er scheint handwerklich ziemlich begabt zu sein, hat die Bruchbude, in die er vor ein paar Jahren einzog, hervorragend renoviert. Er …"

„Und dieser Damian?" Carina schüttelte sich. „Ist der auch ein völlig normaler Bürger mit einem normalen Beruf?"

„Er hat keine Ausbildung abgeschlossen, arbeitete mal auf dem Bau, mal als Gerüstbauer, mal als Möbelpacker. Er war dafür bekannt, ein ziemlicher Heißsporn zu sein, hatte schon mehrere Verfahren wegen Körperverletzung am Hals."

Ich bemerkte, dass der Kommissar unauffällig auf die Uhr schaute. Dabei brannten mir noch so viele Fragen auf der Seele. „Wie haben Sie uns so schnell gefunden?"

Er verzog das Gesicht. „Schnell ist wohl eher relativ. Gleich nach Ihrem Anruf machten wir einen kurzen Check von den Verhältnissen, in denen der Verdächtige lebte."

Damit meinte er wohl Elko.

„Den Nachnamen haben wir über die Uni recherchiert. Dann stellte sich heraus, dass er mit seinen beiden Brüdern zusammenwohnte. Es fanden sich mehrere Anwohner, die Max regelmäßig in das Haus hatten hineingehen sehen. Die wussten auch, dass Elko Mahler schwer erkrankt und vor kurzem in die Klinik gekommen war. Auf unser Klingeln öffnete niemand, der direkte Nachbar gab an, die Brüder seit ein paar Tagen nicht mehr gesehen zu haben." Er hüstelte.

„Sie sind einfach rein?"

„Mit einem Durchsuchungsbeschluss", erwiderte der Kommissar.

Wahrscheinlich Gefahr in Verzug oder so was Ähnliches, genauer würde er auf diesen Punkt bestimmt nicht eingehen.

„Anschließend schrieben wir die beiden Mahlers sofort zur Fahndung aus, inklusive ihrer Fahrzeuge natürlich."

„Der blaue Kombi?"

Er schüttelte bedächtig den Kopf. „Den hatten sie kurz zuvor erst gekauft und noch gar nicht auf sich angemeldet."

„Trotzdem haben Sie irgendwann die Verbindung zu der Halle gezogen?"

„Nachdem wir auf diesen Autokauf aufmerksam wurden. Der Kollege, mit dem Sie es bei dem Fund der Leiche zu tun hatten, kontrollierte gewissenhaft ihre Angaben. Er sprach mit dem Eigentümer der Halle und erfuhr, dass der sie an dem Tag neu vermietet hatte. Trotzdem machte er zusätzlich eine Halterabfrage zu den Kennzeichen."

Mir ging langsam ein Licht auf. „Dann müssten wir uns eigentlich persönlich bei ihm bedanken. „Nur weil er so …", ich suchte nach dem richtigen Wort, „… akribisch vorging, kamen Sie den Mahlers auf die Spur."

„Er sprach mit dem Verkäufer, der sich glücklicherweise einen Ausweis hatte zeigen lassen", nickte Herr Janzen. „Und als die Fahndung rausging, erinnerte sich der Kollege an den Namen."

Carina runzelte die Stirn. „Sagten Sie nicht, die sei noch am selben Abend rausgegangen."

„Der Kollege hatte Mittagsschicht und erfuhr erst bei seinem Eintreffen auf der Wache davon."

Das Telefon auf dem Schreibtisch begann zu klingeln. Dankbar über die Ablenkung nahm der Kommissar den Anruf an. Mehr als Ja und Nein gab er nicht von sich, kaum hatte er ihn beendet, sprang er auf. „Ich muss weg. Vielleicht können wir das Gespräch in ein paar Tagen fortsetzen, wenn sich die Beweislage verfestigt hat."

Carina und Tim waren genauso unzufrieden wie ich. Richtig Einblick hatten wir nicht erhalten. Immer noch waren viele Fragen offen. Vor allem, dass wir im Prinzip durch einen

Zufall gerettet wurden, nagte an uns. Ganz so effizient, wie wir es uns vorgestellt hatten, lief die Polizeiarbeit eben doch nicht.

Carina beschloss, ins Krankenhaus zu ihrem Bruder zu fahren und ihn und die Eltern über das gestrige Abenteuer ausführlich zu informieren. Im Gegensatz zu mir hatte sie sich direkt nach unserer glücklichen Heimkehr noch davon überzeugt, dass keiner von unserer Entführung wusste. So hatte sie bis auf einen kurzen morgendlichen Anruf, indem sie erklärte, sich später mit ihnen in der Klinik zu treffen – der Bruder durfte nun besucht werden -, bisher nichts erzählt.

„Wir fahren zu Opa, okay?", setzte Tim vorsichtshalber hinzu, da er offensichtlich darauf hoffte, dass wir das Auto nahmen.

„Unbedingt!" Ja, Herr Bendel sollte erfahren, was abgelaufen war.

Er war gestern schon auf eine normale Station verlegt worden, erfuhren wir von der Krankenschwester.

„Fein, dass ihr mich auf dem Laufenden halten wollt", strahlte er uns entgegen.

Leider lag er nun in einem Zweibettzimmer und sein Nachbar, ebenfalls ein älterer Herr, schielte neugierig zu uns hinüber.

„Der hat seine Hörgeräte nicht drin", Herr Bendel beugte sich verschwörerisch vor. „Wenn ihr nicht so laut redet, versteht der kein Wort."

„Wie geht es dir?", fragte Tim vorsorglich.

„Ach, nicht mehr der Rede wert", winkte sein Opa ab. „Die Medikamente wirken, sie behalten mich nur noch zur Sicherheit hier."

Als ob wir ihm das glauben würden! Klar, er sah viel besser aus, aber er war eindeutig nicht auf der Höhe. Deshalb erzählten wir ausführlich über unsere Ermittlungen und stellten die eigentliche Entführung relativ harmlos dar. Dafür wiederholten wir Herrn Janzens Ausführungen nahezu wortgetreu.

Herr Bendel, der sich in der Zwischenzeit sein Mittagessen hatte schmecken lassen, wirkte genauso unzufrieden wie wir. „Sobald ich entlassen worden bin, klemme ich mich dahinter", versprach er uns. „Der eine oder andere kann mir bestimmt weitere Einzelheiten mitteilen."

Wir verabschiedeten uns und machten uns auf den Weg nach Hause. Unterwegs hielt ich an meinem bevorzugten Dönerladen und besorgte uns zur Feier des Tages Dönerpizza, eine Spezialität des Hauses und gleichermaßen wohlschmeckend und sättigend. Kaum hatten wir uns in die Küche gesetzt und ausgepackt, klingelte es.

Seufzend erhob sich Tim, um, wie er vermutete, Carina die Tür zu öffnen. Kurz darauf ertönte sein Freudenschrei: „Tom."

Ich gönnte mir in Ruhe die ersten Bissen. Sollten sie erst mal für sich allein Wiedersehen feiern.

Es dauerte nicht lange, bis sie im Türrahmen auftauchten. Tom grinste mich an. „Hallo, heldenhafter Nachbar. Ich hörte, ich habe es dir zu verdanken, dass wir gefunden und rehabilitiert wurden." Er sog verlangend die Luft ein. „Boah, riecht das gut."

Wir teilten die beiden Scheiben in drei gleich große Teile. Wie sich herausstellte, war Tom gleich nach seiner Entlassung aus der sicheren Unterkunft ins Krankenhaus geeilt und hatte von Carina schon das meiste erfahren, was sich ereignet hatte. Kilian ging es bereits so gut, dass sie es wagte, die Anwesenden über all unsere Schritte, die Entführung und deren glückliches Ende zu informieren. Die Einzigen, die entsetzt reagierten, waren die Eltern, denen sie bewusst einen großen Teil unserer Nachforschungen verschwiegen hatte.

„Sie macht noch ein bisschen Schadensbegrenzung", grinste Tom. „Ich dachte echt, ihr Vater kriegt noch im Nachhinein einen Herzinfarkt."

Dann musste er natürlich unsere Fragen beantworten. Viel schlauer waren wir hinterher auch nicht. Max begegnete ihm zu ersten Mal in dem Schreibkurs. Da sich die anderen untereinander zu kennen schienen, bot sich eine Zusammenarbeit geradezu an. Ja, sie hatten sowieso nebeneinandergesessen. Max kam zum zweiten Treffen und wählte den freien Platz neben ihm. Völlig normal eigentlich, es gab nur diesen und den neben einer Gruppe.

Etwas Besonderes sei ihm an dem Typ nicht aufgefallen, erklärte er uns. Anfangs habe Max nur einige wenige Worte mit ihm gewechselt. Erst durch die Zusammenarbeit an der Geschichte seien sie näher miteinander bekannt geworden.

„War diese Bombendrohung deine Idee?“, fragte Tim und blickte ihn finster an.

„He!“, Tom hob beide Hände. „Keiner konnte wissen, was daraus wird. Kaum hatte Frau Kesper uns ihre Idee unterbreitet, schoss mir dieser Gedanke durch den Kopf, dass die Weihnachtszeit doch ideal für einen größeren Anschlag wäre. Nur halt nicht so wie in Berlin, deshalb die Erpresserrichtung.“

„Du bist wohl nicht so für Friede-Freude-Tannenbaumgeschichten“, warf ich ein.

Er grinste mich dankbar an. „Nee, ich halte mich lieber an die Realität. Das Thema reizte mich – und Max auch. Jedenfalls fuhr er voll auf meinen Vorschlag ab, hängte sich genauso rein wie ich. Und das, was er beisteuerte, war genau mein Ding. Wir arbeiteten echt gut zusammen. Ich dachte, er und ich lägen auf meiner Wellenlänge.“

„Er hatte euch zuvor schon einmal besucht - und Pizza mitgebracht“, ergänzte ich.

Er hob bedeutungsvoll die Augenbrauen. „Du bist ein aufmerksamer Beobachter.“

„Reines Glück“, wehrte ich ab. „Trotzdem konnte ich ihn dadurch mit dir in Verbindung bringen.“

„Er fing mich an der Uni ab und fragte, ob ich später zu Hause sei. Er hätte eine zündende Idee für unser Manuskript. Er sei sowieso in der Gegend und würde wieder was zu essen mitbringen.“

„Und was für eine Idee?", wollte Tim wissen.

„Dazu sind wir nicht mehr gekommen. Wir haben erst in aller Ruhe gegessen, anschließend drückte uns Max eine Dose Gazoz in die Hand und lotste uns vor den Rechner, um das Geschriebene durchzulesen. Er wollte erst sehen, wo seine Idee am besten reinpasst, bevor er sie verrät. Tja, und dann wurde es dunkel." Tom zuckte die Schultern. „Den Rest kennt ihr."

47

Zwei Tage später war ich wieder im normalen Alltagstrott. Nach dem Essen mit Tom hatte ich eine groß angelegte Skype-Runde vorbereitet und am Abend allen, die meinen Bericht hören wollten, gleichzeitig sämtliche Neuigkeiten erzählt. Mit Mirko hatte ich zusätzlich am nächsten Tag ein Mittagessen in der Mensa eingenommen und war anschließend bei Frau Kesper gewesen, die Einzige, die ich bisher nicht eingehender informiert hatte.

„Und, wird wieder ein Krimi daraus?", fragte sie abschließend.

„Klar, allerdings will ich mit der endgültigen Fassung noch etwas warten. Ich hoffe auf weitere Informationen", gab ich zu.

„Sagen Sie mir Bescheid, wenn er erscheint. Den muss ich unbedingt lesen."

„Sie bekommen ein Freiexemplar", rutschte es mir heraus, bevor ich mich verabschiedete.

Auf dem Weg zur Vorlesung zählte ich die Menge an Leuten ab, denen ich mittlerweile das gleiche Versprechen gemacht hatte. Dieses Mal würde es tatsächlich eng mit den kostenlosen Büchern, die mir der Verlag zur Verfügung stellte.

Den Abend hatte ich mir freigenommen, um das bisherige Manuskript so weit zu überarbeiten wie möglich. Noch war jede Einzelheit frisch im Gedächtnis abgespeichert. Außerdem brannte ich darauf, mir selbst einen Eindruck zu verschaffen, wie sich das Ganze hintereinander weg las. Steckte man selbst mittendrin in den Ermittlungen, sah man die Geschichte natürlich anders als ein normaler Leser.

Doch, du kannst zufrieden mit dir sein, dachte ich zufrieden, als ich mich wieder weit nach Mitternacht schlafen legte. Die Story ist dir gelungen.

Montag, 16. Dezember

Das Klingeln meines Handys weckte mich um acht. „Herr Grahl, ich möchte Sie bitten, wenn möglich gleich vorbeizukommen", tönte Kommissar Janzens Stimme an mein Ohr. „Herr Mahler möchte eine Aussage machen, aber nur in Ihrem Beisein. Lässt sich das einrichten?"

„Geben Sie mir eine halbe Stunde", stieß ich hervor, sprang aus dem Bett – mittlerweile war ich so clever, das Telefon daneben zu legen – und ins Bad. Toilette, Spülstein, Klamotten an, zwei Schnitten machen für unterwegs, keine fünf Minuten später war ich draußen und sprintete zur Haltestelle.

Ich hätte mich gar nicht so beeilen müssen. Der Kommissar sah mir milde lächelnd entgegen und bot mir sogar einen Kaffee an.

„Wie komme ich denn zu der Ehre?", fragte ich, als ich auf sein Geheiß hin in dem Besucherstuhl Platz nahm.

„Ich glaube, ich weiß jetzt, wie alles zusammenhängt", gab er sich geheimnisvoll. „Herr Mahler war unter gewissen Bedingungen zu einer umfassenden Aussage bereit, eine Bedingung war Ihr Erscheinen."

„Und die andere?"

„Ein Besuch am Krankenbett seines Bruders Elko, um Abschied zu nehmen. Der Junge liegt im Sterben."

„Was hat er denn?" Etwas Besseres fiel mir nicht ein, ich war viel zu perplex.

„Eine relativ seltene Nierenkrankheit, eine Erbkrankheit, um genau zu sein."

„Die bestand also von Geburt an?"

„Die betroffenen Kinder bekommen entsprechende Medikamente, es sind engmaschige Untersuchungen

303

erforderlich. Trotzdem lassen sich dadurch eine Dialyse und eine Nierentransplantation nur nach hinten schieben."

Langsam begann auch ich zu ahnen, warum Herr Mahler zum Erpresser geworden war.

„Ist eigentlich schon raus, woher die Mahlers diese leerstehende Fabrik kannten, in der Tom und Kilian gefangen gehalten wurden?"

Herr Janzen nickte. „Damian Mahler war dabei, als diese ausgeräumt wurde, ein ganz normaler Job für ihn. Später, als sie nach einem unauffälligen Ort suchten, um die Geiseln zu verstecken, fiel ihm dieses Objekt vermutlich wieder ein."

„Und die Halle, in die sie uns brachten, hat Sascha Mahler tatsächlich angemietet?"

Mein Gegenüber verzog das Gesicht. Ich verstand, in diese Richtung hatten sie bestimmt nicht ermittelt. „Ja, er hinterlegte sogar eine Kaution. Angeblich wollte er diese als Lager für Elektroartikel verwenden." Er sah auf die Uhr und erhob sich. „Kommen Sie, der Gefangene dürfte bereits im Verhörraum auf uns warten."

Es war fast wie im Film. Vor der Tür, mit einer Glasscheibe versehen, stand ein Polizist und trat zur Seite, als wir auf ihn zukamen. Der Raum dahinter war klein und fensterlos. Herr Mahler saß am Tisch, an Händen und Füßen gefesselt. Er blickte auf und nickte fast unmerklich.

Herr Janzen nahm den rechten, ich den linken Stuhl. Der Kommissar holte ein Aufnahmegerät aus der Tasche und stellte es auf den Tisch. „Möchten Sie etwas trinken?"

Herr Mahler schüttelte den Kopf. „Ich will es hinter mich bringen."

Mir kam ein zündender Einfall. Ich holte mein Handy heraus, schaltete die Aufnahmefunktion ein und legte es neben das offizielle Gerät. „Ich darf doch? Denn Sie werden mir garantiert nicht eine Ihrer Abschriften überlassen", vermutete ich an den Kommissar gewandt.

Herr Mahler nickte beifällig. „Der kriegt die Aussage nur, weil ich will, dass Sie über uns schreiben. Sie sind

Schriftsteller, hab ich gelesen. Ja,", er grinste. „Ich hab mich schlaugemacht, als Sie angefangen haben rumzuschnüffeln. Sie sollen die Wahrheit erzählen. Ich will nicht, dass alles falsch dargestellt wird."

Herr Janzen setzte zu einem Einwand an, doch der Mann ihm gegenüber schüttelte den Kopf. „Das wird eine Unterhaltung zwischen mir und ihm", stellte er klar. „Sie können froh sein, dass ich Sie aufklär."

Ohne sich länger aufhalten zu lassen, begann er zu berichten. „Wir waren fünf Kinder zu Hause, drei Jungen und zwei Mädchen. Ich bin der Älteste, dann kamen die Schwestern, dann Damian, dann Elko. Vater Säufer, Mutter Schlampe und auch dem Schnaps nicht abgeneigt. Nach dem dritten Kind war eine längere Pause, der Damian und der Elko sind von andern Männern, bin ich sicher. Der Alte lag nur noch besoffen in der Ecke und kriegte bestimmt keinen mehr hoch. Außerdem sieht man das ja bei dem Elko. Und der Damian, nee, mein Vater war ein schmächtiges Kerlchen, wie soll der sonst an diese Masse gekommen sein?"

Herr Mahler hatte während der Ausbildung in einem Lehrlingsheim gewohnt, war also schon mit knapp sechzehn ausgezogen. Er bestand die Prüfung und erhielt eine Festanstellung. Kurz darauf lernte er ein Mädchen kennen, drei Monate später zogen sie zusammen. Alles sah nach einem normalen Leben aus.

„Dann krieg ich einen Anruf vom Damian. Der Vadder hat die Mudder umgebracht, im Suff. Er und der Elko sollen ins Heim."

Zu dem Zeitpunkt war Sascha Mahler zweiundzwanzig, die Brüder zwölf und vierzehn.

„Meine eine Schwester hatte schon ein Kind, ohne Mann versteht sich, die andere hing an der Nadel. Ich war der Einzigste, der einspringen konnte. Ich mein, was hätten Sie an meiner Stelle gemacht? Und dann ist der Elko gleich als Erstes ins Krankenhaus gekommen, weil die dem die Medikamente nicht regelmäßig gegeben haben. Solange ich da war,

305

hat das immer geklappt, ich hab mich drum gekümmert."
Er funkelte wütend in Herrn Janzens Richtung. „Scheiß-Jugendamt kann ich nur sagen. Die ham sich einen Dreck dafür interessiert, wie's läuft."

Im Gegensatz zu Damian war Elko immer ein guter Schüler, erzählte er, ein Stubenhocker, der sich für vieles begeistern konnte und immer an einer Menge Projekte gleichzeitig arbeitete. Still und unauffällig, das würde ihn am besten beschreiben.

Damian dagegen war ein Heißsporn, wenig Hirn, viele Muskeln, beschrieb ihn sein eigener Bruder. Zudem hatte er sich schon als Kind durch seinen Jähzorn in unzählige brenzlige Situation gebracht. „Ich hatt echt Mühe mit dem. Aber ich fühlte mich für die beiden verantwortlich. Als ich noch zu Hause wohnte …" Er verstummte und blickte auf den Tisch.

„Haben Sie sich gekümmert", vermutete ich. „Genau wie Max um seine Geschwister."

Er hob den Kopf, seine Augen blickten traurig. „Das war keine Absicht. Wenn ich gewusst hätte …" Wieder verstummte er.

„Sie haben die Bombendrohung gemacht, um für Ihren Bruder das Geld für eine illegale Organspende zusammenzubekommen", versuchte sich Herr Janzen wieder ins Gespräch einzubringen.

Herr Mahler beachtete ihn überhaupt nicht.

„Wann wurde klar, dass Elko eine Nierentransplantation benötigt?", fragte ich.

Er seufzte. „Damals, nach dieser Party. Ihm ging es auf einmal sauschlecht. Max hat ihn draußen gefunden und mich angerufen, damit ich ihn abhol. So ham sich die beiden kennengelernt. Max is dann regelmäßig vorbeigekommen, hat ihn im Krankenhaus besucht und später dann zu Hause."

Mir ging ein weiteres Licht auf. „Er fühlte sich für ihn verantwortlich?"

Herr Mahler zuckte die Schultern. „Die beiden verstanden sich gut und Elko hatte ja niemand sonst. Ich war froh, dass er sich kümmerte."

„Warum ist Max zu diesem Schreibseminar gegangen?"

„Der war total sauer auf den Typ. Und als er den an der Uni entdeckte ... Sein Freund, der hatte schon vor, dass die beiden sich treffen, und hatte den ausfindig gemacht. Max wollte das nicht. Selbst Elko ist nicht durchgekommen. Ich mein, das war ja nicht so, als wenn die Schwester nicht selbst schuld gewesen ist. Nur Max sah das nicht ein. Irgendwann sind die beiden auf die Idee gekommen, dass Max sich irgendwie mit dem bekanntmacht. Elko dachte, dann gibt der Ruhe. Nee, nich Max. Der wollt den drankriegen, dem wenigstens einen Denkzettel verpassen. Also eher den beiden. Der andere, der Kilian, da bot sich keine Möglichkeit, bei Tom schon."

„Und als der sich die Geschichte mit der Bombendrohung ausdachte, war das genau die richtige Gelegenheit", vermutete ich.

„Eigentlich wollten die denen nur einen Denkzettel verpassen, die da weggetreten vor dem Computer sitzen lassen, bis die Polizei aufschlägt. Die hätten sich schon rausreden können. Aber dann kam Damian auf die Idee, dass wir das durchziehen – für Elko."

48

„Elko litt am Alport-Syndrom", erklärte ich Tim, Tom und Carina Stunden später. „Das ist eine Erbkrankheit, die Niere funktioniert von Anfang an nicht richtig. Er war schon seit längerem auf die Dialyse angewiesen. Und man suchte verzweifelt nach einem Spender."

Ich hatte, kaum zurück, die Krankheit im Internet recherchiert. Die angeborene Nierenfunktionsstörung verschlechterte sich immer weiter, hinzu kamen später meist eine Innenohrschwerhörigkeit und eine Deformierung der Augenlinse. Überwiegend erkrankten die männlichen Nachkommen daran.

Bei Elko war eine weitere Komplikation hinzugekommen: Sein Vater stammte vermutlich aus Nigeria. Genaueres über ihn wusste niemand. Leider sind nur drei Prozent der Spender gemischt-ethnischer Herkunft - von allen international registrierten potenziellen Stammzellspendern, hatte ich im Internet erfahren. Es ist für die Transplantation aber äußerst wichtig, dass die Gewebemerkmale so weit wie möglich übereinstimmen, damit das Immunsystem die fremden Zellen nicht abstößt. Die Chance, für ihn eine Niere zu finden, war also von Anfang an minimal.

„Herr Mahler liebte seinen Bruder, er fühlte sich für ihn verantwortlich." Noch schlimmer, ich hatte den Verdacht, dass er sich selbst geißelte, weil er sich nach seinem Auszug aus dem Elternhaus nicht regelmäßig um die Geschwister gekümmert hatte.

„Und da ist er auf die Idee gekommen, sich eine illegale Transplantation vom Staat bezahlen zu lassen?"

„Irgendwie kann ich das sogar nachvollziehen", räumte Tim ein.

Nein, Carina war nicht seiner Meinung. „Er hätte doch einen Aufruf bei Facebook oder so starten können. Machen so was nicht andere auch?"

„Nicht bei illegalen Dingen", sagte Tom sehr bestimmt.

„Wie hätte er vorgehen sollen?", schlug Tim in die gleiche Kerbe. „Liebe Leute, mein Bruder findet auf normalem Weg keinen Spender. Nun habe ich im Internet gelesen, dass es eventuell über den Schwarzmarkt möglich wäre, eine Niere für ihn zu bekommen. Dafür fehlt mir allerdings das Geld. Bitte helft mir?"

Carina verzog das Gesicht. „Schwierig", gab sie widerwillig zu.

Auch dazu hatte ich mehrere Artikel im Internet gefunden. Angeblich ist auf der gesamten Welt, mit Ausnahme des Irans, der kommerzielle Handel mit menschlichen Organen verboten. Natürlich gibt es trotzdem einen Markt. Auf der einen Seite stehen die, die aus materieller Not heraus ein Organ verkaufen, auf der anderen Patienten, für die es die letzte Möglichkeit ist, so ihr Leben zu retten.

Selbst wie das ungefähr abläuft, ist im Internet zu finden. Der zukünftige Käufer informiert sich im Netz über die Organisationen, an die er sich wenden kann, und nimmt Kontakt auf. Vor ungefähr zehn Jahren lag zum Beispiel der Preis für eine Niere zwischen siebzigtausend und fünfundachtzigtausend Dollar. Dazu kommen dann noch die Reisekosten, denn man muss natürlich dorthin fliegen.

„Da sind zehn Millionen aber ganz schön hochgegriffen", meinte Carina, nachdem ich mein Wissen mit ihnen geteilt hatte.

„Die hätten sich ein neues Leben aufbauen müssen", warf Tom ein. „Sie konnten nicht mehr zurück."

So ähnlich hatte auch Herr Mahler argumentiert. Wie bereits erwähnt war sein Bruder Damian auf diese glorreiche Idee gekommen und hatte den Älteren unter Druck gesetzt. Es sei die einzige Möglichkeit, Elko zu retten. Ob er da wirklich kneifen wolle?

„Sascha Mahler ließ sich schließlich überreden. Doch er betonte, dass nie geplant gewesen sei, Menschen zu verletzen oder zu töten. Diese erste Bombe war extra so angebracht und wurde zu so später Stunde gezündet, dass nichts passieren konnte."

„Das kann man nie hundertprozentig ausschließen", schnaubte Carina.

„Du nicht und ich nicht", verbesserte Tom sie. „Ein verzweifelter Mann klammert sich an jeden Strohhalm."

„Die beiden Brüder waren mit der Situation von Anfang an überfordert", erklärte ich. „Dass die Polizei ihr Video gleich aus dem Netz nahm und dadurch niemand von ihrer Aktion erfuhr – sie hatten sich ausgerechnet, dass die in Angst und Schrecken versetzte Bevölkerung die Stadt schon zwingen würde zu zahlen. Dass Max Gewissensbisse bekam und nicht mehr mitspielen wollte. Dass ausgerechnet zu diesem Zeitpunkt bei Elko ganz plötzlich eine Verschlechterung seines Gesundheitszustands eintrat. Damian habe Max nicht töten wollen, sagt Sascha Mahler. Es sei zum Streit gekommen und der Bruder habe zu fest zugeschlagen. Genau wie bei Kilian. Damian sei sowieso schon nicht gut mit Stress klargekommen, diese Ausnahmesituation habe ihn zermürbt."

„Und deswegen wäre Kilian beinahe draufgegangen", konnte sich Carina nicht zurückhalten.

„Herr Mahler sagt, er hätte nach ihm schauen wollen, weil er sich ebenfalls Sorgen machte. Nur war da die Polizei bereits vor Ort." Ich glaubte ihm in jedem einzelnen Punkt. Er war kein normaler Krimineller. Er hatte sich aus der Not heraus gedrängt gefühlt, so zu handeln, und dabei die falschen Entscheidungen getroffen.

„Ja?" Wieder war Carina mit dieser Erklärung nicht einverstanden. „Das ist ihm aber reichlich spät eingefallen."

310

„Er wusste nicht, dass dein Bruder so schwer verletzt ist", nahm ich ihn in Schutz. „Normalerweise wollte er eher nach ihnen schauen. Doch da kam der Anruf aus dem Krankenhaus, seinem Bruder gehe es sehr, sehr schlecht." Klar, dass er in dem Moment andere Prioritäten setzte. Aber er hatte mir versichert, an dem Tag der Befreiung zu ihnen auf dem Weg gewesen zu sein. Er habe garantiert nicht gewollt, dass noch jemand stirbt.

Das Bitterste für ihn war die Erkenntnis nach dem Gespräch mit dem behandelnden Arzt, dass kein Geld der Welt Elkos Leben würde retten können. „Trotzdem mussten wir das Ding durchziehen. Mittendrin aufhören war nicht." Sascha Mahler hatte verbittert den Kopf geschüttelt. „Alles umsonst!"

„Wieso wollte er seine Aussage unbedingt vor dir machen?", fragte Tom.

Ha, jetzt kamen wir zum wichtigen Teil! „Er möchte, dass ich seine Geschichte aufschreibe und veröffentliche." Ich wartete, ob er darauf anspringen würde.

An seinem Gesicht war leider nichts abzulesen, als er weiterfragte: „Und wie stellt er oder wie stellst du dir das vor?" „Ich hatte auf dich gehofft", gab ich zu. „Dass du den vorbereiteten Text in einer Sondersendung vorliest. Vielleicht können wir ihn sogar auf eine spezielle Seite verlinken, sodass man selbst nachlesen kann."

Er grinste. „Hört sich nicht schlecht an. Hast du schon angefangen mit dem Schreiben."

Ich sprang auf und holte die ausgedruckten Seiten. Nach dem Gespräch auf dem Polizeirevier wollte ich nur noch nach Hause gehen und mit der Geschichte beginnen. Bis zu unserem Treffen hatte ich das vorläufige Manuskript erstellt. Natürlich war es noch nicht druckreif, auf Tom, wenn er sich denn wirklich darauf einließ, und mich kam noch eine Menge Arbeit zu.

Tom las sehr aufmerksam und gab die Blätter anschließend an Tim und Carina weiter. Er nickte. „Ich bin dabei."

Gleich am nächsten Morgen setzten wir uns zusammen. Nun konnte ich feststellen, wie sehr er sich in eine Sache verbeißen konnte. Bis zum späten Abend formulierten und feilten wir fast ohne Unterbrechung an den Sätzen herum, dann endlich waren wir beide zufrieden.

„Eine Nacht drüber schlafen und gucken, ob wir es morgen immer noch gelungen finden." Tom reckte und streckte sich. Gleichzeitig klingelte es an der Tür. „Ah, unsere Testhörer." Er ging, um zu öffnen.

Wir hatten uns zu mir zurückgezogen, obwohl Tim und Carina betonten, nicht im Wege zu sein. Sie wollte zu ihrem Bruder ins Krankenhaus und er zum Opa. Trotzdem hatten wir uns stillschweigend auf meine Wohnung geeinigt. Hier konnten wir ohne Ablenkung so lange arbeiten, wie es uns passte.

„Gutes Timing", lobte ich, als Tim den Kopf durch die Tür steckte. Ich schnupperte: „Habt ihr was zu essen mitgebracht?"

„Der Mann aus dem Dönerladen lässt dich grüßen", grinste er. „Ich hab uns jedem eine Pizza besorgt. Nur Carina wollte nicht. Die isst einen Döner."

„Unsere Mutter sagt, du sollst sie anrufen", wandte sich Tim an Tom, als wir uns in die Küche gesetzt hatten. „Jetzt, wo immer mehr Einzelheiten bekannt werden, ist sie begierig darauf, mit dir zu sprechen."

Der aß in Ruhe weiter. „Ich habe mein Handy ausgeschaltet. Der Einzige, mit dem ich telefoniere, ist Opa."

Eine seltsame Familie war das.

Wir schafften es tatsächlich, unseren Beitrag am nächsten Tag fertigzustellen und hochzuladen. Entgegen meiner Absicht hatte Tom darauf bestanden, ein Gemeinschaftsprojekt zu gestalten, mit ihm als Sprecher und mir als verantwortlichem Redakteur. Außerdem gab es einen Link zu der Geschichte, der im Laufe des Abends schon über zehntausend Mal angeklickt wurde. Besonders tragisch war, dass wir kurz vor der Ausstrahlung noch einige Sätze über den Tod Sascha Mahlers hinzufügen mussten. Er hatte sich in der Untersuchungshaft das Leben genommen.

Eigentlich hätte man den Selbstmord voraussehen können. Er wirkte sehr gedrückt, als er Herrn Janzen und mir seine Geschichte erzählte. Wieder hatte er seinen Weg kompromisslos gewählt, er sah ihn wohl, nach allem, was geschehen war, als einzigen Ausweg.

Der Hype um Tom, Kilian und sogar um mich kannte keine Grenzen. Wir erhielten massenhaft Interview-Anfragen, nicht nur von Zeitungen, sondern auch von anderen Medien, drei Talkshows luden uns ein, unsere Geschichte zu erzählen. Wir lehnten alles ab. Keiner wollte aus dem, was geschehen war, Kapital schlagen.

„Ich möchte ein ernsthafter, investigativer Journalist werden", sagte Tom. „Ich verbreite das, was ich für richtig halte so, dass jeder sich ein eigenes Bild machen kann. Jeder, den es interessiert, kann auf meine Seite gehen. Das reicht mir."

Trotzdem wurden die beiden YouTuber fast so bekannt wie Greta. Seltsamerweise erhielten sie genau so viel Zuspruch wie Gegenwind. Es war, als hätten sie mit ihren Beiträgen den richtigen Nerv getroffen.

Im Windschatten dieser beider Berühmtheiten, erkletterte mein erster Dortmund-Krimi die Bestsellerliste bis auf Platz zwei. Ich konnte nun wesentlich entspannter in die Zukunft schauen.

Epilog

Mittlerweile ist Mitte Januar, der Weihnachtsstress liegt hinter uns, das Leben hat sich wieder der Normalität zugewandt. Das der Dortmunder Einwohner eigentlich schon direkt nach Aufklärung der Tat. Die Geschäfte in der City und der Weihnachtsmarkt konnten sich kaum vor dem Ansturm der vielen Besucher retten. Neugierde und Sensationslust füllten die Kassen und damit auch das Stadtsäckel.

Ich weiß nicht, woran es liegt, dass man Unbequemes so schnell abschütteln kann. Müsste man sich nicht aufgrund der stattgefundenen Ereignisse zumindest eine Zeit lang unwohl fühlen? Immerhin hat die Explosion mitten in der Stadt gezeigt, wie unsicher das Leben ist.

Oder ist es eher ein gesunder Selbstschutz, der uns davor bewahrt, zu ängstlich durchs Leben zu gehen? Uns zu sehr zu fürchten, vor dem, was uns erwarten könnte?

Zumindest bei mir schwang das Erlebte noch lange nach. Und das lag nicht nur daran, dass ich mich getrieben fühlte, meinem Manuskript den letzten Schliff zu geben. Da hätte es der freundlichen Ermunterung von meinem Lektor gar nicht bedurft: „Sieh zu, dass wir den neuen Krimi so bald wie möglich rausbringen können. Im Moment bist du bekannt wie ein bunter Hund. Ich prophezeie dir: Das Buch wird uns aus den Händen gerissen."

Ich konnte aus ganz anderen Beweggründen nicht aufhören. Irgendetwas zwang mich, mich jede freie Minute vor den Computer zu setzen.

Als ich das Manuskript Anfang Januar an den Verlag schickte, fühlte ich mich nicht erleichtert, die Arbeit zu

Ende gebracht zu haben, nicht stolz auf das, was ich fabriziert hatte. Nur ausgelaugt und seltsam leer, ich musste mich regelrecht zur Uni zwingen.

„Das Leid eines echten Schriftstellers", meinte meine Mutter. „Du hast dich zu sehr mit der Geschichte identifiziert." Ja, wie auch nicht, wenn man mittendrin steckte?

Tom und Kilian scheinen das Abenteuer wesentlich besser verarbeitet zu haben. Vielleicht auch deshalb, weil Tom gleich einen neuen Aufreger entdeckte, der ihn seitdem in Beschlag nimmt. Direkt nach den Feiertagen wurde bei WDR 2 das Lied ‚Oma ist ne alte Umweltsau', vorgetragen vom Dortmunder Kinderchor, gesendet und auch gleich auf Facebook veröffentlicht.

Es handelt sich dabei um eine Umdichtung des Liedes ‚Meine Oma fährt im Hühnerstall Motorrad' und sollte sich nach offiziellen Angaben gegen die Auswüchse der Klimaschutzbewegung richten. Seltsamerweise waren nach der ersten Vorstellung in einer Sendung bei WDR 5 kaum Zuschauerreaktionen erfolgt.

Jetzt war die Aufregung groß, so groß, dass das Video sogar zeitweise aus dem Netz genommen wurde und der Intendant des WDR sich „ohne Wenn und Aber" von dem Lied distanzierte.

Eine Steilvorlage für Tom und Kilian, der, schon kurz vor Weihnachten aus dem Krankenhaus entlassen, tatkräftig mitmischt. Sie nutzen den Text natürlich, um darauf hinzuweisen, inwieweit sich die jüngere Generation und ältere Generation voneinander unterscheiden, vergleichen die unterschiedlichen Lebensbedingungen und zeigen auf, welchen Luxus die Jüngeren heutzutage als selbstverständlich hinnehmen. Da bietet sich ihnen ein großes Feld, das es zu beackern gilt. Und Tom ist sich auch nicht zu schade, einige seiner Erkenntnisse aus vorhergehenden Beiträgen mit einzubauen. „Nur der stete Tropfen höhlt den Stein beziehungsweise schafft vielleicht irgendwann mal ein Umdenken", meint er. „Denn natürlich sollten wir langsam mal anfangen, unser Verhalten insgesamt zu hinterfragen." In vielen Bereichen ist er sehr wohl für Umweltschutz.

Ich sehe die beiden selten, unsere Wege sind zu unterschiedlich. Mit Tim dagegen halte ich regelmäßigen telefonischen Kontakt. Er überlegt, ob er nicht nach seinem Bachelor hier in Dortmund weiterstudieren soll. Eine super Idee, wie ich finde. Dann könnte Herr Bendel ein Auge auf ihn haben und ihn motivieren, wenn er mal wieder durchhängt. Diesen treffe ich ab und zu im Hausflur, im Gegensatz zu früher bleibt er regelmäßig stehen, um wenigstens ein paar Worte mit mir zu wechseln.

Carina ist mit ihren Eltern nach Hildesheim zurückgekehrt. Seitdem habe ich sie nicht mehr gesehen und auch nichts mehr von ihr gehört. Ich vermute, Tom gab ihr einen Korb, als sie ihm ihre Liebe gestand. So richtig bin ich allerdings nicht informiert, keiner redet darüber, es wurde eher durch ihr Verhalten klar.

Im Prinzip bin ich nicht unglücklich, dass Carina offensichtlich keinen Kontakt zu mir haben will. Es hätte unser nachbarschaftliches Leben vermutlich arg kompliziert. Außerdem habe ich im Laufe der gemeinsam verbachten Tage erkannt, dass sie doch nicht mein Typ ist. Ihre Kratzbürstigkeit war schon ziemlich anstrengend.

So lebe ich mein Leben frauenlos weiter, treffe mich mit Mirko und neuerdings auch ab und zu mit Marcel und Maurice. Die restliche Freizeit verbringe ich am Computer. Es gibt ja noch einen angefangenen Fantasy-Roman, der auf seine Fortsetzung wartet.

Nachwort

Die beschriebenen Schauplätze, soweit sie sich auf Dortmund beziehen, sind real, die Geschichte und die handelnden Personen dagegen frei erfunden und der Fantasie des Autors geschuldet. Ähnlichkeiten mit lebenden Personen sind nicht beabsichtigt.

Liebe Leser,

zuallererst wünsche ich Ihnen, dass Sie diese nicht gerade einfache Zeit gesund überstehen.

Meine Geschichte spielt im letzten Winter, als noch niemand etwas von der jetzigen Situation ahnte. Daher kann Alex noch ohne Einschränkungen agieren. Sein dritter Einsatz wird dann unter Corona-Bedingungen ablaufen, allerdings erst im Sommer 2020, bei schon gelockerten Maßnahmen.

Klimawandel ist ein schwieriges Thema: Die einen sind der Meinung, er ist auf jeden Fall menschgemacht, die anderen sagen, es gibt seit der Entstehung der Erde klimatische Veränderungen, auch sehr extreme, eine Minderheit verneint die Tatsache an sich sogar komplett. Leider wird die Diskussion dazu von allen Seiten äußerst vehement geführt, bis hin zu sehr persönlichen Angriffen. Jeder beharrt auf der eigenen Sichtweise anstatt zu versuchen, den anderen mit Argumenten zu überzeugen.

Somit war dies ein ideales Thema und die Idee geboren, einen Klimawandel-Leugner als Opfer einer Entführung zu „missbrauchen". Die Argumente schienen mir hinlänglich bekannt, umso erstaunter war ich über die Vielzahl an zusätzlichen Informationen, die ich ausgrub. Die Artikel zu den jeweiligen Themen, ausnahmslos von ausgewiesenen Experten auf ihrem Gebiet geschrieben, haben mich öfter zum Nachdenken gebracht und das Bild, das ich mir bisher gemacht hatte, verändert.

Ich kann nur jedem raten – genau wie Tom in der Geschichte es anregt –, selbst zu recherchieren, um sich eine faktenorientierte adäquate Meinung zu bilden. Das Thema ist viel komplexer, als anfangs gedacht.

Wenn Ihnen die Geschichte gefallen hat, würde ich mich sehr freuen, wenn Sie eine kurze Rezension bei Amazon hinterlassen. Als Indie-Autorin bin ich stark auf Ihr Feedback angewiesen. Ein paar Worte sind völlig ausreichend – und helfen mir enorm.

Selbstverständlich können Sie mich auch bei Fragen oder Anregungen über E-Mail kontaktieren, ich antworte bestimmt – karinjhfranke@web.de

KJ Weiss – Karin Franke, zwei Namen, zwei unterschiedliche Genre, eine Autorin. Auf er nächsten Seite finden Sie eine Liste mit sämtlichen bisher erschienen Büchern.

Herzliche Grüße
Karin Franke – Pseudonym KJ Weiss

KJ Weiss - Romane

Erbarmungsloses Spiel

Gedanken eines Mörders

tollkühn

namenlose Angst

Opferleid

Im Schatten des Vergessens

In ohnmächtiger Wut

Albtraum: Tod eines Kindes

Liebe - Trennung - Mord

Flickenteppich: Diagnose: Schizophrenie

Lukas: Irrwege eines Hochbegabten

Karin Franke - Krimis

Am eigenen Leib: Richies erster Fall

Je tiefer du gräbst: Richies zweiter Fall

Zwischen Lüge und Wahrheit: Richies dritter Fall

Jeder Tod hat seinen Preis: Richies vierter Fall

Inmitten der Krise: Richies fünfter Fall

Kinderseelen-Hölle: Richies sechster Fall

Schwarze Teufelin: Richies siebter Fall

Verkalkuliert: Richies achter Fall

In den Fängen eines Loverboys: Richies neunter Fall

Tote Sünder: Richies zehnter Fall

Dortmund-Krimi

Getäuscht und Belogen